FANTASY

Von Terry Brooks sind als
Goldmann-Taschenbücher erschienen:

Das Schwert von Shannara (23828)
Der Sohn von Shannara (23829)
Das Erbe von Shannara (23830)

Die Elfensteine von Shannara (23831)
Der Druide von Shannara (23832)
Die Dämonen von Shannara (23833)

Das Zauberlied von Shannara (23893)
Der König von Shannara (23894)
Die Erlösung von Shannara (23895)

Königreich zu verkaufen (23914)
Das schwarze Einhorn (23935)
Der verschenkte König (24502)

FANTASY-ROMAN

TERRY BROOKS

DAS SCHWARZE EINHORN

THE BLACK UNICORN

Aus dem Amerikanischen
von Angelika Weidmann

GOLDMANN VERLAG

Deutsche Erstausgabe

Der Goldmann Verlag
ist ein Unternehmen der Verlagsgruppe Bertelsmann

Made in Germany · 3. Auflage · 1/91

Umschlaggestaltung: Design Team München
Umschlagillustration: Darrell K. Sweet
Satz: IBV Satz- und Datentechnik GmbH, Berlin
Druck: Elsnerdruck, Berlin
Verlagsnummer: 23935
Lektorat: Christoph Göhler/MV
Redaktion: Theodor Singer
Herstellung: Christoph Papenbrok
ISBN 3-442-23935-4

Für Amanda

Sie sieht Einhörner, die mir verborgen bleiben…

NEBEL UND DIE ELFENREICHE
MELCHOR
Der Tiefe Schlund
RHYNDSWEHR
GRÜNLAND
Das Herz
SILBERSTERLING
SEEN-LAND
IRRYLYN
NEBEL UND DIE ELFENREICHE

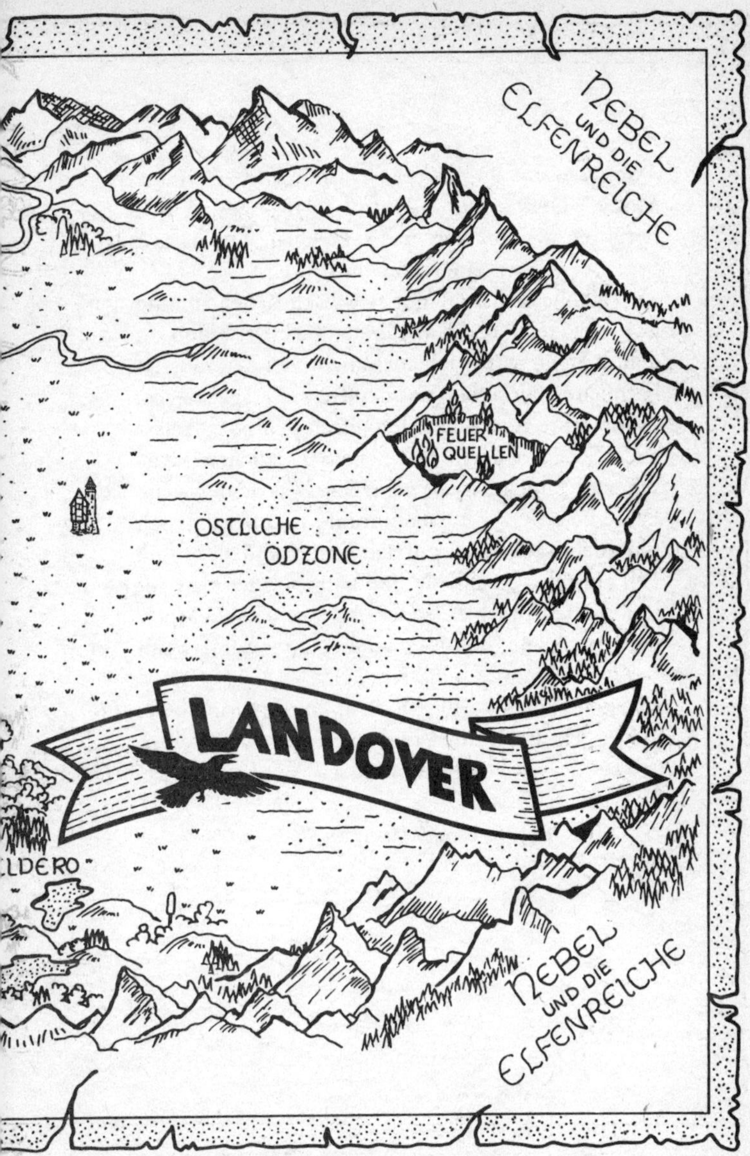
NEBEL UND DIE ELFENREICHE
FEUER QUELLEN
ÖSTLICHE ÖDZONE
LANDOVER
LDERO
NEBEL UND DIE ELFENREICHE

»Woher weißt du, daß es ein Einhorn ist?« fragte Molly. »Und warum hattest du Angst, als es dich berühren wollte? Ich hab's gesehen. Du hattest Angst vor ihm.«

»Ich glaube nicht, daß mir sehr nach Reden zumute ist«, erwiderte der Kater ohne Bosheit. »Und an deiner Stelle würde ich auch nicht viel Zeit mit Albernheiten verlieren. Was deine erste Frage angeht: Keine echte Katze läßt sich durch den oberflächlichen Schein trügen. Im Gegensatz zu den Menschen, die ihn geradezu genießen. Was deine zweite Frage betrifft...« Er verstummte und begann sich plötzlich intensiv zu putzen. Erst nachdem er sein Fell zunächst strubbelig und dann wieder glatt geleckt hatte, sprach er weiter. Aber er schaute Molly dabei nicht an, sondern untersuchte aufmerksam seine Krallen.

»Wenn es mich berührt hätte«, sagte er ganz leise, »hätte ich ihm gehört und nicht mehr mir selbst, niemals wieder.«

Peter S. Beagle: *Das letzte Einhorn*

Prolog

Das schwarze Einhorn tauchte aus den Morgennebeln, fast als sei es aus ihnen entstanden, und blickte über das Königreich Landover.

Der neue Tag lauerte hinter den Bergen des östlichen Horizontes wie ein Eindringling, der aus seinem Versteck den eiligen Abschied der Nacht beobachten wollte. Als das Einhorn auftauchte, schien die Stille sich noch zu vertiefen, als sei dieses kleine Ereignis irgendwie im ganzen Tal erfühlt worden. Überall wich Schlaf dem Erwachen, Traum der Wirklichkeit, und in diesem Augenblick des Überganges schien die Zeit stillzustehen.

Das Einhorn stand nahe bei den Gipfeln des nördlichen Randgebirges, hoch oben in den Bergen des Melchor nicht weit von der Grenze zu den Elfenreichen. Vor ihm erstreckte sich Landover von den bewaldeten Berghängen, aus denen karstige Felsspitzen ragten, über Hügel und Wiesen hinunter zu Flüssen und Seen, Wäldern und Buschland. In der schwindenden Dämmerung schimmerten Farben auf, wo die ersten Sonnenstrahlen sich im Morgentau brachen. Burgen, Städte und Hütten wirkten unwirklich wie Kreaturen, die sich zum Rasten hingekauert hatten und den Rauch verlöschender Glut atmeten.

In den feuergrünen Augen, die über das Tal schweiften und in neuerwecktem Leben glänzten, standen Tränen. Es war so lange her!

Ein Bach plätscherte über die Felsen und sammelte sich in einem Becken nicht weit von dem Ort, wo das Einhorn stand. Eine kleine Zahl von Waldtieren hatte sich am Rande der Wasserstelle eingefunden und starrte das Wunder ängstlich an, das vor ihnen erschienen war: ein Kaninchen, ein Dachs, ein paar Eichhörnchen und Wühlmäuse, ein Opossum mit seinem Jungen, eine Kröte. Ein Grottengrauler zog sich in den Schatten zurück, ein Schlammwumpel verkroch sich in seinem Loch. Alles war reglos und still. Nur das Plätschern des Baches war zu hören.

Das Einhorn nahm die Ehrung entgegen und nickte ihnen huldvoll zu. Sein ebenholzschwarzer Leib glänzte im Zwielicht, die Mähne wehte wie Seide im Wind, Geißfüße trippelten, der Löwenschwanz peitschte die Luft in rastlosen Bögen vor dem Stillstand der Welt. Das spiralgerillte Horn schimmerte in magischem Feuer. Niemals zuvor und niemals wieder hatte die Schöpfung etwas so Schönes, so Vollkommenes hervorgebracht wie das Einhorn.

Tageslicht ergoß sich langsam über das Tal von Landover. Das schwarze Einhorn fühlte die Sonnenwärme im Gesicht und hob grüßend den Kopf. Doch unsichtbare Ketten banden es noch immer, und ihre Kälte vertrieb im Nu die eben noch wohltuend empfundene Wärme.

Das Einhorn erschauderte. Es war unsterblich, konnte mit sterblichen Mitteln nicht getötet werden. Dennoch war es möglich, ihm das Leben zu stehlen. Zeit war der Verbündete des Feindes, der es gefangen gesetzt hatte. Und die Zeit hatte endlich wieder zu fließen begonnen.

Beweglich wie Quecksilber glitt das Einhorn durch Schatten und Licht auf der Suche nach seiner Freiheit.

Träume …

»Ich habe heute nacht etwas geträumt«, berichtete Ben Holiday seinen Freunden an jenem Morgen beim Frühstück.

Genausogut hätte er einen Wetterbericht verlesen können. Der Zauberer Questor Thews schien ihn nicht zu hören. Sein Eulengesicht war in nachdenkliche Falten gelegt und sein Blick auf einen unsichtbaren Punkt sieben Meter über dem Frühstückstisch gerichtet. Die Kobolde Bunion und Parsnip schauten kaum auf und aßen weiter. Dem Hofschreiber Abernathy gelang ein Ausdruck höflicher Neugierde, doch für den strubbligen Hund, der sowieso *normalerweise* höfliche Neugier zur Schau trug, war das nicht besonders schwierig.

Nur die Sylphe Weide, die den Speisesaal der Burg Silber Sterling gerade betreten und sich neben Ben gesetzt hatte, zeigte wirkliches Interesse, und ihr Gesichtsausdruck veränderte sich so plötzlich, daß es fast ein Grund zur Beunruhigung gewesen wäre.

»Ich habe von zu Hause geträumt«, fuhr Ben fort, entschlossen, die Angelegenheit zur Sprache zu bringen. »Von meiner alten Welt habe ich geträumt«

»Wie bitte?« Questor schaute ihn jetzt an. Offenbar war er von seinem Gedankenausflug zu irgendeinem fernen Planeten wieder zurückgekehrt. »Entschuldigt, habe ich recht gehört, daß Ihr etwas über…?«

»Was *genau* habt Ihr von der alten Welt geträumt, Hoheit?« unterbrach Abernathy, wobei seine höfliche Neugier einen Unterton von Ungeduld zeigte. Er sah Ben über den Brillenrand hinweg bedeutungsvoll an. Er blickte ihn immer so an, wenn Ben etwas aus der alten Welt erwähnte.

Ben legte los. »Ich habe von Miles Bennett geträumt. Ihr erinnert euch doch an das, was ich über Miles erzählt habe, meinen alten Rechtsanwaltspartner? Nun, von ihm habe ich geträumt. Ich habe geträumt, daß er in Schwierigkeiten steckt. Der Traum war nicht vollständig, er hatte weder einen richtigen Anfang noch ein

Ende, so als sei ich mitten in die Geschichte hineingeplatzt. Miles arbeitete in seinem Büro und blätterte Akten durch. Er erhielt Telefonanrufe, andere Leute waren da, aber im Schatten, so daß ich sie nicht erkennen konnte. Doch es gab für mich keinen Zweifel, daß Miles außer sich war. Er sah erschreckend aus. Er fragte ständig nach mir, war verzweifelt darüber, daß ich nicht da war. Ich rief seinen Namen, aber er hörte mich nicht. Dann verzerrte sich alles irgendwie, es wurde dunkel, und das Bild verschwamm. Miles rief noch immer nach mir. Dann schob sich irgendwas zwischen uns, und ich wachte auf.«

Ben schaute seine Freunde an. Sie hörten ihm jetzt alle zu. »Aber das ist nicht alles«, fügte er schnell hinzu. »Da war ein Gefühl von... von lauerndem, drohendem Unheil hinter der ganzen Abfolge von Bildern, eine beängstigende Intensität. Es war so... so wirklich.«

»Manche Träume haben das, Hoheit«, meinte Abernathy achselzuckend. Er schob die Brille wieder zur Nasenwurzel zurück und kreuzte die Vorderpfoten vor der Brust. »Träume sind oft Ausdruck unserer unterbewußten Ängste, habe ich gelesen.«

»Dieser Traum hier nicht«, widersprach Ben. »Das hier war mehr als dein durchschnittlicher Feld-, Wald- und Wiesentraum. Es war eine Vorahnung.«

Abernathy schnaufte. »Und ich folgere daraus, daß Ihr mir jetzt sagen wollt, daß Ihr auf Grund dieses emotional beunruhigenden, aber rational völlig unhaltbaren Traumes versucht seid, in Eure alte Welt zurückzukehren?« Der Schreiber gab sich keine Mühe, nun, da seine schlimmsten Befürchtungen sich zu bewahrheiten schienen, seine Angst zu verbergen.

Ben zögerte. Vor über einem Jahr hatte er irgendwo tief in den Wäldern der *Blue Ridge Mountains* etwa zwanzig Kilometer südwestlich von Waynesboro, Virginia, die Nebel der Elfenreiche betreten und war von dort in das Königreich Landover gelangt. Er hatte, mehr aus Verzweiflung als aus Vernunft, auf ein Angebot in einem Warenhauskatalog geantwortet und eine Million Dollar dafür gezahlt. Er war als König nach Landover gekommen, doch es war nicht leicht gewesen, von den Einwohnern des Landes als solcher anerkannt zu werden. Angriffe auf seinen Anspruch waren von allen Seiten gekommen. Kreaturen, deren reale Existenz er bis dahin für unmöglich gehalten hatte, hätten ihm beinahe den Garaus gemacht. Magie, die Kraft, die alles in dieser seltsam anziehenden Welt regierte, war das zweischneidige Schwert, das er zu handhaben lernen mußte, um zu überleben. Seine Vorstellung von Realität war von Grund auf umgekrempelt worden, seit er die Entscheidung getroffen hatte, die Nebel zu betreten, und das Leben, das er als Anwalt in Chicago, Illinois, geführt hatte, war in weite Ferne gerückt. Dennoch hatte er es nicht ganz vergessen, und er dachte hin und wieder daran, zurückzugehen.

Seine Augen trafen die des Schreibers. Er wußte nicht recht, was er antworten sollte. »Ich gebe zu«, räumte er schließlich ein, »daß ich mir Sorgen um Miles mache.«

Im Speisesaal herrschte angespanntes Schweigen. Die Kobolde hatten aufgehört zu essen, und ihre Affengesichter waren zu jenem erschreckenden Grinsen erstarrt, das alle ihre furchteinflößenden Zähne sehen ließ. Abernathy saß stocksteif da, Weide war blaß geworden und schien etwas sagen zu wollen.

Doch es war Questor Thews, der als erster sprach. »Einen Augenblick, Hoheit«, bat er nachdenklich und hielt seinen knochigen Zeigefinger vor die Lippen.

Er stand vom Tisch auf und schickte die Diener, die diskret zu beiden Seiten gestanden hatten, hinaus. Dann schloß er sorgfältig die Tür hinter ihnen. Die sechs Freunde waren allein in dem großen Saal, doch das genügte dem Zauberer noch nicht. Er ging zu dem großen Portal am anderen Ende, von dem aus man durch eine Vorhalle in die übrigen Flügel der Burg gelangte, und schaute vorsichtig hinaus.

Ben wunderte sich, warum Questor so geheimnisvoll tat. Zugegeben, es war nicht mehr wie in den alten Tagen, als nur die sechs Freunde auf Silber Sterling lebten. Jetzt gab es einen Hofstaat mit Leuten aller Altersgruppen und Ränge – Soldaten, Wachleute, Gesandte, Botschafter und viele andere, die zum Hof gehörten und übereinander und in Bens Privatleben stolperten, wenn es am unpassendsten war. Aber das Thema, daß er möglicherweise in seine alte Welt zurückkehren würde, war schon oft öffentlich und von jedermann diskutiert worden. Die Bevölkerung von Landover wußte inzwischen längst, daß er kein gebürtiger Landoveraner war.

Er lächelte verständnisvoll. Nun ja, es konnte nichts schaden, wenn man vorsichtig war.

Ben räkelte sich und streckte seine vom Schlafen noch etwas steifen Glieder. Er war von durchschnittlicher Erscheinung, mittelgroß und gut proportioniert. In seiner Jugend war er Boxer gewesen und hatte sich die schnelle und präzise Beweglichkeit erhalten. Sein Gesicht war sonnen- und windgegerbt, mit kräftigen Backenknochen, hoher Stirn, Adlernase und leicht zurückweichendem Haaransatz. In den Augenwinkeln zeigten sich die ersten Altersfältchen, doch seine Augen selbst leuchteten eisblau und wach.

Er ließ den Blick zur Decke wandern. Die Morgensonne strahlte durch die hohen Bogenfenster und glänzte auf poliertem Holz und Stein. Die Wärme der Burg erfüllte ihn, und er konnte ihr Pulsieren spüren. Die Burg hörte immer zu. Er wußte, daß sie ihn von seinem Traum sprechen gehört hatte und darauf mit Unwillen reagierte. Sie war wie eine Mutter, die sich um ihren stürmischen, unvorsichtigen Sohn sorgt. Sie war wie eine Mutter, die immer versucht, den Sohn sicher in ihrer Nähe zu halten. Sie mochte es nicht, wenn er davon sprach, daß er fortgehen wollte.

Ben warf einen verstohlenen Blick auf seine Freunde: Questor Thews, der Zauberer, dessen Magie oft danebenging – eine ausgefranste Vogelscheuche mit geflickten Gewändern und fahrigen Gesten; Abernathy, der Hofschreiber, der durch Questors Zauberei zu einem weichhaarigen Weizenterrier geworden und es auch geblieben war, da der Zauberer, der ihn zurückverwandelt hätte, nicht gefunden werden konnte – ein Hund in Menschenkleidern; Weide, die wunderhübsche Sylphe, halb Frau, halb Baum – ein Wesen aus den Elfenreichen mit ihrem eigenen Zauber; Bunion und Parsnip, der Bote und der Koch – Kobolde, die aussahen wie großohrige Affen in kurzen Hosen. Zu Anfang hatte er sie alle äußerst befremdlich gefunden, doch nun, ein Jahr später, fühlte er sich in ihrer Gesellschaft wohlbehütet und zufrieden.

Ben schüttelte den Kopf. Er lebte in einer Welt voller Drachen, Hexen, Gnome, Trolle und anderer seltsamer Geschöpfe, lebender Burgen und Elfenmagie. Er lebte in einem Märchenkönigreich, in dem er der König war. Die alte Welt war weit fort, das alte Leben lange vorbei. Es war verwunderlich, daß er noch immer so oft daran zurückdachte – an Miles Bennett und Chicago, an das Rechtsanwaltsbüro, die Gerichtspraxis, an die Verantwortungen und Verpflichtungen, die er zurückgelassen hatte. Die Bilder des Traumes der letzten Nacht drängten sich in sein Bewußtsein. Offenbar fiel es ihm nicht leicht, zu vergessen, was einst viele Jahre lang sein Lebensinhalt gewesen war...

Questor Thews räusperte sich.

»Auch ich hatte letzte Nacht einen Traum, Hoheit«, ließ sich der Zauberer vernehmen. Ben riß die Augen weit auf. Die große, in fließende Gewänder gehüllte Gestalt beugte sich über seinen hochlehnigen Stuhl und kratzte sich mit knochigen Fingern das bärtige Kinn. »Mein Traum«, berichtete er leise, »handelte von den verlorenen Zauberbüchern!«

Jetzt verstand Ben die Vorsichtsmaßnahmen des Zauberers. Nur wenige Bewohner von Landover wußten von den Zauberbüchern. Sie hatten Questors Halbbruder gehört, dem früheren Hofzauberer, den Ben in der alten Welt als Mr. Meeks kennengelernt hatte. Meeks hatte, zusammen mit dem Taugenichts von Thronerben, Ben das Königreich Landover für eine Million Dollar verkauft – überzeugt, daß Ben in eine der vielen tödlichen Fallen tappen würde und sie das Königreich somit erneut verkaufen könnten. Meeks hatte geglaubt, daß er Questor als Verbündeten gewinnen könnte, indem er ihm das Wissen aus den Zauberbüchern als Köder vorhielt. Doch statt dessen hatten Questor und Ben sich zusammengetan, hatten alle Fallen, die Meeks aufgestellt hatte, umgangen und hatten zudem alle Verbindungen, die der ehemalige Zauberer mit Landover besaß, zerstört.

Ben schaute Questor in die Augen. Ja, Meeks war fort – aber die Zauberbücher waren irgendwo im Tal versteckt...

»Habt Ihr gehört, was ich gesagt habe, Hoheit?« Questors Augen funkelten vor Aufregung. »Die verlorenen Bücher – die Magie, aus der die Zauberer von Landover von Anbeginn an ihre Kräfte schöpften! Ich glaube, ich weiß, wo sie sind! Ich sah im Traum den Ort des Verstecks!« Seine Augen tanzten, seine

Stimme wurde zu einem rauhen Flüstern. »Sie sind in den Katakomben der zerstörten Festung von Mirwouk hoch oben im Melchor versteckt! Im Traum folgte ich einer Fackel, die von keiner Hand getragen wurde. Folgte ihr durch die Finsternis, durch Tunnel und über Treppen zu einer Tür, die mit Runen und Zeichen versehen war. Die Tür ging auf. Eine der Steinplatten am Boden war mit einem besonderen Zeichen versehen. Auf meine Berührung hin gab sie nach, und dort waren die Bücher! Ich erinnere mich an jedes Detail... so, als sei es wirklich geschehen!«

Jetzt war Ben es, der zweifelnd dreinschaute. Er setzte an, etwas zu sagen, doch er wußte nicht, was. Er fühlte, daß Weide unbehaglich auf ihrem Stuhl herumrückte.

»Ich war nicht sicher, ob ich Euch von meinem Traum berichten sollte, um ehrlich zu sein«, gestand der Zauberer, und seine Worte überstürzten sich. »Ich dachte, es wäre vielleicht angebracht, zu warten, bis ich herausgefunden hatte, ob der Traum wahr oder falsch war, bevor ich etwas davon erwähnte. Doch dann spracht Ihr von Eurem Traum und ich...« Er zögerte. »Meiner war wie der Eure, Hoheit. Es war nicht so sehr ein Traum, sondern eher wie eine Vorahnung, erstaunlich intensiv, überzeugend lebendig. Er war nicht erschreckend wie Eurer, er war... beglückend!«

Abernathy zeigte sich nicht beeindruckt. »Vielleicht war das nur die Wirkung von etwas, das Ihr gegessen habt, Zauberer«, bemerkte er ziemlich abschätzig.

Questor schien ihn nicht gehört zu haben. »Ist Euch klar, was es bedeuten würde, wenn es mir gelänge, die Bücher in meinen Besitz zu bringen?« fragte er eifrig. »Könnt Ihr Euch vorstellen, welche Zauber ich kontrollieren würde?«

»Ich habe den Eindruck, Ihr kontrolliert schon mehr als genug«, schnaubte Abernathy. »Ich möchte Euch daran erinnern, daß es Eure Kontrolle – oder besser Euer Mangel an Kontrolle – über die Zauberkraft war, die mich vor ein paar Jahren in meinen gegenwärtigen Zustand versetzt hat! Nicht auszudenken, was für Unheil Ihr anzurichten in der Lage wäret, wenn Euch weitere Mittel zur Verfügung stünden!«

»Unheil? Und all das Gute, das ich tun könnte?« Questor ging auf den Hund zu. »Und wenn ich ein Mittel fände, Euch wieder zurückzuverwandeln?«

Abernathy schwieg. Skepsis war eines, Dummheit etwas anderes. Nichts wünschte er mehr, als wieder Mensch zu sein.

»Questor«, fragte Ben schließlich. »Seid Ihr Euch Eurer Sache sicher?«

»So sicher wie Ihr, Hoheit«, gab der Zauberer zurück. Dann zögerte er. »Allerdings ist es seltsam, daß in einer einzigen Nacht zwei Träume...«

»Nein, drei«, unterbrach ihn Weide.

Questor ließ seinen Satz unvollendet. Ben hatte das Ausmaß von Questors Enthüllung noch nicht ganz erfaßt. Abernathy und die Kobolde waren sprachlos. Was hatte sie gesagt?

»Drei«, wiederholte sie. »Auch ich hatte einen Traum. Einen seltsamen, beängstigenden und vielleicht sogar noch lebendigeren Traum als ihr.«

Ben sah wieder diesen beunruhigenden Ausdruck in ihrem Gesicht, diesmal noch stärker, noch intensiver. Es war ihm vorher schon aufgefallen, doch er hatte nicht weiter darauf geachtet. Aber Weide neigte nicht zu Übertreibungen. Irgend etwas hatte sie erschüttert. Er erkannte Sorge in ihrem Blick, ja sogar Angst.

»Was hast du denn geträumt?« fragte er.

Sie antwortete nicht sofort, schien in Gedanken verloren. »Ich reiste durch ein Land«, berichtete sie schließlich, »das mir sowohl vertraut als auch fremd erschien. Ich war in Landover und doch irgendwo anders. Ich suchte etwas. Mein Volk war da, undeutliche Schatten, die drängend auf mich einflüsterten. Es gab Grund zu größter Eile, doch ich verstand nicht, weshalb. Ich suchte einfach weiter.«

Sie machte eine Pause. »Dann schwand das Tageslicht, und es wurde dunkel. Mondlicht flutete durch den Wald, der sich wie ein Wall um mich herum erhob. Ich war jetzt allein. Ich verspürte solche Angst, daß ich nicht um Hilfe rufen konnte, obwohl ich das Gefühl hatte, ich müßte es tun. Nebel waberte, Schatten drängten so nah, daß sie mich zu erdrücken drohten.« Sie ergriff Bens Hand und klammerte sich daran. »Ich brauchte dich, Ben. Ich brauchte dich so dringend, daß der Gedanke, du seist nicht da, unerträglich wurde. Eine Stimme in meinem Inneren schien mir zuzuflüstern, daß ich dich, wenn ich meine Reise nicht zu Ende führte, verlieren würde. Für immer.«

Die Art und Weise, wie Weide sprach, ließ Ben Holiday fröstelnd erschaudern.

»Dann tauchte plötzlich eine Gestalt vor mir auf, ein Geist aus den Nebeln der Nacht.« Die grünen Augen der Sylphe funkelten. »Es war ein Einhorn, Ben, so schwarz, daß es das weiße Mondlicht aufzusaugen schien wie ein trockener Schwamm das Wasser. Es war ein Einhorn, doch mehr als das. Es war nicht weiß wie einst die Einhörner, sondern tiefschwarz. Es versperrte mir den Weg mit gesenktem Horn und scharrte mit den Hufen. Sein geschmeidiger Körper schien ständig die Form zu verändern, und ich sah, daß es mehr Dämon als Einhorn war, eher Teufel als Elfenwesen. Es war so blind wie die großen Sumpfstiere und ebenso wild. Es rannte auf mich zu, und ich floh. Ich wußte irgendwie, daß es mich nicht berühren durfte, daß ich verloren wäre, würde es mich berühren. Ich war schnell, doch das Einhorn folgte mir dicht auf den Fersen. Es wollte mich. Es war entschlossen, meiner habhaft zu werden.«

Ihr Atem ging rasch, ihre innere Anspannung übertrug sich auf die anderen. Im Raum war es totenstill. »Und dann sah ich, daß ich ein Zaumzeug aus gesponnenem Gold in der Hand hielt, aus Goldfäden, die von den Elfen in alter Zeit geflochten worden waren. Ich wußte nicht, wie ich in den Besitz dieses Zaumzeugs gekommen war, ich wußte nur, daß ich es nicht verlieren durfte, und ich wußte, daß es das einzige war, mit dem man das schwarze Einhorn bändigen konnte.«

Der Druck ihrer Hand wurde noch fester. »Ich rannte und suchte Ben. Ich fühlte, daß ich ihm das Zaumzeug bringen mußte, und daß mich das schwarze Einhorn, falls ich ihn nicht ganz schnell fand, fangen würde und ich...«

Sie verstummte und fixierte Bens Blick. Einen Moment lang vergaß er, was sie gerade gesagt hatte, verlor sich in ihren Augen, der Berührung ihrer Hand. Einen Augenblick lang war sie die unglaublich schöne Frau, die er vor einem Jahr nackt in den Wassern des Irrylyn badend getroffen hatte, Sirene und Elfenkind zugleich. Die Vision blieb ihm unvergessen. Immer, wenn er sie anschaute, belebte sie sich aufs neue.

Im Speisesaal herrschte beklommenes Schweigen, bis Abernathy sich räusperte. »Das scheint ja eine ziemlich traumreiche Nacht gewesen zu sein«, meinte er spöttisch. »Alle außer mir scheinen etwas geträumt zu haben. Wie ist das mit dir, Bunion? Hast du von Freunden in Not oder Zauberbüchern oder schwarzen Einhörnern geträumt? Und du, Parsnip?«

Die Kobolde fauchten leise und schüttelten gleichzeitig die Köpfe, doch in ihren klaren Augen stand Furcht. Sie schienen diese Traumangelegenheit nicht so leicht nehmen zu wollen wie Abernathy.

»Da war noch etwas«, fuhr Weide fort, ohne ihren Blick von Ben zu wenden. »Ich wachte auf, während ich noch vor dem Wesen floh, das mich jagte, dem schwarzen Einhorn oder Teufel. Ich erwachte, doch ich wußte mit Sicherheit, daß der Traum noch nicht zu Ende war, daß da noch mehr kommen würde.«

Ben nickte bedächtig. »Ja, manchmal träumt man den gleichen Traum mehrmals...«

»Nein, Ben«, flüsterte sie mit Nachdruck. Ihre Hand ließ die seine los. »Dieser Traum war wie deiner – eher eine Vorahnung als ein Traum. Ich wurde gewarnt, meine Hoheit. Als Elfenwesen bin ich der Traumwahrheit näher als andere. Mir wurde etwas gezeigt, das ich wissen soll – und ich habe noch nicht alles gezeigt bekommen.«

»Es gibt Berichte in den Überlieferungen von Landover, wo ein schwarzes Einhorn gesichtet worden sein soll«, warf Questor plötzlich ein. »Ich erinnere mich, ein- oder zweimal darüber gelesen zu haben. Es geschah vor sehr langer Zeit, und die Berichte darüber blieben unklar und wurden nicht bestätigt. Es hieß, das Einhorn sei eine Dämonenbrut und ein Wesen von solchem Übel, daß allein sein Anblick das Ende bedeutete...«

Essen und Getränke erkalteten vergessen auf den Tellern und in den Tassen. Der Speisesaal war leer und still, doch Ben fühlte Augen und Ohren überall rundum. Ein unangenehmes Gefühl. Er warf einen Blick auf Questors düsteres Gesicht und dann wieder auf Weide. Hätte er ihren Traum und möglicherweise auch Questors erzählt bekommen, ohne seinen eigenen erlebt zu haben, wäre er wahrscheinlich geneigt gewesen, sie als unwichtig abzutun. Er maß Träumen nicht allzuviel Bedeutung bei. Doch die Erinnerung an Miles Bennett in seinem dunklen Büro und seine Sorge und Verzweiflung, daß Ben nicht da war, als er dringend gebraucht wurde, hingen wie eine Wolke über ihm. Sie waren so real wie im wirklichen Leben. Er erkannte die gleiche Eindringlichkeit in den Traumberichten seiner Freunde, welche die bohrende Überzeugung verstärkten, daß Träume von solcher Lebhaftigkeit nicht einfach als Auswirkungen des Abendessens oder Produkte eines überaktiven Unterbewußtseins abgetan werden durften.

»Warum haben wir diese Träume?« dachte er laut.

»Dieses Land ist auf Träumen gebaut, Hoheit«, erwiderte Questor Thews. »In diesem Land kommen die Träume der Märchenwelt und der sterblichen Welt zusammen und verbinden sich. Was in der einen Phantasie ist, ist in der anderen Wirklichkeit – doch hier treffen sie zusammen.« Er erhob sich, geisterhaft in seinen farbig gemusterten Gewändern. »Es hat schon früher Beispiele für solche Traumerlebnisse gegeben, häufig bis zu einem halben Dutzend gleichzeitig. Könige, Zauberer und Leute in Machtpositionen haben solche Träume im Laufe der Geschichte von Landover immer wieder gehabt.«

»Träume, die Offenbarungen oder gar Warnungen sind?«

»Träume, die verlangen, daß man darauf reagiert, Hoheit.«

Ben spitzte die Lippen. »Habt Ihr vor, auf Euren Traum zu reagieren, Questor? Plant Ihr, Euch auf die Suche nach den verlorenen Zauberbüchern zu machen, so wie der Traum es Euch gezeigt hat?«

Questor runzelte zögernd die Stirn.

»Und sollte Weide das goldene Zaumzeug ihres Traumes suchen gehen? Sollte ich nach Chicago zurückkehren und nach Miles Bennett schauen?«

»Hoheit, einen Augenblick bitte!« Abernathy war aufgesprungen. Er war gar nicht zufrieden. »Es ist sicher angebracht, die Angelegenheit etwas sorgfältiger zu überdenken. Aber es wäre womöglich ein schwerwiegender Fehler, wenn ihr drei losrennen würdet, auf der Suche nach ... nach etwas, das sich als von der Verdauung verursachte Irrtümer herausstellen könnte!«

Er schaute Ben scharf in die Augen. »Hoheit, denkt daran, daß der Zauberer Meeks noch immer Euer größter Feind ist. Solange Ihr in Landover bleibt, kann er Euch nicht erreichen, doch ich bin überzeugt, daß er für den Tag lebt, an dem Ihr töricht genug seid, in jene Welt zurückzukehren, in der er durch Euer Verschulden festsitzt. Was passiert, wenn er herausfindet, daß Ihr zurückgekommen seid? Und wenn die Gefahr, die Euren Freund bedroht, Meeks selbst ist?«

»Die Möglichkeit ist nicht auszuschließen«, gab Ben zu.

»Allerdings nicht!« Abernathy schob seine Brille heftig auf die Nasenwurzel zurück.

Dann richtete er seine Worte an Questor. »Und Ihr solltet klug genug sein, Euch die Gefahren bewußt zu machen, die jedem Versuch, sich die Macht der verlorenen Zauberbücher anzueignen, anhaften – Zaubermacht, die das Werkzeug von Magiern vom Kaliber eines Meeks war! Es gab Gerüchte, lange bevor Ihr oder ich das Licht der Welt erblickten, die besagten, daß die Zauberbücher aus Dämoneneisen gegossen und zu üblem Nutzen verdammt seien. Woher nehmt Ihr die Gewißheit, daß eine solche Kraft Euch nicht so schnell zerstört wie Feuer ein Stück trockenen Pergaments? Solche Magie ist voller Gefahren, Questor Thews!«

»Und was Euch angeht«, wandte er sich schnell, noch ehe Questor protestieren konnte, an Weide. »Euer Traum beängstigt mich am meisten. Die Legende vom schwarzen Einhorn ist eine Legende voller Unheil – Euer Traum selbst läßt das erkennen! Questor Thews hat es unterlassen, zu berichten, daß alle die, welche angaben, jene Kreatur gesehen zu haben, ein plötzliches, höchst unerfreuliches Ende fanden. Wenn es ein schwarzes Einhorn gibt, dann ist es vermutlich ein Dämon aus Abaddon – den man am besten in Ruhe läßt!«

Er klappte lautstark und voll demonstrativer Überzeugung seine Kinnladen zu. Seine Freunde starrten ihn an. »Wir mutmaßen doch nur«, versuchte Ben seinen aufgebrachten Schreiber zu beruhigen. »Wir ziehen nur mögliche Alternativen in Betracht...«

Weides Hand schloß sich wieder um seine. »Nein, Ben. Abernathys Vermutungen sind korrekt. Wir sind jenseits der Betrachtung von Alternativen.«

Ben schwieg. Er wußte, daß sie recht hatte. Keiner der drei hatte es zugegeben, doch die Entscheidungen waren längst getroffen. Sie würden auf ihre respektiven Reisen gehen und ihre verschiedenen Ziele ansteuern. Sie waren entschlossen, den Wahrheitsgehalt ihrer Träume zu testen.

»Einer von euch ist wenigstens ehrlich«, schnaubte Abernathy. »Wenigstens, was die Suche angeht, wenn auch nicht in bezug auf die innewohnende Gefahr!«

»Gefahr lauert überall...« setzte Questor an.

»Ja, ja, Zauberer!« schnitt Abernathy ihm das Wort ab und richtete dann seine ganze Aufmerksamkeit auf Ben. »Habt Ihr die Projekte, die gegenwärtig in Arbeit sind, vergessen, Hoheit?« fragte er. »Was ist mit der Arbeit, die Eure Gegenwart verlangt, damit sie vollendet werde? Der Gerichtsrat tagt in einer Woche, um über das von Euch in Kraft gesetzte Beschwerdeverfahren zu beraten. Die Bewässerungs- und Straßenarbeiten am Ostrand von Grünland sollen beginnen, sobald Ihr die Absteckungen gutgeheißen habt. Die Steuererhebung verlangt eine sofortige Berechnung. Und die Herren von Grünland haben sich in drei Tagen zu einem offiziellen Besuch angesagt! Ihr könnt das nicht alles einfach fahrenlassen!«

Ben nickte geistesabwesend. Wann hatte er sich denn entschieden aufzubrechen? Er konnte sich nicht erinnern, diese Reise beschlossen zu haben. Ihm kam es vor, als sei die Entscheidung für ihn getroffen worden. Er schüttelte den Kopf. Das war unmöglich.

Er wandte sich wieder Abernathy zu. »Keine Sorge. Ich werde nicht lange fort sein«, versprach er.

»Aber das könnt Ihr doch gar nicht wissen!« protestierte der Schreiber.

Ben machte eine kleine Pause, dann lächelte er. »Abernathy, manche Dinge haben den Vorrang. Landovers Geschäfte werden während der paar Tage warten müssen, die ich brauche, um mich in die alte Welt zu begeben und wieder zurückzukommen.« Er stand auf und stellte sich neben den Freund. »Ich kann nicht so tun, als gäbe es meinen Traum nicht, als machte ich mir keine Sorgen um Miles. Früher oder später würde ich ohnehin zurückgehen müssen. Ich habe zu vieles für zu lange Zeit unerledigt gelassen.«

Bens Lächeln wurde noch breiter. »Ich verspreche, äußerst vorsichtig zu sein. Das Wohlergehen von Landover und seinen Bewohnern liegt mir ebenso am Herzen wie Euch.«

»Zudem kann ich die Staatsgeschäfte während Eurer Abwesenheit recht gut führen, Hoheit«, fügte Questor hinzu.

Abernathy stöhnte. »Woran liegt es, daß mich diese Aussicht in keiner Weise beruhigt?«

Mit einer beschwichtigenden Handbewegung hieß Ben Questor schweigen. »Bitte, keinen Streit. Wir brauchen unsere gegenseitige Unterstützung.« Dann wandte er sich an Weide. »Bist du ebenfalls entschlossen?«

Weide strich sich ihr hüftlanges Haar zurück und warf ihm einen vielsagenden Blick zu. »Die Antwort auf diese Frage kennst du bereits.«

Er nickte. »Scheint so. Und wo willst du anfangen?«

»Im Seenland. Der eine oder andere dort mag mir helfen können.«

»Würdest du in Betracht ziehen, auf mich zu warten, bis ich von meiner Reise zurück bin, damit ich mit dir kommen kann?«

Ihre meergrünen Augen blieben ungerührt. »Würdest du statt dessen auf mich warten, Ben?«

Er drückte liebevoll ihre Hand. »Nein, ich glaube nicht. Aber du stehst unter meiner Obhut, und ich möchte nicht, daß du allein gehst. Ich möchte weder dich noch Questor allein gehen lassen. Ein gewisser Schutz mag notwendig sein. Bunion wird den einen von euch begleiten, Parsnip den anderen. Nein, keine Widerrede«, fuhr er schnell fort, als er sah, wie sowohl die Sylphe als auch der Zauberer zu protestieren anhoben. »Eure Reisen könnten sich als gefährlich erweisen.«

»Eure nicht minder, Hoheit«, bemerkte Questor.

Ben nickte. »Ja, dessen bin ich mir bewußt. Doch die Umstände sind nicht die gleichen. Ich kann niemanden aus dieser Welt in die andere mitnehmen, ohne unnötige Aufmerksamkeit auf uns zu lenken. Und wenn mir Gefahr droht, dann ist es in der anderen Welt. Bei diesem Ausflug werde ich mein eigener Beschützer sein müssen.«

Und außerdem, dachte er bei sich, würde ihn das Medaillon, das er um den Hals trug, ausreichend beschützen. Er ließ seine Finger über die Brust streichen und fühlte dessen harte Umrisse unter dem Hemd. Ironischerweise war es Meeks selbst gewesen, der ihm das Medaillon gegeben hatte, als er ihm das Königtum verkaufte – den Schlüssel zu der Magie, die jetzt ihm unterstand. Nur der Träger des Medaillons konnte als König anerkannt werden. Nur der Träger konnte die Nebel der Elfenreiche von Landover in die anderen Welten hin und zurück durchqueren. Und nur der Träger konnte die Dienste des unbesiegbaren Kämpen, des Paladins, in Anspruch nehmen und befehligen.

Ben betastete das Relief des Medaillons mit dem Paladin vor den Toren von Silber Sterling und der aufgehenden Sonne. Nur er allein kannte das Geheimnis des Paladins. Nicht einmal Meeks hatte das gesamte Ausmaß der Kraft des Medaillons und seine Verbindung mit dem Paladin durchschaut.

Er grinste in sich hinein. Meeks hatte sich für so clever gehalten. Er hatte das Medaillon benutzt, um in Bens Welt hinüberzugehen, und dort saß er nun in der Falle. Was gäbe der alte Zauberer nicht darum, wieder in dessen Besitz zu gelangen!

Das Grinsen verschwand. Das würde natürlich nie geschehen. Nur der Träger selbst konnte das Medaillon abnehmen, wenn es einmal an seinem Platz hing – und Ben nahm es niemals ab. Meeks bedeutete keine Bedrohung mehr für ihn.

Doch irgendwo im Hintergrund seines Bewußtseins, begraben unter der Entschlossenheit, mit der er alles anging, was er sich vorgenommen hatte, nagte warnend ein winziger Zweifel.

»Nun, es sieht so aus, als könne ich nichts sagen oder tun, das Euch umstimmen könnte«, erklärte Abernathy und zog Bens Aufmerksamkeit auf sich. Der Hund schaute ihn über den Rand seiner Brille hinweg an, schob sie dann wieder auf die Nasenwurzel und nahm die Pose eines ungehörten Propheten ein. »Sei's drum. Wann brecht Ihr auf, Hoheit?«

Beklommenes Schweigen – bis Ben sich räusperte. »Je eher ich gehe, desto eher kann ich zurück sein.«

Weide stand auf und stellte sich vor ihn, legte ihm die Arme um die Taille und zog ihn an sich. Sie hielten sich eine Weile umarmt, und die anderen schauten zu. Ben spürte ein Schaudern, das durch den schlanken Körper der Sylphe ging und von unausgesprochener Furcht herrührte.

»Ich hielte es für das beste, wenn wir uns alle um unsere Angelegenheiten kümmerten«, schlug Questor leise vor.

Niemand antwortete. Das Schweigen sagte alles. Der Morgen war schon weit vorgerückt, und sie alle hatten viel zu tun an diesem Tag.

»Komm heil zu mir zurück«, flüsterte Weide an Bens Schulter.

Abernathy hörte es, schaute in eine andere Richtung und meinte: »Kommt heil zu uns allen zurück, Hoheit.«

* * *

Ben verlor keine Zeit.

Er ging aus dem Speisesaal direkt in sein Schlafzimmer und packte die Reisetasche, die er seinerzeit mit ein paar Habseligkeiten aus der alten Welt mitgebracht hatte. Er zog wieder den blauen Trainingsanzug und die Turnschuhe an, mit denen er damals nach Landover gekommen war. Die Sachen fühlten sich seltsam an, nachdem er so lange die einheimische Kleidung getragen hatte, doch gleichzeitig auch angenehm vertraut. Jetzt kehrte er endlich zurück, dachte er, während er sich umzog. Nun würde es also wahr.

Aus dem Schlafzimmer ging er über ein paar Hintertreppen und durch ein paar Privatgemächer in einen kleinen Hof gleich hinter dem Haupteingang, wo die anderen ihn schon erwarteten. Die Morgensonne schien aus dem wolkenlosen, blauen Himmel auf den weißen Stein der Burg und brach sich in gleißenden Strahlen in den Silbereinfassungen der Fenster. Auf der Insel, auf der Silber Sterling thronte, herrschte wohlig warme Trägheit. Ben atmete die aromatische Luft tief ein und spürte, wie die Burg unter seinen Füßen zur Antwort vibrierte.

Er schüttelte den Kobolden Bunion und Parsnip kräftig die Hände, erwiderte Abernathys steife Verbeugung, umarmte Questor freundschaftlich und küßte Weide mit einer Inbrunst, die sonst nur der tiefen Nacht vorbehalten war. Gesprochen wurde nicht viel, alles Wesentliche war schon gesagt. Abernathy warnte abermals vor Meeks, und auch Questor bat ihn, wachsam zu sein.

»Seid vorsichtig, Hoheit«, riet Questor und packte Bens Schultern, als wolle er ihn zurückhalten. »Auch wenn mein Halbbruder in einer fremden Welt festsitzt, so ist er doch nicht all seiner magischen Kräfte beraubt. Er ist nach wie vor ein gefährlicher Gegner. Nehmt Euch vor ihm in acht.«

Ben versprach es. Zusammen gingen sie durch die Tore, an den Wächtern vorbei und hinunter zum Strand. Bens Pferd stand am anderen Ufer gesattelt bereit, ein Fuchswallach, den er ›Jurisdiktion‹ genannt hatte. Es war sein privater Scherz, daß er, wo immer er zu Pferde hinkam, die Jurisdiktion unter sich hatte. Außer ihm verstand keiner, was er damit meinte.

Eine Eskorte berittener Soldaten wartete dort ebenfalls.

Abernathy hatte darauf bestanden, daß Landovers König zumindest innerhalb der Landesgrenzen nicht ohne den angemessenen Schutz reisen dürfe.

»Ben.« Weide kam noch einmal zu ihm und drückte ihm etwas in die Hand. »Nimm dies hier mit.«

Er schaute diskret, was es war: ein glatter, milchig gefärbter Stein, der mit feinen Runen überzogen war.

Weide drückte seine Hand schnell wieder zu. »Bewahre den Stein gut versteckt auf. Es ist ein Talisman, den mein Volk oft benutzt. Wenn Gefahr durch magische Kräfte droht, wird er heiß und färbt sich leuchtend rot. So wirst du gewarnt sein.«

Sie streichelte seine Wange zärtlich. »Denk daran, daß ich dich liebe. Daß ich dich immer lieben werde.«

Er lächelte, doch ihre Worte waren ihm unangenehm wie jedesmal, wenn sie das sagte. Er wollte nicht, daß sie ihn liebte, nicht so überschwenglich, nicht so bedingungslos. Er hatte Angst davor. Annie hatte ihn so geliebt – Annie, seine Frau, die jetzt tot war, Annie, ein Teil seines alten Lebens, seiner alten Welt, die bei einem Autounfall ums Leben gekommen war, der manchmal vor tausend Jahren und manchmal gerade erst gestern passiert zu sein schien. Er wollte es nicht riskieren, sich ein zweites Mal einer solchen Liebe hinzugeben und sie ein zweites Mal zu verlieren. Er konnte nicht. Der Gedanke terrorisierte ihn.

Eine Welle von Traurigkeit rollte über ihn hinweg. Bevor er

Weide traf, hatte er es nicht für möglich gehalten, je wieder solche Gefühle zu erleben, wie er sie mit Annie geteilt hatte...

Er küßte Weide schnell, steckte den Stein tief in seine Tasche und wandte sich ab.

Questor brachte ihn mit dem Seegleiter ans andere Ufer und wartete, bis er auf sein Pferd gestiegen war. »Alles Gute, Hoheit«, wünschte ihm der Zauberer.

Ben winkte seinen Freunden noch einmal zu, warf einen letzten Blick auf die Türme von Silber Sterling, gab Jurisdiktion die Sporen und galoppierte davon, gefolgt von seiner Eskorte.

* * *

Es wurde Nachmittag, während Ben westwärts zum Rande des Tales und den Nebeln ritt, welche die Grenze zu den Elfenreichen bildeten. Spätsommerliche Farben bestimmten die Landschaft, die Wiesen waren saftig grün, blau und rosa, mit weißem, rot getupftem Klee. Der Wald trug noch sein prächtiges Blätterkleid. Blaubonnies, eine Baumart, die sowohl Trank als auch Nahrung lieferte und somit zu den Grundnahrungserzeugern des Tales zählte, wuchsen in Gruppen überall – kleinwüchsige Stacheleichen, deren leuchtendes Blau sich vor den verschiedenen Grünschattierungen des Waldes abhob. Zwei von Landovers acht Monden hingen tief über dem nördlichen Horizont, sogar am Tage deutlich zu sehen – der eine pfirsichfarben, der andere blaßlila schimmernd. Auf den kleinen, über das Land verstreuten Bauernhöfen waren die Erntearbeiten in vollem Gange. Die Winterwochen würden erst einen Monat später beginnen.

Ben kostete die Gerüche, den Geschmack, den Anblick und das Gefühl, wie man einen edlen Wein genießt. Der Dunst und die winterliche Kargheit, die das ganze Land befallen hatten, weil die Zauberkraft im Sterben begriffen war, als er damals herkam, waren verschwunden. Die Zauberkraft hatte sich erholt, und das Land war gesundet. Das Tal und seine Einwohner hatten ihren Frieden wiedergefunden.

Ben nicht. Er hielt ein stetiges, wenn auch langsames Reisetempo ein. Der Zwang zur Eile, den er zunächst empfunden hatte, war bei der Aussicht, tatsächlich das Tal zu verlassen, einer seltsamen Beunruhigung gewichen. Es war das erste Mal, daß er Landover den Rücken kehrte, und obwohl ihm der Gedanke fortzugehen bislang nicht unangenehm gewesen war, so begannen jetzt Zweifel an den Ecken und Kanten seiner Entschlossenheit zu nagen. Ob er wohl, wenn er einmal Landover verlassen hatte, in der Lage wäre zurückzukommen?

Das war natürlich lächerlich, und er versuchte, tapfer dagegen anzukämpfen. Er sagte sich, daß dies die natürliche Reaktion eines jeden Reisenden war, der sein Zuhause verließ, und daß er nur das Opfer der wiederholten Warnungen seiner besorgten Freunde sei. Um seine Stimmung aufzubessern, summte er ›Brigadoon‹ vor sich hin.

Aber all das half nichts, und er gab es schließlich auf. Manches mußte man einfach erdulden, bis es von selbst aufhörte.

Am hellen Nachmittag erreichten sie die Abhänge des westlichen Randgebirges. Er wies die Soldaten an, dort ein Lager aufzuschlagen und auf seine Rückkehr zu warten. Er würde vermutlich etwa eine Woche fort sein, beschied er ihnen. Wenn er bis dahin nicht zurück sei, sollten sie zu Silber Sterling zurückreiten und Questor benachrichtigen. Der Kapitän schaute ihn ein wenig schief an, doch er nahm die Befehle kommentarlos entgegen. Er war daran gewöhnt, daß sein König seltsame Ausflüge ohne seine Eskorte unternahm – wenn er auch meistens einen der Kobolde oder wenigstens den Zauberer bei sich hatte.

Ben grüßte den salutierenden Kapitän, schwang sich die Reisetasche über die Schulter und begann den Aufstieg.

Der Sonnenuntergang war nicht mehr fern, als Ben den Gipfel erreichte und auf den dunstigen Waldrand, die Grenze zu den Elfenreichen, zusteuerte. Die Tageswärme wich der Abendkühle, und sein langgezogener Schatten folgte ihm wie eine groteske Silhouette. Es herrschte tiefste Stille, und Ben bildete sich ein, etwas Verborgenes zu spüren.

Seine Hand tastete nach dem Medaillon, das er um den Hals trug, und umklammerte es. Questor hatte ihn auf die Aufgabe, die ihn erwartete, vorbereitet. Die Elfenreiche waren überall und nirgends zugleich, und all die verschiedenen Zugänge zu den jenseitigen Welten lagen im Inneren. Der Weg zurück führte dort entlang, wo er beschloß entlangzugehen, und fand sich, wo immer er sich entschied einzutreten. Er brauchte nur sein Bewußtsein fest auf sein Ziel zu konzentrieren, das Medaillon würde ihm den richtigen Weg weisen.

So jedenfalls lautete die Theorie. Questor hatte nie Gelegenheit gehabt, sie zu testen.

Die Nebel schwebten wabernd zwischen den großen Waldbäumen und wanden und drehten sich wie Schlangen. Sie sahen aus, als lebten sie. *Was für ein ermunternder Gedanke*, schalt Ben sich. Er blieb stehen und betrachtete argwöhnisch den Waldrand. Dann holte er tief Luft und trat hinein.

Die Nebel umfingen ihn sofort von allen Seiten, und der Weg zurück wurde so undeutlich wie der nach vorn. Ben schob sich weiter, und im nächsten Moment öffnete sich ein Tunnel vor ihm – das gleiche weite, leere, schwarze Loch, durch das er ein Jahr zuvor hierhergekommen war. Es führte durch den Dunst zwischen gewaltigen Bäumen hindurch ins Nichts. Geräusche drangen an sein Ohr, fern und unbestimmt, und Schatten tanzten rundum.

Ben verlangsamte seine Schritte. Er dachte daran, wie er das letzte Mal diesen Tunnel durchquert hatte. Der Dämon, bekannt als der Eiserne Markus, und sein schwarzes, geflügeltes Reittier hatten Ben plötzlich bedroht. Als er schließlich zu der Überzeugung gelangt war, daß sie echt waren und keine Halluzination darstellten, war es schon fast zu spät gewesen. Und anschließend war er beinahe über den schlafenden Drachen gestolpert...

Schlanke Schemen schossen in der dunstigen Finsternis zwischen den Bäumen umher. *Elfen.*

Ben unterbrach seine Erinnerungen und zwang sich, schneller zu gehen. Die Elfen hatten ihm einmal geholfen, und er sollte sich eigentlich in ihrer Gegenwart nicht bedroht fühlen. Doch er kam sich fremd und verlassen vor.

Gesichter formten sich und schwanden wieder, eckig, scharfäugig und mit Haar wie Moos. Stimmen tuschelten, doch die Worte blieben undeutlich. Ben schwitzte. Es war ihm nicht wohl im Tunnel, er wollte hinaus. Vor ihm lag Finsternis.

Seine Finger umklammerten noch immer das Medaillon, und er

mußte plötzlich an den Paladin denken.

Die Dunkelheit vor ihm lichtete sich zu diesigem Grau, und das Tunnelende war nur noch fünfzig Meter entfernt. Undefinierbare Gestalten schwangen vage im Zwielicht wie ein Gewirr aus Spinnweben und krummen Ästen. Die Stimmen und Bewegungen an den Tunnelrändern wurden von scharfem Fauchen übertönt, und ein heftiger Wind erhob sich heulend.

Ben strengte sich an, durch die Dämmerung zu schauen. Regen peitschte ihm ins Gesicht und schlug ihm naß und wie spitze Nadeln vom Tunnelende her entgegen.

Da war etwas…

Er trat aus dem Schutz des Tunnels in den tobenden Sturm und befand sich Auge in Auge mit Meeks.

...und Erinnerungen

Ben Holiday erstarrte. Blitze zuckten aus dem bleiernen, wolkenverhangenen Himmel, und es goß in Strömen. Donner krachten, grollten durch die Leere und ließen den Boden erzittern. Gewaltige Eichen erhoben sich rundum wie eine riesige Festungsmauer, ihre Stämme und blattlosen Äste glänzten schwarz. In den Zwischenräumen duckten sich Fichten und Tannen in Gruppen, und die ausgezackten Gipfel der *Blue Ridge Mountains* türmten sich dunkel vor dem kaum erkennbaren Horizont.

Die geisterhafte Gestalt von Meeks stand drohend vor dieser Kulisse und rührte sich nicht: groß und altersgebeugt mit grauweißem Haar und verzerrtem Gesicht so hart wie Stahl. Er sah kaum noch aus wie der Mann, der Ben damals das Königreich Landover verkauft hatte. Jener war menschlich gewesen, dieser hier hatte den Blick eines tollwütigen Tieres. Er trug nicht mehr die lockere Cordjacke und mimte nicht mehr den höflichen, wenn auch etwas mürrischen Verkaufsagenten eines höchst respektablen Warenhauses. Statt dessen war er jetzt in schwarzblau schillernde Gewänder gehüllt, die sich wie Segel blähten und das Licht zu absorbieren schienen. Ein hoher, steifer Kragen umrahmte sein grauenerweckendes, zernarbtes, von an Wahnsinn grenzender Wut verzerrtes Gesicht. Der leere Ärmel seines rechten Armes baumelte lose herunter, der schwarze Lederhandschuh an seiner Linken sah aus wie eine krallenbewehrte Klaue.

Ben fühlte einen Kloß im Hals. Der alte Mann war so angespannt wie jemand, der im nächsten Moment zum Angriff übergeht.

Du meine Güte, durchfuhr es Ben, er hat hier auf mich gewartet. Er wußte, daß ich komme!

Meeks bewegte sich auf ihn zu. Ben machte einen Schritt rückwärts und umklammerte das Medaillon. Meeks hatte ihn fast erreicht. Der Wind drehte sich, das Tosen des Sturmes hallte von den Bergen wider, Regen peitschte Ben ins Gesicht und zwang ihn, die

Augen zu schließen.

Als er sie wieder öffnete, war Meeks verschwunden.

Ben sah sich verdattert um. Meeks hatte sich offensichtlich wie ein Gespenst in Luft aufgelöst. Regen und Düsternis kleideten die Waldumgebung in nasses Grau. Ben schaute sich hektisch um, traute seinen Augen nicht. Keine Spur von Meeks.

Aber Ben faßte sich rasch wieder. Vor ihm lag der Pfad, und er folgte ihm den Hang hinunter, fort vom Eingang zu jenem Zeittunnel, der ihn von Landover in seine alte Welt zurückgeführt hatte. Er war wirklich zurück, dessen war er sicher. Er war zurück in den *Blue Ridge Mountains* in Virginia, tief im *George Washington National Forest*. Es war der gleiche Pfad, den er vor über einem Jahr auf seinem Weg nach Landover beschritten hatte. Wenn er sich an ihn hielt, würde er hinunter zum *Skyline Drive* gelangen, zu dem grünen Schild mit der Nummer 13, dem Wetterunterstand und – das war das Wichtigste – zu einem Notruftelefon.

Er war naß bis auf die Haut, doch er ging schnellen Schrittes weiter, die Reisetasche fest unter den Arm geklemmt. Die Gedanken jagten ihm durch den Kopf. Das war nicht Meeks gewesen, den er da gesehen hatte. Die Erscheinung hatte dem Alten kaum geglichen, zum Teufel noch mal! Außerdem hätte Meeks sich nicht einfach in Nichts aufgelöst, wenn er es wirklich gewesen wäre, oder?

Zweifel befielen ihn plötzlich. Hatte er sich das alles nur eingebildet? War das nur eine Art Fata Morgana gewesen?

Jetzt erst erinnerte er sich wieder an den Runenstein, den Weide ihm mitgegeben hatte. Er verlangsamte seine Schritte und durchwühlte seine Hosentasche, bis er ihn fand und ans Licht holte. Er hatte noch immer die milchige Farbe und strahlte keine Hitze aus. Das hieß, daß keinerlei Magie ihn bedrohte. Doch was bedeutete das in bezug auf die Geistererscheinung von Meeks?

Zügig schritt er erneut aus, glitschte auf dem durchweichten Boden, Tannenäste schlugen ihm ins Gesicht. Plötzlich wurde ihm bewußt, wie kalt es war, die Kälte ließ ihn schaudern. Er hatte vergessen, daß selbst in Westvirginia der Spätherbst unangenehm sein konnte. Illinois würde ziemlich ungemütlich sein, und in Chicago mochte es sogar schon schneien…

Er spürte, wie etwas seine Kehle zuschnürte. Schatten bewegten sich im Dunst hinter den Regenschleiern, schossen hervor und verschwanden wieder. Jedesmal glaubte er, Meeks zu sehen. Jedesmal überkam ihn das Gefühl, die Handschuhklaue des Zauberers greife nach ihm.

Nur weitergehen, sagte er sich, sieh zu, daß du dieses Telefon erreichst.

Der Weg kam ihm länger vor, als er ihn in Erinnerung hatte, doch schließlich, nach etwa einer halben Stunde, überquerte er die Straße und stand vor dem Wetterunterstand mit dem Notruftelefon. Er war völlig durchnäßt und durchgefroren, doch er beachtete es nicht. Seine ganze Aufmerksamkeit war auf jene Plexiglaskabine mit dem schwarz-silbernen Metalltelefon gerichtet.

Oh, bitte, mach, daß es funktioniert, betete er.

Es funktionierte. Regen trommelte auf das Dach des Unterstands und verschleierte die Sicht. Er glaubte, Schritte zu hören. Hektisch durchwühlte er seine Reisetasche nach Münzen und Kreditkarte, die er noch immer in seiner Brieftasche hatte, fragte die Auskunft nach der Rufnummer eines Autoverleihs in Waynesboro und bestellte dort einen Wagen. Das alles war in wenigen Minuten getan.

Dann ließ er sich auf der Holzbank im Wetterunterstand nieder und wartete. Entsetzt stellte er fest, daß seine Hände zitterten.

* * *

Als der Wagen endlich kam und Ben im Trockenen saß, hatte er sich wieder soweit unter Kontrolle, daß er mit klarem Kopf überdenken konnte, was ihm widerfahren war.

Er glaubte nicht mehr, daß er sich die Erscheinung von Meeks nur eingebildet hatte. Was er mit eigenen Augen wahrgenommen hatte, war ziemlich real gewesen. Aber es hatte sich nicht um Meeks selbst gehandelt, der ihm da erschienen war, sondern um ein Bild von Meeks. Es war ausgelöst worden, als Ben den Zeittunnel verließ. Es war beabsichtigt gewesen, daß er es dort am Tunnelende sehen würde.

Die Frage war nur, wozu?

Er lehnte sich im Sitz zurück, als der Wagen mit hoher Geschwindigkeit die Waldstraße nach Waynesboro entlangfuhr, und überdachte die verschiedenen Möglichkeiten. Er mußte davon ausgehen, daß Meeks dafür verantwortlich war. Keine andere Erklärung schien sinnvoll. Was also versuchte Meeks zu erreichen? Wollte er Ben abschrecken und in den Zeittunnel zurückjagen? Das war nicht plausibel. Das heißt, die Abschreckung schon. Meeks war arrogant genug, Ben wissen lassen zu wollen, daß er ihn zurückerwartete. Aber es mußte darüber hinaus noch einen Grund geben. Das Bild war dort plaziert worden, um auch noch einen anderen Zweck zu erfüllen, darüber konnte es keinen Zweifel geben.

Die Antwort kam ihm wie eine Erleuchtung. Das Bild sollte nicht nur Ben vor Meeks warnen, sondern auch umgekehrt! Das Bild diente dazu, Meeks über Bens Rückkehr aus Landover zu informieren!

Das war verdammt einleuchtend. Es war nichts als vernünftig, anzunehmen, daß Meeks irgendeinen Trick – magisch oder sonstwas – anwenden würde, um vorgewarnt zu sein, wenn Landovers erfolglose Könige mit dem Medaillon in die alte Welt zurückkehrten. Wenn er alarmiert war, konnte er sich ihrer annehmen...

Oder, in diesem Fall, seiner.

Es war früher Abend, als der Fahrer ihn vor dem Eingang eines ›Holiday Inn‹ in Waynesboro absetzte. Es regnete noch immer, und es war schon dunkel. Ben hatte dem Fahrer erklärt, er habe Ferien und sei per Autostop von Staunton durch den Nationalpark gekommen, bis das schlechte Wetter ihn gezwungen habe, seinen Plan aufzugeben und per Telefon um Hilfe zu ersuchen. Der Kerl schaute Ben an, als sei er übergeschnappt. Das Wetter sei schon seit einer Woche so schlecht, bemerkte er. Ben zahlte achselzuckend in bar und eilte ins Hotel.

Auf dem Weg durch die Eingangshalle nahm er sich Zeit, das Datum in einer Zeitung nachzuschauen, die jemand auf einem Tisch liegengelassen hatte. Es war Freitag, der 9. Dezember, zehn Tage und ein Jahr, seit er durch den Zeittunnel aus den *Blue Ridge Mountains* von Virginia nach Landover gelangt war. Die Zeit lief in den beiden Welten also tatsächlich synchron.

Er nahm ein Zimmer für die Nacht, gab seine Kleider zum Waschen, ließ sich ein heißes Bad einlaufen, um sich aufzuwärmen, und bestellte sich ein Abendessen aufs Zimmer. Während er auf seine Kleider und das Essen wartete, rief er am Flugplatz an, um einen Flug nach Chicago reservieren zu lassen. Bis zum Morgen gab es keinen. Er mußte über Washington fliegen und von dort aus nach Chicago. Er buchte den Flug, gab seine Kreditkartennummer an und hängte ein.

Beim Essen kam ihm in den Sinn, daß es nicht gerade klug war, die Kreditkarte zu benutzen. Er saß auf der Bettkante vor dem Fernseher, ein Holiday-Inn-Handtuch um die Hüften geschlungen, das Tablett mit dem Abendessen auf den Knien. Es herrschten sicher fünfundzwanzig Grad im Zimmer. Seine Kleider waren noch nicht zurückgebracht worden. Tom Brokaw machte die Nachrichtensendung, und plötzlich dämmerte es Ben, daß es in einer Welt hochentwickelter Elektronik kein Problem darstellte, die Spuren einer computerabhängigen Kreditkarte zu verfolgen. Wenn Meeks sich die Mühe gemacht hatte, sein Ebenbild an den Ausgang des Zeittunnels zu plazieren, um über Bens Rückkehr informiert zu werden, dann ginge er zweifellos auch noch einen Schritt weiter.

Er könnte erfahren, daß Ben nach Chigago zurückzukehren vorhabe, und annehmen, daß Ben es vorziehen würde, zu fliegen. Die Kreditkarte würde ihm Fluggesellschaft, Datum, Flugnummer und Reiseziel verraten.

Er konnte schon bei Bens Ankunft am Flughafen bereitstehen.

Dieser Gedanke verdarb Ben den Appetit. Er schob das Tablett beiseite, schaltete den Fernseher aus und dachte ernsthaft über das nach, was da auf ihn zukam. Abernathy hatte recht gehabt. Die Geschichte stellte sich als wesentlich riskanter heraus, als er angenommen hatte. Aber andererseits boten sich ihm keine echten Alternativen. Er mußte nach Chicago, mußte Miles treffen, und er mußte lange genug dort bleiben und herausfinden, ob sein Traum der Wahrheit entsprach. Meeks würde ihn irgendwo auf diesem Weg abpassen. Es ging darum, dies zu vermeiden.

Ben erlaubte sich ein kleines Lächeln. Kein Problem.

Gegen neun Uhr hatte er seine Kleider wieder, um zehn Uhr

schlief er. Früh am Morgen erwachte er, frühstückte, schulterte seine Reisetasche und nahm ein Taxi zum Flughafen. Dort bestieg er das am Vorabend gebuchte Flugzeug nach Washington, annullierte den geplanten Anschlußflug und ging zu dem Schalter einer anderen Fluggesellschaft, buchte ›Standby‹ nach Chicago unter falschem Namen, zahlte den Flugschein in bar und war noch vor Mittag unterwegs.

Nun soll Meeks mich mal finden, dachte er bei sich.

Mit geschlossenen Augen legte er sich im Sitz zurück und überdachte die merkwürdigen Umstände, die ihn damals dazu gebracht hatten, seine Heimat Chicago zu verlassen und ins Nirgendwoland zu ziehen. Bei der Erinnerung daran schüttelte er mißbilligend den Kopf. War er vielleicht, wie Peter Pan, niemals erwachsen geworden? Damals war er Rechtsanwalt gewesen, ein verdammt guter dazu, einer, von dem die, welche etwas zu sagen hatten, große Dinge erwarteten. Zusammen mit seinem Freund und Sozius Miles Bennett hatte er die Praxis geführt, in einer Partnerschaft, in der sie beide sich perfekt ergänzt hatten – Ben, der waghalsige, redegewandte Prozeßanwalt, und Miles, der zuverlässige, nicht aus der Ruhe zu bringende Bürohengst. Miles hatte oft über Bens Auswahl der Fälle, die er übernahm, geklagt, doch Ben war irgendwie immer auf seinen Füßen gelandet, gleich, aus welcher Höhe er zu springen riskierte. Er hatte mehr Siege in Gerichtssaalgefechten davongetragen als irgendwer – Gefechte, bei denen seine Gegner versucht hatten, ihn unter Lawinen von Rhetorik, Papierkrieg, juristischen Kniffen, Vertagungen und jeder Art von Tricks zu begraben. Er hatte Miles mit seinem Sieg im *Dodge-City-Express*-Fall so überrascht, daß sein Partner ihn von da an ›Doc Holiday, Gerichtssaal-Revolverheld‹ genannt hatte.

Er mußte grinsen. Das waren gute Zeiten gewesen.

Doch mit Annies Tod war die gute Zeit abrupt zu Ende gegangen. Die Befriedigung über seine Erfolge hatte sich verdünnisiert wie Quecksilber. Seine Frau war, im dritten Monat schwanger, bei einem Autounfall ums Leben gekommen, und von da an machte ihm nichts mehr Freude. Er zog sich vor jedermann zurück, mit Ausnahme von Miles. Er war immer ein Einzelgänger gewesen, und manchmal dachte er, daß der Verlust seiner Frau und des Babys nur verstärkt hatte, was schon immer gewesen war. Er begann, den Boden unter den Füßen zu verlieren; die Tage verflossen, ohne daß er sie noch voneinander unterscheiden konnte. Er fühlte, daß er sich langsam, aber stetig selbst entglitt.

Schwer zu sagen, was geschehen wäre, wenn ihm nicht jenes sonderbare Angebot im Weihnachtskatalog von *Rosen* in die Hände gefallen wäre. Er hatte es zunächst für einen Scherz gehalten – ein Märchenkönigreich mit Zauberern und Hexen, Drachen und Edelfräulein, Rittern und Knappen, für eine Million Dollar! Wer wäre töricht genug, dergleichen zu glauben? Doch die verzweifelte Unzufriedenheit mit seinem Leben hatte ihn dazu gebracht, die Möglichkeit, daß an dieser absurden Phantasiegeschichte etwas Wahres sei, in Betracht zu ziehen. Jedes Risiko war ihm recht, wenn es ihm half, sich selbst wiederzufinden. Er hatte seine Zweifel verdrängt, seine Tasche gepackt und war nach New York geflogen, um sich in dem Warenhaus *Rosen* an Ort und Stelle zu informieren, was es mit dem merkwürdigen Angebot auf sich hatte.

Ein persönliches Gespräch war als Bedingung für den Kauf angekündigt, und der Interviewer war Meeks gewesen.

Das Bild von Meeks kam ihm in den Sinn – ein großer, alter Mann mit rauher Flüsterstimme und kalten Augen –, ein Kriegsveteran, hatte Ben gemeint. Das Gespräch war die einzige Gelegenheit gewesen, wo er ihn von Angesicht zu Angesicht gesehen hatte. Meeks hatte ihn als geeigneten Kandidaten akzeptiert, Landovers König zu sein – nicht, wie Ben geglaubt hatte, weil er ihn für fähig hielt, sondern weil er erwartete, daß Ben versagen würde. Meeks hatte ihn überredet, den Kauf zu tätigen. Meeks hatte ihn umgarnt wie eine Schlange ihre Beute.

Und Meeks hatte ihn unterschätzt.

Ben schlug die Augen wieder auf. »So ist es, Ben Holiday«, flüsterte er zu sich selbst. »Er hat dich unterschätzt. Und jetzt sieh zu, daß du *ihn* nicht unterschätzt.«

Das Flugzeug landete kurz nach drei in Chicago. Ben nahm ein Taxi in die Stadt. Der Fahrer redete während der ganzen Fahrt, vor allem über Sport: Die ›Cubs‹ in der Pechsträhne, die Hoffnung der ›Bulls‹ mit Jordan, die Verletzungen der wichtigsten Spieler der

›Blackhawks‹ und so fort. Ben hörte zu, gab hier und da eine Antwort und hatte das Gefühl, daß irgendwas an dieser Unterhaltung merkwürdig war. Sie hatten die Stadt fast erreicht, als ihm endlich bewußt wurde, was es war. Es war die Sprache. Er verstand alles, obwohl er sie seit über einem Jahr weder gehört noch gesprochen hatte. In Landover hörte, sprach, las, schrieb und dachte er auf Landoveranisch. Die Magie ermöglichte ihm das. Doch nun war er zurück in seiner alten Welt, zurück im vertrauten Chicago, und hörte dem Taxifahrer zu, der Englisch sprach, als sei es die natürlichste Sache der Welt.

Nun, das war es ja wohl auch, dachte er bei sich und lächelte.

Er ließ sich am Drake absetzen, denn er wollte weder in seine alte Penthousewohnung ziehen noch Freunde oder Bekannte aufsuchen. Er war vorsichtig geworden. Er dachte an Meeks. Unter falschem Namen nahm er ein Hotelzimmer für eine Nacht, zahlte bar im voraus und ließ sich von dem Hoteldiener sein Zimmer zeigen. Er war froh, daß er damals ein paar tausend Dollar in bar eingesteckt hatte, als er nach Landover zog. Die Idee war ihm vor einem Jahr fast lächerlich erschienen, doch jetzt stellte sie sich als außerordentlich nützlich heraus. Das Bargeld erlaubte ihm, auf die Kreditkarte zu verzichten.

Er steckte die Brieftasche in die Tasche seines Trainingsanzugs, verließ das Hotel und schlenderte ein paar Blocks weit zum Watertower-Platz. Dort kaufte er sich einen Sportmantel, ein Jackett, ein paar Hosen, Hemden, Krawatten, Socken, Unterwäsche und ein Paar Straßenschuhe, zahlte in bar und ging zum Hotel zurück. Es war besser, unauffällig zu bleiben, und Trainingsanzug und Turnschuhe waren im Geschäftsviertel von Chicago alles andere als unauffällig. Das Aussehen war manchmal ausschlaggebend, vor allem auf den ersten Blick. Das war auch der Grund, warum er keinen seiner Freunde mitgenommen hatte. Ein sprechender Hund, ein Paar grinsender Affen, ein Mädchen, das sich ab und zu in einen Baum verwandelte, und ein Zauberer, dessen Zauberkunst ihm manchmal außer Kontrolle geriet, würden auf der Michigan Avenue schwerlich unbemerkt bleiben!

Fast im gleichen Moment bereute er die oberflächliche Charakterisierung seiner Vertrauten. Sie mochten zwar seltsam sein, doch sie hatten sich als wahre Freunde erwiesen. Sie hatten zu ihm gestanden, als es darauf ankam, als es gefährlich und ihr eigenes Leben bedroht war. Das war weit mehr, als man von den meisten Freunden sagen konnte.

Stirnrunzelnd beugte er sich einem plötzlichen Windstoß entgegen.

Und überhaupt, war er nicht ebenso merkwürdig wie sie?

War er nicht der Paladin?

Er schob den Gedanken ärgerlich in die hinterste Ecke seines Bewußtseins und beeilte sich, bei Grün die Straße zu überqueren.

Im Hotel kaufte er mehrere Zeitungen und Zeitschriften und zog sich in sein Zimmer zurück. Dort bestellte er sich ein Abendessen, und während er darauf wartete, blätterte er die Zeitungen durch, um sich ein Bild dessen zu machen, was während seiner Abwesenheit in der Welt geschehen war. Dann schaute er sich eine Nachrichtensendung im Fernsehen an, und kurz darauf wurde das Essen gebracht. Anschließend las er weiter, und es war kurz vor sieben, als er beschloß, Ed Samuelson anzurufen.

Bens Rückkehr nach Chicago hatte zwei Motive: Das erste war natürlich, Miles aufzusuchen und herauszufinden, ob der Traum eine Vision der Wahrheit gewesen war. Und das zweite bestand darin, daß er seine Geschäfte in der alten Welt in Ordnung bringen mußte. Er hatte schon beschlossen, das erste bis zum Morgen warten zu lassen, doch es gab keinen Grund, das zweite aufzuschieben. Das hieß, er mußte Ed anrufen.

Ed Samuelson war sein Finanzberater und Teilhaber der Firma *›Haines, Samuelson & Roper, Inc.‹*. Ben hatte Ed die Verwaltung seines beträchtlichen Vermögens vor seiner Abreise nach Landover anvertraut. Ed war der ideale Finanzverwalter, diskret, zuverlässig und gewissenhaft. Es hatte Momente gegeben, wo er Bens Finanzentscheidungen eindeutig für verrückt gehalten hatte, doch er respektierte die Tatsache, daß Ben mit seinem Geld umgehen konnte, wie ihm beliebte. Eine jener Verrücktheiten war in seinen Augen der Kauf des Thrones von Landover gewesen. Ed hatte damals für ihn die Aktien verkauft, um den Kaufpreis von einer Million Dollar stellen zu können, und war mit der entsprechenden Vollmacht ausgestattet worden, Bens Vermögen während dessen Abwesenheit zu verwalten. All das hatte er getan, ohne eine Ahnung zu haben, was Ben im Schilde führte.

Ben hatte es ihm damals nicht gesagt und hatte es auch diesmal nicht vor. Aber er wußte, daß Ed das akzeptieren würde.

Ed anzurufen bedeutete ein gewisses Risiko. Meeks wußte, daß Ed sein Finanzverwalter war und daß Ben sich voraussichtlich mit ihm in Verbindung setzen würde. Er konnte Eds Telefon angezapft haben. Vielleicht war es ein bißchen paranoid, dergleichen zu unterstellen, doch mit Meeks mußte man vorsichtig sein. Ben hoffte, daß, falls Meeks tatsächlich Eds Telefon abhörte, er das Bürotelefon und nicht seine Privatnummer dazu ausersehen hätte.

Er rief Ed an, der gerade mit dem Abendessen fertig war, und brauchte fast zehn Minuten, um ihn zu überzeugen, daß sein Gesprächspartner am anderen Ende der Leitung wirklich Ben Holiday war.

Nachdem dies Ben schließlich gelungen war, bestand er darauf, daß niemand, absolut niemand von diesem Anruf erfahren durfte. Ed sollte so tun, als hätte er ihn nie erhalten. Und Ed stellte die unvermeidliche Frage, die er immer stellte, wenn Ben so sonderbare Wünsche äußerte: Befand Ben sich in irgendwelchen Schwierigkeiten? Nein, versicherte Ben, ganz und gar nicht. Es war einfach besser für alle, wenn niemand wußte, daß er sich zur Zeit in der Stadt aufhielt. Natürlich würde er Miles aufsuchen, versicherte er, doch er würde keine Zeit haben, irgendwen sonst zu sehen.

Ed schien damit zufrieden. Geduldig hörte er zu, als Ben ihm erläuterte, was zu tun sei. Ben versprach, am nächsten Mittag im Büro vorbeizukommen und die nötigen Unterschriften zu leisten, falls Ed es einrichten könne, dort zu sein. Ed seufzte ergeben und meinte, das sei kein Problem. Ben wünschte ihm eine gute Nacht und hängte ein.

Zwanzig Minuten unter der heißen Dusche halfen Ben, sich zu entspannen. Er kroch ins Bett, las ein wenig in den Zeitschriften, gab es aber bald auf und schloß die Augen.

Wenig später schlief er fest.

Er träumte in dieser Nacht vom Paladin.

Zunächst stand er allein auf einem fichtenbewachsenen Felsvorsprung und blickte über Landovers dunstiges Tal. Blau und Grün verschwammen am Horizont, wo Himmel und Erde zusammentrafen, und er meinte, ihn fast berühren zu können. Er atmete die kühle, frische Luft. Der Traum war erstaunlich real.

Schatten senkten sich über ihn, umfingen ihn mit nächtlicher Finsternis. Schreie und Flüstern drangen zwischen den Fichten hindurch. Er spürte das Medaillon, das er ahnungsvoll umklammert hielt. Er würde es wieder brauchen, das war ihm klar, und er war froh darüber. Das Wesen, das darin gefangen war, konnte wieder einmal freigesetzt werden!

Plötzlich schoß eine riesige schwarze Gestalt hervor, ein Einhorn mit Feueratem und glühenden Augen. Doch es verwandelte sich in einen Teufel. Dann veränderte es wieder die Gestalt.

Es war Meeks.

Der Zauberer machte ihm Zeichen – eine große, gebeugte, bedrohliche Gestalt, mit einem schuppenhäutigen Gesicht wie eine Eidechse. Er kam auf Ben zu, wuchs mit jedem Schritt ein Stück größer und verwandelte sich jetzt in etwas namenlos Entsetzliches. Der Geruch von Angst stieg Ben in die Nase, der Gestank von Tod.

Doch er war der Paladin, der fahrende Ritter, dessen umherwandernde Seele in seinem Körper eine Heimat gefunden hatte, des Königs Kämpe, der nie eine Niederlage im Kampf erlitten hatte, dem nichts standhielt. Ben belebte dieses andere Ich mit furchterregender Leidenschaft. Die Rüstung schloß sich um ihn, und der Gestank von Angst und Tod wich dem Geruch nach Eisen, Leder und Öl. Er war nicht mehr Ben Holiday, sondern eine Kreatur aus anderen Zeiten und Welten, in dessen Erinnerungen nichts als Kriege, Schlachten und Siege, nichts als Kampf und Tod hausten. Visionen von eisengepanzerten Behemoths schossen durch sein Bewußtsein, die vor feuerrotem Rauch für und wider stoben. Metall klirrte, Stimmen schnaubten und grölten voller Wut. Leiber stürzten tot, verkrümmt und in Fetzen.

Er fühlte wahre Wonne!

Himmel noch mal, er fühlte sich wie neugeboren!

Die Finsternis brach über ihn, Schatten griffen und krallten nach ihm, und wutentbrannt stürmte er ihnen entgegen. Sein weißes Pferd trug ihn mit der Gewalt einer Dampfmaschine, deren Feuer er nicht zu kontrollieren in der Lage war. Die Fichten flogen an ihm vorbei, und der Boden verschwand. Meeks wurde zu einem Geist, den er nicht fassen konnte. Er stürmte vorwärts, flog über den Rand der Klippe ins Nichts.

Das Glücksgefühl verließ ihn. Irgendwo in der Nacht schrillte ein fürchterlicher Schrei. Im Fallen begriff er, daß es sein eigener Schrei war.

* * *

Danach träumte er nicht mehr, doch er schlief trotzdem schlecht in dieser Nacht. Kurz nach Tagesanbruch stand er auf, duschte, bestellte sich das Frühstück aufs Zimmer, zog die am Vortag gekauften Kleider an und nahm kurz nach neun ein Taxi vor dem Hotel. Seine Reisetasche hatte er bei sich, da er nicht vorhatte, zum Hotel zurückzukommen.

Das Taxi fuhr südwärts die Michigan Avenue hinunter. Es war Samstag, und die Straßen füllten sich schon mit Leuten, die noch vor dem Wochenendtrubel ihre Weihnachtseinkäufe erledigen wollten. Ben war zufrieden, in der relativen Abgeschiedenheit des Wagens zu sitzen. Die Aufregungen der nahenden Feiertage lagen ihm so fern wie irgendwas.

Spuren des Traumes der letzten Nacht waren noch nicht ganz ausgelöscht. Der Traum hatte ihm übel zugesetzt. Die darin enthaltene Wahrheit hatte ihn höllisch erschreckt.

Der Paladin war eine Realität, mit der er noch nicht ganz im reinen war. Ein einziges Mal hatte er sich in den gepanzerten Kämpen verwandelt – und das war halbwegs Zufall, halbwegs Absicht gewesen. Es hatte sich als unumgänglich erwiesen, zum Paladin zu werden, um jene teuflische Bedrohung zu überleben. Daher hatte er getan, was getan werden mußte. Aber die Umwandlung war eine grauenhafte Erfahrung gewesen, er hatte seine eigene Haut abwerfen und in die von jemand – oder etwas – anderem schlüpfen müssen. Die Gedanken jenes anderen Wesens waren hart und brutal, Gedanken eines Kriegers, eines Gladiatoren. Blut und Tod füllten diese Gedanken. Es war eine lange Geschichte von manchmal haarscharf überlebten Gefahren, die Ben erst langsam zu verstehen begann. Ehrlich gesagt flößte sie ihm Angst ein. Er fühlte, daß er keine Kontrolle über jenes andere Wesen besaß, jedenfalls keine vollständige. Er konnte sich nur in das *verwandeln*, was es war, und mußte akzeptieren, was das hieß.

Er war nicht einmal sicher, daß es ihm je wieder gelänge. Er hatte es kein zweites Mal versucht, und er hatte auch nicht den Wunsch, es zu versuchen.

Und doch: Ein Teil von ihm wünschte es – genau wie in dem Traum. Und irgendwo in seinem Bewußtsein war ihm klar, daß es eines Tages unumgänglich sein würde.

Er ließ sich vom Taxi zum Büro von ›*Holiday & Bennett, Ltd.*‹ fahren. Das Büro war samstags geschlossen, doch er wußte, daß Miles dort sein würde. Miles ging samstags morgens immer ins Büro, um aufzuarbeiten, was während der Woche liegengeblieben war, ohne durch die während der offiziellen Arbeitszeit unvermeidlichen Unterbrechungen durch Mitarbeiter, Telefonanrufe oder Besucher gestört zu werden.

Ben ließ das Taxi bis zum Ende des Blocks auf der anderen Straßenseite fahren, zahlte und stieg aus. Er betrat eilig ein anderes Gebäude. Fußgänger hasteten vorbei und schenkten ihm keine Beachtung. Der Verkehr rollte zügig. Autos waren am Straßenrand geparkt, doch in keinem schien jemand Wache zu halten.

»Kann trotzdem nichts schaden, vorsichtig zu sein«, sagte er zu sich selbst.

Er trat wieder auf die Straße, überquerte sie bei der Ampel, ging den Block entlang zum Eingang des Bürohauses und trat durch die Glastür. Nichts schien sich in der Eingangshalle verändert zu haben.

Ben eilte in einen offenstehenden Aufzug, drückte den Knopf zum fünfzehnten Stockwerk und wartete ungeduldig, daß die Türen sich schlossen. Der Fahrstuhl setzte sich in Bewegung. Nur noch ein paar Sekunden, dachte er. Und wenn Miles nicht im Büro war, würde er ihn zu Hause finden.

Aber er hoffte, das würde nicht nötig sein. Er fürchtete, daß er dafür nicht genug Zeit hätte. Vielleicht lag es an dem Traum der letzten Nacht, vielleicht auch nur daran, daß er sich jetzt hier befand und ziemlich nervös war, doch irgend etwas verursachte ihm zunehmend Unbehagen.

Der Fahrstuhl hielt an der gewünschten Etage, und die Türen öffneten sich. Ben trat hinaus in die Eingangshalle.

Sein Herz setzte einen Schlag aus. Vor ihm stand Meeks.

* * *

Questor Thews wischte die Spinnweben beiseite, die den engen, steinernen Eingang zu dem zerfallenen Burgturm versperrten, und schritt hindurch. Der aufwirbelnde Staub ließ ihn niesen, und ärgerlich über die feuchte, dumpfe Dunkelheit murmelte er etwas vor sich hin. Er hätte wenigstens eine Lampe mitbringen sollen…

Neben ihm leuchtete eine Flamme auf, und Bunion reichte ihm eine brennende Fackel.

»Ich wollte mir gerade ein Licht zaubern«, schnaubte Questor gereizt, doch der Kobold grinste nur.

Sie befanden sich in den Ruinen von Mirwouk, der alten Festung, die Questor in seinem Traum über die verlorenen Zauberbücher gesehen hatte, weit nördlich von Sterling Silber hoch im Melchor. Der Wind heulte durch die leeren Korridore, fing sich fauchend und wirbelnd in hohlen, zerfallenen Gemächern. Die Luft war kalt, als sei der Winter schon gekommen. Der Zauberer und der Kobold hatten fast drei Tage gebraucht, um hierherzugelangen, obwohl sie schnell vorangekommen waren. Die Burg hatte sie mit gähnenden Toren und leeren Fensterhöhlen empfangen. Ihre Säle und Hallen waren verlassen.

Questor suchte ungeduldig nach etwas, das ihm vertraut wäre. Es war schon später Nachmittag, und er verspürte keinerlei Verlangen, sich noch nach Einbruch der Dunkelheit in diesem grausigen Grab aufzuhalten. Er war Magier und fühlte Dinge, die anderen entgingen, und dieser Ort hatte eine üble Ausstrahlung.

Er tappte geraume Zeit umher, dann meinte er, den Durchlaß zu erkennen. Er folgte dem Gang um Ecken und Kurven durch die

Finsternis. Spinnweben versperrten ihm den Weg, und es gab Spinnen so groß wie Ratten und Ratten so groß wie Hunde. Sie huschten und krabbelten überall herum, und er mußte sich bei jedem Schritt vor ihnen in acht nehmen. Es war wirklich eine lästige, widerwärtige Aufgabe. Am liebsten hätte er die Viecher in Staubwolken verwandelt, die der Wind fortgetragen hätte.

Der Gang führte plötzlich abwärts, und die Wände veränderten sich. Questor blieb stehen und schaute sich um. Dann richtete er sich auf.

»Das hier erkenne ich wieder!« flüsterte er aufgeregt. »Das ist der Durchgang, den ich im Traum gesehen habe.«

Bunion nahm ihm wortlos die Fackel aus der Hand und ging voraus. Questor war viel zu aufgeregt, um darüber zu diskutieren, und folgte ihm eifrig. Der Durchgang wurde breiter und heller, frei von Spinnweben, Staub, Insekten und Ratten. Auch der Geruch war anders, ein Übelkeit erzeugender, intensiver Moschusduft. Bunion strebte schnellen Schrittes voran, und manchmal sah Questor nur noch den Schein der Fackel vor sich.

Alles war genauso wie in seinem Traum!

Der Tunnel führte weiter, wand sich über krumme Treppen und durch in Stein gehauene Schächte tiefer und tiefer in den Berg. Bunion ging vorneweg, Questor folgte ihm dicht auf den Fersen.

Der Tunnel endete vor einer steinernen Tür, die mit Zeichen und Runen versehen war. Questor zitterte vor Aufregung. Er tastete die Markierungen ab, und seine Hände schienen ganz genau zu wissen, was sie taten. Er berührte einen Punkt, und die Tür schwang mit leisem Knirschen auf.

Sie betraten eine steinerne Kammer, deren Boden mit Granitplatten gepflastert war. Questor übernahm jetzt die Führung und folgte der Vision aus seinem Traum. Er begab sich in die Mitte des Raumes, Bunion hielt sich mit der Fackel neben ihm, und ihre Schritte hallten von den Wänden wider.

Vor einer Bodenplatte, in die ein Einhorn geschnitzt war, blieben sie stehen.

Questor starrte die Zeichnung an. Ein Einhorn? Unbehaglich kratzte er sich das Kinn. Da stimmte was nicht. In seinem Traum war nichts von einem Einhorn vorgekommen. Da war ein Zeichen in den Stein gemeißelt gewesen, aber ein Einhorn? Das schien ein ziemlich unwahrscheinlicher Zufall zu sein...

Den Bruchteil einer Sekunde lang zog er in Betracht, auf dem Absatz kehrtzumachen und den Weg, den sie gekommen waren, ohne Umschweife zurückzugehen und das ganze Unternehmen fallenzulassen. Eine leise Stimme in seinem Inneren sagte ihm, das sei das Beste, was er tun könne. Gefahr lauerte hier, das konnte er fühlen, und es machte ihm höllische Angst.

Doch die Gier nach den verlorenen Büchern war zu stark. Er bückte sich, und seine Finger zeichneten die Form des spiralgerillten Hornes nach, ebenfalls fast ohne sein Zutun. Der Block ruckte und glitt zur Seite.

Questor starrte in die Öffnung.

Da war etwas.

* * *

Nacht lag über dem Seenland in dunstigen Schatten, und der Schein der farbigen Monde und silbernen Sterne war nur ein schwaches Schimmern auf der unbewegten Oberfläche des Irrylyn. Weide stand allein in einer kleinen, von Zedern und Baumwollgestrüpp bewachsenen Bucht am Ufer und ließ sich das Wasser um die Zehen spülen. Sie war nackt. Ihre Kleider lagen sorgsam zusammengefaltet im Gras. Eine leichte Brise umspielte ihre blaßgrüne Haut, ließ ihr hüftlanges, smaragdgrünes Haar und die seidigen Fransen an ihren Fersen und Armen leise wehen. Sie fröstelte. Ihre unfaßbare Schönheit, halb Mensch, halb Elfe, ließ sie wie eine Nachfahrin jener mythischen Sirenen erscheinen, die einst die Menschen mit sich in die Tiefe der Gewässer lockten.

Nachtvögel riefen über den See, ihre Schreie hallten durch die Stille. Weide pfiff ihnen eine Antwort zu.

Mit erhobenem Kopf schnupperte sie fast wie ein Tier die Nachtluft. Parsnip wartete am Lagerplatz ungefähr fünfzig Meter landeinwärts auf sie. Der Schein des Feuers schimmerte zwischen den Bäumen hindurch. Sie war allein zum See gekommen – um zu baden und um sich zu erinnern.

Vorsichtig stieg sie ins Wasser. Die lauwarme Flüssigkeit sandte einen angenehmen Schauder durch ihren Körper. Hier an dieser Stelle war sie Ben Holiday begegnet, hier hatten sie sich zum ersten Mal gesehen. Hier hatte sie erkannt, daß er für sie bestimmt war.

Lächelnd erinnerte sie sich an jene Begegnung, das Wunder jenes Augenblicks. Sie hatte ihm vorhergesagt, was geschehen würde, und obwohl er daran gezweifelt hatte – und in Wahrheit noch immer daran zweifelte –, war sie von ihrer Überzeugung nicht abgewichen. Ihre Bestimmung, eingeflochten in die Blumengirlanden über dem Hochzeitsbett ihrer Eltern, konnte nicht irren.

Oh, und sie liebte Ben Holiday, den Fremdling!

Das Strahlen in ihrem jugendlichen Gesicht verdunkelte sich. Sie vermißte Ben. Sie sorgte sich um ihn. Irgend etwas in ihren Träumen beunruhigte sie, ohne genau sagen zu können, was es war. Ein Rätsel steckte hinter diesen Träumen, das sie Gefahr wittern ließ.

Sie hatte Ben von ihren Sorgen nichts erwähnt, denn sie hatte, als er seinen Traum erzählte, aus seiner Stimme entnommen, daß er schon entschlossen war zu gehen. Sie wußte gleich, daß sie ihn von seinem Vorhaben nicht abbringen konnte und es gar nicht erst versuchen sollte. Er kannte das Risiko und stellte sich ihm. Ihre Sorge verblaßte neben seiner Entschlossenheit.

Vielleicht war das auch der Grund, warum sie ihm ihren Traum nicht ganz vollständig berichtet hatte. Ihr Traum unterschied sich von seinem und auch von Questors in einer subtilen, schwer zu erklärenden Einzelheit, die aber nichtsdestoweniger vorhanden und um so beunruhigender war.

Sie tauchte bis zu den Schultern ins Wasser, und ihr smaragdgrünes Haar umflutete sie wie ein Schleier. Mit dem Finger zeichnete sie Muster auf die stille Wasseroberfläche, und die Erinnerung an den Traum wurde wieder lebendig. Das ungute Gefühl rührte von der Struktur des Traumes her, dachte sie. In der Art, wie er gegen ihr Bewußtsein spielte. Die Visionen waren lebhaft gewesen, die Einzelheiten ganz deutlich. Doch die Geschichte war irgendwie falsch – so, als wäre es etwas, das in einem Traum geschehen konnte, doch nicht im wachen Leben. Wie eine Maske, die das wahre Gesicht verbirgt.

Sie richtete sich wieder auf. Was war das für ein Gesicht, das unter der Maske verborgen lag?

Stirnrunzelnd bereute sie es plötzlich, Bens Entscheidung so ohne weiteres akzeptiert zu haben. Sie wünschte, sie hätte sich dagegen ausgesprochen oder gar darauf bestanden, mit ihm zu gehen.

»Nein«, sagte sie sich, »ihm wird nichts geschehen.«

Sie hob den Blick himmelwärts und ließ sich vom pastellenen Schein der Monde wärmen. Morgen würde sie den Rat ihrer Mutter einholen, deren Leben dem der Elfenwesen in den Nebeln so nah war. Ihre Mutter würde vom schwarzen Einhorn und dem goldenen Zaumzeug wissen und ihr das Richtige raten; binnen kurzem würde sie wieder mit Ben vereint sein.

Sie schritt tiefer in den dunklen See hinaus, ließ sich vom warmen Wasser umfangen und sich friedlich darin treiben.

Schatten ...

Das zweite Auftauchen von Meeks versetzte Ben nicht in die gleiche Panik wie beim ersten Mal. Weder erstarrte er, noch verwirrte es ihn über die Maßen. Er war nur einigermaßen überrascht. Schließlich hatte er diesmal eine Vorstellung von dem, was da vor ihm aufgetaucht war. Nichts als eine weitere Erscheinung des aus seiner Heimat verstoßenen Zauberers – groß, gebeugt, in schwarzblaue Gewänder gehüllt, grauweißes Haar, ein zerfurchtes, vergilbtes Gesicht und ein schwarzer Lederhandschuh, wie eine Klaue erhoben –, aber doch nur eine Erscheinung.

Oder?

Meeks kam auf ihn zu, und plötzlich war Ben nicht mehr ganz so sicher. Die kaltblauen Augen funkelten voller Haß, und die harten Züge verzerrten sich zu etwas, das nicht mehr menschlich aussah. Meeks rückte näher, glitt geräuschlos durch den neonbeleuchteten Flur und wuchs zu riesiger Größe. Ben hatte Schwierigkeiten standzuhalten. Seine Hand suchte nach der beruhigenden Ausbuchtung des Medaillons unter seinem Hemd. Würde das Medaillon ihn hier beschützen können? Gedanken jagten ihm durch den Kopf. Der Runenstein! Der Stein würde ihm sagen, ob er sich in Gefahr befand! Mit der freien Hand durchwühlte er seine Hosentasche. Die Gestalt des Zauberers rückte immer näher. Trotz seiner Entschlossenheit machte Ben einen Schritt rückwärts. Aber er konnte den Stein nicht finden!

Meeks stand jetzt genau vor ihm, dunkel und drohend. Ben blinzelte...

Dann schaute er sich um und fand sich allein in dem verlassenen Korridor, starrte ins Leere und horchte in die Stille.

Meeks war verschwunden – nichts als eine substanzlose Erscheinung.

Ben fand endlich den Runenstein, der sich in der hintersten Ecke seiner Hosentasche verklemmt hatte, und zog ihn ans Licht. Er war blutrot und brennend heiß.

»Verdammt!« murmelte er, zornig und erschreckt zugleich.

Er holte tief Luft, suchte den Korridor ab, um sicher zu sein, daß ihm nichts entgangen war. Dann richtete er sich gerade auf. Nichts rührte sich um ihn herum. Offenbar war er wirklich allein.

Aber was war der Sinn dieser zweiten Vision? Noch eine Warnung? War es eine Warnung *für* oder *vor* Meeks?

Was ging da vor?

Er zögerte nur einen kleinen Moment, bevor er sich nach links wandte und auf die Glastür zuging, die zu den Büros von ›*Holiday & Bennett, Ltd.*‹ führte. Was sich auch immer abspielte, es erschien ihm weise, sein Vorhaben weiterzuverfolgen. Meeks wußte mit Sicherheit, daß er Miles aufsuchen würde. Das hieß nicht notwendigerweise, daß Meeks hier war oder auch nur in der Nähe. Die Erscheinung mochte nur ein weiteres Warnsignal von Bens Ankunft sein. Wenn Ben schnell genug war, konnte er schon wieder fort sein, bevor Meeks Zeit hatte zu reagieren.

Die Lampen im Vorraum zu den Büros waren ausgeschaltet, und die Eingangstür war verschlossen. Das war normal. Miles sperrte die Türen nie auf, wenn er allein arbeitete, und machte auch die Lampen nicht an. Ben war darauf vorbereitet. Er kramte seinen Büroschlüssel hervor und steckte ihn ins Schloß. Die Tür ließ sich ohne Schwierigkeiten öffnen, und er trat ein. Er schloß die Tür hinter sich und verwahrte den Schlüssel wieder in seiner Tasche.

Leise Radiomusik war zu hören – Willie Nelson, die Art von Musik, die Miles liebte. Ben sah Licht aus Miles' Büro schimmern. Er grinste. Der alte Knabe war also hier.

Vielleicht. Eine neue Welle von Zweifeln und Mißtrauen durchflutete ihn, und sein Grinsen schwand. Lieber vorsichtig sein, sagte er sich. Kopfschüttelnd wünschte er, er wüßte mehr über den alten Meeks...

Er schlich den Korridor entlang bis an die Tür, aus der das Licht drang. Miles Bennett saß allein über Gesetzbücher gebeugt an seinem Schreibtisch, einen Notizblock neben sich. Er hatte die Hemdsärmel aufgerollt, die Krawatte gelockert, und sein Mantel lag achtlos über eine Stuhllehne geworfen. Er blickte auf, als er Bens Gegenwart spürte, und seine Augen weiteten sich.

»Heiliger Sankt Petrus!« stieß er hervor, stand auf und sank auf den Stuhl zurück. »Ben – bist du's wirklich?«

»Ich bin's.« Ben lächelte. »Wie geht's dir, alter Knabe?«

»Wie's mir geht? Wie's *mir* geht?« Miles war fassungslos. »Was ist das für eine Frage! Du verdünnisierst dich nach Shangri-la oder sonst wohin, tauchst für mehr als ein Jahr unter, läßt kein Sterbenswörtchen mehr von dir hören, und eines Tages bist du plötzlich wieder da und willst wissen, wie es *mir* geht? Ziemlich starkes Stück, Doc!«

Ben nickte hilflos und suchte nach Worten. Miles ließ ihn eine Weile zappeln. Dann lachte er und kam auf die Füße wie ein großer, zotteliger Teddybär in Geschäftskleidern.

»Mensch, tritt ein, Ben! Bleib nicht an der Tür stehen wie der verlorene Sohn, der nach Hause zurückkehrt – auch wenn du das bist! Komm schon rein und setz dich. Erzähl! Himmel noch mal, ich kann's nicht glauben!«

Er eilte mit ausgestreckten Pranken um den Tisch herum, ergriff Bens Hand und schüttelte sie heftig. »Ich hatte dich beinahe schon aufgegeben, hörst du? Beinahe. Ich war sicher, dir sei etwas zugestoßen, nachdem ich überhaupt nichts von dir gehört hatte. Du weißt, wie einem in diesem Geschäft manchmal die Phantasie durchgeht. Ich fing an, mir alles mögliche einzubilden. Ich habe sogar daran gedacht, die Polizei oder sonstwen einzuschalten, aber ich konnte mich nicht dazu durchringen, irgendwem zu erzählen, mein Partner sei aufgebrochen, um Zwerge und Drachen zu jagen!«

Er begann wieder zu lachen, und zwar so heftig, daß ihm die Tränen kamen. Ben stimmte ein. »Solche Anrufe kriegen sie wahrscheinlich ständig.«

»Sicher, das macht Chicago zu der großartigen kleinen Stadt, die es ist!« Miles wischte sich die Augen. Er trug ein zerknittertes blaues Hemd und Anzughosen. Er sah wirklich aus wie ein verkleideter Bär. »He, Doc! Ich freu' mich riesig, dich zu sehen!«

»Ich auch, Miles.« Ben schaute sich um. »Sieht aus, als habe sich nichts verändert, seit ich fort bin.«

»Nee. Wir bewahren alles wie ein lebendiges Mausoleum zu deinen Ehren.« Achselzuckend sah er um sich. »Ich wüßte auch nicht, wo ich anfangen sollte. Das Ganze ist ohnehin wie ein monumentales Stück ›*Art Deco*‹.« Er lächelte und wartete, daß Ben etwas erwiderte. Aber Ben schwieg. Dann räusperte er sich nervös. »So. Da bist du also wieder, hm? Willst du mir erzählen, wie das denn so war in deinem Märchenland? Das heißt, wenn's dir nicht zu peinlich ist. Wir brauchen nicht davon zu sprechen, wenn du's lieber...«

»Natürlich können wir darüber reden.«

»Nein. Muß nicht sein. Vergiß, daß ich danach gefragt habe. Vergiß es.« Miles versteifte sich jetzt darauf. Er war schrecklich verlegen. »Es ist nur so eine Überraschung, daß du plötzlich aus dem Nichts hereingeschneit kommst... He, schau mal hier! Ich hab' was für dich! Hab' ich hier bereitstehen für den Tag, wo du wieder auftauchst. Gleich hier in der Schublade.« Er hastete wieder hinter seinen Schreibtisch und rumorte eifrig in der untersten Lade herum. »Da. Hier ist es.«

Er zog eine Flasche *Glenlivet* hervor und stellte sie auf den Tisch. Dann holte er zwei Gläser.

Ben schüttelte den Kopf und strahlte. Sein Lieblingsscotch. »Ist schon so lange her, Miles«, gestand er.

Miles öffnete die Flasche und goß ein. Dann reichte er Ben ein Glas und hob seines: »Auf das Verbrechen und andere Formen der Unterhaltung«, sagte er.

Ben stieß mit ihm an, und sie tranken. Der *Glenlivet* rann warm und weich durch die Kehle. Die beiden Freunde setzten sich einander gegenüber an den Schreibtisch. Willie Nelson sang noch immer. Sie schwiegen eine Weile.

»Na, erzählst du mir nun oder nicht?« fragte Miles schließlich.

»Ich weiß nicht recht.«

»Warum nicht? Vor mir brauchst du dich nicht zu schämen, wenn die Sache sich nicht als das rausgestellt hat, was du erwartet hattest.«

Erinnerungen fluteten durch Bens Bewußtsein. Nein, es war gewiß nicht so verlaufen, wie er sich das vorgestellt hatte. Aber das war nicht das Problem. Das Problem war, *wieviel* er Miles davon erzählen sollte. Landover ließ sich nicht so ohne weiteres in wenigen Worten beschreiben. Er kam sich vor wie damals als Knabe, als er den Eltern von Susi und dem Schulball berichten sollte.

So, als müsse er ihnen erklären, daß es den Weihnachtsmann *wirklich* gab.

»Würde es dir genügen, wenn ich dir versicherte, daß ich wirklich gefunden habe, was ich wollte?« fragte er Miles, nachdem er ein Weilchen nachgedacht hatte.

Miles antwortete nicht sofort. »Tja, nun. Wenn das das Beste ist, was du tun kannst«, erwiderte er schließlich und fuhr dann fort: »Aber *ist* es denn das Beste, Ben?«

Ben nickte. »Im Augenblick ja.«

»Verstehe. Aber wie ist es mit später? Kannst du mir später mehr erzählen? Der Gedanke, daß ich niemals mehr darüber erfahren sollte, ist mir unerträglich. Du bist losgezogen, um Drachen und Edelfräulein in Not zu suchen, und ich hab' dir gesagt, du seist verrückt. Du hast den ganzen Kram von dem Königreich, in dem Magie eine Alltäglichkeit ist und Märchenwesen hausen, geglaubt, und ich habe behauptet, das sei völlig ausgeschlossen. Hör zu, Ben. Ich muß einfach wissen, wer von uns beiden recht hatte. Ich muß wissen, ob solche Träume wie deiner möglich sind. Ich *muß* es einfach wissen.«

Enttäuschung stand in seinem rundlichen Gesicht. Ben tat sein alter Freund leid. Miles war von Anfang an eingeweiht gewesen. Er war der einzige, der wußte, daß Ben eine Million Dollar ausgegeben hatte, um ein Phantasiekönigreich zu erwerben, von dem jeder gesunde Mensch annahm, daß es nicht existieren konnte. Er war der einzige, der wußte, daß Ben losgezogen war, dieses Königreich zu suchen. Es war ihm bekannt, wie die Geschichte angefangen hatte, doch er hatte keine Ahnung, wie sie ausgegangen war. Und das nagte an ihm.

Aber es gab mehr in Betracht zu ziehen als nur die nagende Neugier seines Freundes. Es ging auch um seine Sicherheit. Wissen war manchmal gefährlich. Ben konnte noch immer nicht abschätzen, welche Gefahr Meeks wirklich bedeutete – für sie beide. Er wußte auch noch nicht, wieviel Wahres an seinem Traum gewesen war. Es schien Miles gutzugehen, aber...

»Miles, ich verspreche dir, daß ich dir eines Tages die ganze Geschichte erzählen werde«, vertröstete er ihn schließlich und versuchte überzeugend zu klingen. »Ich weiß noch nicht, wann das sein wird, aber ich verspreche, daß du alles erfahren wirst. Es ist schwierig, davon zu reden – ungefähr so, wie wenn ich damals von Annie reden wollte. Ich konnte es nie, ohne... ohne jedes Wort abzuwägen, das ich sagte. Du erinnerst dich daran, oder?«

Miles nickte. »Allerdings, Ben.« Er lächelte. »Hast du mit ihrem Geist endlich Frieden geschlossen?«

»Ja, das habe ich. Aber es hat lange gedauert, und ich habe viele Veränderungen durchmachen müssen.« Er hielt inne, weil er sich daran erinnerte, wie er allein in den Nebeln der Elfenwelten gestanden hatte und sich mit den Ängsten und den Schuldgefühlen, die er seiner toten Frau gegenüber tief in seiner Seele hegte, hatte auseinandersetzen müssen. »Ich glaube, daß es viel Zeit und auch ein wenig Hilfe brauchen würde, zu erzählen, wo ich war und was ich dort erlebt habe. Ein paar Dinge muß ich vorher noch klären.«

Seine Gedanken wanderten fort, während er das Scotchglas zwischen den Fingern drehte.

»Ist schon gut, Doc«, gab sich Miles achselzuckend zufrieden. »Es reicht schon, daß du heil wieder zurück bist. Der Rest kommt später. Das weiß ich.«

Ben starrte einen Moment auf sein Glas, dann hob er die Augen zu Miles. »Ich bin nur ganz kurz hier, Miles. Ich kann nicht lange bleiben.«

Miles schaute unsicher drein und zwang sich dann zu einem Lächeln. »He, was erzählst du mir da? Du bist doch für irgendwas hergekommen, oder? Also, was ist es? Du hast den Absturz der ›Bulls‹ im letzten Winter verpaßt, den Aufstieg der ›Cubs‹, den Marathon, die Wahlen und all die Saisonereignisse von Chicago. Willst du ein Spiel von den ›Bears‹ mitkriegen? Die Monster im Vergnügungspark sind noch immer da, und an den Imbißbuden gibt's nach wie vor *Nachos* und *Budweiser.* Was hältst du davon?«

Ben mußte lachen. »Das klingt ziemlich verlockend. Aber deshalb bin ich nicht hier. Ich bin hergekommen, weil ich mir Sorgen um dich gemacht habe.«

»Was?« entfuhr es Miles.

»Ich hab' mir Sorgen um dich gemacht. Tu nicht so, als sei das so was Absurdes, verdammt noch mal. Ich wollte sicher sein, daß es dir gutgeht.«

Miles nahm einen großen Schluck Scotch und lehnte sich in seinen Stuhl zurück. »Warum sollte es mir nicht gutgehen?«

Ben zuckte mit den Schultern. »Ich weiß es nicht.« Er setzte an, etwas zu sagen, doch er verschluckte es. »Ach, zum Teufel noch mal – du hältst mich eh schon für übergeschnappt, also macht's den Kohl auch nicht mehr fett. Ich hatte einen Traum. Ich habe geträumt, du wärest in ernsthaften Schwierigkeiten und brauchtest mich. Ich hatte keine Ahnung, worum es ging, aber es war meine Schuld. Also bin ich hergekommen, um herauszufinden, ob mein Traum wahr war.«

Miles sah ihn eine Weile prüfend an wie ein Psychiater einen außergewöhnlichen Patienten. Dann leerte er sein Glas und beugte sich vor. »Du spinnst, Doc – ist dir das klar?«

»Das ist mir klar.«

»Dein Gewissen scheint Überstunden zu machen.«

»Meinst du?«

»Allerdings. Du hast Schuldgefühle, weil du mich mitten in der vorweihnachtlichen Gerichtssaison mit all den verfluchten Fällen allein gelassen hast! Nun, laß dich beruhigen: Ich hab' mich um sie alle gekümmert, und die Büroroutine ist um keinen Schritt langsamer geworden!« Er machte eine Pause und grinste. »Na, sagen wir, nur um einen halben Schritt. Stolz auf mich, Doc?«

»Natürlich, Miles.« Ben runzelte die Stirn. »Im Büro gibt es also keine Probleme – dir geht's gut. Nichts, was meine Anwesenheit hier verlangen würde?«

Miles stand auf und nahm den *Glenlivet*, um die Gläser nachzufüllen. Er lächelte. »Ben, tut mir leid, das behaupten zu müssen, aber die Lage könnte nicht besser sein, und wir kommen durchaus ohne dich zurecht.«

Genau in diesem Augenblick witterte Ben Holiday, daß an der ganzen Angelegenheit etwas verdammt faul war.

* * *

Eine Viertelstunde später war er wieder auf der Straße. Er war gerade lange genug mit Miles zusammen gewesen, um den Eindruck zu verhindern, daß irgend etwas ernsthaft nicht in Ordnung sei. Er war noch dageblieben, obwohl ihn eine innere Stimme drängte, um sein Leben zu rennen.

Taxis waren am Samstagvormittag kaum zu kriegen, also nahm er den Bus zu Ed Samuelsons Büro. Er setzte sich auf die vorletzte Bank, umklammerte seine Reisetasche wie einen Rettungsring und versuchte das Gefühl loszuwerden, daß ihn überall Augen beobachteten. In Anzug und Mantel saß er zusammengekauert da und wartete, bis das Frösteln, das ihn gepackt hatte, nachließ.

Denk wie ein Rechtsanwalt, ermahnte er sich. Mit klarem Verstand!

Der Traum hatte nicht der Wahrheit entsprochen. Miles Bennett befand sich nicht in Schwierigkeiten und brauchte auch seine Hilfe nicht. Vielleicht war sein Traum wirklich nur aufgrund seiner Schuldgefühle entstanden, weil er seinen Freund mit so viel Arbeit allein gelassen hatte. Vielleicht war es reiner Zufall gewesen, daß Questor und Weide in der gleichen Nacht ähnliche Träume gehabt hatten. Aber das schien ihm nicht wahrscheinlich. Etwas hatte diese Träume ausgelöst – etwas oder jemand.

Meeks.

Aber was führte sein Feind im Schilde?

Beim Madison stieg er wenige Minuten vor zwölf aus dem Bus und ging zu dem Gebäude, in dem Ed Samuelson sein Büro hatte. Die Augen folgten ihm.

Er suchte seinen Finanzberater auf, unterzeichnete mehrere Vollmachten und Abtretungen, die erlaubten, daß seine Geschäfte für mehrere Jahre in seiner Abwesenheit geführt werden konnten. Er hatte nicht vor, so lange fortzubleiben, doch man konnte nie wissen. Er schüttelte Ed zum Abschied die Hand und war um fünf nach halb eins wieder draußen.

Diesmal wartete er, bis er ein Taxi gefunden hatte. Er ließ sich direkt zum Flughafen fahren und erwischte einen Flug nach Washington um halb zwei. Um fünf war er in der Hauptstadt, und eine Stunde später saß er in dem letzten Abendflugzeug nach Waynesboro. Die ganze Zeit hielt er Ausschau nach Meeks. Ein Mann im Trenchcoat schaute ihn auf dem Flug von Chicago unentwegt an. Eine alte Frau, die Blumen verkaufte, hielt ihn am Flughafen von Washington auf. Ein Matrose mit Seesack rammte ihn, als er sich zu schnell vom Fahrkartenschalter abwandte. Aber keine Spur von Meeks.

Auf dem Flug nach Waynesboro prüfte er zweimal den Runenstein. Beim ersten Mal war er einem verspäteten Impuls gefolgt, beim zweiten Mal tat er es widerstrebend. Beide Male leuchtete der Stein blutrot und brannte heiß an den Fingern.

An jenem Abend reiste Ben nicht mehr weiter. Es drängte ihn zurück – der Drang zur Eile war so stark, daß er ihn kaum unterdrücken konnte –, aber die Vernunft gewann die Oberhand. Oder vielleicht war es die Angst. Bei Dunkelheit durch den *›Blue Ridge‹* zu wandern war gar nicht verlockend. Man konnte sich zu leicht verirren oder verletzen. Und außerdem würde Meeks ihn vermutlich am Tunneleingang erwarten.

Er schlief schlecht, erhob sich bei Tagesanbruch, zog den Trainingsanzug und die Turnschuhe an, aß etwas, konnte sich später nicht erinnern, was er gegessen hatte, und bestellte einen Wagen. Dann stand er mit der Reisetasche in der Hand in der Eingangshalle und starrte durch die Glastür. Nach einer Weile ging er hinaus. Der Tag war grau, kalt und unfreundlich; die Tatsache, daß es wenigstens nicht regnete, war nur ein kleiner Trost. Die Luft roch nicht gut, seine Augen brannten. Alles sah und fühlte sich unfreundlich und fremd an. Ein halbes Dutzend Male prüfte er den Runenstein. Er glühte noch immer heiß und rot.

Wenig später kam der Wagen und fuhr ihn zu dem Parkplatz mit der Nummer dreizehn. Am frühen Vormittag wanderte Ben wieder durch die bewaldeten Berge des *Washington National Park* und ließ Chicago, Washington, Waynesboro, Miles Bennett, Ed Samuelson und alle und alles in dieser Welt, in der er selbst sich jetzt wie ein Fremdling und ein Flüchtling fühlte, weit hinter sich. Ohne Zwischenfälle erreichte er die nebelumwobenen Eichen, die den Eingang zu dem Zeittunnel markierten. Keine Spur von Meeks – weder leibhaftig noch als Erscheinung. Der Wald lag still und leer, der Durchgang war frei.

Ben Holiday rannte in den Tunneleingang.

Erst am anderen Ende hörte er auf zu rennen.

Die Sonne schien durch den mit zarten Wolken übersäten Himmel und wärmte die Erde mit ihren Strahlen. Farbenfrohe Wiesen und Obsthaine erstreckten sich über die Berghänge wie ein kostbarer Patchwork-Quilt. Blumen tüpfelten die Landschaft. Vögel flatterten und segelten durch seidige Regenbogenluft. Frische, aromatische Düfte stiegen Ben in die Nase.

Er atmete tief ein und wartete, bis die Funken, die ihm vor den Augen tanzten, wieder verschwanden, sammelte seine Kräfte, die er bei seiner wilden Flucht durch den Tunnel verausgabt hatte. O ja, er war gerannt. Er war geflogen! Es ängstigte ihn, daß er solcher Panik erlegen war. Tief und ruhig atmete er und weigerte sich, einen Blick zurück auf den düsterdunstigen Wald zu werfen, der sich wie eine Mauer hinter ihm erhob. Er war in Sicherheit. Er war zu Hause.

Diese Worte beruhigten ihn wie ein Gebet. Er ließ seinen Blick himmelwärts und dann über das ganze Tal von Landover wandern, und das unerwartete Gefühl von Vertrautheit war unendlich wohltuend. Wie seltsam, daß er das so empfand, dachte er. Seine Rückkehr war wie der Übergang vom langsamen, winterlichen Sterben zum Frühlingserwachen. Ben bemerkte, daß er unwillkürlich lächeln mußte, als ihm bewußt wurde, wie selbstverständlich ihm dieser Übergang diesmal erschien.

Doch das Lächeln verging ihm schnell. Seine Gedanken kehrten zu den Träumen zurück, die Weide, Questor und er gehabt hatten, und zu der beißenden Gewißheit, daß irgend etwas an diesen Träumen äußerst faul war. Seiner war eine glatte Lüge gewesen. Hatten sich die von Questor und Weide als ebenso unwahr herausgestellt? Seiner stand irgendwie mit Meeks in Zusammenhang – dessen war er fast sicher. Galt das auch für die Träume von Weide und Questor? Zu viele Fragen – und keine Antwort. Er mußte so schnell wie möglich zu Silber Sterling und seinen Freunden zurück.

Er erreichte die Burg vor Einbruch der Nacht, nachdem er den ganzen Weg zur Eile gedrängt hatte. Er saß von seinem Pferd ab, dankte der Eskorte mit knappen Worten, rief den Seegleiter herbei und landete wenig später auf der heimatlichen Insel. Silberne

Turmspitzen und weiße Mauern glänzten ihm entgegen, und die Wärme der mütterlichen Burg umfing ihn zärtlich. Doch das Frösteln in seinem Innern hielt an.

Abernathy kam ihm im Vorhof entgegen, prächtig in ein rotes Seidenhemd, Kniehosen, Strümpfe, weiße Stiefel und Handschuhe gekleidet, die sibergefaßte Brille auf der Nase, den Terminkalender in der Hand. »Ihr kommt keinen Moment zu früh, Hoheit.« In seiner Stimme lag Mißbilligung. »Ich habe den ganzen Tag damit verbracht, die verletzten Gefühle gewisser Mitglieder des Gerichtsrates zu besänftigen, die nur hergekommen waren, um Euch zu sehen. Eine Anzahl von Problemen in bezug auf das Treffen in der nächsten Woche ist aufgetaucht. Die Bewässerungsanlagen südlich von Waymark haben ein Leck. Morgen werden die Herren von Grünland eintreffen, und wir haben noch nicht einmal einen Blick auf die Liste der anfallenden Tagesordnungspunkte geworfen, die sie uns geschickt haben. Ein halbes Dutzend weiterer Repräsentanten sitzt herum...«

»Schön, Euch zu sehen, Abernathy«, unterbrach ihn Ben mitten im Satz. »Sind Questor und Weide schon zurück?«

»Hm, nein, Hoheit.« Abernathy schien es für einen Augenblick die Sprache verschlagen zu haben. Er folgte schweigend, als Ben an ihm vorbei zum Speisesaal ging. »Hattet Ihr eine erfolgreiche Reise, Hoheit?« fragte er schließlich.

»Nicht besonders. Ihr seid sicher, daß noch keiner zurück ist?«

»Ja, Hoheit. Ich bin sicher. Ihr seid der erste.«

»Irgendwelche Nachrichten von den beiden?«

»Keinerlei Nachrichten, Hoheit.« Abernathy beugte sich eifrig vor. »Ist irgend etwas nicht in Ordnung, Hoheit?«

»Nein. Alles ist bestens«, log Ben, ohne stehenzubleiben.

Abernathy schien nicht überzeugt. »Ja. Gut. Gut zu wissen.« Er zögerte einen Augenblick, dann räusperte er sich. »Was die Repräsentanten des Gerichtsrates angeht, Hoheit...«

Ben schüttelte entschlossen den Kopf. »Nicht heute. Ich werde sie morgen empfangen.« Er ging zum Speisesaal und ließ Abernathy an der Tür stehen. »Gebt mir Bescheid, sobald Questor oder Weide eintreffen – egal, was ich gerade tue.«

Abernathy schob seine Brille noch ein Stück höher und verschwand kommentarlos.

Ben aß schnell eine Kleinigkeit und stieg dann die Treppen zu dem Turm hinauf, auf dem sich der Schauinsland befand. Der Schauinsland war Teil der Magie von Silber Sterling, eine Einrichtung, mit deren Hilfe man einen schnellen Blick auf die Geschehnisse im Lande werfen konnte, indem man scheinbar von einem Ende bis zum anderen flog. Der Schauinsland bestand aus einer runden Plattform mit silbernem Geländer, die man durch eine weite Öffnung hoch oben im Turm erreichte. In der Mitte des Geländers befand sich ein Lesepult, auf dem eine alte, auf Pergament gezeichnete Landkarte von Landover befestigt war.

Ben trat auf die Plattform hinaus, hielt sich mit beiden Händen am Geländer fest, fixierte seinen Blick auf einen Punkt der Landkarte und wünschte sich nordwärts. Fast im gleichen Augenblick verschwand die Burg um ihn herum, und er glitt mitsamt dem Silbergeländer und dem Lesepult durch den Raum. Er sauste weit nach Norden in die Berge des Melchor, fegte über die Gipfel und wieder hinunter. Dann jagte er südwärts zum Seenland und nach Eldero, der Hauptstadt des Volkes des Flußherrn. Er durchkreuzte Wälder und Hügel von einem Ende des Seenlandes zum anderen. Doch er fand weder Questor noch Weide.

Nach etwa einer Stunde gab er es auf. Er war schweißgebadet von der Anstrengung und hatte einen Krampf in den Händen, weil er sich so an das Geländer geklammert hatte. Enttäuscht und müde stieg er vom Schauinslandturm hinunter in seine Privatgemächer.

Dort versuchte er, Erschöpfung und Enttäuschung mit einem dampfend heißen Bad abzuwaschen, doch es gelang ihm nicht wirklich. Gedanken an Meeks suchten ihn heim. Der Zauberer hatte ihn mit dem Traum von Miles nach Chicago gelockt – davon war Ben inzwischen überzeugt. Er war sich ebenfalls vollkommen sicher, daß der Zauberer irgendeinen Plan verfolgte, um sich an ihm für das Exil zu rächen, in das Ben ihn gezwungen hatte. Was Ben nicht wußte, war, welche Rolle die Träume seiner Freunde dabei spielten und in welcher Gefahr sie sich im Augenblick vielleicht befanden.

Es wurde Abend, und Ben zog sich in sein Arbeitszimmer zurück. Er hatte schon beschlossen, am frühen Morgen Suchtrupps nach seinen Freunden loszuschicken. Alles andere mußte warten, bis das Mysterium der Träume gelöst war. Er war zunehmend davon überzeugt, daß irgend etwas Schlimmes im Gange war und daß die Zeit knapp wurde, es in Ordnung zu bringen.

Der Abend schritt fort. Ben war in den Papierkrieg vertieft, der sich während seiner Abwesenheit aufgestaut hatte, als plötzlich die Tür aufflog und ein Windstoß den Stapel von Dokumenten, den er sorgsam vor sich auf dem Arbeitstisch sortiert hatte, durch den ganzen Raum wirbelte. Die hagere Gestalt von Questor Thews trat aus dem dunklen Flur in den Lichtschein.

»Ich habe sie gefunden, Hoheit!« rief Questor mit einer pathetischen Geste seines rechten Armes, während seine Linke ein in Leintuch verpacktes Bündel gegen die Brust drückte. Er stolzierte zu Bens Arbeitstisch und ließ es mit dumpfem Schlag darauf fallen. »Hier!«

Ben staunte. Ein reichlich verdreckter Bunion kam hinter Questor durch die Tür. Seine Kleider waren schlammverschmiert und zerfetzt. Auch Abernathy erschien in verknautschtem Nachthemd und verrutschter Schlafmütze. Er schob seine Brille auf die Nasenwurzel zurück und blinzelte.

»Es war genau so, wie der Traum es versprochen hatte«, erklärte Questor eifrig, während er an der Leintuchverpackung zerrte. »Das heißt, nicht ganz wie versprochen. Da war die Sache mit dem kleinen Dämon, der im Stein verborgen war. Eine unschöne Überraschung, kann ich Euch versichern. Aber Bunion war ihm gewachsen. Schnappte ihn an der Gurgel und quetschte das Leben aus ihm heraus. Aber der Rest war genau wie in dem Traum. Wir fanden die Durchgänge in Mirwouk und folgten ihnen bis zu der Tür. Sie ging auf, und der Raum dahinter war mit Steinplatten gekachelt. Eine von ihnen trug die besonderen Zeichen. Auf eine Berührung hin glitt sie zur Seite, ich bückte mich und...«

»Questor, Ihr habt die verlorenen Bücher gefunden?« unterbrach ihn Ben.

Der Zauberer hielt inne und starrte Ben stirnrunzelnd an. »Natürlich habe ich die Bücher gefunden, Hoheit. Was meint Ihr denn, was ich Euch gerade erzähle?« Er war beleidigt, als hätte man sich über ihn lustig gemacht. »Wie auch immer, ich bückte mich und wollte gerade nach den Büchern greifen – sie lagen da vor mir im Schatten der Vertiefung –, als Bunion mich zurückzerrte. Er hatte die Bewegung des Dämonen gesehen. Dann gab es einen schauerlichen Kampf zwischen den beiden... Aha, endlich!«

Die letzte Lage der Tuchverpackung fiel ab, und zwei schwere, alte Folianten kamen zum Vorschein. Beide waren in Leder gebunden und mit Runen und Zeichen versehen, deren Vergoldung abgewetzt und kaum noch zu erkennen war. Die Ecken der Einbände waren mit angelaufenen Messingbeschlägen geschützt, und schwere Schlösser hielten die Buchdeckel geschlossen.

Ben streckte die Hand nach dem ersten Buch aus, doch Questor packte ihn schnell am Arm. »Einen Augenblick bitte, Hoheit.« Der Zauberer zeigte auf das Schloß. »Seht Ihr, was mit dem Sperrhaken geschehen ist?«

Ben blickte genauer hin. Der Sperrhaken war fort und das Metall drumherum angeschmolzen wie durch Hitze. Er prüfte den Sperrhaken an dem zweiten Buch. Er war noch intakt. Ja. Es bestand kein Zweifel, daß mit dem ersten Buch etwas geschehen war, um das Schloß aufzubrechen. Er schaute Questor an.

»Ich habe keine Ahnung, Hoheit«, beantwortete der Zauberer die ungestellte Frage. »Ich brachte die Bücher zu Euch, wie ich sie gefunden habe. Ich habe nicht daran herumgefummelt und nicht versucht, sie zu öffnen. An den Zeichen auf den Einbänden erkenne ich, daß es sich um die verlorenen Zauberbücher handelt. Darüber hinaus weiß ich nicht mehr als Ihr.« Er räusperte sich bedeutungsvoll. »Ich hielt es für angemessen, sie erst in Eurer Gegenwart zu öffnen.«

»Für angemessen hieltet Ihr es, sagt Ihr?« knurrte Abernathy. Er sah urkomisch aus mit seiner Schlafmütze. »Ihr meint, Ihr hieltet es für sicherer! Ihr wolltet die Kraft des Medaillons in Eurer Nähe wissen, falls die Magie sich als zu stark für Euch erweisen sollte!«

Questor machte sich ganz steif. »Ich verfüge selbst über bedeutende magische Kräfte, Abernathy, und ich versichere Euch...«

»Laßt es gut sein, Questor«, unterbrach ihn Ben. »Ihr habt recht getan. Könnt Ihr die Bücher öffnen?«

Nun wurde Questor vor Entrüstung noch steifer. »Natürlich kann ich die Bücher öffnen! Hier!«

Er trat vor und streckte die Hände nach dem ersten der alten Folianten aus. Ben wich zurück und umklammerte das Medaillon. Es war unnötig, mit solchen Dingen ein Risiko...

Questor berührte das Schloß, und grüne Funken zischten aus dem Metall. Die vier Anwesenden sprangen zurück.

»Es sieht so aus, als habt Ihr wieder einmal die Gefahr der Situation unterschätzt!« keifte Abernathy.

Questor errötete, und seine Züge spannten sich an. Dann hob er die Hände, die erst Funken sprühten und dann ein leuchtend rotes Feuer aussandten. Vorsichtig führte er dieses Feuer gegen das Metallschloß und hielt es dort, bis es das grüne Feuer verschlungen hatte. Dann rieb Questor seine Hände kräftig gegeneinander, und beide Feuer erloschen.

Er warf Abernathy einen zornigen Blick zu. »Eine ziemlich unbedeutende Gefahr, meint Ihr nicht?«

Dann berührte er das Metallschloß wieder und ließ es aufschnappen. Langsam klappte er das Buch auf der ersten Seite auf. Gealtertes, vergilbtes Pergament. Leer.

Ben, Abernathy und Bunion drängten sich um ihn. Die Seite war leer. Questor blätterte zur nächsten Seite um. Sie war ebenfalls leer. Zur dritten Seite. Leer.

Auch die vierte Seite war leer, doch in ihrer Mitte war sie angesengt, als habe man sie nahe an eine Flamme gehalten.

»Wenn ich mich recht entsinne, wart Ihr es, der das Wort *unbedeutend* erwähnt hatte, Zauberer?« stichelte Abernathy.

Questor antwortete nicht. Er sah aus wie vor den Kopf gestoßen. Langam begann er, eine leere Seite nach der anderen umzublättern, vergilbtes Pergament, doch zunehmend angesengt. Schließlich kamen Seiten, die ganz durchgebrannt waren. Er blätterte hektisch bis zur Mitte des Buches und hielt dann inne.

»Hoheit«, sagte er leise.

Ben schaute ungläubig auf die Buchruine, die offen vor ihm lag. Ein Feuer hatte die Mitte des Buches zu Asche verbrannt, doch es sah aus, als habe sich das Feuer in seinem Inneren entfacht.

Der König und der Zauberer starrten einander an. »Macht weiter«, drängte Ben.

Questor durchblättete schnell den Rest des Buches und fand nichts. Jede pergamentene Seite war wie die andere – leer, abgesehen von der Stelle, wo das mysteriöse Feuer sie angesengt oder gar verbrannt hatte.

»Ich verstehe nicht, was das zu bedeuten hat, Hoheit«, bekannte Questor Thews schließlich.

Abernathy setzte zu einem bissigen Kommentar an, doch er besann sich eines Besseren. »Vielleicht liegt die Antwort in dem anderen Buch«, schlug er dann zaghaft vor.

Ben nickte Questor aufmunternd zu. Der Zauberer klappte das erste Buch zu und legte es beiseite. Dann umgab er seine Hände wieder mit dem roten Feuer, näherte sie dem grünen Feuer, das das Schloß des zweiten Folianten schützte. Diesmal dauerte es etwas länger, da das Schloß noch intakt war. Nachdem beide Feuer erloschen waren, öffnete der Zauberer die Schließvorrichtung und schlug vorsichtig das Buch auf.

Die Umrisse eines Einhorns sprangen ihm in die Augen. Das Einhorn war auf Pergament gezeichnet, das weder vergilbt noch angesengt war, sondern strahlend weiß. Das Einhorn stand still, seine Silhouette von schwarzen Linien perfekt dargestellt. Questor blätterte zur nächsten Seite. Dort war ein zweites Einhorn abgebildet, diesmal in Bewegung, doch in der gleichen Weise gezeichnet. Auch auf der dritten und vierten Seite befanden sich weitere Einhornzeichnungen und so fort. Questor blätterte immer schneller durch das Buch und wieder zurück. Jede Seite des Buches war wie neu. Und auf jeder Seite war ein Einhorn abgebildet, jedesmal in einer anderen Pose.

Außer den Darstellungen des Einhorns gab es weder Text noch sonstige Zeichen.

»Ich weiß noch immer nicht, was das zu bedeuten hat«, seufzte Questor enttäuscht.

»Es bedeutet, daß dies nicht die Zauberbücher sind, die ihr zu finden geglaubt habt«, meinte Abernathy schnippisch.

Questor schüttelte den Kopf. »Nein. Das hier sind die Bücher. Der Traum hat es kundgetan, die Beschriftung der Einbände besagt es, und sie sehen genauso aus, wie die alten Überlieferungen berichten. Dies sind zweifellos die verlorenen Bücher.«

Eine Weile herrschte Schweigen. Ben betrachtete nachdenklich die Bücher. Dann ließ er seinen Blick durch den Raum gleiten, bis er die Gestalt von Bunion im Schatten wahrnahm, der hinter Questor stand und vielsagend grinste.

Ben schaute wieder auf die Folianten. »Was wir hier haben«, sagte er schließlich, »ist ein Buch, in dem auf jeder Seite ein Einhorn gezeichnet ist, und ein weiteres Buch ohne jegliches Einhorn und mit ausgebrannter Mitte. Das muß doch *irgendwas* bedeuten, Himmel noch mal! Questor, wie ist das mit Weides Traum vom schwarzen Einhorn? Haben die Einhörner vielleicht etwas damit zu tun?«

Questor wog den Gedanken eine Weile ab. »Ich kann keine Verbindung zwischen den beiden Phänomenen entdecken, Hoheit. Das schwarze Einhorn ist in erster Linie ein Mythos. Die hier abgebildeten Einhörner sind nicht schwarz gefärbt, sondern eindeutig und mit Absicht weiß. Seht Ihr, wie die Striche die Gestalt verdeutlichen?«

Er blätterte ein paar Seiten des zweiten Buches um, um sein Argument zu illustrieren. »Ein schwarzes Einhorn wäre irgendwie schattiert oder sonst als schwarz gekennzeichnet worden...«

Er verstummte und runzelte gedankenverloren die Stirn. Dann befühlte er mit seinen knochigen Fingern das Schloß des ersten Buches. »Warum ist dieses Buch aufgebrochen und das andere unversehrt gelassen worden?« fragte er leise, ohne jemanden direkt anzusprechen.

»Der Geschichte der Könige von Landover zufolge hat es im Tal seit seiner Entstehung keine Einhörner gegeben«, ließ Abernathy sich plötzlich vernehmen. »Doch einst hat es Einhörner gegeben – einen ganzen Haufen von ihnen. Es existiert übrigens eine Legende darüber. Laßt mich mal nachdenken... Ja, ich erinnere mich. Wartet einen Augenblick.«

Er eilte hinaus, seine Krallen klimperten über den Steinboden, sein Nachthemd wehte hinter ihm her. Wenig später war er mit dem Buch der Geschichte von Landovers Königen unter dem Arm zurück. Das Buch war sehr alt und sein Einband abgegriffen.

»Ja, das ist es«, erklärte der Schreiber. Er legte es neben die Zauberbücher, blätterte schnell darin herum und schlug eine Seite auf. »Ja. Hier.« Er las stumm ein paar Zeilen. »Es geschah vor Jahrhunderten«, berichtete er, »nicht lange nach der Erschaffung des Tales. Die Elfen schickten eine große Herde von Einhörnern aus den Nebeln in unser Tal. Sie taten dies aus einem ganz bestimmten Grunde. Offenbar waren sie über den wachsenden Unglauben der Magie gegenüber in vielen der angrenzenden Welten beunruhigt – Welten wie der Euren, Hoheit«, fügte der Schreiber mit einem vorwurfsvollen Blick auf Ben hinzu, »und sie wollten jenen Welten ein Zeichen geben, daß die Magie tatsächlich noch existierte.« Er unterbrach sich und schaute angestrengt auf die alte Schrift. »Ja, ich glaube, das stimmt. Es ist schwer zu lesen, da die Sprache sehr antiquiert ist.«

»Vielleicht sind es Eure Augen«, bemerkte Questor unfreundlich und wollte nach dem Buch greifen.

Abernathy hielt es gereizt fest. »Meine Augen sind doppelt so scharf wie die Euren, Zauberer!« knurrte er. Dann räusperte er sich und fuhr fort: »Es sieht so aus, Hoheit, als hätten die Elfen die Einhörner als Beweis für die wirkliche Existenz von Magie hergeschickt. Und je ein Einhorn sollte durch einen der Zeittunnel in jede der ungläubigen Welten gehen.« Er machte wieder eine Pause, las stumm ein Stück weiter und schlug das Buch dann mit lautem Knall zu. »Doch dazu ist es natürlich nie gekommen.«

Ben runzelte die Stirn. »Warum nicht?«

»Weil alle Einhörner verschwanden, Hoheit. Sie wurden nie wieder gesehen.«

»Verschwanden?«

»Ich erinnere mich an die Geschichte«, verkündete Questor. »Ehrlich gesagt habe ich sie immer für außerordentlich merkwürdig gehalten.«

Ben runzelte seine Stirn noch mehr. »Also, die Elfen senden eine ganze Herde weißer Einhörner nach Landover, und alle verschwinden. Das ist das letzte, das man von ihnen weiß, außer einem schwarzen Einhorn, das es vielleicht wirklich gibt, vielleicht aber auch nicht, und das bei Gelegenheit von wer weiß woher auftaucht. Und nun haben wir dazu noch die verlorenen Zauberbücher, die nichts von Magie enthalten – nur eine Anzahl von Einhornzeichnungen und ein paar halbverbrannte, leere Seiten.«

»Mit einem aufgebrochenen und einem intakten Schloß«, fügte Questor vollständigkeitshalber hinzu.

»Nichts über Meeks«, meinte Ben nachdenklich.

»Nichts darüber, wie man Hunde in Menschen zurückverwandelt«, schnaubte Abernathy.

Schweigend starrten sie einander an. Die Bücher lagen vor ihnen auf dem Tisch – zwei Zauberbücher, die nicht sehr magisch aussahen, und ein Geschichtswerk, das ihnen keine nützliche historische Information gab. Bens Unbehagen wuchs. Je weiter sie den Fäden dieser Träume folgten, desto verwirrender wurde die ganze Angelegenheit. Sein Traum war eine Irreführung gewesen; Questors Traum hatte der Wahrheit entsprochen. Die Quelle ihrer beiden Träume war also nicht die gleiche gewesen.

So schien es.

Aber vielleicht verhielt sich alles ganz anders. Ben war sich im Moment über gar nichts mehr sicher. Die Reise zurück war lang gewesen, er war müde, und die Erschöpfung lähmte seine Gedanken. Die Zeit war knapp, aber er hatte nicht mehr genug Kraft, heute abend noch einmal alles klar zu durchdenken. Morgen war es auch noch früh genug. In der Frühe würden sie Weide suchen gehen. Sobald sie sie gefunden hätten, würden sie dem Geheimnis dieser Träume nachgehen, bis sie ganz genau durchschauten, was eigentlich vorging.

»Nehmt die Bücher unter Verschluß, Questor. Wir gehen schlafen«, erklärte er.

Die anderen murmelten zustimmend. Bunion trottete in die Küche, um sich zu waschen und etwas zu essen. Abernathy folgte ihm, das Geschichtsbuch unterm Arm. Questor nahm die Zauberbücher und zog sich wortlos zurück.

Ben sah ihnen nach und blieb allein im Halbdunkel zurück. Fast wünschte er, er hätte sie gebeten, noch zu bleiben, um sich zu zwingen, weiter an der Lösung des Rätsels zu arbeiten.

Aber das war dummes Zeug. Es lief ja nicht davon. Morgen war auch noch ein Tag.

Widerstrebend ging er schlafen.

... und Alpträume

Ben Holiday sollte sich später daran erinnern, wie falsch der Rat war, den er sich selbst in jener Nacht gegeben hatte. Er sollte sich deutlich an die Worte erinnern. *Das läuft alles nicht davon. Morgen ist auch noch ein Tag.* Er sollte sich an diese Worte erinnern und voller Bitterkeit bereuen, daß er sich von ihnen hatte beruhigen lassen.

Aber die Einsicht kam zu spät.

Die Schwierigkeiten begannen fast augenblicklich. Ben hatte sich sofort aus dem Arbeitszimmer in sein Schlafgemach begeben, ein Nachthemd übergestreift und war unter die Decke gekrochen. Er war erschöpft, doch der Schlaf wollte nicht kommen. Er war von den Ereignissen des Tages zu aufgewühlt, und das Rätsel der Träume zickzackte ihm durchs Bewußtsein wie eine in die Enge getriebene Ratte. Er jagte die Ratte, doch er konnte sie nicht erwischen. Sie war ein Schatten, der ihm ohne Mühe ständig entglitt. Er konnte ihre Umrisse erkennen, doch er konnte sie nicht packen.

Ihre Augen leuchteten glutrot in der Finsternis.

Ben blinzelte und fuhr hoch. Der Runenstein, den Weide ihm gegeben hatte, glühte feuerrot auf dem Nachttisch, wo er ihn hingelegt hatte. Er rieb sich die Augen und begriff, daß er wohl ein wenig eingenickt sein mußte, bis der Schein ihn wieder aufschreckte. Die Farbe des Steines besagte, daß unmittelbare Gefahr drohte, die wohl während seiner ganzen Rückreise gedroht haben mußte.

Aber wo lag die Gefahr, verdammt noch mal?

Er stand auf und ging durch den Raum wie ein Tier, das seiner Beute auflauert. Es war nichts zu finden. Seine Kleider lagen noch immer auf dem Stuhl, wie er sie hingeworfen hatte; seine Reisetasche stand nach wie vor auf dem Boden vor dem Ankleidezimmer. Er blieb in der Mitte des Raumes stehen und ließ die Wärme der lebendigen Burg in sich aufsteigen. Silber Sterling antwortete mit einem tiefen inneren Glühen, das ihn von Kopf bis Fuß umfing. Die

Burg war ungestört.

Ben runzelte die Stirn. Vielleicht irrte sich der Stein.

So oder so war sein Leuchten störend, und Ben bedeckte ihn mit einem Handtuch und kroch wieder ins Bett. Er wartete eine Weile, schloß dann die Augen, öffnete sie noch einmal und schloß sie wieder. Dunkelheit umgab ihn und wandelte sich nicht. Die Ratte war fort. Fragen und Antworten vermischten sich und schwanden in der Nacht. Sein Bewußtsein segelte davon.

Dann mochte er eine Weile geträumt haben. Bilder von Einhörnern – weißen und schwarzen –, von schmalen, zeitlosen Gesichtern der Elfen. Bilder seiner Freunde, der alten und der neuen, und Bilder der Zukunft, die er für sein Königreich und sein Leben erträumt hatte. Sie rannen durch sein Unterbewußtsein, und ihr Fließen trug ihn wie die Wellen eines endlosen Meeres.

Dann flammte ein seltsames Feuer in sein Bewußtsein und unterbrach das Fließen. Hände langten aus dem Nichts, Finger grapschten nach der Kette um seinen Hals – seine Hände, seine Finger. Was taten sie?

Und plötzlich war da ein Bild von Meeks!

Aus tiefschwarzem Dunst entstand es plötzlich: der Zauberer, eine große, in einen stahlblauen Umhang gehüllte Skelettgestalt, das Antlitz so hart und kalt wie rohes Eisen. Er näherte sich Ben, als sei er der Tod persönlich, der gekommen war, sein nächstes Opfer abzuholen – ein Ärmel hing leer, der andere trug eine schwarze Klaue, die näher und näher kam…

Ben riß sich aus dem Schlaf, strampelte die Bettücher beiseite und ruderte blindlings mit den Armen durch die Finsternis. Er blinzelte und kniff die Augen zu Schlitzen. Eine Kerzenflamme beleuchtete eine Ecke des Raumes, ein weißgoldener Schein gegen den blutroten Schimmer, der als dringende Warnung von Weides Runenstein auf dem Nachttisch ausgesandt wurde. Das Handtuch, das er darüber gedeckt hatte, war fort. Ben spürte die Gegenwart der drohenden Gefahr. Sein Atem ging so schwer, als drücke eine Riesenhand auf seine Brust. Er kämpfte dagegen an, doch seine Muskeln gehorchten ihm nicht. Sein Körper war wie festgenagelt.

Etwas rührte sich im Dunkel, etwas Riesiges.

Ben versuchte zu schreien, doch er brachte nicht mehr als ein rauhes Krächzen hervor.

Etwas nahm Form an, in rotes Licht gebadet wie Blut. Die Gestalt stand vor ihm und flüsterte mit einer Stimme, die wie Nägel auf einer Schieferplatte kratzte: »So sehen wir uns also wieder, Mr. Holiday.«

Es war Meeks.

Ben konnte nicht sprechen. Wie gelähmt starrte er das Wesen an. Es war, als sei es der Erscheinung, die ihn während seiner Reise in die alte Welt heimgesucht hatte, gelungen, ihm hierher zu folgen. Außer, daß es keine Erscheinung mehr war. Ben wußte es. Das hier war wirklich!

Meeks lächelte dünn. Er sah jetzt einigermaßen menschlich aus. »Wie – keine cleveren Begrüßungsworte, keine mutigen Warnungen, nicht einmal eine Drohung? Das sieht Ihnen gar nicht ähnlich, Mr. Holiday. Was ist denn los? Hat die Katze Ihre Zunge gefressen?«

Bens Hals- und Gesichtsmuskeln verkrampften sich bei dem Versuch, seine Selbstkontrolle wiederzufinden. Er war gelähmt. Meeks' kalte, terrorisierende Augen bannten ihn mit Fesseln, die er nicht brechen konnte.

»Ja, ja, der Wille ist da, nicht wahr, Mr. Holiday – doch der Weg ist so finster! Ich kenne das Gefühl sehr gut! Erinnern Sie sich an unsere letzte Begegnung? Erinnern Sie sich? Sie verhöhnten mich durch den Kristall – meine einzige Verbindung zu dieser Welt –, und dann zerschmetterten Sie den Kristall! Sie haben meine Augen zerschmettert, Mr. Holiday, und mich blind zurückgelassen!« Seine Stimme war zu wutgepreßtem Zischen geworden. »O ja, ich weiß, wie es ist, wenn man plötzlich paralysiert und alleine ist!«

Er rückte einen Schritt näher, sein hageres, zerfurchtes Gesicht vom blutroten Schein des Runensteins beleuchtet. Er sah gigantisch aus. »Sie sind ein Idiot, Möchtegernkönig, wissen Sie das? Sie haben gemeint, Spielchen mit mir spielen zu können, und haben nicht einmal gemerkt, daß ich derjenige war, der die Regeln dazu festgelegt hat. Ich bin der Spielmeister, kleiner Mann, Sie sind nichts als ein blutiger Anfänger! Ich habe Sie zum König dieses Landes gemacht und Ihnen alles gegeben, was es anzubieten hatte.

Sie haben das entgegengenommen, als wären Sie dazu berechtigt! Sie nahmen es an, als sei es Ihr Eigentum!«

Meeks zitterte vor Zorn und ballte die Finger seiner Handschuhhand zu einer Klauenfaust. Ben hatte in seinem Leben noch nie solche entsetzliche Angst verspürt. Er hätte sich am liebsten unter der Bettdecke verkrochen, in ein Mäuslein verwandelt – *irgendwas,* das ihn vor diesem grauenerregenden alten Mann gerettet hätte.

Meeks richtete sich wieder auf, und sein Ärger war plötzlich kalter Gleichgültigkeit gewichen. »Nun, das spielt jetzt keine Rolle mehr«, meinte er mit in die Ferne gerichtetem Blick. »Das Spiel ist zu Ende. Sie haben verloren, Mr. Holiday.«

Schweiß rann Ben über den steifen Rücken. Wie war das möglich? Meeks hatte in der alten Welt festgesessen. Solange sich Ben im Besitz des Medaillons befand, war ihm jeglicher Zugang zum Königreich von Landover verwehrt!

»Würden Sie gerne erfahren, wie ich hierherkam, Mr. Holiday?« Meeks schien Bens Gedanken gelesen zu haben. Der Zauberer rückte langsam noch ein Stück näher. »Es war ganz einfach, wirklich. Ich habe mich von Ihnen herbringen lassen.« Er sah den Ausdruck in Bens Gesicht und lachte. »Ja, Mr. Holiday – so ist es. *Sie* sind dafür verantwortlich, mich hergebracht zu haben. Was sagen Sie dazu?«

Er kam näher, bis er neben dem Bett stand. Sein zerfurchtes Gesicht beugte sich über Ben. Sein Gestank stieg Ben in die Nase. »Die Träume stammten von mir, Mr. Holiday. Ich habe sie Ihnen, meinem Halbbruder und der Sylphe geschickt. Ich habe sie gemacht. Nicht alle meine Kräfte gingen bei der Zerstörung des Kristalls verloren, Mr. Holiday! Ich konnte Sie noch immer erreichen. In Ihrem Schlaf! Ich konnte über Ihr Unterbewußtsein eine Brücke zwischen den beiden Welten schlagen. Mein törichter Halbbruder vergaß das, als er Sie vor mir warnte. Träume waren alles, was ich brauchte, um die Kontrolle über Sie wiederzugewinnen. Wie lebendig die Imagination sein kann! Fanden Sie den Traum, den ich Ihnen gesandt habe, überzeugend, Mr. Holiday? Ja, natürlich war er überzeugend. Er war dazu angetan, Sie zu mir zurückzubringen, und das hat er getan! Ich wußte, daß Sie kommen würden, wenn Sie glaubten, daß Ihr Freund, Mr. Bennett, Sie brauchte. Ich wußte, daß Sie nicht anders konnten. Sie *mußten* kommen. Von da an war es ein Kinderspiel, Mr. Holiday. Die Erscheinung am Ende des Zeittunnels war ein Zauber, der mich auf Ihre Rückkehr aufmerksam machte und mir erlaubte, Ihren Weg zu verfolgen. Er setzte sich in Ihnen fest, und von da an waren Sie keinen Augenblick mehr frei von mir!«

Ben rutschte das Herz in die Hose. Er hätte wissen müssen, daß Meeks Magie einsetzen würde, um ihn irgendwie zu überwachen. Er hätte wissen müssen, daß der Zauberer nichts dem Zufall überlassen würde. Er war ein Idiot gewesen.

Meeks grinste wie die Cheshirekatze. »Die zweite Erscheinung war ein noch interessanterer Trick. Damit habe ich Sie von dem abgelenkt, was ich eigentlich vorhatte. O ja, ich war die ganze Zeit dabei, Mr. Holiday! Ich war *hinter* Ihnen! Während Sie mit meinem Bild beschäftigt waren, schlüpfte *ich* in Ihre Kleider, klein wie ein Insekt. Auf Ihnen habe ich mich versteckt und habe mich von Ihnen nach Landover zurückbringen lassen! Das Medaillon erlaubte nur Ihnen das Durchqueren des Zeittunnels, Mr. Holiday – aber da ich ein Teil von Ihnen war, ließ es auch mich hindurchschlüpfen!«

In meinen Kleidern hat er sich versteckt, dachte Ben verzweifelt, den ganzen Weg, und ich habe es nicht gemerkt. Deshalb hörte der Runenstein nicht mehr auf zu leuchten! Die Bedrohung war die ganze Zeit akut, und ich habe sie nicht erkannt!

»Ironie des Schicksals, nicht wahr, Mr. Holiday? Daß ausgerechnet Sie mich hergebracht haben?« Der Zauberer grinste breit, so daß die Haut seiner Wangen und seiner Stirn stramm gezogen wurde und sein Gesicht wie ein Totenschädel aussah. »Ich mußte zurückkommen, verstehen Sie. Ich mußte dringend zurückkommen, wegen Ihrer verdammenswerten, hartnäckigen Einmischung! Wissen Sie, welche Schwierigkeiten Sie mir verursacht haben? Nein – natürlich nicht. Sie haben nicht die geringste Ahnung. Sie wissen nicht einmal, wovon ich rede. Sie verstehen überhaupt nichts! Und in Ihrer Ignoranz haben Sie beinahe zerstört, was aufzubauen mich Jahre gekostet hat! Sie haben alles durcheinandergebracht – Sie und Ihre Kampagne, König von

Landover zu werden!«

Er hatte sich wieder in Wut geredet, und es kostete ihn große Anstrengung, die Selbstkontrolle zurückzugewinnen. Doch auch dann spuckte er die Worte wie Galle aus. »Spielt keine Rolle, Mr. Holiday, spielt keine Rolle. Das alles sagt Ihnen nichts, darum ist es überflüssig, weiter darüber zu reden. Ich bin jetzt im Besitz der Bücher, und Sie können keinen Schaden mehr anrichten. Ich habe, was ich brauche. Ihr Traum hat mich zu Ihrem Meister gemacht, der Traum meines Halbbruders hat mir die Gewalt über die Bücher verschafft, und der Traum der Sylphe wird mir...«

Er hielt abrupt inne, als habe er einen Fehler begangen. Ein seltsames Unbehagen stand in seinen kalten Augen. Er blinzelte, machte eine wegwerfende Geste mit der Hand, und es war fort. »Alles. Die Träume werden mir alles verschaffen«, beendete er die unterbrochene Rede.

Das Medaillon, dachte Ben verzweifelt. Wenn ich doch meine Hände an das Medaillon führen könnte...

Meeks lachte klirrend. »Es gibt vieles, das Sie mir jetzt gerne sagen würden, nicht wahr, Mr. Holiday? Und mindestens so vieles, das Sie gerne täten!« Das runzlige Gesicht kam wieder ganz nah an seines heran. Die harten Augen durchbohrten ihn. »Nun, ich werde Ihnen eine Chance bieten, Möchtergernkönig. Ich werde *Ihnen* die Gelegenheit geben, die Sie mir so kurzentschlossen verweigert haben, als Sie den Kristall zerschmetterten und mich damit aus meiner Heimat verbannten!«

Ein knochiger Finger krümmte sich vor Bens erstarrtem Blick. »Doch zunächst muß ich Ihnen etwas zeigen. Ich habe es gleich hier, sicher um meinen Hals gekettet.« Seine Hand tauchte unter das Gewand. »Schauen Sie genau hin, Mr. Holiday. Sehen Sie es?«

Langsam zog er die Hand wieder hervor. Zwischen den Fingern hing eine Kette und an ihrem Ende Bens Medaillon.

Meeks lächelte triumphierend, als er den Blick hoffnungsloser Verzweiflung in Bens Augen bemerkte. »Ja, Mr. Holiday! Ja, Möchtegernkönig! Ja, Sie armer Idiot! Es *ist* Ihr kostbares Medaillon! Der Schlüssel für Landover – und der gehört jetzt mir!« Er ließ es vor Ben baumeln, so daß sich das Licht des Runensteins und der Kerzenflamme darin brachen. Seine Augen verengten sich zu

Schlitzen. »Möchten Sie erfahren, wie das Medaillon in meinen Besitz gelangt ist? Sie haben es mir in einem Traum gegeben, den ich Ihnen geschickt habe, Mr. Holiday. Sie nahmen das Medaillon ab und überreichten es mir. Sie haben mir das Medaillon freiwillig ausgehändigt. Mit Gewalt konnte ich es Ihnen nicht abnehmen, doch Sie *gaben* es mir!«

Meeks türmte sich auf wie ein Riese, der Ben zu erdrücken drohte – groß, finster, aus dem Schatten lauernd. Sein Atem zischte. »Ich nehme an, es gibt dem nichts hinzuzufügen, das Sie nicht ohnehin schon wissen, habe ich recht, Mr. Holiday?«

Der Zauberer machte eine schnelle Handbewegung, und die unsichtbaren Ketten, die Ben gelähmt hatten, fielen von ihm ab. Er konnte sich wieder bewegen und sprechen. Doch er tat keines von beidem. Er wartete.

»Fühlen Sie unter Ihr Nachthemd, Mr. Holiday«, flüsterte der Zauberer.

Ben gehorchte. Seine Finger fanden ein Medaillon am Ende einer Kette. Langsam zog er es hervor. Das Medaillon besaß die gleiche Form und Größe wie jenes, das er getragen hatte – und das sich jetzt in Meeks' Besitz befand. Doch das Relief war nicht das gleiche. Der Paladin, Silber Sterling und die aufgehende Sonne waren verschwunden, verschwunden auch der silberne Glanz. Dieses Medaillon war tiefschwarz angelaufen und zeigte die in den Umhang gehüllte Gestalt von Meeks.

Ben starrte das Medaillon voller Entsetzen an, befühlte es ungläubig und ließ es dann los, als verbrenne es seine Finger.

Meeks nickte voller Befriedigung. »Ich habe die Macht über Sie, Mr. Holiday. Sie gehören mir, und ich kann mit Ihnen tun, was mir beliebt. Ich könnte Sie natürlich einfach vernichten – aber das werde ich nicht. Das wäre ein zu leichtes Ende für Sie, nach allem, was Sie mir angetan haben!« Er machte eine Pause und grinste hart und ironisch. »Ich glaube, Mr. Holiday, ich werde Sie statt dessen freilassen.«

Er trat ein paar Schritte zurück und wartete. Ben zögerte und stand dann auf. Sein Bewußtsein suchte hektisch nach einem Ausweg aus diesem Alptraum. Waffen waren keine zur Hand. Meeks stand zwischen ihm und der Tür.

Er tat einen Schritt nach vorn.

»Oh, noch eine Kleinigkeit, Mr. Holiday.« Meeks' Stimme bremste ihn, als sei er in eine Steinmauer gerannt. Das harte, alte Gesicht war wie von Rinnen und Spalten zerfurcht. »Sie sind frei – doch Sie werden die Burg verlassen müssen. Jetzt sofort. Sehen Sie, Mr. Holiday, Sie gehören hier nicht mehr hin. Sie sind nicht länger König. Sie sind übrigens nicht mal mehr Sie selbst.«

Der Zauberer hob die Hand. Licht blitzte auf, und Bens Nachthemd war verschwunden. Statt dessen trug er jetzt eine Arbeiterkluft – grobe Wollhosen, einen Kittel, einen wollenen Umhang und abgetragene Stiefel. Er war schmutzig und roch nach Vieh. »Einer aus dem gemeinen Volk, Mr. Holiday – das ist es, was Sie von nun an sein werden. Arbeiten Sie hart, und Sie werden vielleicht einen Aufstieg machen. In diesem Lande gibt es sogar für Leute wie Sie eine Chance. König werden Sie natürlich nicht wieder werden. Doch Sie werden vielleicht eine angemessene Anstellung irgendwo finden. Ich hoffe es. Es täte mir leid, Sie mittellos zu wissen. Es wäre mir höchst unangenehm, wenn Sie irgendwelche Entbehrungen zu erleiden hätten. Das Leben ist lang, wissen Sie.«

Sein Blick fiel plötzlich auf Weides Runenstein. »Ach, den werden Sie wohl kaum noch brauchen, nicht wahr?« Er hob die Hand, und der Runenstein flog vom Nachttisch in seine Handschuhklaue. Seine Finger schlossen sich darum, und der Stein zerbarst zu Staub. Sein rotes Glühen erlosch.

Er sah wieder zu Ben. »Wo waren wir denn gerade stehengeblieben? Ach, ja – wir sprachen über Ihre Zukunft. Ich kann Ihnen versichern, daß ich sie mit größtem Interesse verfolgen werde. Das Medaillon, mit dem ich Sie ausgestattet habe, wird mir alles verraten, was ich wissen muß. Versuchen Sie nicht, *dieses* Medaillon abzulegen. Ein gewisser Zauber verhindert eine solche Unvernunft – ein Zauber, der Ihr Leben beträchtlich verkürzen würde, falls er ausgelöst wird. Und ich möchte nicht, daß Sie sterben, Mr. Holiday – ich möchte, daß Sie lange, lange leben.«

Ben starrte den alten Mann ungläubig an. Was war das für ein Spiel? Er schätzte die Entfernung zur Tür ab. Er konnte wieder sprechen und sich bewegen, er war wieder frei, von was immer ihn gelähmt hatte. Er mußte zu entkommen versuchen.

Dann sah er, daß Meeks ihn beobachtete wie eine Katze eine in die Enge getriebene Maus, und die Angst wich Zorn und Scham. »Das wird nicht klappen, Meeks«, stieß er hervor und zwang sich, seine Stimme ruhig klingen zu lassen. »Niemand wird das akzeptieren.«

»Nein?« Meeks behielt sein Lächeln bei. »Und wieso nicht, Mr. Holiday?«

Ben holte tief Luft und machte ein paar Schritte nach vorn. »Weil diese alten Kleider, die Sie mir verpaßt haben, niemanden täuschen werden! Medaillon hin oder her, ich bin noch immer ich, und Sie sind Sie!«

Meeks zog fragend die Augenbrauen hoch. »Sind Sie sicher, Mr. Holiday? Sind Sie sich dessen ganz sicher?«

Leiser Zweifel zupfte an Bens Bewußtsein, doch er ließ es sich nicht anmerken. Er warf einen Seitenblick auf den großen Spiegel und stellte erleichtert fest, daß er äußerlich wenigstens noch der alte war.

Aber Meeks schien seiner Sache so sicher. Hatte der Zauberer ihn in einer Weise verändert, die ihm entging?

»Es wird nicht funktionieren«, wiederholte er und ging näher zur Tür. Dabei versuchte er angestrengt herauszufinden, was Meeks wußte und er nicht – *irgend etwas* mußte da sein...

Meeks' Lachen klang scharf und beißend. »Warum warten wir nicht ab, was klappt und was nicht, Mr. Holiday!«

Die Handschuhhand schnellte mit gespreizten Fingern in die Höhe, und grüne Funken stoben von den Spitzen. Ben sprang mit einem Satz an dem Zauberer vorbei, stolperte, rollte sich wild zur Seite, um dem Feuer auszuweichen, und rappelte sich wieder auf die Füße. Er erreichte die geschlossene Tür und hatte seine Hand auf der Klinke, als der Zauber ihn einholte. Er wollte schreien, doch er konnte nicht. Schatten umhüllten ihn, betäubten ihn, und der Schlaf, der zuvor nicht hatte kommen wollen, übermannte ihn jetzt.

Ben Holiday erschauderte hilflos und versank langsam in der Schwärze.

Ein Fremder

Ben erwachte zwischen Schatten und Zwielicht und blinzelte durch Strudel von Bildern hindurch, die wie Wogen eines Ozeans auf- und abschwappten. Er lag auf einer Art Pritsche, und das Lederpolster, auf das er seinen Kopf gebettet hatte, war glatt und kühl. Sein erster Gedanke war, daß er noch lebte. Der zweite die Frage, warum.

Er zwinkerte mit den Augen und wartete, daß die Bilder aufhörten sich zu bewegen und klare Form annahmen. Langsam und schmerzhaft kam die Erinnerung an die Erlebnisse der letzten Stunden zurück. Ärger, Frustration und Verzweiflung packten ihn aufs neue. Meeks war nach Landover zurückgekommen. Meeks hatte ihn unvorbereitet gefunden, hatte den Runenstein, den Weide ihm geschenkt hatte, zerstört, hatte ihm seine Kleider genommen, hatte finstere Magie gegen ihn eingesetzt, bis er das Bewußtsein verlor, und...

O mein Gott!

Er wühlte unter seinem Hemd herum und zog das Medaillon hervor, das er an einer Kette um den Hals trug. Angsterfüllt hielt er es im Zwielicht in die Höhe – Warnungen wisperten schon in seinem Bewußtsein, die Gewißheit dessen, was er finden würde, begann sich zu konkretisieren. Das Relief auf dem Medaillon schien zu leuchten. Einen Augenblick lang glaubte Ben, die vertraute Gestalt des reitenden Paladins vor der Burg Silber Sterling und der aufgehenden Sonne zu sehen. Dann waren der Paladin, die Burg und die Sonne verschwunden, und nur noch die in einen Umhang gehüllte Gestalt von Meeks war auf der schwarz angelaufenen Metalloberfläche zu erkennen.

Ben schluckte trocken. Seine schlimmsten Befürchtungen hatten sich bewahrheitet. Meeks hatte das Medaillon der Könige von Landover in seinen Besitz gebracht.

Hoffnungslosigkeit überflutete ihn, und er versuchte aufzustehen. Er hatte für einen Augenblick Erfolg, weil ein kleiner Adrenalinschub ihm die nötige Kraft gab. Er stand aufrecht, der Bilderstrudel beruhigte sich ein wenig, so daß er etwas von seiner Umgebung wahrnehmen konnte. Er befand sich noch immer innerhalb von Silber Sterling. Er erkannte den Raum: ein Zimmer neben dem Burgeingang, das für wartende Gäste reserviert war. Und auch die Bank, auf der er gelegen hatte, mit ihrem rostfarbenen Lederpolster und den geschnitzten, hölzernen Füßen. Er wußte, wo er war, aber er wußte nicht, warum – und genausowenig wußte er, wieso er überhaupt noch lebte...

Dann verließ ihn seine Kraft, seine Beine gaben nach, und er sackte zurück auf die Bank, die knirschte und ächzte. Die Geräusche machten jemanden, der sich draußen aufgehalten hatte, aufmerksam, und die Tür ging auf. Luchsaugen in einem langohrigen Affengesicht glitzerten ihn an.

Es war Bunion!

Bunion trat ein und schaute auf ihn hinunter.

Ben war in seinem ganzen Leben noch nie so glücklich über das Auftauchen von jemandem gewesen. Er hätte den Kobold umarmt, wenn er dazu die Kraft gehabt hätte. So lag er einfach da, grinste töricht und versuchte zu sprechen. Bunion half ihm, sich aufzusetzen, und wartete geduldig, bis er seine Worte zu formulieren imstande war.

»Hol Questor«, brachte er schließlich heraus. Wieder versuchte er, gegen die Trockenheit in seiner Kehle anzuschlucken. Das Innere seines Mundes war wie Kreide. »Bring ihn her. Laß es niemanden wissen. Sei vorsichtig. Meeks ist hier in der Burg!«

Bunion sah ihn einen Augenblick mit einem fast verwirrten Ausdruck in seinem Gesicht an, dann wandte er sich um und schlüpfte wortlos hinaus. Ben legte sich erschöpft wieder flach. Der gute alte Bunion. Ben hatte keine Ahnung, was der Kobold hier tat – oder gar, was *er* hier tat –, aber er war genau der Typ, den Ben jetzt brauchte. Wenn es ihm gelang, Questor schnell zu finden, dann konnte der die Wachen losschicken und die Bedrohung, die Meeks darstellte, im Keim ersticken. Meeks war ein mächtiger Zauberer, doch einer so großen Übermacht wäre er nicht gewachsen. Ben würde das gestohlene Medaillon zurückbekommen, und Meeks würde bereuen, daß er je auch nur daran *gedacht* hatte, wieder einen Fuß auf Landover zu setzen!

Ben schloß ein Weilchen die Augen und sammelte seine Kräfte. Dann stand er wieder auf. Sein Blick streifte durch den Raum. Er war leer. Kerzenlicht von einem Wandleuchter und einem Kerzenständer auf dem Tisch vertrieben die Schatten. Licht von draußen drang unter der geschlossenen Tür herein. Ben lehnte seine Waden gegen die Bank, um sich abzustützen. Er trug noch immer die Arbeitskluft, die Meeks ihm verpaßt hatte. Seine Hände waren schwarz verkrustet. Kein schlechter Trick, dachte Ben – aber er wird nicht klappen. Ich bin noch immer ich.

Ben holte ein dutzendmal tief Luft. Er begann wieder klarer zu sehen, und seine Kraft kam langsam zurück. Er konnte die Burg fühlen, die aus dem Fußboden durch die durchgetretenen Stiefel mit ihrer Wärme nach ihm faßte. Er konnte ihr lebendiges Pulsieren spüren. In ihrer Berührung lag ein Drängen, das ihm zu denken gab. Sie schien die Gefahr zu wittern, in der er sich befand.

Keine Sorge, es wird alles gut ausgehen, beruhigte er sie im Geiste.

Schritte näherten sich, und die Tür wurde geöffnet. Questor Thews stand mit Bunion auf der Schwelle. Er zögerte einen Moment und trat dann wortlos ein. Der Kobold folgte ihm und schloß die Tür.

»Questor! Dem Himmel sei Dank, daß Ihr hier seid!« sprudelte Ben hervor und ging mit ausgestreckten Händen auf den Zauberer zu. »Wir müssen schnell handeln. Meeks ist zurück – jetzt, hier, irgendwo in der Burg. Ich weiß nicht, wie er es geschafft hat, aber er hat das Medaillon in seinen Besitz gebracht. Wir müssen die Wachen alarmieren, damit sie ihn finden, bevor...«

Drei Meter vor seinem Freund blieb Ben abrupt stehen und verstummte. Der Zauberer hatte sich nicht gerührt, hatte ihm nicht die Hände zum Gruß entgegengestreckt. Sein Eulengesicht war hart, die buschigen Augenbrauen zu zornigen Runzeln zusammengezogen.

Questor Thews schaute Ben an, als habe er den König noch nie in seinem Leben gesehen.

Ben erstarrte. »Questor, was ist los?«

Der Zauberer blickte ihn unverwandt an. »Wer seid Ihr?«

»Wer ich bin? Was soll das heißen, wer ich bin? Ich bin's, Ben!«

»Ben? Ihr nennt Euch Ben?«

»Natürlich nenne ich mich Ben. Wie sonst sollte ich mich nennen? Ich heiße so. Ben ist schließlich mein Name.«

»Das *glaubt* Ihr offenbar.«

»Questor, wovon redet Ihr? Ich glaube es, weil es so *ist!*«

Questor Thews runzelte seine Stirn in noch tiefere Furchen. »*Ihr* seid Ben Holiday? *Ihr* seid Landovers König?«

Ben starrte ihn sprachlos an. Es war offensichtlich, daß der andere ihm nicht glaubte. »Ihr erkennt mich nicht, nicht wahr?« wagte er schließlich zu fragen.

Der Zauberer schüttelte den Kopf. »Allerdings nicht.«

Ben hatte das Gefühl, sein Magen rutsche ein Stück tiefer. »Schaut her, es sind nur die Kleider und der Dreck. Um Himmels willen, schaut mich doch an! Meeks hat das gemacht – hat meine Kleider vertauscht und mir ein bißchen ein schmuddeliges Aussehen gegeben. Aber ich bin's noch immer!«

»Ben Holiday seid Ihr also?«

»Ja, verdammt noch mal!«

Questor blickte ihn eine Weile prüfend an und holte dann tief Luft. »Mag sein, daß Ihr Euch selbst für Ben Holiday haltet. Mag sein, daß Ihr sogar glaubt, Seine Hoheit, der König von Landover zu sein. Aber Ihr seid es nicht. Ich weiß es, da ich nämlich soeben vom König komme – und das wart nicht Ihr! Ihr seid ein Eindringling in dieser Burg. Ihr seid ein Spion und möglicherweise sogar noch Schlimmeres. Ihr seid ungeladen hereingekommen, habt privaten Gesprächen gelauscht, habt Seine Hoheit in seinem Schlafgemach angegriffen, und nun behauptet Ihr, jemand zu sein, der Ihr nicht seid. Wenn ich zu bestimmen hätte, würde ich Euch auf der Stelle einsperren lassen! Nur weil Seine Hoheit befohlen hat, Euch freizulassen, seid Ihr jetzt frei. Ich schlage vor, Ihr verdrückt Euch ganz schnell. Sucht Hilfe für Euer Leiden, was immer es ist, und haltet Euch fern, fern von hier!«

Ben war wie vor den Kopf gestoßen. Er wußte nicht, was er tun sollte. Er hörte sich in der Erinnerung zu Meeks sagen: ›*Medaillon hin oder her, ich bin noch immer ich, und Sie sind Sie!*‹ Er hörte, wie Meeks antwortete: ›*Sind Sie sich dessen so sicher?*‹

Was war mit ihm geschehen?

Er wandte sich schnell zu Bunion und suchte nach einem Zeichen des Wiedererkennens in den scharfen Augen des Kobolds. Es gab keines. Er stürzte an den beiden vorbei zu einem Spiegel neben dem Eingang. Im Halbdunkel starrte er auf sein Spiegelbild. Es war sein Gesicht! Er sah genauso aus wie immer! Warum konnten Questor und Bunion das nicht erkennen?

»Hört mich an!« Er schnellte herum. »Meeks ist aus der alten Welt zurück, hat das Medaillon geraubt und mich irgendwie verwandelt, so daß nur ich mich erkennen kann! Für mich selber bin ich unverändert, aber nicht für Euch!«

Questor kreuzte die Arme vor der Brust. »Ihr seht in unseren Augen anders aus, aber nicht in Euren eigenen?«

Das klang so absurd, daß Ben ihn nur anstarrte. »Ja«, bestätigte er schließlich. »Und er hat sich selbst *mein* Aussehen gegeben! Irgendwie hat er meine Identität gestohlen. Ich habe ihn nicht in seinem Schlafgemach angegriffen! *Er* hat *mich* in dem meinen überfallen!« Ben trat einen Schritt vor, seine Augen sprangen zwischen den beiden hin und her. »Er hat uns die Träume geschickt, versteht Ihr das denn nicht? Er hat das alles eingefädelt! Ich weiß nicht, warum, aber er hat es gemacht! Das ist Teil seiner Rache für das, was wir ihm angetan haben!«

Questor begann ärgerlich zu werden, Bunion blieb gleichgültig. Ben spürte, daß ihm die Situation immer weiter entglitt. »Ihr dürft nicht zulassen, daß er das tut, verdammt noch mal! Ihr dürft ihm das nicht durchgehen lassen!« Bens Gehirn lief auf Hochtouren. »Seht doch, wenn ich nicht wäre, wer ich zu sein behaupte, woher wüßte ich dann all das, was ich weiß? Woher wüßte ich von den Träumen – meinem von Miles Bennett, Eurem von den verlorenen Zauberbüchern, Weides vom schwarzen Einhorn? Um Himmels willen, was ist mit Weide? Jemand muß sie warnen! Hört doch, verdammt noch mal! Woher wüßte ich von den Büchern, die Ihr in der letzten Nacht hergebracht habt – die mit den Einhörnern? Ich weiß davon. Ich weiß vom Medaillon, von... Fragt mich doch irgendwas! Los, fragt mich was! Testet mich!«

Questor schüttelte feierlich den Kopf. »Ich habe keine Zeit für solche Spiele, wer immer Ihr seid. Ihr wißt, was Ihr wißt, weil Ihr spioniert habt. Ihr habt unsere Gespräche belauscht und sie für Eure eigenen Absichten genutzt. Ihr vergeßt, daß Ihr das alles unserer Hoheit schon eingestanden habt, als er Euch beim Herumschnüffeln in seinem Schlafgemach erwischte. Ihr habt alles zugegeben, als Ihr unter Druck gesetzt wurdet. Ihr könnt von Glück sagen, daß die Wachen Euch nicht erledigt haben, als Ihr zu fliehen versuchtet. Ihr könnt von Glück sagen, daß...«

»Ich bin vor nichts geflohen!« brüllte Ben wütend. Er versuchte, nach Questor zu fassen, doch Bunion trat sofort dazwischen und hinderte ihn. »Hört doch! Ich bin Ben Holiday! Ich bin König von Landover! Ich...«

Die Tür ging auf, und die Wachen erschienen, alarmiert durch Bens Gebrüll. Questor machte ein Zeichen, und sie packten ihn.

»Tut es nicht!« schrie Ben. »Gebt mir eine Chance...«

»Eure Chance habt Ihr bekommen!« erklärte Questor kalt. »Nutzt sie und verschwindet!«

Ben wurde strampelnd aus dem Raum gezerrt, schrie noch immer, wer er sei, protestierte noch immer gegen das, was mit ihm geschah. Sein Bewußtsein wirbelte zwischen Zorn und Frustration im Kreis. Aus dem Augenwinkel erhaschte er einen Blick auf eine große, dunkelumhüllte Gestalt, die beobachtend in einiger Entfernung stand. Meeks! Ben brüllte noch lauter und versuchte sich loszureißen. Einer der Wächter versetzte ihm einen Schlag, und er sah Sterne. Sein Kopf sackte auf die Brust, und die Worte blieben ihm im Hals stecken. Er mußte etwas unternehmen! Aber was? Was?

Die große Gestalt verschwand. Questor und Bunion blieben zurück. Ben wurde durch die Burgtore bis vor die Mauern geschleppt. Die Brücke, die er hatte wiederherstellen lassen, nachdem er den Thron übernommen hatte, war von Fackeln hell erleuchtet. Er wurde darübergezerrt. Am anderen Ufer wurde er zu Boden geschleudert.

»Gute Nacht, Eure Hoheit«, spottete der eine der Wächter.

»Kommt uns bald wieder einmal besuchen«, meinte ein anderer.

Lachend zogen sie ab. »Nächstes Mal kriegen wir seine Ohren«, kicherte einer.

Ben lag eine Weile am Boden. In seinem Kopf drehte sich alles. Langsam richtete er sich auf und schaute über die Brücke zu den

Lichtern der Burg. Er starrte die Türme und Zinnen an, die im Schein von Landovers acht Monden glänzten, und horchte auf die sich entfernenden Stimmen und den dumpfen Krach, mit dem die Tore sich schlossen.

Dann war alles still.

Er konnte noch immer nicht glauben, was ihm da widerfahren war.

* * *

»Mutter!« flüsterte Weide. Erregung und Sehnsucht lagen in ihrer Stimme.

Mondlicht tauchte die großen Wälder des Seenlandes in zarte Regenbogenfarben, ein kühles Leuchten umspielte die Schatten. Parsnip hatte ein Lager tief in jenen Schatten aufgeschlagen und wartete geduldig auf ihre Rückkehr. Eldero, die Stadt des Flußherrn, lag fern und in Schweigen gehüllt, seine Einwohner schliefen. Eldero war Weides Heimatstadt und der Flußherr ihr Vater, doch weder ihre Heimatstadt noch ihren Vater zu sehen war sie hergekommen in dieser Nacht.

Es war die Waldnymphe, die vor ihr tanzte wie eine Vision aus einem Märchen.

Weide kniete am Rande einer Lichtung inmitten alter Kiefern und schaute dem Zauber zu. Ihre Mutter wirbelte und sprang durch die Stille der Nacht, schwerelos und ephemer, luftgeboren und vom Winde getragen. Sie war ein zartes Wesen, kaum mehr als ein Lebenshauch. Weiße Schleier kleideten sie, transparent und leicht, und das fahle Grün ihres kindlichen Körpers schimmerte unter der Hülle. Hüftlanges Silberhaar umwehte jede ihrer Bewegungen wie ein weißes Feuer vor der Finsternis der Nacht. Musik, nur für ihre Ohren zu hören, trug sie und riß sie mit.

Weide schaute verzückt. Ihre Mutter war ein ungebärdiges Wesen, so wild, daß sie unter Menschen nicht leben konnte, nicht einmal unter den ehemaligen Elfenwesen des Seenlandes. Einst hatte sie sich mit Weides Vater verbunden, doch das war schon lange her. Sie hatte sich ihm nur ein einziges Mal hingegeben, und Weides Vater hatte fast den Verstand verloren, so sehr sehnte er sich nach der Waldnymphe, die er nicht besitzen konnte, doch Weides Mutter war wieder in den Wäldern verschwunden. Sie war niemals zurückgekehrt. Weide war aus dieser kurzen Vereinigung geboren, war ihrem Vater ständige Erinnerung an das Elfenwesen, das er ersehnte und niemals haben konnte. Seine unstillbare Sehnsucht erweckte in ihm sowohl Liebe als auch Haß. Seine Gefühle für Weide waren ambivalent.

Weide verstand es. Sie war eine Sylphe, ein Naturelement, Kind beider Eltern – ihres menschgewordenen Wasserschratvaters und ihrer ephemeren Waldnymphenmutter. Ihres Vaters Häuslichkeit gab ihr Stabilität, doch auch die unbändige Wildheit ihrer Mutter steckte in ihr. Sie war ein widersprüchliches Wesen. Sie war Fleisch und Pflanze. Während des größten Teils des Mondzyklus war sie Mensch, und Pflanze nur zum Zeitpunkt des Apex – eine einzige Nacht alle zwanzig Tage. Für Ben bedeutete ihre Metamorphose in jener ersten Nacht einen gewaltigen Schock. Sie hatte sich vom Menschen zum Baum verwandelt, hier, in dieser Lichtung, und hatte sich von der Energie genährt, mit der ihre Mutter tanzend den Boden durchtränkt hatte. Ben war entsetzt gewesen, doch sie war, was sie war, und er hatte es schließlich akzeptiert. Eines Tages würde er sie sogar lieben, das glaubte sie ganz fest. Nicht so ihr Vater. Seine Liebe war bedingt und würde es immer bleiben. Er war noch immer ein Gefangener der unstillbaren Sehnsucht, die er für ihre Mutter hegte. Weide schien ihn nur an das Gewicht der Ketten zu erinnern, die ihn fesselten.

Daher war Weide nicht zu ihrem Vater gegangen, um von ihm eine Erklärung für ihren Traum vom schwarzen Einhorn zu bekommen. Sie hatte Rat bei ihrer Mutter gesucht.

Ihre Mutter wirbelte näher, drehte und wendete sich mit Grazie und einer Kraft, die jenseits allen Verstehens lag. Auch wenn die Nymphe wild war und in ihrer eigenen Art gefesselt von Sehnsüchten, denen sie nicht widerstehen konnte, so liebte sie ihre Tochter dennoch – bedingungslos, maßlos. Sie kam, wenn Weide sie brauchte. Das Band zwischen ihnen war so stark, daß sie oft ihre jeweiligen Gedanken erfühlen konnten. Sie sprachen jetzt in der Stille ihres Bewußtseins miteinander, bekannten sich ihre Liebe und ihre Zuneigung. Die Verbindung wurde stärker, eine

Verflechtung, die Gedanken zu Worten werden ließ.

»Mutter«, flüsterte Weide wieder.

Sie merkte, daß sie träumte. Ihre Mutter tanzte, und in den tänzerischen, schnellen Bewegungen sah sie erneut die Vision, derentwegen sie hergekommen war. Das schwarze Einhorn war wieder da, ein Wesen erlesener, schrecklicher Schönheit. Es stand vor ihr in dem dunklen Wald, wie sie es geträumt hatte, eine schlanke Gestalt, die im Mondlicht schimmerte wie ein Geist. Weide zitterte bei dem Bild. Mal war es ein Elfenwesen und im nächsten Augenblick ein Dämon aus Abaddon. Sein spiralgerilltes Horn leuchtete, und seine Hufe trommelten auf dem Waldboden. Mit gesenktem Kopf griff es blitzschnell an und zog sich dann vorsichtig zurück. Es schien unentschlossen.

Was hat es denn? wunderte Weide sich überrascht.

Dann sah sie die Antwort in ihren Händen liegen. Sie hielt wieder das goldene Zaumzeug zwischen den Fingern. Es war das Zaumzeug, welches das Einhorn zähmen würde, Weide wußte es instinktiv. Sie strich darüber und spürte, wie glatt und fein die Goldfäden zusammengeflochten waren. Eine Welle seltsamer Gefühle überkam sie. Welche Macht das Zaumzeug bedeutete! Es konnte das Einhorn zu dem ihren machen, fühlte sie. Es gab in der ganzen Welt keine Einhörner mehr, außer in den Elfenreichen, wo sie womöglich nie wieder hingelangen konnte. Nur noch dieses eine gab es, und es könnte das ihre sein, wenn sie es wünschte. Sie brauchte nur die Hand auszustrecken...

Nein, warnte sie sich mit einem Ruck. Wenn sie diese Kreatur selbst für einen winzigen Moment berührte, würde sie sich selbst verlieren. Sie wußte es, hatte es immer gewußt. Sie mußte Ben das Zaumzeug bringen, denn es stand ihm zu...

Da hob das Einhorn den Kopf, graziös und edel. Das dunkle Gesicht war völlig ebenmäßig, die lange Mähne wehte wie Seide im Windhauch. Furcht stand in seinen Augen, Furcht vor etwas anderem als vor Sylphe und dem Zaumzeug aus gesponnenem Gold, Furcht jenseits ihres Verstehens. Entsetzen lähmte Weide. Die Augen des schwarzen Einhorns drohten sie zu verschlingen. Der Traum begann sie zu umschließen. Weide blinzelte schnell, um den Zauber zu brechen, und entdeckte für einen kurzen Moment etwas anderes als Furcht in den Augen der Kreatur. Sie sah deutlich, daß es um Hilfe flehte.

Weide hob die Hände, fast als besäßen sie einen eigenen Willen, und hielt das Zaumzeug wie einen Talisman vor sich.

Das schwarze Einhorn schnaubte laut und angsterfüllt, und die Schatten des Waldes schienen zur Antwort zu schimmern. Dann löste der Traum sich unvermittelt in Rauch auf, und das Einhorn war fort. Weides Mutter tanzte wieder allein in der kieferumstandenen Lichtung. Die Waldnymphe wirbelte ein letztes Mal wie ein Mondstrahl in der Finsternis, verlangsamte ihre Pirouette und glitt geräuschlos zu der Stelle, wo ihre Tochter kniete.

Weide sank auf ihre Fersen, erschöpft von der Anstrengung, die der Traum für sie bedeutet hatte. »O Mutter«, murmelte sie und faßte die schlanken, blaßgrünen Hände. »Was wurde mir gezeigt?« Dann lächelte sie hilflos, und Tränen rannen ihr über die Wangen. »Aber es hat keinen Sinn, dich das zu fragen, nicht wahr? Du weißt nicht mehr als ich. Du tanzt nur, was du fühlst, nicht, was du weißt.«

Die zarten Züge ihrer Mutter veränderten sich kaum wahrnehmbar – ihre Augenlider senkten sich ein wenig, ihr Mund verzog sich. Sie verstand, doch sie konnte nicht helfen. Ihr Tanz war der Weg zum Wissen, nicht seine Quelle. So wirkte die Magie bei Naturwesen.

»Mutter.« Weide umklammerte die blassen Hände noch fester und zog Kraft aus der Berührung. »Ich muß den Grund für diese Träume vom Einhorn und dem Zaumzeug erfahren. Ich muß wissen, warum mir etwas gezeigt wird, das mich sowohl lockt als auch beängstigt. Welcher Vision soll ich Glauben schenken?«

Die zarten Hände erwiderten den Druck, und ihre Mutter antwortete mit einem kurzen, vogelähnlichen Laut, der durch den nächtlichen Wald schallte.

Weide beugte sich näher, etwas wie ein Frösteln ließ ihren Körper erschaudern. »Im Seenland gibt es jemanden, der mir helfen kann, das zu verstehen?« fragte sie leise. »Es gibt jemanden, der es wissen könnte?« Ihr Gesicht zeigte Entschlossenheit. »Mutter, ich muß zu ihm gehen! Heute nacht noch!«

Wieder antwortete ihre Mutter, kurz und unheimlich. Sie stand auf und wirbelte durch die Lichtung und wieder zurück. Ihre Hände gestikulierten heftig. *Morgen*, sagten sie. *Die heutige Nacht ist für anderes bestimmt. Es ist Zeit für dich.*

Weide hob den Kopf. »Ja, Mutter«, flüsterte sie gehorsam.

Sie verstand. Sie mochte es anders wollen – und hatte es oft genug versucht –, doch sie konnte die Tatsache nicht verleugnen. Der Zwanzig-Tage-Zyklus war vorüber, die Metamorphose stand ihr bevor. Der Drang war schon so stark, daß sie sich kaum noch halten konnte. Wieder erschauderte sie. Es galt, sich zu beeilen.

Sie mußte plötzlich an Ben denken und wünschte, er wäre hier bei ihr.

Sie richtete sich auf und ging mit erhobenen Armen, als wolle sie das farbige Mondlicht greifen, in die Mitte der Lichtung. Ein Strahlen umgab sie, und sie fühlte die Essenz ihrer Mutter aus dem Boden steigen, auf welchem sie getanzt hatte. Sie begann die Energie in sich aufzusaugen.

»Bleib in meiner Nähe, Mutter«, flehte sie, als ihr Körper zu schimmern begann. Ihre Füße bogen sich und spalteten sich zu Wurzeln, die sich in die Erde schlängelten, Arme und Hände streckten sich zu Ästen und Zweigen – die Metamorphose nahm ihren Anfang.

Kurz darauf war sie vollendet. Weide war verschwunden. Sie war zu dem Baum geworden, dessen Namen sie trug, und würde es bis zum Morgengrauen bleiben.

Ihre Mutter sank neben ihr zu Boden, der Geist eines Kindes, der den Schatten entschlüpft war. Reglos saß sie so. Dann umschlangen ihre blassen, schlanken Arme den rauhen Stamm, der das Leben ihrer Tochter barg.

* * *

Der Morgen dämmerte. Landovers Monde verblaßten einer nach dem anderen, und die nächtlichen Schatten breiteten sich aus, bevor die goldenen Strahlen langsam über den östlichen Horizont krochen.

Questor Thews stakste durch die Säle und Flure von Silber Sterling, eine knochige, in flatternde, graue, mit bunten Flicken besetzte Gewänder gehüllte Gestalt, die dreinschaute, als habe sie den besten Freund verloren. Er bog um eine Ecke nahe dem Haupteingang und stieß mit Abernathy zusammen.

»Auf frühmorgendlichem Verdauungsspaziergang?« fragte der Schreiber scherzhaft.

Questor brummelte mit tief gefurchter Stirn: »Ich stelle fest, daß ich keinen Schlaf finde, und ich kann beim besten Willen nicht verstehen, warum das so ist. Der Himmel weiß, daß es Grund genug gibt, müde zu sein.«

Abernathys Miene ließ in keiner Weise erkennen, was er darüber dachte. Achselzuckend ging er neben dem Zauberer her. »Ich habe gehört, jemand wurde gestern abend dabei erwischt, wie er in das Schlafgemach Seiner Hoheit einbrechen wollte – jemand, der vorgab, der König zu sein.«

Questor brummte erneut. »Ein Verrückter. Er hatte Glück, daß man ihn freigelassen hat. Seine Hoheit hatte es angeordnet. ›Setzt ihn auf dem Festland aus‹, hat er befohlen. Wenn ich zu entscheiden gehabt hätte, wäre ich nicht so großzügig gewesen, dessen könnt Ihr gewiß sein.«

Sie gingen ein Stückchen schweigend nebeneinander her. »Merkwürdig, daß Seine Hoheit ihn einfach weggeschickt hat«, bemerkte Abernathy schließlich. Seine Nase verzog sich. »Normalerweise weiß er besser über seine Feinde zu bestimmen.«

»Hmmm.« Questor schien ihn gar nicht gehört zu haben. Er schüttelte den Kopf über etwas. »Mich stört, daß der Mann so genau über die Träume Bescheid wußte. Er wußte von den Zauberbüchern, von dem Besuch Seiner Hoheit in der alten Welt, vom Einhorn...« Er verstummte gedankenverloren. »Er schien alles genau zu wissen. Er wirkte so selbstsicher.«

Eine Zeitlang sagte keiner etwas. Questor stieg die Treppe zu einem Umgang hinauf, von dem aus man die äußeren Befestigungsanlagen der Burg überblicken konnte. Unter ihnen spannte sich die Brücke von der Insel zum Festland über den See, menschenleer und von Morgennebel umhüllt. Questor spähte angestrengt in die Dämmerung und suchte das andere Ufer ab. Sein Eulengesicht spannte sich an wie ein enggezurrter Knoten.

»Der Fremde scheint fort zu sein«, stellte er schließlich fest.

Abernathy schaute ihn überrascht an. »Habt Ihr etwas anderes erwartet?« fragte er.

Aber es kam keine Antwort auf seine Frage. Questor starrte weiterhin über den See und sagte nichts.

Edgewood Dirk

Der neue Tag fand Ben Holiday nicht mit der Nase gegen die Tore von Silber Sterling gedrückt, wie man vielleicht hätte erwarten können. Statt dessen fand er ihn zügig und zielstrebig südwärts in Richtung des Seenlandes ausschreiten. Als die Sonne über den östlichen Talrand, die Nebel und die Baumwipfel gestiegen war, hatte er schon fast zehn Kilometer zurückgelegt und war entschlossen, vor Einbruch der Nacht weitere zehn zu schaffen.

Die Entscheidung fortzugehen war ihm nicht leichtgefallen. Er hatte lange gebraucht, um sich dazu durchzuringen. Er hatte da draußen in der Kälte und der Finsternis gehockt, auf die Lichter der Burg gestarrt und sich gefragt, was ihm widerfahren war – so verdattert, daß er sich die erste halbe Stunde überhaupt nicht gerührt hatte. Er war nur einfach dagesessen. Seine Gefühle hatten die ganze Skala von Schock über Angst zu Wut und wieder zurück durchlaufen. Es war ihm wie ein böser Traum erschienen, von dem man weiß, daß man aus ihm wieder aufwacht und am Ende entkommt – selbst wenn die Zeit für das Entkommen schon längst überschritten ist. Er ging im Geiste die Ereignisse der letzten Nacht erneut und immer wieder durch, versuchte eine rationale Erklärung für sie zu finden, eine Absicht dahinter zu entdecken. Es gelang ihm nicht. Es lief immer wieder auf dasselbe hinaus: Meeks war drin, und er war draußen.

Hoffnungslos gestand er sich am Ende ein, daß dies die Wirklichkeit war. Er hatte ein sicheres Leben und eine vertraute Welt aufgegeben, um nach Landover zu ziehen. Er war das Risiko eingegangen, alles zu verlieren, was er hatte, in der Hoffnung, etwas Besseres zu finden. Schwierigkeiten hatten sich ihm an jeder Ecke in den Weg gestellt, doch er hatte sie überwunden. Er hatte in der Wirklichkeit gefunden, was andere höchstens in Träumen erreichen. Jetzt, wo er gerade anfing, sich wohl zu fühlen, wo er gerade glaubte, das Schlimmste hinter sich zu haben, da war ihm all das, wofür er so hart gekämpft hatte, weggeschnappt worden, und er mußte sich mit der Möglichkeit vertraut machen, am Ende alles zu verlieren.

Das ging doch nicht. Das war doch nicht gerecht.

Aber es war eine Tatsache, und er wäre in all den Jahren in der alten Welt kein so erfolgreicher Anwalt gewesen, hätte er sich der Realität von Tatsachen verschlossen. Also schluckte er seine Verzweiflung hinunter, überwand seine Bewegungsunfähigkeit und Angst und zwang sich, seine Situation realistisch zu betrachten. Das wiederholte Überdenken der Ereignisse brachte ihm jedoch nicht die Einsicht, die er sich wünschte. Meeks hatte ihn mit Tricks in die alte Welt gelockt, und er hatte den Zauberer auf dem Rückweg selbst nach Landover gebracht. Meeks hatte das mit Hilfe eines falschen Traumes über Miles erreicht. Gleichzeitig hatte Meeks Questor Thews und Weide die Träume von den verlorenen Zauberbüchern und von dem schwarzen Einhorn geschickt. Warum hatte er das getan? Er mußte einen Grund haben. Irgendwie hingen die Träume zusammen, davon war Ben überzeugt. Er war sich ebenfalls absolut sicher, daß irgend etwas Meeks zwangsläufig veranlaßt hatte, diesen besonderen Zeitpunkt auszuwählen, um nach Landover zurückzukehren. Bei seiner Tirade im Schlafgemach hatte er das deutlich gemacht. Ben hatte irgendwie seine Pläne durchkreuzt – und es war mehr als nur die Tatsache, daß er dem Zauberer weitere Verkäufe an andere Kunden vereitelt hatte, indem er ihn aus Landover verbannte. Es war noch etwas anderes, etwas von weit größerer Bedeutung für Meeks. Der Zorn des Zauberers auf Ben basierte auf Ereignissen und Umständen, die Ben bislang noch nicht durchschaut hatte. Aber sie hatten Meeks dazu gezwungen zurückzukommen – fast aus Verzweiflung.

Und Ben hatte keine Ahnung, warum.

Es verwunderte ihn, daß Meeks ihn trotz seines Zornes nicht getötet hatte, als die Gelegenheit dazu bestand. Das war verwirrend. Offenbar haßte der Zauberer ihn so, daß er ihn als Ausgestoßenen leiden lassen wollte. Warum betrachtete er es nicht als ein gewisses Risiko, Ben frei herumlaufen zu lassen? Früher oder später würde jemand den Schwindel durchschauen und die Wahrheit der Situation erkennen. Meeks konnte nicht auf lange Dauer Bens Identität annehmen, genausowenig, wie Ben auf Dauer jedermann als

Fremder erscheinen würde. Es mußte auch einen Weg geben, den Zauber des häßlichen Amuletts, das Meeks ihm verpaßt hatte, zu umgehen, und er würde sich ganz bestimmt bei Gelegenheit diesem Problem widmen. Andererseits spielte das, was er langfristig erreichen konnte, keinerlei Rolle. Vielleicht war Zeit etwas, das er nicht hatte. Vielleicht war das Spiel für ihn schon vorüber, ehe er überhaupt die Regeln begriffen hatte.

Diese Möglichkeit war entsetzlich. Sie bedeutete, daß er schnell etwas unternehmen mußte, wenn er die Chance, überhaupt handeln zu können, nicht verlieren wollte. Aber was sollte er tun? Er starrte wieder über den See auf die dunklen Umrisse der Burg und dachte nach. Hier, wo er allen – sogar seinen engsten Freunden – wie ein Fremder vorkam, verlor er seine Zeit. Wenn weder Questor noch Bunion ihn wiedererkannten, dann bestand wenig Hoffnung, daß irgendein anderer in Silber Sterling dazu in der Lage war. Im Augenblick war Meeks König von Landover; damit mußte er sich vorläufig abfinden. Es kratzte ihn wie Sand auf einer frischen Wunde, doch er konnte es nicht ändern. Meeks war Ben, und Ben war irgendein Unhold, der ungeladen in die Burg geschlichen war und es darauf abgesehen hatte, Schwierigkeiten zu verursachen. Wenn er ein zweites Mal einzubrechen versuchte, würde er wahrscheinlich weniger glimpflich und in üblerem Zustand davonkommen als diesmal.

Vielleicht hoffte Meeks das. Vielleicht erwartete er das. Ben hatte keine Lust, es auszuprobieren.

Außerdem gab es noch andere Alternativen. Zugegebenermaßen wußte er zwar nicht mit Bestimmtheit, was Meeks im Schilde führte, aber er wußte genug, um Möglichkeiten zu finden, wie er dem Zauberer Probleme in den Weg legen konnte, wenn er schnell genug handelte. Meeks hatte drei Träume geschickt, und zwei von ihnen hatten ihren Zweck schon erfüllt. Meeks war durch Bens Hilfe wieder nach Landover gelangt und hatte Questor benutzt, um an die verlorenen Zauberbücher zu kommen. Nur jetzt keinen Fehler machen – mahnte Ben sich selbst –, Meeks hatte die Bücher jetzt so sicher schon in der Hand, wie die Sonne im Osten aufgeht. Da blieb nur noch der dritte Traum, den Weide über das schwarze Einhorn geträumt hatte. Meeks erwartete auch von diesem Traum etwas; ein Hinweis darauf war ihm in seinem Ärger entschlüpft. Er hoffte auf das goldene Zaumzeug, mit dem man das schwarze Einhorn bändigen konnte, und er rechnete damit, daß Weide es ihm bringen würde. Und warum sollte sie es nicht tun? Im Traum war sie gewarnt worden, daß das Einhorn eine Bedrohung für sie darstellte, daß das Zaumzeug das einzige sei, das sie beschützte, und daß sie Ben dieses Zaumzeug bringen müsse. Und das genau würde sie natürlich zu tun glauben, sobald sie das Zaumzeug gefunden hatte – außer, daß es der als Ben verkleidete Meeks wäre, der es entgegennahm. Doch wenn Ben die Sylphe vorher fand, konnte er das verhindern. Er konnte Weide warnen, und gemeinsam könnten sie vielleicht sogar die Bedeutung, die das Zaumzeug und das Einhorn für den Zauberer darstellten, herausbekommen und dessen Pläne vereiteln.

Also machte Ben sich auf den Weg nach Süden, sobald er sich zu der schwierigen Entscheidung durchgerungen hatte. Es bedeutete, daß er die Verantwortung als König von Landover abgab und Meeks überließ. Es bedeutete, daß er die Probleme des Gerichtsrates vernachlässigte, die Bewässerungsanlagen südlich von Waymark, die ewig ungeduldigen Herren von Grünland, die Steuererhebung und all die Leute, die noch immer auf eine Audienz bei Landovers König warteten. Meeks konnte in den nächsten Tagen ungestraft an seiner Stelle handeln – oder auch nicht handeln, was der Fall sein mochte. Es bedeutete, daß er Silber Sterling und seine Freunde Questor, Abernathy und die Kobolde im Stich ließ. Er kam sich wie ein Verräter und ein Feigling vor, diesen Weg gewählt zu haben. Ein Teil von ihm drängte, er solle bleiben und kämpfen. Aber Weide kam zuerst. Er mußte sie finden und warnen. Sobald ihm das gelungen war, konnte er Meeks entlarven und die Dinge wieder in Ordnung bringen.

Dummerweise würde es nicht leicht sein, Weide ausfindig zu machen. Er wanderte hinunter ins Seenland, weil Weide gesagt hatte, daß sie dort mit ihrer Suche nach dem goldenen Zaumzeug und dem Einhorn beginnen würde. Aber Weide war schon fast eine Woche unterwegs, und ihr Vorhaben mochte sie in der Zwischenzeit woanders hingeführt haben. Ben würde jedermann fremd erscheinen, so daß er seine Position als König von Landover nicht geltend machen konnte, wenn er um Hilfe bitten mußte. Vielleicht ignorierte man ihn auch vollständig – oder ließ ihn gar nicht erst ins Seenland hinein. Wenn das geschah, würde es schwer werden.

Andererseits konnte er sich kaum schlimmere Schwierigkeiten denken als die, in denen er jetzt schon steckte.

Er wanderte den ganzen Tag und fühlte sich etwas besser, einfach weil er etwas tat, statt nur herumzusitzen. Er folgte dem Weg aus den licht bewaldeten Hängen um sein Inselheim in den dichten Forst, den das Gebiet des Flußherren umgab. Die Hügel gingen in Weideland über, an das die feuchten, schattigen Wälder grenzten. Seen tüpfelten das Land, manche nicht größer als sumpfige Tümpel, manche so groß, daß die fernen Ufer im Nebel versanken. Bäume bildeten ein dichtes Dach, und der Geruch von Feuchtigkeit durchdrang die in Dämmerlicht getauchte Landschaft, und Stille legte sich über sie, als der Abend nahte, und füllte sie dann langsam mit den nächtlichen Geräuschen.

Ben fand eine Lichtung am Ufer eines Flusses, der von den fernen Hügeln herunterkam, und schlug sein Lager auf. Das war schnell getan. Er hatte weder Decken noch Nahrung und mußte sich mit den Blättern und Stengeln einer Gruppe von Blaubonnies und mit Quellwasser begnügen. Es füllte den Magen, doch es war nicht wirklich nahrhaft. Er hatte das Gefühl, im Schatten bewege sich etwas und beobachte ihn. Hatten die Seenlandbewohner ihn schon entdeckt? Doch niemand zeigte sich. Er war völlig allein.

Das Alleinsein nagte an seiner Zuversicht. Wenn man es bei Licht betrachtete, war er mehr als hilflos. Er hatte seine Burg, seine Ritter, seine Identität, seine Autorität, seinen Titel und seine Freunde verloren. Und – das war das Schlimmste – er war auch des Medaillons verlustig gegangen. Somit verfügte er nicht mehr über den Schutz des Paladins. Er mußte sich allein auf sich selbst verlassen, und das war nicht viel, angesichts der Gefahren, die Landovers Bewohner mit ihren höchst unterschiedlichen magischen Fähigkeiten bedeuten konnten. Er hatte Glück gehabt, seine erste Ankunft in Landover überlebt zu haben, obwohl er damals noch den Schutz des Medaillons genossen hatte. Wie sollte er jetzt ohne ihn zurechtkommen?

Er starrte ins Dunkel und fand die Antworten so unfaßbar wie die Schatten der Nacht. Was ihn am meisten beunruhigte, war, daß er das Medaillon an Meeks verloren hatte. Er konnte sich beim besten Willen nicht vorstellen, wie das hatte geschehen können. Niemand sollte in der Lage sein, ihm das Medaillon abzunehmen. Das hieß, daß er es ihm tatsächlich freiwillig ausgehändigt haben mußte. Wie hatte Meeks ihn dazu gebracht, etwas so Törichtes zu tun?

Er beendete sein mageres Mahl und brütete noch immer über den Ereignissen, die ihn in diese triste Situation gebracht hatten, als er die Katze sah.

Die Katze saß am Rande der Lichtung, vielleicht vier Meter oder so entfernt, und schaute ihn an. Ben wußte nicht, wie lange sie schon da hockte. Er hatte sie erst jetzt bemerkt, doch sie saß so still, daß sie schon geraume Zeit dort sitzen mochte. Ihre Augen glitzerten smaragdgrün im Mondlicht. Ihr Fell war silbergrau, mit schwarzem Gesicht, schwarzen Pfoten und schwarzem Schwanz. Es war ein schlankes, feingliedriges Tier – es paßte überhaupt nicht in diese Waldwildnis und sah eher aus wie eine entlaufene Hauskatze.

»Hallo, Katze«, meinte Ben mit einem schiefen Lächeln.

»Hallo, selber«, erwiderte die Katze.

Ben starrte sie an, überzeugt, nicht richtig gehört zu haben. Hatte die Katze geredet? Ben richtete sich auf. »Hast du was gefragt?« fragte er zaghaft.

Die leuchtenden Augen der Katze blinzelten und fixierten ihn, aber sie schwieg. Ben wartete ein paar Augenblicke, dann ließ er sich wieder auf die Ellbogen zurücksinken. Nicht, daß es irgendwie überraschend gewesen wäre, wenn die Katze gesprochen hätte, sagte er sich. Schließlich konnte auch der Drache Strabo sprechen, und wenn das ein Drache konnte, warum nicht auch eine Katze?

»Schade, daß du nicht reden kannst«, murmelte er und dachte, wie nett es wäre, wenn er jemandem sein Elend klagen könnte.

Die Nacht brachte Abkühlung, und er fröstelte in seinen rauhen Arbeitskleidern. Er wünschte, er hätte eine Decke oder ein Feuer, oder besser noch, er wäre wieder in seinem Bett in der Burg.

Er schaute zu der Katze hinüber. Sie hatte sich nicht von der Stelle bewegt. Sie saß einfach da und schaute ihn an. Ben runzelte die Stirn. Das ständige Starren der Katze machte ihn etwas nervös. Was tat das Tier überhaupt allein hier im Wald? Hatte es kein Zuhause? Die smaragdgrünen Augen leuchteten hell. Sie waren scharf und durchdringend. Ben richtete seinen Blick auf die Schatten des Waldes und fragte sich, wie er wohl Weide finden könnte. Er würde Hilfe vom Flußherren brauchen, und er hatte nicht den Schimmer einer Idee, wie er jenes Wesen von seiner wahren Identität überzeugen sollte. Seine Finger befühlten das oxydierte Medaillon, das ihm um den Hals hing, und fuhren den Umrissen von Meeks nach. Das Medaillon würde gewiß keine Hilfe bringen.

»Vielleicht sorgt des Flußherren Zauberkraft dafür, daß er mich wiedererkennt«, dachte er laut.

»Darauf würde ich an deiner Stelle nicht bauen«, antwortete jemand.

Ben schoß herum und blickte in die Richtung, aus der die Stimme gekommen war. Dort war niemand außer der Katze.

»Diesmal habe ich dich gehört!« erklärte er scharf, gereizt genug, daß ihm egal war, wie albern er klang. »Du *kannst* also sprechen, nicht wahr?«

Die Katze zwinkerte mit den Augen und erwiderte: »Ich kann, wenn es mir gefällt.«

Ben kämpfte um seine Fassung. »Verstehe. Nun, du könntest wenigstens die Höflichkeit besitzen, die Tatsache bekanntzugeben, statt Spielchen mit Leuten zu treiben.«

»Es ist keine Frage der Höflichkeit, Hoheit Ben Holiday. Spiele zu spielen ist Katzenart. Wir necken, wir reizen, und wir tun genau das, was uns Spaß macht, nicht das, was andere uns vorschreiben. Spiele zu spielen ist ein wesentlicher Aspekt unserer Persönlichkeit. Wer mit uns irgendeine Art von Beziehung wünscht, muß das in Kauf nehmen und muß verstehen, daß die Teilnahme an unseren Spielen unabdingbar ist, wenn auf irgendeinem Niveau Kommunikation mit uns gewünscht wird.«

Ben starrte die Katze an. »Woher weißt du, wer ich bin?« fragte er schließlich.

»Wer anders als der, der du bist, solltest du sein?« erwiderte die Katze.

Ben mußte einen Moment über diese Bemerkung nachsinnen. »Tja, niemand«, meinte er endlich. »Aber wie kommt es, daß *du* mich erkennst, wenn kein anderer mich erkennt? Sehe ich für dich nicht wie jemand anderes aus?«

Die Katze hob eine zierliche Pfote und putzte sie zärtlich. »Wie du aussiehst, schert mich wenig«, entgegnete sie. »Das Äußere täuscht, und du magst nicht wirklich derjenige sein, wie der du aussiehst. Ich verlasse mich nie auf das Aussehen. Katzen können aussehen, wie sie wollen. Katzen sind Meister der Täuschung, und Meister einer Kunst können von niemandem getäuscht werden. Ich sehe dich als den, der du wirklich bist, nicht als den, der du zu sein scheinst. Ich habe keine Ahnung, ob du so, wie du im Augenblick aussiehst, wirklich bist.«

»Nun, das tue ich nicht.«

»Egal was du sagst, ich weiß, daß du, wie immer du aussiehst, jedenfalls Ben Holiday, König von Landover, bist.«

Ben schwieg und versuchte herauszufinden, wen oder was er denn da vor sich hatte und wo diese Kreatur herkam.

»Du weißt also, wer ich bin, trotz der Magie, die mich verwandelt hat?« schloß er. »Du fällst auf die Magie nicht herein?«

Die Katze sah ihn prüfend an, dann legte sie den Kopf schief und meinte: »Du würdest auch auf die Magie nicht hereinfallen, wenn du es nicht zuließest.«

Ben runzelte die Stirn. »Was meinst du damit?«

»Viel und wenig. Täuschung ist meist ein Spiel, das wir mit uns selbst spielen.«

Die Konversation glitt irgendwie ab. Ben lehnte sich müde zurück. »Wer sind Sie, Herr Kater?« fragte er.

Die Katze erhob sich, kam ein paar Schritte näher und setzte sich wieder, geziert und selbstbewußt. »Ich bin viele verschiedene Dinge, meine liebe Hoheit. Ich bin, was du siehst und was du nicht siehst. Ich bin wirklich, und ich bin ausgedacht. Ich bin etwas aus dem Leben, das du gekannt hast, und etwas aus den Träumen des Lebens, die du noch nicht gekostet hast. Ich bin eine ziemliche Anomalie, wirklich.«

»Sehr aufschlußreich«, knurrte Ben. »Könntest du vielleicht ein wenig präziser sein?«

Die Katze blinzelte. »Gewiß. Schau her.«

Sie begann plötzlich in der Dunkelheit zu schimmern und zu leuchten, als sei sie radioaktiv, und ihr geschmeidiger Körper schien die Form zu verändern. Ben kniff die Augen zusammen, schloß sie und öffnete sie wieder. Die Katze war gewachsen. Sie war viermal so groß wie vorher und war nicht mehr einfach eine Katze. Sie hatte ein beinahe menschliches Gesicht unter den Katzenohren, den Schnurrhaaren und dem Fell, und die Pfoten waren zu Händen geworden. Sie peitschte erwartungsvoll mit dem Schwanz und schaute ihn an.

Ben schoß ein halbes Dutzend Fragen durch den Kopf. Er setzte an, gab aber dann auf. »Du mußt ein Elfenwesen sein«, sagte er nur.

Die Katze grinste – ein beinahe menschliches Grinsen. »Genau! Sehr gut beobachtet, Hoheit!«

»Danke. Würde es dir etwas ausmachen, mir zu verraten, was für eine Art von Elfenwesen du genau bist?«

»Was für eine Art? Nun, äh... hmmmm. Ich bin eine Prismenkatze.«

»Und was ist das?«

Das Grinsen schwand. »Oh, ich glaube, das kann ich nicht erklären – nicht einmal, wenn ich es wollte, was ich wirklich nicht tue. Es würde dich auch nicht weiterbringen, Hoheit. Du würdest es doch nicht verstehen, weil du ein Mensch bist. Ich bin eine sehr alte, sehr seltene Sorte von Katze. Ich bin eine von ein paar wenigen, die es noch gibt. Wir sind immer eine besondere Rasse gewesen und haben uns nicht wie gemeine Tiere verbreitet. So ist das mit Elfenwesen – davon hast du schon gehört, nicht wahr? Nein? Nun, so ist es jedenfalls. Prismenkatzen sind selten. Wir müssen uns rar machen, um unsere Bestimmung erfüllen zu können.«

»Und welche Bestimmung ist es, die du hier zu erfüllen suchst?« fragte Ben und bemühte sich, in den vielen Worten einen Sinn zu finden.

Die Katze zuckte lässig mit dem Schwanz. »Kommt drauf an.«

»Worauf kommt es an?«

»Auf dich. Auf dein... inneres Selbstwertgefühl.«

Ben starrte die Katze schweigend an. Die Sache wurde ihm ein bißchen zu persönlich, um diese Konversation fortzusetzen. Er war in seinem eigenen Heim überfallen und wie ein Fremder verstoßen worden. Er hatte seine Identität verloren. Er hatte seine Freunde verloren. Ihm war kalt, und er war hungrig. Ihm kam es vor, als sei jegliches innere Selbstwertgefühl, das er besitzen mochte, ziemlich genau bei Null.

Die Katze bewegte sich ein bißchen. »Ich bin dabei, zu entscheiden, ob ich dir für ein Weilchen Gesellschaft leisten soll«, verkündete sie.

Ben grinste ein wenig. »Gesellschaft?«

»Ja. Brauchen könntest du's. Du siehst dich selbst nicht als der, welcher du wirklich bist. Offenbar auch niemand sonst, mich ausgenommen. Das reizt mich. Ich könnte mich dazu entscheiden, lange genug mit dir zusammenzusein, um zu sehen, wie das alles für dich ausgeht.«

Ben konnte es nicht glauben. »Nun, dann laß dir etwas sagen. Du bist von anderer Art – Katze, Mensch, Elf, was auch immer. Aber vielleicht solltest du es dir lieber doch noch mal überlegen, mit mir zusammenzubleiben. Du könntest da in etwas hineingeraten, das mehr ist, als du bewältigen kannst.«

»Oh, das bezweifle ich«, widersprach die Katze, »zur Zeit begegnet mir selten etwas Schwieriges.«

»Ist das so?« Bens Geduld wurde auf die Probe gestellt. Diese Katze war unausstehlich! Er beugte sich näher zu der selbstgefälligen Kreatur. »Na, dann probier das mal an, Herr Kater! Was hältst du davon, wenn ich dir erzähle, daß da ein gewisser Zauberer namens Meeks im Spiel ist, der meine Identität, meinen Thron und mein Leben gestohlen und mich in meinem eigenen Land ins Exil geschickt hat? Und wenn ich dir eröffne, daß ich die Absicht habe, das alles von ihm zurückzuholen, wozu ich zunächst eine Sylphe ausfindig machen muß, die ihrerseits nach einem schwarzen Einhorn sucht? Und wenn ich dir außerdem noch sage, daß eine große Wahrscheinlichkeit besteht, daß man mich und jeden, der dreist genug ist, mir in dieser Angelegenheit zu helfen, auf höchst unerfreuliche Weise beiseite schaffen wird, wenn man meine Absichten herausfindet?«

Die Katze antwortete nichts. Sie saß nur da und sah aus, als denke sie darüber nach. Ben lehnte sich zurück, gleichzeitig befriedigt und angewidert über sich selbst. Sicher, er konnte sich dazu gratulieren, alle seine Karten offen auf den Tisch gelegt und die Katze gewarnt zu haben. Aber gleichzeitig hatte er sich die möglicherweise einzige Gelegenheit verpatzt, jemanden zu finden, der ihm helfen würde. Nun, man kann nicht alles haben, tröstete er sich.

Doch die Katze schien unbeirrt. »Katzen sind nicht so leicht zu entmutigen, wenn sie sich einmal zu etwas entschlossen haben, verstehst du? Katzen sind in ihrem Verhalten ziemlich unabhängig und lassen sich weder rumkommandieren noch erschrecken. Ich kann nicht verstehen, warum du eine solche Taktik auf mich anzuwenden versuchst, Hoheit.«

Ben seufzte. »Bitte um Verzeihung. Ich hielt es jedoch für notwendig, dich über die derzeitige Lage zu informieren.«

Die Katze stand auf und machte einen Buckel. »Ich weiß ganz genau, wie die Lage ist. Du bist derjenige, der sie nicht klar erfaßt. Doch eine Täuschung muß nur als solche erkannt werden, damit sie unwirksam wird. Das hast du mit dem schwarzen Einhorn gemein, denke ich.«

Wieder war Ben überrascht. Er runzelte die Stirn. »Du kennst das schwarze Einhorn? Es gibt ein solches Wesen wirklich?«

Die Katze schaute ihn angewidert an. »Du suchst doch danach, oder?«

»Eher nach der Sylphe als nach dem Einhorn«, antwortete Ben hastig. »Sie hatte einen Traum von der Kreatur und von einem Zaumzeug aus gesponnenem Gold, mit dem es zu bändigen sei. Sie ist losgezogen, beides zu suchen.« Er zögerte und fuhr dann mutig fort. »Der Traum vom Einhorn wurde von dem Zauberer geschickt. Er hat auch andere Träume gesandt – mir und Questor Thews, einem anderen Zauberer, seinem Halbbruder. Ich glaube, daß die drei Träume in Zusammenhang stehen. Und ich fürchte, daß Weide – die Sylphe – in Gefahr schwebt. Wenn ich sie finden kann, bevor der Zauberer Meeks...«

»Gewiß, gewiß«, unterbrach ihn die Katze ziemlich unhöflich. Sie schaute gelangweilt drein und setzte sich wieder. »Sieht aus, als sollte ich besser mit dir gehen. Mit Zauberern und schwarzen Einhörnern ist nicht zu spaßen.«

»Dem stimme ich zu«, sagte Ben. »Aber du scheinst für das, was zu tun ist, auch nicht besser ausgerüstet zu sein als ich. Und außerdem ist es nicht dein Problem. Es ist meins. Ich glaube nicht, daß es mir angenehm wäre, dein Leben neben dem meinen auch noch zu riskieren.«

Die Katze nieste. »Welch noble Anteilnahme!« Ben hätte schwören können, eine Spur von Sarkasmus wahrgenommen zu haben, aber in dem Gesicht der Katze stand nichts zu lesen. Die Katze ging kurz im Kreis herum und setzte sich wieder. »Welche Katze ist nicht besser ausgerüstet als *irgendein* Mensch, um *irgendwas* zu tun, was getan werden muß? Und außerdem, warum bestehst du darauf, in mir nichts als eine Katze zu sehen?«

Ben zuckte mit den Schultern. »Bist du denn mehr?«

Die Katze blickte ihn lange an und begann sich dann sorgfältig zu putzen. Sie leckte und pflegte ihr Fell mit Ausdauer, bis sie zufrieden war. Ben schaute die ganze Zeit zu. Als die Katze endlich fertig war, wandte sie sich ihm wieder zu. »Du hörst mir nicht zu, liebe Hoheit. Kein Wunder, daß du dich selbst verloren hast und jemand anders geworden bist, als du gerne wärest. Kein Wunder, daß dich niemand, mich ausgenommen, erkennt. Ich beginne mich zu fragen, ob du meine Zeit wert bist.«

Bens Ohren brannten bei dem Tadel, doch er sagte nichts. Die Katze blinzelte. »Es ist kalt hier im Wald. Die Luft ist eisig. Ich ziehe die Annehmlichkeit eines Feuers vor. Würdest du ein Feuer schätzen, Hoheit?«

»Und wie – aber ich habe die nötigen Zutaten nicht.«

Die Katze stand auf und streckte sich. »Allerdings. Aber ich habe sie. Schau.«

Das Tier begann wieder zu leuchten wie vorher, und seine Gestalt wurde in dem Schein undeutlich. Dann gab es plötzlich ein kristallenes Licht, und die Kreatur aus Fleisch und Blut verschwand vollständig. Statt dessen stand da jetzt etwas, das wie eine große Glasfigur aussah. Die Glasfigur stellte noch immer eine Katze mit menschlichen Zügen dar, doch sie bewegte sich, als sei sie flüssig. Smaragdgrüne Augen leuchteten aus einem klaren Körper, auf dessen kleinen, beweglichen, gläsernen Flächen sich das

Mondlicht brach und spiegelte. Dann schien das Licht sich in den Smaragdaugen zu sammeln und wie ein Laserstrahl herauszuschießen. Es traf auf einen Haufen toten Holzes drei oder vier Meter entfernt und entzündete ihn zu einem prasselnden Feuer.

Ben hielt die Hand schützend vor die Augen und wartete, daß das Feuer zu ungefährlicher Größe heruntergebrannt war – der Größe eines Lagerfeuers. Die Smaragdaugen verloschen, die Katze schimmerte und kehrte zu ihrer ursprünglichen Gestalt zurück. Sie setzte sich langsam nieder und sah Ben feierlich an. »Vielleicht erinnerst du dich jetzt, was ich dir gesagt habe, daß ich sei?« triumphierte sie.

»Eine Prismenkatze«, antwortete Ben.

»Ganz richtig. Ich kann Licht von irgendeiner Quelle sammeln, selbst einer, die sich so weit entfernt findet wie Landovers acht Monde. Ich kann dieses Licht in Energie verwandeln. Nichts als grundlegende Physik übrigens. Wie auch immer, ich besitze Fähigkeiten, die etwas weiter reichen als die deinen. Du hast nur eine kleine Demonstration von ihnen zu sehen bekommen.«

Ben nickte. Er fühlte sich jetzt ein wenig unbehaglich. »Ich glaube dir aufs Wort.«

Die Katze rückte etwas näher ans Feuer und setzte sich wieder. Die nächtlichen Geräusche waren verstummt. Plötzlich lag Spannung in der Luft. »Ich bin an Orten gewesen, von denen andere nur träumen, und ich habe die Dinge gesehen, die dort verborgen sind. Ich kenne viele Geheimnisse.« Die Katze flüsterte jetzt. »Komm näher ans Feuer, Hoheit Ben Holiday. Laß dich wärmen.« Ben tat, wie ihm geheißen. Die Katze beobachtete ihn. Ihre Smaragdaugen schienen wieder zu leuchten. »Ich weiß von Zauberern und von verlorenen Zauberbüchern. Ich weiß von schwarzen Einhörnern und von weißen, manche verloren, manche gefunden. Ich weiß sogar von Täuschungen, die manche Wesen etwas anderes scheinen lassen, als was sie sind.« Ben setzte an, sie zu unterbrechen, doch die Katze fauchte warnend. »Nein, Hoheit – hör einfach zu! Ich bin meistens nicht bereit, so frei zu reden, also kann es dir nur zum Nutzen gereichen, wenn du mich zu Ende sprechen läßt! Katzen haben selten etwas zu sagen, aber wir wissen immer viel! So ist es im Augenblick. Mir ist vieles bekannt, das dir verborgen ist. Manches von dem, was ich weiß, mag nützlich sein, manches nicht. Das ist nur eine Frage des Aussortierens. Aber das Aussortieren braucht Zeit, und Zeit verlangt Bereitschaft. Ich habe nur selten die Bereitschaft für solche Sachen. Aber, wie gesagt, du reizt mich. Ich denke daran, eine Ausnahme zu machen. Was hältst du davon?«

Ben wußte es nicht recht. Wie konnte diese Katze über schwarze und weiße Einhörner Bescheid wissen? Wie konnte ihr etwas über die verlorenen Zauberbücher bekannt sein? Wieviel von dem, was sie vorbrachte, war nur allgemeines Gerede, und wieviel betraf ihn wirklich? Er wollte danach fragen, doch er wußte mit Sicherheit, daß die Katze ihm darauf keine Antwort geben würde. Er hatte das Gefühl, alle seine Fragen klumpten sich in seiner Kehle zusammen.

»Wirst du also mit mir kommen?« fragte er schließlich.

Die Katze blinzelte. »Ich denke darüber nach.«

Ben nickte langsam. »Hast du einen Namen?«

Die Katze blinzelte wieder. »Ich habe viele Namen, so wie ich viele Dinge bin. Der Name, der mir im Moment am liebsten wäre, ist Edgewood Dirk. Aber du kannst mich einfach Dirk nennen.«

»Es freut mich, deine Bekanntschaft zu machen, Dirk«, entgegnete Ben.

»Das werden wir sehen«, gab Edgewood Dirk geheimnisvoll zurück. Er rückte ein Stück näher ans Feuer. »Die Nacht strengt mich an. Ich ziehe den Tag vor. Ich glaube, ich werde jetzt schlafen.« Er drehte sich auf einem Grasfleck mehrmals im Kreis und rollte sich dann zu einem Fellball zusammen. Der Schimmer umgab ihn einen Augenblick, dann war er wieder ganz Katze. »Gute Nacht, Hoheit.«

»Gute Nacht«, erwiderte Ben mechanisch. Er war von den Gefühlen, die Dirk in ihm ausgelöst hatte, noch immer angespannt. Er wägte noch einmal ab, was die Katze gesagt hatte, fragte sich, wieviel sie wirklich wußte und wieviel einfach bedeutungsloses Gerede war. Das Feuer knisterte und knackte in der Finsternis, und Ben rückte ein bißchen näher, um sich zu wärmen. Wie auch immer, Edgewood Dirk konnte von Nutzen sein, dachte er und streckte die Hände über die Flammen. Wenn diese seltsame Kreatur nur nicht so rätselhaft wäre...

Und plötzlich kam ihm eine unerwartete Möglichkeit in den Sinn.

»Dirk, hast du mich treffen wollen?«

»Ah!« antwortete die Katze leise.

»Ja? Hast du mich absichtlich aufgesucht?«

Ben wartete, aber Edgewood Dirk sagte nichts mehr. Die Stille, die eben geherrscht hatte, füllte sich wieder mit Nachtgeräuschen. Die Spannung in ihm ließ nach. Flammen züngelten an dem toten Holz und verjagten die Waldschatten. Ben starrte auf die schlafende Katze und empfand ein seltsames Gefühl von Heiterkeit. Jedenfalls fühlte er sich nicht mehr ganz so allein.

Tief sog er die Nachtluft ein und seufzte. Nicht mehr so allein? Wem machte er da was vor?

Er dachte noch immer darüber nach, bis er schließlich einschlief.

Der Heiler

Ben Holiday erwachte bei Morgengrauen und wußte nicht, wo er sich befand. Er war so desorientiert, daß er sich für eine Weile an keines der Ereignisse der letzten sechsunddreißig Stunden erinnern konnte. Er lag im taunassen Gras einer Waldlichtung und wunderte sich, nicht in seinem eigenen Bett in Silber Sterling zu liegen. Er schaute an sich hinunter und wunderte sich über seine schäbige Kleidung. Er starrte zwischen die nebelumwehten Bäume und fragte sich, was zum Teufel vorging.

Dann fiel sein Blick auf Edgewood Dirk, der auf einem umgestürzten Baumstamm saß, eitel, selbstbewußt und liebevoll sein Fell leckte und sorgfältig die Gegenwart des Menschen ignorierte. Die unangenehmen Erinnerungen fielen augenblicklich wieder über Ben her, und er wünschte, er wäre ignorant geblieben.

Er erhob sich, strich sich die Kleider glatt, trank etwas Quellwasser und aß einen Blaubonniestengel. Der Fruchtgeschmack war süß und angenehm, doch sein Hunger auf etwas Nahrhafteres wurde nur noch größer. Hin und wieder warf er einen Blick in Dirks Richtung, doch die Katze war noch immer in ihre Fellpflege vertieft, ohne ihm Aufmerksamkeit zu schenken. Offenbar waren manche Dinge wichtiger als andere.

Als Dirk schließlich fertig war, stand er auf, streckte sich und meinte: »Ich habe beschlossen, mit dir zu gehen.«

Ben verschluckte, was er gern gesagt hätte, und nickte nur.

»Jedenfalls für eine Weile«, fügte Dirk spitz hinzu.

Ben nickte noch einmal. »Weißt du, wo ich vorhabe hinzugehen?« fragte er.

Dirk warf ihm einen von seinen ›Mußt-du-denn-so-ein-Idiot-sein‹-Blicken zu und erwiderte: »Warum? Weißt du es denn nicht?«

Sie verließen den Lagerplatz und wanderten schweigend durch den frühen Morgen. Der Himmel war grau, und die Wolken hingen tief. Hinter dichten Wolkenschleiern stieg die Sonne verhangen über die Baumwipfel, und ihr diffuses Licht war gerade hell genug, mit weichem Silberstrahl die Schatten zu vertreiben und den Weg mit hellen Flecken zu betupfen. Ben ging voran, Dirk hielt sich zwei oder drei Meter hinter ihm. Der Wald schien ausgestorben, kein Geräusch war zu hören.

Am späten Morgen erreichten sie den Irrylyn und folgten seinem Ufer südwärts den schmalen Pfad entlang, der sich zwischen Waldbäumen und Unterholz hindurchschlängelte. Der See wie der Wald waren totenstill. Wolken hingen tief über der Wasseroberfläche, und kein Windhauch rührte sich. Bens Gedanken drifteten davon. Er erlebte noch einmal im Geiste jene erste Begegnung mit Weide. Er war ins Seenland gekommen, um von dem Flußherrn Unterstützung für seine Bemühungen um Landovers Thron zu erbitten. Weide und er hatten einander überrascht, als sie beide in der Nacht nackt in dem warmen, quellgespeisten Wasser des Sees badeten. Noch nie hatte er ein Wesen von solcher Schönheit gesehen wie die Sylphe. Sie hatte Gefühle in ihm wiedererweckt, die er längst für tot und verloren geglaubt hatte.

Er schüttelte den Kopf. Die Gedanken machten ihn seltsam traurig, als seien sie eine Erinnerung an etwas, das für immer vorbei war. Er starrte über die graue, stille Oberfläche des Irrylyn und versuchte, den Augenblick zurückzuholen, doch alles, was er fand, waren Gespenster, die in den Nebeln tanzten.

Am Südende des Sees bogen sie in den Wald zurück. Es begann in Strömen zu regnen. Die kleinen Flecken von Sonnenlicht verschwanden, und Schatten legte sich über alles. Der Charakter des Waldes veränderte sich plötzlich. Die Bäume, knorrig und naß, wurden zu unheimlichen Wegwächtern einer surrealen Welt voller imaginärer Geister, die wie Rauchfahnen durch den alles verhüllenden Dunst wehten. Geräusche wurden wieder hörbar, doch sie waren eher bedrohlich als beruhigend – Äußerungen von Lebewesen, die sich im Zwielicht verbargen. Ben verlangsamte seine Schritte und wischte sich das Wasser aus dem Gesicht. Er hatte die Reise ins Seenland seit jener ersten Begegnung mit Weide mehrfach wiederholt, doch jedesmal war er entweder in Begleitung der Sylphe oder von Questor Thews gewesen, und jedesmal war ihnen einer der Untertanen des Flußherrn entgegengekommen und hatte sie geführt. Ben konnte den Weg bis zum Irrylyn allein finden, doch nicht viel weiter. Wenn er hoffte, den Flußherrn und seine Leute zu treffen, so brauchte er Hilfe – die er möglicherweise nicht erhalten würde. Die Seenlandleute lebten in Eldero, ihrer einzigen Stadt, die irgendwo im Wald versteckt lag. Der Flußherr konnte einen Besucher dort hinführen oder draußen lassen – die Entscheidung lag bei ihm allein.

Ben ging ein Stück weiter, sah, daß der Pfad vor ihm endgültig verschwand, und blieb wieder stehen. Kein Zeichen half ihm bei der Wahl seines Weges. Und keine Spur von einem Führer. Der Wald bildete eine einförmige Wand aus Nässe und Zwielicht.

»Gibt es irgendein Problem?«

Edgewood Dirk erschien neben ihm und setzte sich hin. Jedesmal, wenn ein Regentropfen ihn traf, zuckte er zusammen. Ben hatte die Katze für einen Augenblick ganz vergessen gehabt. »Ich weiß nicht genau, wo es entlanggeht«, gab er widerstrebend zu.

»Oh?« Dirk schaute ihn an, und Ben hätte schwören können, daß der Kater mit den Achseln gezuckt hatte. »Nun, dann vertrauen wir am besten unseren Instinkten.«

Die Katze erhob sich und trottete schweigend voran, wobei sie leicht nach links schwenkte. Ben starrte der Kreatur eine Sekunde lang nach, dann folgte er ihr. Dirk wußte den Weg? Vielleicht war es nicht dumm, sich auf die Instinkte der Katze zu verlassen. Untauglicher als seine eigenen konnten sie kaum sein.

Sie kamen nur langsam voran, schlüpften zwischen massigen Stämmen hindurch, duckten sich unter tiefhängende Zweige, von denen triefende Moosfransen baumelten, stiegen über vermodernde Äste und vermieden sumpfige Stellen mit schwärzlichem Schlick. Der Regen wurde stärker, und Bens Kleider waren durchnäßt und schwer. Wald und Nebel wurden undurchdringlich wie ein Vorhang. Alles außerhalb von drei Metern im Umkreis schwand. Ben hörte rundum Bewegungen, doch er sah nichts. Dirk trottete in stetigem Tempo weiter und schien das alles nicht zu merken.

Dann löste sich unvermutet ein Schatten aus dem Zwielicht und hielt sie an. Es war ein Waldschrat, schlank und drahtig, klein wie ein Kind, mit brauner, körniger Haut und dichter, dunkler Mähne, die ihm über den Nacken und die Arme wuchs. Gekleidet in erdfarbene Gewänder, schien er so sehr ein Teil des Waldes zu sein wie die Bäume, und er hätte, wenn es seine Absicht gewesen wäre, ebenso schnell verschwinden können, wie er gekommen war. Er sagte nichts, während er Ben musterte. Er zögerte, als er die Katze entdeckte, schien etwas zu überlegen. Dann machte er ihnen Zeichen, ihm zu folgen.

Ben seufzte. Schon halb geschafft, dachte er.

Schweigend gingen sie hinter dem Führer einen schmalen Pfad entlang, der sich durch weite, leere Sumpflandschaft schlängelte. Nebel wälzte sich über die stille Wasseroberfläche, Wolken von undurchdringlichem Grau. Ein feiner Regen fiel noch immer. Gestalten schossen und glitten durch das Zwielicht, manche mit beinahe menschlichen Gesichtern, andere, die wie Waldgeschöpfe aussahen. Augen zwinkerten, glotzten ihn an, verschwanden wieder – Schrate, Nymphen, Wassergeister, Wichtel, Naturgeister aller Art. Die Märchenwelten der Kindheit erwachten plötzlich zu Leben, eine unmögliche Mischung aus Phantasie und Wahrheit. Wie immer versetzte es Ben in Staunen – und ängstigte ihn auch ein wenig.

Der Pfad, dem sie folgten, war ihm nicht vertraut. Aber das war jedesmal so, wenn er nach Eldero kam; der Flußherr ließ ihn jedesmal einen anderen Weg entlangführen. Manchmal durchquerte er Wasser, das ihm bis an die Gürtellinie reichte; manchmal ging es über sumpfigen Boden, der schmatzend an seinen Stiefeln saugte. Doch welchen Weg auch immer er nahm, der Sumpf war jedesmal rundum, und er wußte, daß ein Abweichen vom Weg ein schnelles Ende bedeuten würde. Es störte ihn, daß er weder den Hin- noch den Rückweg allein finden konnte. In der Vergangenheit hatte er darüber nicht weiter nachgedacht. Immerhin war er der König von Landover gewesen und hatte die Macht des Medaillons zur Verfügung gehabt. Das war jetzt anders. Er hatte beides verloren. Er war nichts als ein Fremder. Der Flußherr konnte mit einem Fremden machen, was er wollte.

Er grübelte noch immer über seine mißliche Lage nach, als sie einen großen Zypressenhain erreichten, Vorhänge feuchter Moosfransen beiseite wischten, über dicke, verflochtene Wurzeln stiegen und endlich das Sumpfgebiet hinter sich ließen. Ben fühlte festeren Boden unter den Stiefeln, und sie stiegen einen sanften Abhang hinauf. Nebel und Dämmerung lichteten sich, die Zypressen wichen Eichen und Ulmen, der feuchte Fäulnisgeruch ließ nach, und der frische Duft des Waldes füllte die Morgenluft. Farbenfrohe, saftige Blumengirlanden säumten den Pfad. Ben war erleichtert. Jetzt war ihm der Weg wieder vertraut, und er schritt kräftig aus, um schnell an das Ziel der Reise zu gelangen.

Sie erreichten die Hügelkuppe, auf der nur vereinzelte Bäume standen, und Eldero, die Stadt der Seenlandelfen, erstreckte sich vor ihnen. Im Vordergrund lag das Freilicht-Amphitheater, wo die großen Feste abgehalten wurden, grau und verlassen im Regen. Riesige Bäume rahmten es ein, die tieferen Äste mit Balken verbunden, so daß Sitzbänke entstanden, und in der Mitte eine Arena aus Wiese und Wildblumen. Oben drüber bildeten verflochtene Äste ein lichtes Blätterdach, von dem der Regen in stetigem Rhythmus tropfte. Jenseits des Amphitheaters erhoben sich Bäume, zweimal so groß wie die kalifornischen Redwoodriesen, vor dem wolkigen Horizont und trugen die eigentliche Stadt auf ihren mächtigen Ästen – Hütten, Geschäfte, Terrassen, verbunden durch ein kompliziertes Netzwerk von Treppen und Passagen, die vom Boden bis hinauf in die Wipfel führten.

Ben blieb stehen, wischte sich das Wasser aus dem Gesicht, das ihm über die Stirn in die Augen zu rinnen drohte, und schaute. Ihm wurde plötzlich bewußt, daß er dastand und glotzte wie ein Dorfjunge, der zum ersten Mal in die Stadt kommt. Er erkannte, wie sehr er in diesem Land ein Fremder war – obwohl er schon seit mehr als einem Jahr hier lebte, obwohl er gar der König war. Es zeigte ihm mit unangenehmer Deutlichkeit, wie prekär seine Situation war. Er hatte selbst die begrenzte Anerkennung verloren, die er genossen hatte. Er war ein Außenseiter, der seiner Freunde und Mittel verlustig gegangen und nun weitgehend auf die Barmherzigkeit anderer angewiesen war.

Der Flußherr trat aus einem kleinen Hain, flankiert von einem halben Dutzend Wachen. Er war groß und schlank, seine seltsam schuppige Haut glänzte silbern, wo sie unter der waldgrünen Kleidung hervorschaute. Der Herrscher über das Seenland und seine

Elfenbewohner kam entschlossenen Schrittes auf Ben zu. Sein hartes, geschnitztes Gesicht ließ nicht viel Barmherzigkeit erhoffen, und sein sonst ruhiges, gemessenes Gehabe schien eher schroff und kurz angebunden. Er sagte etwas in einem für Ben unverständlichen Dialekt zu ihrem Führer – der Ton war unmißverständlich –, worauf dieser schnell zurücktrat, steif und mit abgewandtem Blick.

Der Flußherr sah Ben an. Das silberne Diadem auf seiner Stirn glitzerte, und Regenwasser tropfte ihm übers Gesicht. Kräftiges schwarzes Haar kräuselte sich über seinem Nacken und seine Oberarme. Er kam direkt zur Sache. »Wer seid Ihr?« fragte er barsch. »Was habt Ihr hier zu suchen?«

Ben war auf einen gewissen Widerstand vorbereitet gewesen, doch nicht in diesem Maße. Er hatte damit gerechnet, daß der Flußherr ihn nicht erkennen würde, und er hatte ihn natürlich wirklich nicht erkannt. Aber das erklärte noch nicht, warum der Regent des ehemaligen Elfenvolkes sich so außerordentlich unfreundlich zeigte. Der Flußherr war von schwerbewaffneten Wächtern umgeben. Er hatte seine Familie nicht mitgebracht, während er sie sonst immer um sich scharte, wenn er Besucher empfing. Er hatte auch nicht abgewartet, bis Ben das Amphitheater erreicht hatte, wo er sonst seine Gäste zu begrüßen pflegte. Und in seiner Stimme schwangen unverhohlener Ärger und tiefes Mißtrauen mit. Irgendwas Übles war im Gange.

Ben holte tief Luft. »Flußherr, ich bin es, Ben Holiday«, erklärte er und wartete. Nicht das winzigste Zeichen des Erkennens war in den dunklen Augen seines Gegenübers sichtbar. »Ich weiß, daß ich nicht wie ich selbst aussehe«, fuhr Ben mutig fort, »aber das liegt daran, daß man etwas mit mir angestellt hat. Ein Zauber hat mein Äußeres verändert. Der Zauberer, der in den Diensten des Sohnes des alten Königs stand – in meiner alten Welt nennt er sich Meeks –, ist zurückgekehrt und hat sowohl meine Identität als auch meinen Thron gestohlen. Das ist eine lange Geschichte. Aber was wichtig ist: Ich brauche Eure Hilfe. Ich muß Weide finden.«

Der Flußherr schaute ihn verblüfft an. »*Ihr* seid Ben Holiday?«

Ben nickte hastig. »Der bin ich, auch wenn es nicht den Anschein hat. Ich will versuchen, es zu erklären. Ich bin zurück in ...«

»Nein!« unterbrach ihn der Flußherr ärgerlich mit einer schroffen Handbewegung. »Die einzige Erklärung, die ich von Euch – wer immer Ihr seid – hören will, ist, warum Ihr die Katze hergebracht habt.«

Diesmal war Ben verblüfft. Regenwasser rann ihm übers Gesicht, und er wischte es sich aus den Augen. »Die Katze?«

»Ja, die Katze! Die Prismenkatze, das Elfenwesen, das neben Euch sitzt – warum führt Ihr sie mit Euch?« Der Flußherr war ein Wasserschrat, und unter seinem Kinn und zu beiden Seiten seines Halses hatte er Kiemen. Er war so erregt, daß diese unkontrollierbar heftig pulsierten.

Verständnislos schaute Ben auf Dirk, der ein paar Schritte entfernt saß und seine Pfoten putzte, als ginge ihn die ganze Unterhaltung nichts an. »Ich verstehe nicht«, erwiderte Ben schließlich, wieder zum Flußherrn gewandt, »wo das Problem...«

»Habe ich mich nicht deutlich genug ausgedrückt?« fuhr ihm der Flußherr erneut ins Wort, starr vor Zorn.

»Nein, ich...«

»Die Katze, habe ich gefragt – was hat die Katze hier zu suchen?«

Ben gab es auf, diplomatisch sein zu wollen. »Also. Ich habe die Katze nicht hergebracht. Die Katze hat sich dafür entschieden, mitzukommen. Wir haben ein freundliches Abkommen miteinander – ich befehle ihr nicht, wohin wir gehen oder was wir tun, und sie mir auch nicht. Also, warum nehmt Ihr's nicht, wie es ist, und sagt mir, was los ist. Das einzige, was ich über Prismenkatzen weiß, ist, daß sie Lagerfeuer entfachen und die Gestalt wechseln können. Offenbar wißt Ihr mehr.«

»Allerdings!« schnaubte der Flußherr. »Und ich würde erwarten, daß Seine Hoheit, der König von Landover, sich bemühen würde, es ebenfalls zu erfahren!« Er kam einen Schritt näher. »Ihr beharrt noch immer darauf, Seine Hoheit zu sein, nicht wahr?«

»Das tue ich.«

»Auch wenn Ihr in keiner Weise wie Ben Holiday ausseht, Arbeitskleider tragt und ohne Gefolge reist?«

»Das habe ich doch schon zu erklären...«

»Ja, ja, ja!« Der Flußherr schüttelte den Kopf. »Jedenfalls habt

Ihr zumindest die Dreistigkeit Seiner Hoheit.«

Schweigend schien er die Situation abzuwägen. Die Wachen um ihn herum und der getadelte Führer standen starr wie Statuen. Ben wartete ungeduldig. Eine Reihe von Gesichtern tauchten hinter den Bäumen im Dämmerlicht auf. Das Volk des Flußherrn begann neugierig zu werden.

Endlich räusperte der Flußherr sich. »Also gut. Ich nehme nicht an, daß Ihr Landovers König seid, aber, wer immer Ihr sein mögt, erlaubt mir, Euch ein paar Dinge über die Kreatur zu erläutern, in deren Begleitung Ihr reist. Erstens sind Prismenkatzen echte Elfenwesen – nicht Exilelfen oder Emigranten wie die Völker des Seenlandes. Prismenkatzen sind fast nie außerhalb der Nebel anzutreffen. Zweitens geben sie sich normalerweise nicht mit Menschen ab. Drittens sind sie durch und durch unberechenbar; niemand kann behaupten, sie wirklich zu verstehen. Und viertens, wo immer sie auftauchen, gibt es Schwierigkeiten. Ihr könnt von Glück sagen, daß Ihr in Gesellschaft einer Prismenkatze überhaupt bis nach Eldero habt kommen dürfen. Hätte ich gewußt, daß Ihr eine bei Euch habt, hätte ich Euch mit Sicherheit nicht hereingelassen.«

Ben seufzte ergeben und nickte. Offenbar war der Aberglaube gegenüber Katzen nicht nur auf seine eigene Welt beschränkt. »Gut, ich werde dies alles in Zukunft berücksichtigen«, antwortete er und versuchte, seine Ungeduld nicht durchklingen zu lassen. »Doch es bleibt die Tatsache, *daß* Ihr mich und die Katze nicht ferngehalten habt. Also sind wir hier. Ob Ihr glaubt, daß ich der König von Landover bin, oder nicht, ist schnurz wie piepe. Was zählt, ist, daß ich Eure Hilfe brauche, wenn ich...«

Ein plötzlicher Windstoß schleuderte ihm Regen ins Gesicht, und er verschluckte, was er gerade sagen wollte. Er hielt inne und fröstelte in seinen nassen, kalten Kleidern. »Meint Ihr, wir können die Unterhaltung vielleicht an einem trockeneren Ort fortsetzen?« fragte er dann leise.

Der Wasserschrat sah ihn eine Weile prüfend an, ohne seinen Ausdruck zu verändern.

»Flußherr, Eure Tochter befindet sich in größter Gefahr!« flüsterte Ben. »Bitte!«

Der Flußherr musterte ihn noch einen Moment, dann bedeutete er ihm mitzukommen. Mit einer Handbewegung entließ er den Führer. Die Gesichter der neugierigen Beobachter verschwanden sofort. Sie gingen ein Stückchen zwischen den Bäumen hindurch und erreichten einen laubenartigen Unterstand aus Nadelholzbrettern. Die Wächter folgten wachsam. In der Laube standen zwei Bänke einander gegenüber, und dazwischen diente ein ausgehöhlter Baumstamm als Blumenkasten. Der Flußherr ließ sich auf der einen Bank nieder, Ben setzte sich auf die andere. Es regnete noch immer, die Tropfen trommelten auf die Waldbäume und den Boden, doch in der Laube war es trocken.

Dirk erschien, sprang neben Ben, rollte sich zusammen und schloß schläfrig die Augen.

Der Flußherr warf einen ärgerlichen Blick auf die Katze und wandte sich dann zu Ben. »Sagt, was Ihr wollt«, forderte er.

Ben berichtete ihm die ganze Geschichte. Er hatte das Gefühl, er könne nichts verlieren, wenn er es tat. Er erzählte von den Träumen, von den Reisen, die Questor Thews, Weide und er selbst unternommen hatten, von der Entdeckung der verlorenen Zauberbücher, dem unerwarteten Auftauchen von Meeks, dem Diebstahl sowohl seiner Identität als auch des Medaillons und von seiner Verbannung aus Silber Sterling. Der Flußherr hörte kommentarlos zu. Er saß da, als sei er aus Stein gehauen, bewegungslos und mit auf Ben fixiertem Blick. Ben endete, und der Herrscher über das Seenland blieb eine Statue.

»Ich weiß nicht, was ich Euch sonst sagen kann«, meinte Ben schließlich.

Der Flußherr nickte kaum wahrnehmbar, doch er schwieg noch immer.

»Bitte hört mich an«, flehte Ben. »Ich muß Weide finden und sie warnen, daß der Traum vom schwarzen Einhorn von Meeks geschickt worden ist, und ich fürchte, ich kann das ohne Eure Hilfe nicht bewerkstelligen.« Er hielt inne, weil ihm plötzlich eine Tatsache bewußt wurde, die er bislang nur schwer zugeben konnte – sogar sich selbst gegenüber. »Weide bedeutet mir sehr viel, Flußherr. Ich habe sie sehr gern, das müßt Ihr wissen. Bitte sagt mir: Ist sie hiergewesen?«

Der Flußherr zerrte seinen waldfarbenen Umhang enger um sich. Sein Blick war in die Ferne gerichtet. »Ich denke, Ihr seid vielleicht der, für den Ihr Euch ausgebt«, erklärte er leise. »Ich denke, Ihr seid vielleicht Seine Hoheit. Vielleicht.«

Er stand auf und schaute aus dem Unterstand zu den Wachen, die einen Kreis um sie herum bildeten, und schickte alle bis auf eine fort. Dann stellte er sich neben Ben. Er beugte sein merkwürdiges, hölzern aussehendes Gesicht ganz nah an Bens. »Hoheit oder Schwindler, sagt mir jetzt die Wahrheit – wie kommt es, daß Ihr mit dieser Katze reist?«

Ben zwang sich zur Ruhe. »Ein reiner Zufall. Die Katze und ich trafen uns gestern abend an der Grenze des Seenlandes, und sie schlug vor, daß ihre Gesellschaft von Nutzen sein könnte. Ich warte noch immer darauf, herauszufinden, ob das wahr ist.«

Er warf einen Blick auf Dirk, halbwegs in der Erwartung, daß die Katze seinen Worten zustimmen würde, doch Dirk saß mit geschlossenen Augen da und sagte gar nichts. Ben fiel plötzlich auf, daß die Katze, seit sie nach Eldero gelangt waren, noch kein Wort gesprochen hatte.

»Gebt mir Eure Hand«, gebot der Flußherr unvermutet. Er griff nach Bens Hand und packte sie fest. »Es gibt eine Möglichkeit, Euren Anspruch eventuell zu überprüfen. Erinnert Ihr Euch, wie wir, als Ihr das erste Mal nach Eldero gekommen seid, zusammen durch die Ortschaft spaziert sind und von den magischen Fähigkeiten der Seenlandbewohner gesprochen haben?« Ben nickte. »Erinnert Ihr Euch an meine Demonstration dieser Zauberkraft?«

Der Druck, mit dem er Bens Hand umklammert hielt, war wie aus Eisen. Ben zuckte zusammen, doch er versuchte seine Hand nicht fortzuziehen. »Ihr berührtet einen Busch, der welk geworden war, und heiltet ihn«, erwiderte er und starrte dem Mann geradewegs in die Augen. »Ihr wolltet mir vorführen, warum die Seenlandbewohner allein zurechtkämen. Später habt Ihr dann die Unterwerfung unter den Thron verweigert.« Er machte eine Kunstpause. »Aber danach habt Ihr sie doch gewährt, Flußherr, und zwar mir.«

Der Flußherr sah ihn prüfend an und zog ihn dann auf die Füße. »Ich habe gesagt, daß Ihr Ben Holiday sein könntet«, flüsterte er, und sein steinernes Gesicht beugte sich näher. »Ich halte es für möglich.« Dann nahm er Bens beide Hände in die seinen. »Ich habe keine Ahnung, wie Eure Erscheinung verändert worden ist, doch wenn Magie Euch zu dem gemacht hat, was Ihr seid, dann kann man Euch mit Magie zurückverwandeln. Ich besitze die Kraft, vieles zu heilen, das krank und entstellt ist. Ich will diese Kraft einsetzen, um Euch zu helfen, wenn ich kann.« Die Schuppenhände umschlossen die Bens noch fester. »Bleibt stehen, wo Ihr seid, und rührt Euch nicht.«

Ben atmete schnell ein. Der Flußherr senkte den Kopf, so daß er im Schatten lag, und seine Hände wärmten die Bens. Ben wartete. Der Atem des anderen wurde langsamer, und eine plötzliche Hitzewelle durchflutete Bens Körper. Er schauderte bei dem Gefühl, doch er blieb standhaft.

Schließlich trat der Flußherr einen Schritt zurück, leichte Verwirrung stand in seinen dunklen Augen. »Es tut mir leid, aber ich kann Euch nicht helfen«, gestand er. »Es ist tatsächlich Magie eingesetzt worden, um Euer Aussehen zu verändern. Doch die Magie stammt nicht von einem Dritten – sie ist Eure eigene.«

»Was?« entfuhr es Ben.

»Ihr habt Euch selbst zu dem gemacht, wer und was Ihr seid«, behauptete der Flußherr. »Nur Ihr selbst könnt Euch wieder zurückverwandeln.«

»Aber das ist doch völliger Unsinn!« brauste Ben auf. »Ich habe überhaupt nichts gemacht, damit ich so aussehe wie jetzt. Meeks war das! Ich habe ihm dabei zugeschaut! Er hat das Medaillon der Könige von Landover gestohlen und mir... das hier dafür verpaßt.«

Wütend kramte er das oxydierte Bild von Meeks unter seinem Hemd hervor und hielt es dem Flußherrn unter die Nase. Der betrachtete es einen Augenblick, berührte es prüfend und schüttelte dann den Kopf. »Das hier eingravierte Bild ist in der gleichen Weise unklar wie Eure Erscheinung. Auch hier ist die Magie, die am Werke ist, Eure eigene Schöpfung.«

Ben biß die Zähne zusammen und schob das Medaillon wieder unter sein Hemd. Der Flußherr sprach in Rätseln. Welcher Zauber auch immer am Werke war, er stammte nicht von Ben. Der Flußherr war entweder im Irrtum oder in die Irre geleitet – oder er versuchte absichtlich, Ben zu verwirren, weil er ihm noch immer nicht traute.

Der Flußherr schien seine Gedanken erraten zu haben. Achselzuckend meinte er: »Glaubt mir, oder laßt es bleiben – Ihr habt die Wahl. Ich sage Euch, was ich sehe.« Er machte eine Pause. »Wenn das Medaillon Euch von Eurem Feind gegeben wurde, dann solltet Ihr es vielleicht ablegen. Gibt es einen Grund, es anzubehalten?«

Ben seufzte. »Meeks ließ mich wissen, daß er mit Hilfe des Medaillons weiß, was ich tue. Er warnte mich, daß ein gewisser Zauber verhindert, daß ich es abnehme – ein Zauber, der mich töten würde.«

»Ist das denn wahr?« fragte der andere. »Vielleicht hat der Zauberer gelogen.«

Ben zögerte. Er hatte diese Möglichkeit auch schon in Betracht gezogen. Warum sollte er irgend etwas von dem glauben, was Meeks ihm gegenüber geäußert hatte? Das Problem war, daß er die Wahrheit nicht prüfen konnte, ohne sein Leben zu riskieren.

Ben holte das angelaufene Medaillon wieder hervor und wog es in der Hand. »Ich habe auch schon daran gedacht...« setzte er an.

Aus dem Augenwinkel bemerkte er, wie Edgewood Dirk sich regte. Er hob den Kopf und riß die grünen Augen auf. Es war fast, als sei die Katze aus dem Tiefschlaf aufgeschreckt, um zu sehen, was Ben tat. Die seltsamen Augen fixierten ihn. Ben zögerte und ließ dann das Medaillon wieder unter seinem Hemd verschwinden. »Ich glaube, ich muß noch einmal darüber nachdenken«, meinte er dazu.

Dirk schloß die Augen wieder und legte seinen schwarzen Kopf auf die Pfoten. Regen trommelte stetig durch die momentane Stille, und fern im Osten grollte Donner. Ben empfand eine merkwürdige Mischung von Frustration und Ärger. Was für ein Spielchen trieb die Katze denn jetzt mit ihm?

Der Flußherr ging zu der anderen Bank zurück, doch er blieb stehen. »Es sieht so aus, als könnte ich Euch nun doch nicht helfen«, erklärte er. »Ich glaube, es ist besser, wenn Ihr jetzt wieder geht – Ihr und die Katze.«

Ben sah alle Hoffnung schwinden. Er sprang auf. »Verratet mir wenigstens, wo ich Weide finden kann«, bat er. »Sie sprach davon, daß sie hierher ins Seenland kommen würde, um die Bedeutung ihres Traumes zu erfahren. Gewiß hätte sie Euch um Hilfe gebeten.«

Der Flußherr schaute ihn eine Weile schweigend an und überdachte Dinge, die Ben verborgen blieben, dann schüttelte er langsam den Kopf. »Nein, Hoheit oder Heuchler – was immer Ihr seid –, das hätte sie nicht.«

Er kam wieder halbwegs um den Blumenkasten herum und blieb vor dem Eingang stehen. Wind blähte seinen Umhang, und er zog ihn schützend um sich. »Ich bin ihr Vater, doch ich bin nicht derjenige unter ihren Verwandten, den sie um Hilfe bitten würde, wenn sie welche brauchte. Das bin ich nie gewesen. Ich habe viele Kinder mit vielen Frauen. Manche stehen mir näher als andere. Weide war mir immer fern. Sie ähnelt ihrer Muter zu sehr – ein Wildwesen, das Bande nur zu lösen sucht, nicht zu knüpfen. Keine von beiden sucht meine Gesellschaft, hat es nie getan. Ihre Mutter kam nur einmal zu mir, dann ging sie wieder zurück in den Wald...«

Er verstummte gedankenverloren. »Ich habe nicht einmal ihren Namen erfahren«, fuhr er ein Weilchen später fort. »Eine Waldnymphe, kaum mehr als ein bißchen Licht und Seide. Sie blendete mich so, daß Namen für diese eine Nacht keine Bedeutung hatten. Ich verlor sie, noch ehe ich sie wirklich besessen hatte. Und Weide verlor ich durch das, was dies in mir bewirkt hat, glaube ich. Ich mißgönnte ihrer Mutter die Freiheit, und Weide mußte mit meinem Zorn und meinem Groll leben. Darum entglitt sie mir mehr und mehr, dagegen gab es kein Mittel. Ich liebte ihre Mutter so sehr und konnte ihr nie vergeben und vergessen, was sie mir angetan hat. Als ich Weide die Erlaubnis gab, nach Silber Sterling zu ziehen, zerriß ich das einzige Band, das zwischen uns bestand. Sie wurde für immer eine selbständige Frau und war nicht länger meine Tochter. Sie sieht mich als einen Mann, der zu viele Kinder hat, um ihnen allen ein wahrer Vater zu sein. Sie hat beschlossen, nicht eines von ihnen zu sein.«

Er wandte sich ab, vielleicht in Erinnerungen versunken. Sein Geständnis war befremdlich gewesen, einfach und direkt, doch ohne eine Spur von Bewegung. Seine Stimme hatte nicht geschwankt, sein Gesicht den Ausdruck nicht gewandelt. Weide bedeutete ihm so viel, und dennoch konnte er es nicht zeigen – er konnte nur sagen, daß es so sei. Es ließ Ben plötzlich seine eigenen Gefühle für die Sylphe betrachten, und er fragte sich, worin sie eigentlich bestanden.

Der Flußherr starrte geraume Zeit schweigend und ohne sich zu rühren in den Regen hinaus, dann zuckte er mit den Schultern. »So vieles konnte ich heilen, nur das nicht«, bekannte er leise. »Ich wußte nicht, wie.« Plötzlich fiel sein Blick wieder auf Ben, und er schaute drein, als sehe er ihn zum ersten Mal. »Warum erzähle ich *Euch* das alles?« flüsterte er überrascht.

Ben hatte keine Ahnung. Er verhielt sich still, während der Flußherr ihn musterte, als sei er sogar über seine Existenz überrascht. Dann schien der Herrscher über die Völker des Seenlandes die Angelegenheit einfach zu verwerfen. »Ihr verliert Eure Zeit mit mir«, erklärte er flach und kalt. »Weide wird sich an ihre Mutter wenden. Sie wird zu den alten Kiefern gehen und tanzen.«

»Dann werde ich dort nach ihr suchen«, beschloß Ben und erhob sich. Der Flußherr sah ihn wortlos an. Ben zögerte. »Ihr braucht mir keinen Führer mitzugeben, ich kenne den Weg.«

Der Flußherr nickte, noch immer schweigend. Ben machte sich auf, verließ die Laube und ging ein paar Schritte. Dann blieb er stehen und wandte sich um. Der einzige Wächter war zwischen den Bäumen verschwunden. Die beiden Männer waren allein. »Wollt Ihr mitkommen?« fragte Ben unvermittelt.

Doch der Flußherr starrte wieder in den Regen hinaus, versunken in das silberne Glitzern, verloren im stetigen Trommeln der Tropfen. Die Kiemen an seinem Hals pulsierten kaum sichtbar, das harte, geschnitzte Gesicht wirkte wie leblos.

»Er hört dich nicht«, ließ sich Edgewood Dirk plötzlich vernehmen. Ben schaute überrascht nach unten und sah die Katze zu seinen Füßen. »Er ist in sich selbst getaucht, um zu sehen, wo er gewesen ist. Das passiert manchmal, wenn man etwas enthüllt hat, das man lange Zeit sorgfältig gehütet hatte.«

Ben runzelte die Stirn. »Sorgfältig gehütet? Du meinst, was er über Weide gesagt hat? Und über ihre Mutter?« Die Furche auf Bens Stirn wurde noch tiefer, als er sich neben die Katze kniete.

»Dirk, *warum* hat er mir das alles erzählt? Er weiß nicht einmal mit Sicherheit, wer ich bin.«

Dirk schaute hinüber. »Es gibt viele Formen von Magie in dieser Welt, Hoheit. Manche kommen in großen Paketen, manche in kleinen. Manche wirken mit Feuer und mit Kraft von Körper und Seele... und manche wirken durch Offenbarung.«

»Ja, aber warum...?«

»Hör mir zu, Hoheit! Hör zu!« Dirks Stimme war ein Fauchen. »Nur wenige Menschen achten auf das, was eine Katze zu sagen hat. Die meisten sprechen nur zu uns. Sie sprechen zu uns, weil wir so gute Zuhörer sind, verstehst du? Sie finden Geborgenheit in unserer Gegenwart. Wir stellen keine Fragen, und wir urteilen nicht. Wir hören einfach zu. Sie reden, und wir hören zu. Sie erzählen uns alles! Sie erzählen uns ihre tiefinnersten Träume und Gedanken. Dinge, die sie niemandem sonst verraten würden. Manchmal, Hoheit, tun sie das alles, ohne überhaupt zu verstehen, warum!«

Er schwieg. Plötzlich kam es Ben in den Sinn, daß Dirk nicht einfach nur allgemein gesprochen hatte, sondern ganz spezifisch. Er hatte nicht einfach von jedermann geredet, sondern von jemand Bestimmtem. Er schaute hinüber zu der einsamen Gestalt des Flußherrn.

Dann dachte er plötzlich an sich selbst.

»Dirk, was...?«

»Psssst!« brachte die Katze ihn zum Schweigen. »Laß die Stille herrschen. Störe sie nicht. Wenn du kannst, horch auf ihre Stimme – aber laß es still sein.«

Die Katze ging langsam davon, wählte ihren Weg sorgfältig über den nassen Waldboden. Es regnete noch immer aus Wolken, die von einem Horizont bis zum anderen reichten, ein graues Dach, das sich über die Baumwipfel wölbte. Stille herrschte, nur die Regentropfen trommelten stetig und umhüllten die Stadt Eldero, die Häuser und Baumwege, die Passagen und Parks und das weite, leere Amphitheater, das hinter der noch immer reglosen Gestalt des Flußherrn im Dämmerlicht schimmerte. Ben lauschte, wie Dirk ihm geraten hatte, und fast konnte er die Stille sprechen hören.

Doch was sagte sie ihm? Was war es, das er erfahren sollte? Er schüttelte ohne Hoffnung den Kopf. Er wußte es nicht.

Dirk war im Dunst vor ihm verschwunden wie ein fahlgrauer Schatten. Ben gab seine Versuche auf, der Stille zu lauschen, und eilte ihm nach.

Tanz

Daß Edgewood Dirk in höchstem Maße eigenartig war, stand für Ben Holiday längst außer Frage. Man konnte entgegnen, daß *alle* Katzen irgendwie eigentümlich seien und daß es daher nicht überraschend sei, wenn eine Katze aus einer Märchenwelt sich als *noch* eigentümlicher erwies als eine durchschnittliche Katze – doch Ben hätte dem widersprochen. Die Art von Eigentümlichkeit, die Dirk an den Tag legte, übertraf bei weitem – sagen wir ›Alice im Wunderland‹ zum Beispiel, oder ›Dick Whittington‹. Dirk gab dem Wort eine ganz neue Dimension, und das schlimmste war, daß Ben, so sehr er sich auch bemühte, nicht herausbekommen konnte, was das Vieh im Schilde führte!

Kurzum, wer war diese Katze, und was hatte sie hier mit Ben vor?

Er hätte gerne sofort die Antworten auf seine Fragen gefunden, doch er hatte keine Zeit. Die Katze ging wieder einmal vorneweg – vermessen, wie sie war –, und er war wieder einmal gezwungen, ihr nachzueilen. Regen prasselte ihm ins Gesicht, und eisige Windböen peitschten ihn. Der Abend rückte näher, und das Wetter wurde immer schlimmer. Ben war erschöpft, hungrig, durchgefroren und entmutigt, trotz seiner Entschlossenheit durchzuhalten, und er sehnte sich nach einem warmen Bett und trockenen Kleidern. Doch keines von beiden würde ihm in Bälde zuteil werden. Der Flußherr hatte seine Gegenwart nur so eben toleriert, und Ben mußte die Zeit nutzen, um Weide so schnell wie möglich zu finden.

Er durchquerte Eldero – dem Wetter die Stirn bietend – als ein weiterer namenloser Schatten im Zwielicht und tauchte dann in den Wald jenseits der Stadt. Die Lichter der Hütten und Häuser versanken hinter ihm, und Dunkelheit schloß sich um ihn wie ein nasser, regendurchtränkter Vorhang. Nebelfetzen wehten an ihm vorüber wie abgerissene Drachenschwänze; wirbelnd und tanzend schlossen sie sich zu immer dichteren Feldern zusammen.

Ben achtete nicht darauf, sondern strebte voran. Er war den Weg zu den alten Kiefern so oft gegangen, daß er ihn blind hätte finden können.

Wenig später erreichte er die Lichtung – wenige Schritte hinter Edgewood Dirk. Erwartungsvoll schaute er sich um, doch er konnte nichts entdecken. Die Lichtung lag still und leer, umrahmt von alten Kiefern, den Wächtern des Waldes, so naß und kalt wie alles rundum. Er suchte kurz nach Spuren, doch er fand nichts, woraus er hätte schließen können, ob Weide hiergewesen war oder nicht.

Edgewood Dirk durchquerte einmal schnüffelnd die Lichtung, zog sich dann in den Schutz einer weitausladenden Kiefer zurück und setzte sich. »Sie war vor zwei Nächten hier, Hoheit«, verkündete er. »Sie saß dort, wo du stehst, während ihre Mutter tanzte, dann verwandelte sie sich. Am Morgen ging sie wieder.«

Ben starrte die Katze an. »Woher weißt du das alles?«

»Eine gute Nase«, erklärte Dirk verächtlich. »Du solltest deine auch kultivieren. Sie kann lauter Dinge verraten, die dir sonst entgehen. Meine Nase sagt mir, was deine Augen dir nicht zeigen.«

Ben hockte sich vor die Katze, ohne das Wasser zu beachten, das ihm von den Kieferzweigen übers Gesicht rann. »Verrät dir deine Nase auch, wohin sie gegangen ist?« fragte er ruhig.

»Nein«, gab die Katze zur Antwort.

»Nein?«

»Du wiederholst mich unnötigerweise«, schnaubte Dirk.

»Aber wenn dir deine Nase alles andere verraten hat, warum kann sie dir *das* nicht verraten?« fragte Ben. »Ist deine Nase immer so wählerisch?«

»Sarkasmus steht dir nicht, Hoheit«, wies Dirk ihn zurecht. »Außerdem habe ich etwas Besseres verdient. Schließlich bin ich dein einziger Gefährte und deine einzige Unterstützung in diesem Unterfangen.«

»Was einer gewissen Klärung bedarf, scheint mir«, erwiderte Ben spitz. »Du hörst nicht auf, dich zu brüsten, was du alles weißt, und dann sagst du mir nur, was dir gefällt. Mir ist klar, daß du dafür eine ausgezeichnete Entschuldigung hast, da du ja eine Katze bist, doch ich hoffe, ich kann dir verständlich machen, welch üble

Wirkung das auf mich hat!« Seine Wut steigerte sich, und seine Stimme wurde lauter. »Ich habe nur gefragt, woraus du erkennen kannst, daß Weide hiergewesen ist, daß ihre Mutter getanzt hat und daß sie sich verwandelt hat, und warum du dann nicht in der Lage bist, mir zu sagen, wo…«

»Ich weiß es nicht.«

»…sie anschließend hingegangen sein… Was? Du weißt es nicht? Was weißt du nicht?«

»Ich weiß nicht, warum ich es nicht weiß.«

Ben starrte ihn an.

»Ich müßte in der Lage sein, ihr Verlassen der Lichtung zu erkennen, aber ich kann es nicht«, fuhr Dirk fort. »Es sieht fast so aus, als seien die Spuren absichtlich verwischt worden.«

Ben bedachte diese neue Information ein Weilchen und schüttelte dann den Kopf. »Aber warum sollte sie verbergen, wohin sie gehen wollte?«

Dirk antwortete nicht. Statt dessen fauchte er leise zur Warnung und stand auf. Ben erhob sich ebenfalls und wandte sich um. Die dunkle Gestalt des Flußherrn tauchte aus dem Dunst und kam am Rande der Lichtung auf Ben zu. Er war allein.

»Ist Weide hiergewesen?« fragte er brüsk.

Ben zögerte und nickte dann. »Sie war hier und ist wieder fort. Die Katze behauptet, ihre Mutter habe vor zwei Nächten hier für sie getanzt.«

Ärger blitzte in den Augen des Wasserschrats, doch er schluckte ihn schnell hinunter. »Zu ihrer Tochter kommt sie natürlich«, murmelte er. »Sie haben dieses Band. Der Tanz kann die Wahrheit in Elfenweise erhellen, kann zeigen, wonach gesucht wird…« Seine Gedanken wanderten davon. Dann streckte er sich. »Habt Ihr herausgefunden, wohin sie gegangen ist, Hoheit?«

Wieder zögerte Ben, diesmal mehr aus Überraschung als aus Vorsicht. Der Flußherr hatte ihn ›Hoheit‹ genannt. Hatte er sich dazu entschlossen, Bens Anspruch zu akzeptieren? Ben schaute ihn scharf an. »Ihre Spuren sind uns verborgen«, erklärte er. »Willentlich verwischt, meint die Katze.«

Der Flußherr warf stirnrunzelnd einen kurzen Blick auf Dirk. »Mag sein.« Sein geschnitztes Gesicht wandte sich wieder zu Ben.

»Aber meine Tochter entbehrt solcher List und ihre Mutter der Mittel. Falls die Spuren verwischt wurden, war es jemand anderes. Es gibt solche, die ihr helfen würden, ohne es mir zu sagen. Es gibt solche.« Wieder leuchtete Ärger kurz in seinen Augen auf und verschwand. »Aber es spielt kaum eine Rolle. Ich verfüge so oder so über die Mittel, sie zu finden. Sie und alles, was ich will.«

Unvermutet wandte er sich um und murmelte vor sich hin: »Die Zeit verrinnt. Regen und Dunkelheit behindern mein Tun. Ich muß schnell handeln, wenn ich Erfolg haben will.« In seiner Stimme lag Ungeduld – und Entschlossenheit. »Ich will nicht, daß diese Spiele hinter meinem Rücken getrieben werden. Ich werde die Bedeutung des Traumes über das schwarze Einhorn und das goldene Zaumzeug erfahren, auch wenn Weide und ihre Mutter das verhindern möchten!«

Er verschwand eilig im Wald, ohne sich darum zu scheren, ob Ben ihm folgte. Aber Ben war ihm direkt auf den Fersen.

Edgewood Dirk blieb unter der Kiefer sitzen und schaute ihnen nach. Dann begann er sich zu putzen.

* * *

Im Flußherrn war eine solche Veränderung vorgegangen, daß Ben es kaum glauben konnte. Eben war er noch vollständig desinteressiert an der Geschichte von seiner Tochter und dem schwarzen Einhorn gewesen, und nun konnte er nicht schnell genug mehr darüber erfahren. Er durchquerte den Wald am Stadtrand und rief seine Wache herbei. Bedienstete tauchten von allen Seiten her auf, hielten sich kurzfristig in seiner Nähe, um Anweisungen entgegenzunehmen, und verschwanden wieder in der Nacht. Wie Schatten kamen und gingen sie, Schrate, Wassergeister, Wichtel und andere. Stimmlos huschten sie ein paar Schritte neben ihrem Herrn und Meister her. Der Flußherr gab schnelle und präzise Befehle, ohne seine Schritte zu verlangsamen. Er umging die eigentliche Stadt und trat dann wieder in den Wald. Ben folgte vollständig unbeachtet.

Zeit verstrich, während sie tiefer in den Wald eindrangen, nordöstlich von Eldero. Die Nacht war so finster, daß man kaum drei

Meter weit sehen konnte. Der Regen pladderte unaufhörlich und schien nicht nachlassen zu wollen. Donner grollte nachhaltig, und Blitze zuckten irgendwo in der Ferne. Der Höhepunkt des Unwetters hatte sie noch nicht erreicht. Er stand ihnen noch bevor.

Der Flußherr schien davon unbehelligt. Seine Konzentration war absolut. Ben begann sich zu fragen, was eigentlich vorging, und ihm wurde es langsam unbehaglich.

Dann gelangten sie in eine große Lichtung am Abhang eines Hügels, die sich bis zu den Gestaden eines ausgedehnten Sees erstreckte. Am gegenüberliegenden Ufer ergossen sich zwei vom Regenwasser angeschwollene Flüsse durch felsige Schluchten in den See. Riesige Redwoodbäume säumten die Schluchten. Der See war durch die Strömung aufgewühlt, und Blitze tanzten und vermischten sich mit dem Schein der Fackeln, die über den ganzen Hügelhang verteilt brannten, und beleuchteten die gesamte Szenerie mit gespenstischem Licht. Ben verlangsamte seine Schritte und starrte in die Nacht. Überall schienen Seenlandbewohner zu sein – oder waren es nur wenige, die zwischen den Fackeln umherhuschten? Wind blies ihm Regen in die Augen, und er konnte es nicht erkennen.

Der Flußherr drehte sich um, sah, daß Ben ihm bis hierher gefolgt war, und machte ihm Zeichen, auf eine Felsplatte zu steigen, von der aus man die Flüsse, den See und die Ketten von Fackelflammen überschaute. Der Sturm wütete, und sie standen ungeschützt auf der Plattform, drängen sich nah zusammen, und ihre Worte wurden vom Heulen des Windes übertönt und fortgetragen.

»Schaut her, Hoheit!« überbrüllte der Flußherr den Sturm und beugte sich ganz nah zu Ben. »Ich kann Weides Mutter nicht befehlen, für mich zu tanzen, wie sie für ihre Tochter getanzt hat, doch ich kann ihre Artgenossen kommandieren! Ich werde die Geheimnisse erfahren, die man mir vorenthält!«

Ben nickte stumm. In den Augen des anderen lag eine Leidenschaft, die an Wahnsinn grenzte.

Der Flußherr gab ein Signal, und ein stockähnliches Wesen löste sich aus der Dunkelheit. Es war so dünn, daß es aus toten Ästen geschnitzt schien. Rauhe Wollgewänder, vom Sturm gepeitscht, hingen auf seinem Leib, grünes Maisstrohhaar wuchs ihm über den Schädel, den Nacken, das Rückgrat, über Arme und Beine. Sein Gesicht sah aus wie in Holz geschnittene Rillen und Kerben. Es trug einen Satz Flöten in der Hand.

»Spiel!« befahl der Flußherr, und mit einer weitschweifenden Geste über die fackelbeleuchteten Hänge fügte er hinzu: »Lock sie herbei!«

Das Stockwesen hockte sich auf den durchweichten Boden, kreuzte die Beine und setzte die Flöte an die Lippen. Leise begann es zu spielen, eine sanfte, trällernde Weise, welche die Stille füllte, wenn das Heulen des Unwetters einen Augenblick lang nachließ. Sie vermischte und verwob sich mit dem Tosen des Sturmes, wand sich hindurch wie ein seidener Faden, weich und sanft und eindringlich. Und sie umgarnte und umhüllte die Zuhörer wie ein Cape. Sie wehte den Hang hinunter und schien einen Wandel in der Luft auszulösen.

»Horcht!« rief der Flußherr begeistert ganz nah an Bens Ohr.

Die Flötentöne wurden heller, und das Lied stieg höher hinauf in das Wüten des Sturmes. Langsam transzendierte es die Dunkelheit, und die Kälte und Nässe und die ganze Umgebung schienen sich zu verwandeln. Das Getöse des Sturmes wurde schwächer, als werde es ausgeblendet, es wurde wärmer und heller, als sei der Morgen schon nah. Ben hatte das Gefühl, auf einem Luftkissen getragen zu werden. Ungläubig blinzelte er. Alles rundum veränderte sich – Form, Substanz, Zeit, alles. In der Musik lag ein Zauber, stärker als alle, die er je erlebt hatte, eine Kraft, die sogar die Naturgewalt verändern konnte.

Die Fackeln brannten lichter, als habe man ihnen neues Leben gegeben, und erhellten den ganzen Berghang. Doch ein neuer Schein entstand, ein Schein, der wie weiße Glut in der Nachtluft schwebte. Er strahlte über den Hang bis hinunter zum See. Die Wasseroberfläche war still geworden, das Brodeln geglättet wie von der Hand einer Mutter, die das zerzauste Haar ihres Kindes glattstreicht. Der Schein tanzte am Wasser wie ein lebendiges Wesen.

»Dort, Hoheit – schaut!« drängte der Flußherr.

Ben sah gebannt auf das Schauspiel. Stücke und Fetzen des

Lichtscheins begannen Gestalt anzunehmen. Tanzend, wirbelnd, wiegend erhoben sie sich vor dem Fackellicht. Leichte, luftige Elfenwesen, die Kraft aus dem Leuchten und aus den Klängen schöpften und zu Leben erwachten. Ben erkannte sie sofort. Es waren Waldnymphen wie Weides Mutter – kindhafte Geschöpfe, so substanzlos wie Rauch. Nußbraune Gliedmaßen glänzten auf, Haar wallte hüftlang, zarte Gesichter hoben sich gen Himmel. Dutzende von ihnen tauchten aus dem Nichts, tanzten und huschten an den Ufern des spiegelglatten Sees wie ein bewegtes Kaleidoskop.

Die Musik steigerte sich. Der Schein strahlte mit der Wärme eines Sommertages, und Farben begannen in seinem Schimmern zu leuchten – Regenbogentöne, die sich wie die Pinselstriche des Malers auf der Leinwand ausbreiteten. Formen und Gestalten verwandelten sich, und Ben glaubte sich an einen anderen Ort in eine andere Zeit versetzt. Er war wieder jung, und die Welt war neu. Das Gefühl des Gehobenwerdens verstärkte sich, und er schwebte über dem Boden, frei von aller Erdenschwere. Der Flußherr und der Flötenspieler taten es ihm gleich wie Vögel im Meer aus Tönen und Farben. Noch immer tanzten die Waldnymphen, wirbelten mit neuem Schwung in den Schein und in die Höhe, weit über das Seeufer hinaus, tänzelten über das Wasser des stillen Sees, und ihre zarten Gestalten berührten die spiegelnde Oberfläche kaum. Langsam sammelten sie sich über der Mitte des Gewässers, bildeten komplizierte Muster, wenn sie sich verbanden und wieder auseinanderschwebten, zusammenfanden und erneut auseinanderwirbelten.

Über ihnen formte sich ein Bild in der Luft.

»Jetzt kommt's!« hauchte der Flußherr wie aus großer Entfernung, so daß Ben ihn kaum hörte.

Das Bild wurde deutlich, und es war Weide. Sie stand allein am Ufer eines Sees – dieses Sees – und hielt in ihren Händen das Zaumzeug aus gesponnenem Gold, wie sie es im Traum gesehen hatte. Sie war in weiße Seide gekleidet, und ihre Schönheit war ein Strahlen, heller noch als der Schein, den das Spiel des Flötisten und der Tanz der Nymphen erzeugt hatten. Ihr zart und lebendig frisch gerötetes Gesicht hob sich ab vor den Farben, die sie umschwebten, und ihre langen, grünen Zöpfe fächerten sich im Wind auf. Sie trug das Zaumzeug vor sich her wie ein Geschenk und wartete.

Vorsicht! warnte plötzlich eine Stimme, so leise, daß sie fast im Wirbel des Anblicks unterzugehen drohte.

Ben riß seine Augen von Weide los. Tief, tief unter sich sah er Edgewood Dirk, der zu ihm hinaufstarrte.

»Was ist los?« gelang es Ben zu fragen.

Doch seine Frage ging ungehört in den Ereignissen verloren. Die Musik hatte einen fieberhaften Höhepunkt erreicht, von solcher Intensität, daß sie alles andere ausschaltete. Die Welt war versunken. Es gab nur noch den See, den Wirbel der Waldnymphen und die Vision von Weide. Farben füllten Bens Blickfeld mit unglaublich hellem Schimmern, und er hatte Tränen in den Augen. Noch nie hatte er ein solches Glück empfunden. Er fühlte sich, als breche er innerlich entzwei, als sei er umgewandelt worden.

Dann erschien etwas Neues am Ufer des Sees, jenseits der Nymphen und außerhalb von Weides Blickfeld – etwas gleichzeitig Bezauberndes und Beängstigendes. Ben hörte einen erstickten Ausruf des Flußherrn. Es klang wie ein Schrei der Erfüllung. Der Strudel aus Farben und Tönen schillerte und pulsierte wie ein elastisches Gewebe, und der Eindringling trat behutsam hindurch.

Es war das schwarze Einhorn.

Ben hielt den Atem an. Seine Augen brannten, und ein plötzliches, unfaßbares Sehnen kam über ihn. Niemals zuvor hatte er etwas so Schönes gesehen wie das Einhorn. Selbst das Bild von Weide in der Vision der Waldnymphen war ein blasser Schatten neben dieser Elfenkreatur. Sein delikater Leib schien mit der Musik und dem Tanz zu schwingen, als es aus der Dunkelheit in den Farbstrudel trat. Sein Horn schimmerte magisch weiß.

Dann hörte Ben Dirks Warnung wieder, wie ein fernes Erinnern diesmal. »Vorsicht!«

»Was geschieht?« flüsterte Ben.

Jetzt wandte der Flußherr sich zu ihm. Sein hartes Gesicht schien mit Gefühlen lebendig geworden, die in Wellen von Licht und Farben über seine scharfgeschnittenen Züge tanzten. Er sprach, doch die Worte schienen nicht aus seinem Munde, sondern aus seiner Seele zu klingen: »Ich werde es besitzen, Hoheit! Ich werde diesen Zauber für mich gewinnen. Er soll Teil meines Landes und meines Volkes werden! Er muß mir gehören! Er muß!«

Und plötzlich erkannte Ben durch den Schleier glücklichen Wohlbefindens, jenseits von Tanz und Musik, die Wahrheit über das, was der Flußherr im Schilde führte. Er hatte den Flötenspieler und die Waldnymphen nicht herbestellt, um etwas über Weide und ihre Mutter zu erfahren. Sein Ehrgeiz reichte viel weiter als das. Er hatte Flötenspieler und Nymphen herkommen lassen, damit sie ihm das schwarze Einhorn zuführten. Er hatte Musik und Tanz eingesetzt, um das Bild seiner Tochter und ihr Zaumzeug aus gesponnenem Gold zu erzeugen, damit das Einhorn an den See gelockt würde, wo es gefangen werden konnte. Der Flußherr hatte Bens Geschichte wirklich geglaubt – doch er hatte beschlossen, daß das schwarze Einhorn seinen eigenen Zwecken besser dienen konnte als denen eines entthronten, machtlosen Königs. Er hatte Weides Traum genommen und sich selbst angeeignet. Die ganze Angelegenheit war ein ausgeklügeltes Täuschungsmanöver – der Flötist und die Nymphen das Werkzeug, mit dem es inszeniert werden konnte.

Und – o Himmel – es hatte geklappt. Das schwarze Einhorn war gekommen!

Fasziniert beobachtete Ben das Einhorn, unfähig, sich abzuwenden, gleichzeitig überzeugt, daß er etwas unternehmen mußte, um zu verhindern, was geschehen würde, doch gebannt von der Schönheit und der Intensität des Anblicks. Das Einhorn schimmerte wie ein Stückchen makelloser Nacht vor dem Farbstrudel, der es angezogen hatte. Mit seinem schmalen Kopf nickte es dem Ruf der Musik entgegen und stieß einen Schrei aus, als es des Mädchens mit dem goldenen Zaumzeug ansichtig wurde. Es war wie eine Darstellung aus einem Märchen, zu Leben erwacht, und seine Lieblichkeit war überwältigend. Seine Geißfüße trippelten, sein Löwenschwanz peitschte, und das Einhorn tat einen weiteren Schritt in die Falle.

Ich muß es aufhalten! wollte Ben schreien.

Und dann schien das Gewebe, durch welches das Einhorn so problemlos hereingeschlüpft war, plötzlich in seiner Mitte, hoch über der Vision und den Nymphen, zu zerreißen, und ein Alptraum, geboren aus anderen Gemütern, platzte herein. Es war ein ekliges Vieh, eine Kreatur aus Stacheln und Schuppen, Zähnen und Krallen, geflügelt und von schwarzem Schleim eingehüllt, der in der Nachtluft dampfte. Eine Kreuzung zwischen Schlange und Wolf. Es drang herein aus Nacht und Wetter und stürmte schreiend zum See.

Eisig durchfuhr es Ben. Er hatte das Tier schon gesehen. Es war ein Dämon aus der Unterwelt von Abaddon – ein Bruder des Monsters, auf dem der Eiserne Markus einst in den Kampf gegen ihn geritten war.

Wie eine Furie steuerte es auf sie zu, dann wendete es scharf, als es das schwarze Einhorn erblickte. Das Einhorn hatte den Dämon ebenfalls gesehen und stieß einen entsetzlich schrillen Schrei aus. Das spiralgerillte Horn leuchtete mit weißglühender Magie auf, und das Einhorn sprang zur Seite, als der Dämon an ihm vorbeischoß. Die Dämonenkrallen harkten ins Leere. Das Einhorn war verschwunden, zurückgeflohen in die Nacht, untergetaucht, so plötzlich, wie es gekommen war.

Der Flußherr schrie auf in Angst und Wut. Der Dämon wendete wieder, und Flammen loderten aus seinem Maul. Das Feuer umfing den Flötenspieler und verwandelte die stockartige Gestalt in Asche. Musik und Farben wurden zu Nebel, und die Nacht kehrte zurück. Finsternis flutete näher, und die Vision von Weide mit dem goldenen Zaumzeug zerging. Ben stand wieder neben dem Flußherrn auf dem Felsplateau, und der tosende Sturm brach erneut über sie herein.

Doch die Waldnymphen tanzten weiter, waren noch immer im wilden Wirbel gefangen. Es war, als könnten sie nicht aufhören. Sie tanzten und drehten sich auf allen Ufern des Sees, winzige Bißchen glühenden Lichts in der Nässe und der Finsternis. Die Fakkeln zischten und erloschen, ausgeblasen von Wind und Regen, und nur noch die Lichter der Waldnymphen schimmerten im Dunkel. Sie lockten den Dämon wie einen Jäger auf seine Beute. Das Ungetüm kam zurück und schoß in die Tiefe, fegte von einem Ende des Sees zum anderen und spie Flammen, welche die hilflosen Tänzerinnen zu Asche verwandelten. Kleine, dünne Schreie kamen aus ihren Kehlen, als sie starben, und sie verloschen wie

Kerzenlicht. Der Flußherr heulte verzweifelt auf, doch er konnte sie nicht retten. Eine nach der anderen starb, verglühte im Feuerstrahl des Dämons, der durch die Nacht flog wie ein Schatten des Todes.

Ben war außer sich. Er konnte die Zerstörung nicht ertragen. Doch er konnte sich auch nicht abwenden. Er handelte, als das Entsetzen seine Kräfte überstieg. Er handelte, ohne zu denken, zerrte das geschwärzte Medaillon unter seinem Hemd hervor, wie er es in alten Zeiten getan hätte, und hielt es hoch gegen die Nacht. Dabei brüllte er dem geflügelten Dämon wütende Schmähungen entgegen.

Er hatte vergessen, welches Medaillon er trug.

Der Dämon wendete und glitt auf ihn zu. Plötzlich wurde Ben bewußt, daß Dirk reglos zu seinen Füßen saß. Und ihm wurde auch klar, daß er, indem er die Aufmerksamkeit des Dämons auf sich lenkte, sein eigenes Todesurteil unterschrieben hatte.

Ein Blitz zuckte auf, und der Dämon erkannte deutlich das Medaillon, Ben und Edgewood Dirk. Das Untier zischte mit der Wildheit, mit der Dampf aus einem Riß in der Erde entweicht, und schwenkte unvermittelt ab. Es floh zurück in die Nacht und ward nicht mehr gesehen.

Ben zitterte. Er verstand nicht, was geschehen war. Er wußte nur, daß er aus unerfindlichen Gründen noch lebte. Am Seeufer hatten die letzten Waldnymphen endlich zu tanzen aufgehört und waren im Wald verschwunden und mit ihnen das letzte Licht, so daß See und Hügel im Finstern lagen. Wind und Regen peitschten die Leere, die zurückgeblieben war.

Ben zwang seine Hände zur Ruhe. Langsam ließ er das Medaillon wieder unter sein Hemd gleiten. Es brannte auf der Haut.

Der Flußherr war auf ein Knie gesunken. Seine Augen fixierten Ben. »Der Dämon hat Euch erkannt!« brüllte er zornig.

»Nein, das kann nicht…« setzte Ben an.

»Das Medaillon!« unterbrach ihn der andere. »Er hat das Medaillon erkannt! Zwischen ihm und Euch besteht eine Verbindung, die Ihr nicht wegdiskutieren könnt!« Er stand wieder auf. Sein Atem war ein scharfes Zischen. »Ihr habt mich alles verlieren lassen! Ihr habt mich das Einhorn gekostet! Ihr habt die Vernichtung meines Flötenspielers und meiner Waldnymphen verursacht! Ihr und diese Katze! Ich habe Euch vor der Katze gewarnt! Wo immer eine Prismenkatze auftaucht, gibt es Probleme! Seht, was Ihr angerichtet habt! Seht, was Ihr verschuldet habt!«

Ben wich zurück. »Ich habe nicht…«

Aber der Flußherr unterbrach ihn wieder. »Ich will, daß Ihr sofort verschwindet! Ich bin nicht mehr sicher, wer Ihr seid, und es ist mir auch egal! Ich will, daß Ihr sofort mein Land verlaßt – und die Katze auch! Wenn ich Euch morgen früh noch hier finde, stecke ich Euch in den Sumpf an einen Ort, aus dem Ihr nie wieder entkommt! Verschwindet!«

Die Wut in seiner Stimme verbot jegliche Diskussion. Der Flußherr fühlte sich um etwas betrogen, das er unbedingt hatte haben wollen, und er hatte sich in den Kopf gesetzt, daß es Bens Schuld sei. Es spielte keine Rolle, daß seine Wünsche egoistisch gewesen waren und daß ihm etwas entgangen war, das ihm gar nicht zugestanden hatte. Es war auch nicht von Bedeutung, daß er Ben mißbraucht hatte. Das einzige, das für ihn zählte, war der Verlust.

Ben empfand eine unangenehme Leere in seinem Innern. Er hatte mehr vom Flußherrn erwartet.

Wortlos drehte er sich um und wanderte in die Nacht.

Erdmutter

Regen und Kälte hatten Ben Holiday in ein triefendes, frierendes Häufchen Elend verwandelt. Er stapfte wieder durch den Wald, fort von der Lichtung am See, fort von dem zornigen Flußherrn, und er sah genauso aus, wie er sich fühlte. Die Emotionen, die von der Flötenmusik, dem Tanz der Waldnymphen, der Vision von Weide und den darauffolgenden Ereignissen hervorgerufen worden waren, zerrten noch immer an ihm mit der Wildheit und Ausdauer eines Wolfsrudels. Noch immer empfand er Spuren der Ekstase und der Losgelöstheit vom eigenen Ego, welche die Musik und der Tanz verursacht hatten, doch Bestürzung und Entsetzen waren stärker.

In der düsteren Einsamkeit seines Geistes spulten sich die Bilder ab: der Flußherr, der gierig darauf erpicht war, das schwarze Einhorn zu fangen, so daß dessen Magie ihm ganz allein gehörte; der geflügelte Dämon, der die zerbrechlichen Waldnymphen zu Asche verbrannte, als sie hilflos an den Ufern tanzten; und er selbst, der instinktiv das geschwärzte Bild von Meeks hervorholte, als sei es der Talisman, der irgendwie erkannt würde...

Und vielleicht war das ja der Fall gewesen.

Verdammt, was war da geschehen? Was war es, das da passiert war? Die geflügelte Kreatur war auf ihn losgeschossen, um ihn zu vernichten, und hatte dann abrupt abgedreht, als sei es vor eine Mauer geflogen! War es das Medaillon, Edgewood Dirk, er selbst oder vielleicht irgend etwas völlig anderes gewesen?

Der Flußherr hielt offenbar das Medaillon für die Ursache. Er war überzeugt, daß Ben mit dem Dämon in Verbindung stand – und mit Meeks –, und zwar in irgendeiner üblen Weise. Diese Möglichkeit konnte Ben nicht ganz ausschließen. Das Bild von Meeks mochte ausgereicht haben, den Dämon zu verscheuchen...

Ben blieb stehen. Das hieß, daß der Dämon auf Meeks' Veranlassung erschienen war. Gab das nicht die einzig sinnvolle Erklärung ab? Hatte Meeks nicht schon einmal die Dämonen aus Abaddon eingeladen, als der alte König gestorben war? Ben ging wieder weiter. Ja, es mußte Meeks gewesen sein. Er mußte den Dämon geschickt haben, weil er wußte, daß der Flußherr dicht davorstand, das schwarze Einhorn zu fangen, das er für sich selbst haben wollte – aus welchem Grund auch immer. Das hieß auch, daß er irgendwoher die Absicht des Flußherrn kannte, und dies wiederum ließ darauf schließen, daß Bens Medaillon ihm dieses Wissen vermittelt hatte. Meeks hatte ihn gewarnt, daß das Medaillon ihn über Bens Tun auf dem laufenden halten würde. Das Medaillon konnte genau das bewirkt haben. Ben war am Ende vielleicht wirklich für die Vernichtung der Waldnymphen verantwortlich.

Die Schreie der sterbenden Elfenwesen hallten noch immer durch sein Bewußtsein wie eine finstere Mahnung. Bis zu ihrem Tod hatte er sie nicht einmal für real gehalten – nur für Stückchen und Fetzchen aus Licht mit menschlichen Zügen, lyrische, ephemere, delikate Figürchen, die wie Glas zersprängen, wenn man sie fallen ließe...

All das wühlte und tobte in seinem Bewußtsein, bis er schließlich alles wild entschlossen beiseite schob. Seine Fragen gebaren neue Rätsel, und auf keine schien es eine Antwort zu geben. Der Regen prasselte nieder, trommelte auf Matsch und Gras und verwandelte den Pfad, dem Ben folgte, in einen Bach. Ihm war kalt, und er sehnte sich nach ein wenig Wärme und Licht. Er ging weiter, ohne zu wissen, wohin. Nichts wie weg, hatte er beschlossen. Fort vom Flußherrn, fort aus dem Seenland, fort auch von der Möglichkeit, Weide zu finden, bevor Meeks sie aufspürte.

Seine Stiefel schlappten durch Pfützen und Schlamm. Wohin sollte er gehen?

Er schaute sich nach Edgewood Dirk um. Wo war diese verrückte Katze? Sie war immer da, wenn er ihrer Gegenwart nicht bedurfte, doch jetzt, wo er sie brauchte, wo steckte sie? Dirk schien immer zu wissen, welcher Weg einzuschlagen war. Er schien einfach alles zu wissen.

Dirk hatte sogar gewußt, was der Flußherr mit dem Flötenspieler und dem Tanz der Waldnymphen beabsichtigte, dachte Ben, als er die letzten Ereignisse noch einmal an sich vorüberziehen ließ.

›Vorsicht‹, hatte die Katze gewarnt.

Sehr passend.

Bens Gedanken wanderten davon und beschäftigten sich erneut mit dem Medaillon. Hatte es tatsächlich den Dämon herbeigelockt? War es wirklich für die Vernichtung der Waldnymphen und des Flötenspielers verantwortlich? Diese Vorstellung konnte er nicht ertragen. Vielleicht sollte er das Ding einfach loswerden. Und wenn es am Ende wirklich nur zum Nutzen des Zauberers diente, wenn Ben es anbehielt? Das war vielleicht, was Meeks bezweckte. Die Warnung vor der Gefahr, wenn er es ablegte, war vielleicht nur ein Trick. Wenn er es abnahm, wäre er vielleicht frei von dem Zauberer.

Er blieb wieder stehen und griff unter sein Hemd. Seine Finger faßten die Kette, an der das Medaillon hing, und zogen es langsam hervor. Er starrte darauf in der Finsternis und sah das verwandelte, oxydierte Bild im Schein der Blitze, die über den Waldhimmel zuckten. Ein unglaublich starkes Bedürfnis, es abzureißen und von sich zu schleudern, überkam ihn. Wenn er es tat, war er vielleicht frei, konnte sich vielleicht ein wenig von der Schuld für den Tod der Waldnymphen erlösen. Er konnte vielleicht…

»Ach, meine liebe Hoheit, da bist du ja – wanderst durch die Nacht wie ein blindes Opossum. Ich dachte schon, ich hätte dich endgültig verloren.«

Edgewood Dirk trat zierlich unter den Bäumen hervor, sein Fell schimmerte regennaß, seine Schnurrhaare hingen etwas tief unter der Last der Tropfen. Er stolzierte zu einem umgestürzten Baum und ließ sich mit wohlbedachter Vorsicht auf der nassen Rinde nieder.

»Wo bist *du* denn gewesen?« knurrte Ben gereizt. Zögernd ließ er das Medaillon wieder unters Hemd gleiten.

»Auf der Suche nach dir natürlich«, erwiderte Dirk gelassen. »Sieht so aus, als müsse man ständig auf dich aufpassen.«

»Meinst du?« Ben kochte. Er war erschöpft, verängstigt, angewidert und ein Dutzend andere unerfreuliche Dinge, aber vor allem hatte er es satt, von dieser Katze wie ein verirrtes Kätzchen behandelt zu werden. »Wenn also jemand geeignet ist, auf Leute aufzupassen, dann bist du das, nicht wahr? Edgewood Dirk, Retter verlorener Seelen. Wer sonst besitzt solch wunderbaren Einblick in die menschliche Seele? Wer sonst erkennt die Wahrheit hinter den Dingen mit so bemerkenswerter Klarheit? Sag mir noch mal, Dirk – wie kommt es, daß du so viel weißt? Los, sag schon! Woher wußtest du, was der Flußherr im Schilde führte, ehe es mir selbst klar wurde? Woher wußtest du, daß er das Einhorn herbeilocken wollte? Warum hast du mich einfach dastehen und mitmachen lassen? Die Waldnymphen sind wahrscheinlich meinetwegen ums Leben gekommen! Warum hast du das zugelassen?«

Die Katze schaute ihn einen Moment lang scharf an und begann dann, sich zu putzen. Ben wartete. Dirk schien seine Gegenwart völlig vergessen zu haben.

»Nun?« fragte Ben nach einer Weile.

Die Katze blickte auf. »Du hast einen ganzen Haufen Fragen, nicht wahr, Hoheit?« Seine rosa Zunge leckte sich das Maul. »Warum erwartest du die Antworten von mir?«

»Weil du sie zu kennen scheinst, verdammt noch mal!«

»Was scheint und was ist, sind zwei ganz verschiedene Dinge, Hoheit – eine Lektion, die du noch zu lernen hast. Ich besitze Instinkt, und ich besitze Verstand; manchmal kann ich Dinge klarer sehen als Menschen. Aber ich bin trotzdem kein großes Reservoir von Antworten auf Fragen. Das ist ein Unterschied.« Er nieste. »Außerdem mißverstehst du schon wieder die Natur unserer Beziehung. Ich bin eine Katze und brauche dir überhaupt nichts zu sagen. Ich bin dein Gefährte bei diesem Abenteuer, nicht dein Mentor. Ich bin auf eigene Gefahr mit dir zusammen, und ich kann fortgehen, wenn es mir beliebt. Ich brauche niemandem Rede und Antwort zu stehen – und dir schon gar nicht. Wenn du Antworten auf deine Fragen willst, dann schlage ich vor, daß du sie selbst findest. Die Antworten sind alle da, wenn du die nötige Anstrengung nicht scheust, sie zu suchen.«

»Du hättest mich warnen können!«

»Du hättest dich selbst warnen können. Du hast dich einfach nicht darum geschert. Sei froh, daß ich mich überhaupt eingemischt habe.«

»Aber die Waldnymphen …«

»Wie kommt es«, unterbrach ihn die Katze, »daß du ständig darauf bestehst, Fragen zu stellen, zu denen du nicht berufen bist?

Ich bin nicht dein *deus ex machina!*«

Ben verschluckte, was immer er hatte sagen wollen, und starrte den Kater an. *Deus ex machina?* »Sprichst du Latein?« fragte er ungläubig.

»Und ich lese Griechisch«, antwortete Dirk.

Ben nickte. Er wünschte, er wäre in der Lage, wenigstens einen kleinen Teil des Mysteriums dieser Katze zu verstehen. »Wußtest du im voraus, daß die Waldnymphen vernichtet werden würden?« wollte er schließlich wissen.

Die Katze nahm sich Zeit mit der Antwort. »Ich wußte, daß der Dämon dich nicht töten würde.«

»Weil?«

»Weil du König bist.«

»Ein König, bloß, daß ihn keiner als solchen erkennt.«

»Ein König, der sich selber nicht erkennt.«

Ben zögerte. Er wollte entgegnen: ›Das tue ich, aber mein Aussehen ist verändert und mein Medaillon gestohlen worden und so weiter und so fort‹, aber er sprach es nicht aus, denn das war alles schon mehrfach abgespult worden. Er sagte schlicht: »Wenn der Dämon mich nicht erkennen konnte, woher wußtest du dann, daß er mich nicht töten würde?«

Dirk schien beinahe mit den Achseln zu zucken. »Das Medaillon.«

Ben nickte. »Dann sollte ich das Medaillon wohl besser loswerden. Ich glaube, es war schuld an den Ereignissen – dem Auftauchen des Dämons, der Ermordung der Waldnymphen, allem. Ich denke, ich sollte es fortschleudern, so weit ich kann, Dirk.«

Dirk stand auf und streckte sich. »Ich glaube, du solltest erst einmal herausfinden, was der Schlickwelpe will«, meinte er.

Er wandte den Kopf, und Ben folgte seinem Blick. Regen und Dämmerlicht verbargen die kleine, dunkle Gestalt fast vollständig, die wenige Meter entfernt auf einem Haufen Kiefernnadeln kauerte: ein merkwürdiges Geschöpf, das entfernt an einen Biber erinnerte, allerdings mit langen Ohren. Es schaute Ben mit hellgelb leuchtenden Augen an.

»Was ist das?«

»Ein Tier, das saubermacht und den Dreck von anderen Tieren

beseitigt – eine Art vierbeinige Putzfrau.«

»Und was will es?«

Dirk schaute ihn gekränkt an. »Warum fragst du *mich* das? Warum fragst du den Schlickwelpen nicht selbst?«

Ben seufzte. Warum eigentlich nicht? »Kann ich etwas für dich tun?« wandte er sich an das reglos dasitzende Tier.

Der Schlickwelpe ließ sich auf alle viere nieder und ging ein paar Schritte, drehte sich nach Ben um, machte wieder ein paar Schritte und schaute sich erneut um.

»Verrat's nicht«, warnte Ben die Katze. »Er will, daß wir ihm folgen.«

»In Ordnung«, versprach Dirk. »Ich verrate dir's nicht.«

Sie folgten dem Schlickwelpen durch den Wald, bogen noch weiter nach Norden ab, fort von der Stadt Eldero und den Seenlandvölkern. Der Regen ließ nach, es nieselte nur noch, und die Wolkendecke brach auf, so daß ein wenig Licht in den Wald drang. Es war noch immer kalt, doch Ben war so durchgefroren, daß er es kaum mehr merkte. Schweigend stapfte er hinter dem Schlickwelpen her, wunderte sich, wie das Tier an seinen Namen gekommen sein mochte, fragte sich, wohin sie gingen und warum, was er mit dem Medaillon anstellen sollte, und vor allem, was von Dirk zu halten sei. Die Katze folgte ihm, wobei sie mit gezierten Schritten und eleganten Sprüngen Matsch und Pfützen vermied und sehr darauf achtete, nicht schmutzig zu werden.

Typisch Katze, dachte Ben.

Außer, daß Edgewood Dirk alles andere als eine typische Katze war, gleich wie intensiv und nachdrücklich er auf dem Gegenteil beharrte. Die eigentliche Frage war, was Ben mit ihm tun sollte. Mit Dirk zu reisen war, wie in Begleitung eines älteren Menschen unterwegs zu sein, der einem dauernd das Gefühl gab, man sei noch ein Kind, und gleichzeitig dauernd forderte, man solle keines sein. Dirk war offenbar aus einem bestimmten Grund hier, doch Ben begann sich zu fragen, ob dieser Grund irgendeinem nützlichen Zweck dienen konnte.

Der Hochwald endete an einem Sumpfgebiet an der nördlichsten Grenze von Eldero. Nebel zog in Schwaden darüber hin. Das Land fiel ab, die Düsternis verdichtete sich, und die nasse Kälte wurde zu klebriger Wärme. Ben fühlte sich überhaupt nicht wohl.

Der Schlickwelpe ging unverdrossen weiter.

»Machen diese Kreaturen das oft?« flüsterte Ben Dirk zu. »Ich meine, jemanden bitten, ihm zu folgen?«

»Niemals«, antwortete der Kater und nieste.

Ben warf dem Kater einen giftigen Blick zu. *Ich wünsch' dir eine Lungenentzündung*, dachte er finster.

Sie tauchten tiefer ins Zwielicht zwischen Zypressen und Weiden hindurch und gelangten in ein Gelände, das von unbekannten, unbeschreiblichen Sumpfpflanzen überwachsen war. Der Schlamm schmatzte unter Bens Stiefeln, und die Fußabdrücke füllten sich mit Wasser. Der Regen hatte jetzt aufgehört, und es herrschte eine dumpfe Stille. Ben dachte, wie es sich wohl anfühlte, wenn man trocken war. Seine Kleider waren schwer wie Blei. Der Nebel wurde dicker, und man konnte nur wenige Meter weit sehen. Vielleicht werden wir in unseren Tod gelockt, dachte Ben. Vielleicht ist dies das Ende.

Aber das war es nicht, vorerst jedenfalls nicht. Sie durchquerten den Sumpf und gelangten an einen großen Schlammtümpel. Der Schlickwelpe führte sie bis an dessen Rand und wartete am Ufer, bis sie ihn eingeholt hatten, dann verschwand er in der Dunkelheit. Der Schlammtümpel erstreckte sich über mehr als fünfzehn Meter in Nebel und Finsternis, ein stilles, weites Schlickloch, aus dem hin und wieder Luftblasen aufstiegen. Sonst war nichts Interessantes zu sehen. Ben betrachtete den Tümpel, schaute dann zu Dirk und fragte sich, was das alles denn zu bedeuten habe.

Wenig später fand er es heraus. Der Schlammtümpel schien sich in der Mitte aufzuwölben, und eine Frau stieg aus den Tiefen auf, bis sie auf der Oberfläche stand.

»Guten Morgen, Hoheit«, grüßte sie.

Sie schien nackt zu sein, obwohl das schwer festzustellen war, denn sie war von oben bis unten mit Schlamm bedeckt wie von einem Gewand. Ein Lichtschimmer strahlte aus ihren Augen, als sie Ben betrachteten, doch alles andere war unter der Schlammhülle nur zu ahnen. Wie schwerelos ruhte sie auf der Oberfläche des Schlammtümpels, entspannt und wie selbstverständlich.

»Guten Morgen«, grüßte Ben unsicher zurück.

»Wie ich sehe, habt Ihr eine Prismenkatze als Reisebegleiter«, ließ sie sich mit flacher, tönerner Stimme vernehmen. »Da habt Ihr aber Glück. Eine Prismenkatze kann ein sehr wertvoller Gefährte sein.«

Ben war nicht ganz sicher, ob er ihr in diesem Urteil zustimmen konnte, doch er behielt es für sich. Dirk sagte nichts.

»Ich werde die Erdmutter genannt, Hoheit«, fuhr die Frau fort. »Den Namen gaben mir die Bewohner des Seenlandes vor einigen Jahrhunderten. Ich bin wie sie ein Elfenwesen, das an diese Welt hier gebunden ist. Doch im Gegensatz zu ihnen habe ich mich selbst entschlossen hierherzukommen, als das Land noch in seinen Anfängen steckte und ich gebraucht wurde. Ich bin die Seele und der Geist der Erde. Ich bin Landovers Gärtnerin, könnte man es nennen. Ich kümmere mich um den Boden und um das, was darin wächst. Ich bin nicht allein für den Schutz und die Pflege des Landes verantwortlich, denn jene, die auf seiner Oberfläche leben, müssen die Verantwortung für ihre Pflege teilen, doch ich spiele eine wesentliche Rolle in dem Prozeß. Ich liefere die Voraussetzungen von unten her, und andere sorgen dafür, daß diese Möglichkeiten fruchten.« Sie hielt inne. »Versteht Ihr, Hoheit?«

Ben nickte. »Ich glaube, ja.«

»Nun, ein gewisses Verständnis ist notwendig. Die Erde und ich sind untrennbar; sie ist Teil meiner Existenz, und ich bin eins mit ihr. Da wir verbunden sind, weiß ich fast alles, was in Landover geschieht. Euch kenne ich, weil Eure Magie ebenfalls ein Teil von mir ist. Das Band zwischen Landovers König und dem Land ist untrennbar. Auch das versteht Ihr, nicht wahr?«

Ben nickte wieder. »Soviel habe ich begriffen. Ist das der Grund, daß Ihr mich jetzt erkennt, obwohl mein Aussehen entstellt wurde?«

»Ich erkenne Euch, wie die Prismenkatze Euch erkannt hat, Hoheit; ich kümmere mich nie um Äußerlichkeiten.« Sie lachte ein wenig, nicht unfreundlich. »Ich habe Euch in Landover ankommen sehen und habe Euch seither beobachtet. Ihr besitzt Mut und Entschlossenheit; nur Wissen fehlt Euch. Doch dieses kommt mit der Zeit. Dieses Land ist nicht leicht zu verstehen.«

»Im Augenblick ist es reichlich verwirrend«, stimmte Ben zu. Er mochte schon jetzt die Erdmutter um einiges lieber leiden als die seltsame Katze.

»Verwirrend ja, doch weit weniger, als Ihr annehmt.« Sie bewegte sich etwas im Nebel, ihre opake Gestalt blieb formlos und beständig. Ihre Augen glänzten feucht. »Ich ließ Euch von dem Schlickwelpen herbringen, damit ich Euch ein paar Informationen über Weide geben kann.«

»Ihr habt sie gesehen?« fragte Ben eifrig.

»Ja. Ihre Mutter brachte sie zu mir. Ihre Mutter und ich stehen uns nahe wie wahre Elfenwesen und die Erde. Wir teilen die Magie. Ihre Mutter wird vom Flußherrn mißbraucht, der sie nur besitzen und nicht als das, was sie ist, akzeptieren will. Der Flußherr will in der Art von Menschen herrschen, Hoheit – ein schlimmer Fehler, den er hoffentlich früh genug erkennt. Es geht nicht um den *Besitz* des Landes und seiner Güter. Das Land ist ein anvertrautes Gut, das von allen Lebewesen geteilt wird und nicht zu persönlichen Zwecken dienen darf. Doch ist es nie so gehandhabt worden – weder in Landover noch in all den anderen Welten draußen. Die Oberen sind bestrebt, die Niederen zu dominieren; alle suchen das Land zu dominieren. Das Herz einer Erdmutter muß deshalb oft bluten.«

Nach einer Pause fuhr sie fort: »Der Flußherr versucht sein Bestes, und er ist besser als manche anderen. Doch auch er sucht nach Herrschaft, auf andere, weniger augenfällige Weise. Er nutzt seine Magie, um das Land zu reinigen, ohne zu verstehen, daß seine Vision nicht unbedingt die richtige ist. Heilung ist vonnöten, Hoheit, doch nicht immer ist Heilung angebracht. Manchmal sind Tod und Regeneration unabdingbar für die Entwicklung. Der Zyklus von Leben und Tod ist Teil des Daseins. Keiner kann ganz die Gesamtheit des Zyklus vorherbestimmen, und das Manipulieren einer der Perioden kann schlimme Folgen haben. Der Flußherr erkennt dies nicht – so wenig, wie er versteht, warum Weides Mutter ihm nicht gehören kann. Er sieht nur die vordergründigen Bedürfnisse.«

»So wie sein Verlangen nach dem schwarzen Einhorn?« fragte Ben impulsiv.

Die Erdmutter schaute ihn prüfend an. »Ja, Hoheit – das

schwarze Einhorn. *Das* ist ein Bedürfnis, dem niemand widerstehen kann – nicht einmal Ihr vielleicht.« Sie schwieg einen Moment. »Ich schweife ab. Ich habe Euch hergeholt, um Euch von Weide zu berichten. Ich habe Euch mit ihr gefühlt, und das Gefühl ist gut. Zwischen Euch besteht ein Band, das etwas verspricht, worauf ich schon lange warte. Ich möchte tun, was in meiner Macht steht, um dieses Band zu erhalten.«

Sie hob die Hand. »Hört mich also an, Hoheit. Weides Mutter brachte sie vor zwei Tagen im Morgengrauen zu mir. Weide wollte ihren Vater nicht um Hilfe bitten, und ihre Mutter konnte ihr nicht geben, was sie brauchte. Sie hoffte, ich könnte es. Weide hat jetzt zweimal von dem schwarzen Einhorn geträumt – einmal, als sie mit Euch war, und einmal danach. Die Träume sind eine Mischung aus Wahrheit und Lüge, und sie kann das eine nicht vom anderen unterscheiden. Dabei war ich außerstande, ihr zu helfen; Träume sind nicht eine Angelegenheit der Erde. Träume leben in der Luft und im Geiste. Sie fragte mich dann, ob das schwarze Einhorn gut oder schlecht sei. Ich beschied ihr, es sei beides, bis seine Wahrheit klar verstanden sei. Sie wollte wissen, ob ich ihr diese Wahrheit zeigen könne, und ich antwortete ihr, daß es nicht an mir sei, Wahrheit zu zeigen. Sie erkundigte sich dann, ob ich ein Zaumzeug aus gesponnenem Gold kenne. Ich erwiderte ihr, daß das der Fall sei. Sie ist es suchen gegangen.«

»Wo?« fragte Ben sofort.

Die Erdmutter schwieg wieder, als debattiere sie etwas mit sich selbst. »Hoheit, Ihr müßt mir ein Versprechen geben«, sagte sie schließlich. »Ich weiß, daß Ihr Euch große Sorgen macht. Ich weiß, daß Ihr Angst habt. Mag sein, daß Ihr sogar verzweifelt. Der Weg, den Ihr zu gehen habt, ist schwer. Aber Ihr müßt mir versprechen, daß, was immer Euch befällt und wie überwältigend auch immer die dadurch ausgelösten Gefühle sein werden, Eure erste Sorge Weide gelten wird. Ihr müßt geloben, alles in Eurer Macht Stehende zu tun, sie zu beschützen.«

Ben zögerte einen Augenblick verwirrt, bevor er antwortete. »Ich verstehe Euch nicht. Warum fordert Ihr das?«

Die Erdmutter kreuzte die Arme. »Weil ich das muß, Hoheit. Weil ich bin, was ich bin. Das muß Euch als Antwort genügen.«

Ben runzelte die Stirn. »Und wenn ich mein Versprechen nicht halten kann? Und wenn ich *beschließe*, es nicht zu halten?«

»Wenn das Versprechen einmal gegeben ist, so muß es gehalten werden. Ihr werdet es halten, weil Ihr keine andere Wahl habt.« Sie blinzelte. »Ihr versprecht es mir, und ein mir gegebenes Versprechen kann nicht gebrochen werden, denkt daran. Die Magie bindet uns.«

Geraume Weile wägte Ben unentschlossen die Angelegenheit im Geiste ab. Es war nicht so sehr der Gedanke, sich Weide zu verschreiben, der ihn störte; es war die Tatsache des Versprechens an sich. Es war ein Ausschließen aller anderen Möglichkeiten, ohne diese anderen Möglichkeiten zu kennen, ein blind geleisteter Eid.

Andererseits war es oft so im Leben. Nur selten hatte man wirklich die freie Wahl. »Ich verspreche es«, gelobte er, und der Rechtsanwalt in ihm zuckte zusammen.

»Weide ist nach Norden gegangen«, teilte ihm die Erdmutter mit. »Vermutlich zum Tiefen Schlund.«

Ben schrak zusammen. »Zum Tiefen Schlund? Vermutlich?«

»Das Zaumzeug ist ein Elfenzauber, der vor langer, langer Zeit von den Zauberern des Landes gesponnen worden ist. Es ist im Laufe der Jahre durch viele Hände gegangen und in keiner Weise in Vergessenheit geraten. In der jüngsten Vergangenheit war es im Besitz der Hexe Nachtschatten. Die Hexe stahl es und bewahrte es zusammen mit ihrem übrigen Schatz. Sie hortet Dinge, die ihr gefallen, und zeigt sie, wenn sie Lust dazu hat. Doch Nachtschatten wurde das Zaumzeug wiederholte Male vom Drachen Strabo gestohlen, der ebenfalls solche Schätze sammelt. Der Diebstahl des Zaumzeugs ist eine Art Wettstreit zwischen den beiden geworden. Zuletzt befand es sich im Besitz der Hexe.«

Eine Welle scheußlicher Erinnerungen überfiel Ben bei der Erwähnung von Nachtschatten und dem Tiefen Schlund. Es gab eine ganze Reihe von Orten im Königreich von Landover, die Ben gar nicht gern ein zweites Mal aufgesucht hätte, und die Heimstatt der Hexe stand auf dieser Liste an erster Stelle.

Aber war Nachtschatten nicht fort? Hatte er sie nicht für immer in die Elfenreiche vertrieben...?

»Weide ist sofort aufgebrochen, nachdem ich ihr von dem goldenen Zaumzeug berichtet hatte, Hoheit«, unterbrach die Erdmutter seine Gedanken. »Das war vor zwei Tagen. Ihr müßt Euch sputen, wenn Ihr sie noch einholen wollt.«

Ben nickte geistesabwesend. Jenseits des unveränderlichen Dämmerns über dem Sumpf hatte der Himmel sich aufgehellt. Es würde bald Tag werden.

»Ich wünsche Euch Glück, Hoheit«, rief die Erdmutter. Sie versank langsam wieder in ihrem Schlammtümpel, ihre Gestalt verwandelte sich rasch. »Findet Weide und helft ihr. Denkt an Euer Versprechen.«

Ben wollte ihr etwas zurufen, ein Dutzend unbeantworteter Fragen lag ihm auf der Zunge, doch sie war schon untergetaucht. Sie versank einfach im Tümpel und verschwand. Ben blieb zurück und starrte auf die leere, stille Oberfläche.

»Nun, jetzt weiß ich wenigstens, wohin Weide gegangen ist«, sagte er zu sich selbst. »Jetzt muß ich nur noch einen Weg aus diesem Sumpf finden.«

Wie durch Zauberhand schlüpfte der Schlickwelpe unter einem Farnbursch hervor. Er sah ihn feierlich an, machte ein paar Schritte, wandte sich um und wartete.

Ben seufzte. Schade, daß sich nicht alle seine Wünsche so prompt erfüllten. Er schaute zu Dirk. Dirk schaute zu ihm.

»Hast du Lust, ein bißchen nach Norden zu wandern?« fragte er die Katze.

Wie vorherzusehen war, erwiderte die Katze gar nichts.

Jagd

Sie hatten Eldero vor vier Tagen verlassen und waren ostwärts und ein wenig südlich von Rhyndweir ins Herz des Grünlandes gezogen, als sie dem Jäger begegneten.

»Schwarz war es, wie Kohle aus den Bergwerken des Nordens, wie ein Schatten, der nie die Sonne gesehen hat. Heilige Mutter! Es kam direkt an mir vorbei, so nah, daß ich nur die Hand ausstrecken mußte, um es zu berühren. Es war so graziös und schön, es sprang, als ob die Erde es nicht festhalten könnte, es flog an uns vorbei wie ein Wind, den man fühlen und manchmal auch sehen, aber niemals berühren kann. Aber ich wollte es gar nicht berühren. Ich wollte etwas so... so Reines nicht berühren. Es war wie Feuer, das man anschauen kann, doch wenn man zu nah kommt, brennt man sich. Ich wollte nicht zu nah kommen.«

Der Jäger sprach schnell, und seine Stimme klang ein wenig rauh, denn die Emotion war noch ganz frisch. Er saß mit Ben und Dirk in den frühen Abendstunden um ein kleines Lagerfeuer, das sie im Schutze eines Eichenhains auf einer Bodenerhebung errichtet hatten. Der Sonnenuntergang färbte den westlichen Horizont rot und purpurn, und im Osten zog blaugraue Dämmerung herauf. Die letzten Tagesstunden waren still und lau, das Unwetter nur noch Erinnerung. Vögel sangen ihr Abendlied, und Blumendüfte füllten die Luft.

Ben betrachtete den Jäger mit verhaltener Neugier. Es war ein großer, grobknochiger Mann mit sonnengebräunter, wettergegerbter Haut und schwieligen Händen. Er trug Waidmannstracht und hohe, weiche Lederstiefel und war mit einer Armbrust, einem großen Bogen, Pfeilen, einer Machete und einem kleinen Messer ausgerüstet. Sein Gesicht war lang und knochig, ein wenig eckig und straff, und seine Züge wirkten gespannt. Er sah aus, als sei er ein gefährlicher Mann; in einer anderen Situation wäre er es vielleicht gewesen.

Doch nicht an diesem Abend.

»Ich überstürze die Geschichte«, murmelte der Mann plötzlich, als ermahne er sich selbst. Er wischte sich die Stirn mit seiner groben Hand und rückte ein Stück näher an die Flammen des Lagerfeuers, als suche er ihre Wärme. »Fast wäre ich gar nicht dabeigewesen. Ich war schon auf dem Weg in den Melchor, um Großhornschafe zu jagen. Ich hatte meine ganze Ausrüstung bei mir und war gerade aufgebrochen, als Dain angerannt kam. Er holte mich an der Wegkreuzung ein. Er lief, als habe seine Frau das Schlimmste herausgefunden, und schrie hinter mir her wie ein Verrückter. Ich blieb stehen und wartete, selbst wie ein Idiot. ›Eine große Jagd ist angesagt‹, berichtete er. ›Der König selbst hat sie bestellt. Seine Leute sind überall dabei, die schnellsten und geschicktesten Jäger zu rekrutieren, um etwas zu fangen, was du nicht glauben wirst. Ein schwarzes Einhorn! Wirklich!‹ bekräftigte er. ›Ein schwarzes Einhorn, das gefangen werden muß, selbst wenn es einen ganzen Monat dauert, und wir sollen das Biest von einem Ende des Tales bis zum anderen jagen. Du mußt mitkommen‹, drängte er. ›Jeder bekommt zwanzig Taler pro Tag plus Verpflegung, und wenn du derjenige bist, der es erwischt, noch fünftausend extra!‹«

Der Jäger lachte finster. »Fünftausend Taler. Klang wie die beste Gelegenheit, die mir je geboten wurde – mehr Geld, als ich in zehn Jahren verdienen könnte. Ich sah Dain an, als habe er den Verstand verloren, und entdeckte dann das Leuchten in seinen Augen und wußte, daß das alles wirklich stimmte, daß da eine Jagd angesagt war, daß eine Belohnung von fünftausend lockte, daß irgendein Idiot – König oder sonstwer – glaubte, es gebe da irgendwo ein schwarzes Einhorn zu jagen.«

Ben warf einen Blick auf Dirk. Die Katze saß nicht weit von ihm, die Augen auf den Jäger gerichtet, in Katzenart zusammengerollt. Seit der Jäger ihr kleines Lager erreicht und sie gefragt hatte, ob er ihre Mahlzeit mit ihnen teilen könne, hatte Dirk sich nicht gerührt und nichts gesagt. Er schien nichts anderes zu sein als eine normale Katze. Ben hätte gerne gewußt, was er dachte.

»Also machten wir uns auf, Dain und ich – und zweitausend andere wie wir. Wir zogen nach Rhyndweir, wo die Jagd ihren Ausgang nehmen sollte. Die ganze Ebene zwischen den beiden Flüssen war gespickt mit lagernden Jägern, die auf das Startsignal warteten. Treiber und Hetzer waren dort, Lord Kallendbor und all seine erlauchten Landsleute mitsamt ihren Rittern in Rüstungen und den Fußsoldaten. Da waren Pferde und Maultiere, Wagen, vollbeladen mit Proviant, Träger und Diener – ein ganzes Meer umherwuselnder Leute, ein wildes, lautes Durcheinander, das jede andere Beute im Umkreis von zehn Meilen davongeschreckt hätte! Himmel noch mal, was für ein Chaos! Aber ich blieb trotzdem, obwohl ich jetzt auch an etwas anderes dachte – ich dachte an das schwarze Einhorn. So ein Tier gab es nicht, das wußte ich – und wenn es das doch gab? Und wenn es da wirklich irgendwo rumlief? Fangen könnte ich es vielleicht nicht, aber – Potzsakrament – es wenigstens zu sehen kriegen!«

Der Jäger schaute ein Weilchen gedankenverloren in die Ferne. »An jenem Abend«, fuhr er fort, »wurden wir vor dem Burgtor zusammengerufen. Der König war nicht da, nur sein Zauberer – der, den man Questor Thews nennt. Was für eine Gestalt! In seinem mit bunten Flicken besetzten Gewand sah er aus wie eine Vogelscheuche! Und dann war da auch noch dieser Hund, der so angezogen ist wie du und ich und der auf seinen Hinterbeinen läuft. Man sagt, er könne reden, aber ich habe ihn nie gehört. Sie standen da mit dem Lord Kallendbor und flüsterten ihm Zeug zu, das für niemanden zu verstehen war. Der Zauberer hatte ein kreidebleiches Gesicht – das Herz in der Hose vor Angst. Nicht so Kallendbor – der nicht! Der scheint vor gar nichts Angst zu haben! Selbstsicher wie der Tod und jederzeit bereit, das Urteil zu verkünden. Er sprach zu uns mit seiner kräftigen, dröhnenden Stimme, so daß man ihn eine Meile weit über die Ebene vernehmen konnte. Er brüllte, daß das Einhorn ein wirkliches, lebendiges Tier sei und genau wie jedes andere Wild gehetzt und gefangen werden könne. Wir seien zahlreich genug, und wir würden es aufspüren! Er wies uns unsere Plätze zu und schickte uns schlafen. Die Jagd sollte im Morgengrauen beginnen.«

Der Jäger machte eine nachdenkliche Pause. Sein Blick glitt an Ben vorbei in die zunehmende Dämmerung zu einem fernen Ort in einer anderen Zeit. »Es war wirklich aufregend, verstehst du? All diese Leute, die da zusammengekommen waren – eine so große

Jagd hatte ich mein Leben lang noch nicht gesehen, nicht einmal davon gehört. Im Norden entlang des Melchor sollte es Trolle geben und ein paar Elfenstämme südlich des Seenlandes. Sie hielten es für unwahrscheinlich, daß das Einhorn sich jenseits dieser Grenzen aufhalten würde – keine Ahnung, warum. Doch der Plan war, am Ostrand zu beginnen, westwärts zu treiben und dann die Linien von Norden und Süden her zusammenzuschließen wie ein riesiges Netz. Jäger und Fallensteller sollten im Westen das Ausbrechen verhindern. Es war ein guter Plan.«

Eine Andeutung von Lächeln huschte über sein Gesicht. »Es ging alles ganz ordnungsgemäß los. Die östliche Linie kämmte westwärts und scheuchte unterwegs alles auf. Jäger wie ich zogen durch das Bergland, von wo aus wir alles, was in den Wiesengründen und dahinter vorging, überschauen konnten. Ein paar berittene Jäger scheuchten alles auf, was sich zu verstecken suchte. Meine Güte, all die Leute, all die Ausrüstung! Sah aus, als sei das ganze Tal für diese große Jagd aufgeboten worden. Als sei die ganze Welt beteiligt! Die Treiberlinie rückte den ganzen Tag westwärts, aus den Brachlandzonen nach Rhyndweir und noch weiter – Treiber und Hetzer, Reiter und Fußvolk –, und Wagenladungen mit Proviant pendelten zwischen Burgen und Städten hin und her. Keine Ahnung, wie sie das alles so schnell organisiert haben, so daß es wirklich klappte – aber es haute hin. Allerdings hab' ich nichts zu sehen gekriegt. Wir kampierten in jener Nacht in einer Linie, die vom Melchor bis nach Silber Sterling reichte. Lagerfeuer brannten wie eine endlose Schlange von Norden nach Süden. Von den Hügeln, auf denen Dain und ich mit anderen Jägern uns niedergelassen hatten, konnte man das alles überblicken. Wir blieben außerhalb der Hauptlager. Und da oben sind wir eh wie zu Hause – können bei Nacht so gut sehen wie bei Tag, und wir mußten Wache halten, so daß nichts in der Dunkelheit entschlüpfte. Der zweite Tag verlief genauso. Wir durchkämmten die westlichen Hügel an der Grenze zu den Wiesengründen, doch wir konnten nichts entdecken. Wieder schlugen wir ein Lager auf und warteten. Wachten die ganze Nacht.«

Ben dachte daran, wieviel Zeit er verloren hatte, seit er Eldero verlassen hatte, und er war noch nicht sehr weit nach Norden gelangt. Vier Tage. Im Seenland hatte das Wetter die Reisegeschwindigkeit erheblich gedrosselt, und dann hatte er auch noch einen Umweg östlich um Silber Sterling machen müssen, da er eine Begegnung mit den Wachen – seinen Wachen – vermeiden mußte, die in ihm möglicherweise den Fremdling erkannt hätten, dem der König das Land verboten hatte. Zudem war er gezwungen gewesen, zu Fuß zu reisen, da er kein Geld für ein Pferd besaß und noch nicht weit genug gesunken war, um eines zu stehlen. Die Jagd mußte er um weniger als vierundzwanzig Stunden verpaßt haben. Er begann sich zu fragen, was ihn das gekostet hatte.

Der Jäger räusperte sich und fuhr fort: »Unter den Männern wurde Unwillen laut«, berichtete er. »Einige hielten das Ganze für Zeitverschwendung. Zwanzig Taler am Tag hin oder her, niemand hat Lust, an etwas Idiotischem teilzunehmen. Die Grünlandherren taten das ihre dazu, indem sie murrten, wir täten unsere Pflicht nicht, wir wären nicht aufmerksam genug, so daß etwas durch die Maschen geschlüpft sein könnte. Wir wußten, daß das nicht der Fall war, aber das wollten sie nicht hören. Also versprachen wir, daß wir uns noch mehr Mühe geben und weiter suchen würden. Aber unter uns fragten wir uns, ob es überhaupt etwas gab, wonach wir Ausschau halten konnten.

Am dritten Tag schlossen wir die Linie westlich der Berge, und da fanden wir's.« Die Augen des Jägers glänzten plötzlich voller Erregung. »Es war später Nachmittag und die Sonne hinter Bergen und Dunst verborgen. Das Waldgebiet, das wir durchkämmten, lag tief im Schatten. Es war die Tageszeit, zu der alles ein wenig undeutlich wirkt, zu der man Bewegungen zu sehen glaubt, wo keine sind. Wir durchsuchten einen dichten Fichtenhain, umgeben von Hochwald und durchsetzt mit Gestrüpp und dickem Buschwerk. Wir waren zu sechst, glaube ich, und wir konnten Dutzende in der Nähe hören. Die Treiber und Hetzer brüllten und riefen ganz in der Nähe. Es war heiß in den Bergen, ungewöhnlich für die Tageszeit. Wir fühlten uns alle abgekämpft und erschöpft, und wir waren es müde, nach Gespenstern zu jagen. Wir hatten alle das Empfinden, die Jagd hätte nichts gebracht. Außerdem machten Schweiß und Insekten uns das Leben schwer, und Schmerz und Überdruß nahmen uns den Schwung. Wir dachten nicht mehr an das Einhorn. Nur noch daran, die Jagd zu Ende zu bringen und wieder nach Hause zu kommen. Das ganze Geschäft war ein Witz.«

Er machte eine kleine Pause. »Doch plötzlich regte sich etwas zwischen den Fichten – nur der Schatten von etwas, mehr nicht. Ich erinnere mich, daß ich glaubte, meine Augen hätten mich schon wieder getäuscht. Ich wollte gerade etwas zu Dain sagen, er war gleich neben mir. Aber ich hielt den Mund – zu müde vielleicht, um zu sprechen. Ich hielt nur in der Hitze mitten im Gebüsch inne und beobachtete die Stelle, um zu sehen, ob sich noch mal etwas bewegen würde.«

Der Jäger holte tief Luft, sein Gesicht spannte sich an. »Plötzlich wurde es noch dunkler, so als hätten Wolken das letzte bißchen Sonnenlicht verdeckt. Ich erinnere mich genau an das Gefühl. Die Luft war heiß und still, kein Hauch regte sich. Ich schaute, das Gestrüpp teilte sich, und da war es – das Einhorn, ganz schwarz und fließend wie Wasser. Es schien so zierlich. Es stand da und starrte mich an – ich weiß nicht, wie lange. Ich konnte seine Geißfüße erkennen, den Löwenschwanz, die Mähne, die ihm über den Nacken und den Rücken wuchs, die Fahnen an den Beinen, das spiralgerillte Horn. Es sah genauso aus, wie es in den alten Geschichten geschildert wird – nur noch viel schöner, als man mit Worten beschreiben kann. Heilige Mutter, es war herrlich! Auch die anderen erblickten es, ein paar von ihnen wenigstens. Dain erhaschte einen Blick darauf, zwei andere sagten, sie hätten es ganz nah gesehen. Doch nicht so nah wie ich, Himmel! Nein, ich hatte es genau vor mir! Es war direkt da! Dann rannte es davon. Nein, es rannte nicht – es floh nicht einfach. Es bäumte sich auf und schien an mir vorbeizufliegen. Welche Eleganz! Wie der Schatten eines fliegenden Vogels auf der Erde. Es kam in einem Augenblick an mir vorbei und war – husch – wieder verschwunden. Ich stand nur da, blickte ihm nach und fragte mich, ob ich es wirklich gesehen hatte, wußte, daß ich es gesehen hatte, dachte, wie schön es anzuschauen gewesen war, und glaubte nun, daß es wirklich existierte...«

Die Worte kullerten ihm nur so aus dem Mund vor Eifer und überschwenglichen Gefühlen. Er hielt die Hände in die Höhe und gestikulierte zu seiner Geschichte. Ben hielt den Atem an, überrascht über die Intensität der Empfindungen des Mannes. Er wollte ihn nicht unterbrechen.

Schließlich ließ der Jäger die Hände sinken und schaute zu Boden. »Später erfuhr ich, daß es direkt in die Falle rannte. Es durchquerte das ganze Aufgebot wie ein Wind den Wald. Dutzende sahen es. Es hätte vielleicht eine Gelegenheit gegeben, es zu fangen, doch ich bezweifle es. Es fegte einfach über die ausgespannten Netze hinweg. Man verfolgte es, aber… aber, weißt du was?« Er hob seinen Blick wieder. »Das Einhorn floh geradewegs auf die Herren von Grünland und die Männer des Königs zu – geradewegs auf sie zu! Heilige Mutter! Und der Zauberer – der gleiche, der das alles organisiert hatte – beschwor irgendeinen Unsinn, und es regnete Blumen und Schmetterlinge. Die Hatz ging in dem Durcheinander unter, und das Einhorn war fort!« Er lächelte unvermutet. »Blumen und Schmetterlinge – kannst du dir das vorstellen?«

Ben lächelte auch. Allerdings konnte er sich das vorstellen!

Der Jäger zog seine Knie an sich heran und legte die Arme drum herum. »Das war es. Das war alles. Die Jagd war vorüber. Alle brachen auf und machten sich davon. Es hieß, man solle weitermachen, die ganze Linie wieder nach Osten ziehen, aber es kam nicht dazu. Niemand wollte daran teilnehmen. Der Schwung war weg. Es war, als seien alle froh, daß das Einhorn entkommen war. Oder vielleicht, als glaube niemand, daß es je gefangen werden könnte.«

Der Jäger hob seinen Blick. »Seltsame Zeiten, in denen wir leben. Der König entließ den Zauberer und den Hund, erzählt man sich. Schmiß sie raus, als er erfuhr, was geschehen war. Warf sie einfach raus für das, was der Zauberer getan hatte – oder was er glaubte, daß er getan hätte. Ich denke, der Zauberer hätte so oder so nicht anders handeln können. Nicht mit diesem Tier, damit nicht! Niemand hätte da was ausrichten können. Es war zu sehr Geist für jeden Sterblichen, zu sehr ein Traum…«

Der Jäger hatte plötzlich Tränen in den Augen. »Ich glaube, ich habe es berührt, als es an mir vorbeikam. Ich glaube, ich habe es berührt. Heilige Mutter, ich kann noch immer die Seide seines Fells fühlen, als es an mir vorbeiflog, wie Feuer, wie… wie… die Berührung einer Frau vielleicht. Vor langer Zeit hat mich einmal eine Frau so berührt. So fühlte sich das Einhorn an. Und ich kann es nicht mehr vergessen. Ich versuche, an andere Dinge zu denken, versuche, vernünftig zu sein, rede mir ein, es sei alles nur Einbildung, aber das Gefühl bleibt.« Er biß die Zähne zusammen. »Ich habe es seither auf eigene Faust gesucht, weil ein einzelner vielleicht mehr Glück haben könnte als eine ganze Jagdgesellschaft. Ich will es nicht wirklich fangen; ich glaube, das könnte ich gar nicht. Ich möchte es nur wiedersehen. Ich möchte es nur noch einmal berühren – nur einmal, nur ganz kurz...«

Gedankenverloren verstummte er. Das Lagerfeuer knackte plötzlich durch die Stille, ein scharfes Knacken und Knistern. Keiner bewegte sich. Dunkelheit hatte sich über das Tal gesenkt, und das letzte Tageslicht war verloschen. Sterne und Monde waren aufgegangen, schimmerten fahl und fern. Ben blickte zu Edgewood Dirk hinunter. Die Katze hielt die Augen geschlossen.

»Ich möchte es nur einmal noch berühren«, wiederholte der Jäger leise. »Nur für einen kurzen Augenblick.«

Er schaute blicklos zu Ben. Und dann herrschte nur noch Schweigen.

* * *

In der gleichen Nacht träumte Weide wieder vom schwarzen Einhorn. Sie schlief nah an den treuen Parsnip gekuschelt in einem Fichtenwald am Rande des Tiefen Schlundes, verborgen unter schattigen Büschen. Sie hatte Eldero fünf Tage zuvor verlassen und war Ben Holiday nur um ein paar Stunden voraus. Die Einhornjagd, die aus dem Grünland westwärts zog, hatte sie fast einen ganzen Tag gekostet und gezwungen, nach Osten auszuweichen. Sie hatte keine Ahnung, worum es bei der Jagd ging, und sie ahnte auch nicht, daß Ben auf der Suche nach ihr war.

Der Traum kam um Mitternacht, schlich sich in ihren Schlaf wie eine Mutter in das Zimmer ihres schlummernden Kindes, warm und beruhigend. Diesmal löste der Traum keine Angst aus, nur Traurigkeit. Weide durchstreifte Wald und Wiesen, und das schwarze Einhorn beobachtete sie wie ein Geist, der aus der Unterwelt gekommen war, die Lebenden zu besuchen. Es kam und schwand wie Sonnenlicht hinter Wolken, mal im Schatten eines gewaltigen Ahorns, mal hinter einem Tannengebüsch. Nie war es vollständig zu sehen, immer nur teilweise. Es war schwarz und gestaltlos, mit Ausnahme der Augen – und in den Augen spiegelte sich alle Traurigkeit, die es je gegeben hatte und je geben würde.

Die Augen brachten Weide zum Weinen, und ihr rannen im Schlaf die Tränen über die Wangen. Die Augen waren voller Kummer, voller Schmerz, den sie nur ahnen konnte, geplagt über jedes vorstellbare Maß hinaus. Das schwarze Einhorn in diesem Traum war kein Dämonengezücht; es war eine zarte, wunderbare Kreatur, die irgendwie entsetzlich mißbraucht worden war...

Sie schreckte aus dem Traum auf. Das Bild des Einhorns hatte sich tief in ihr Gedächtnis gegraben, mit den Augen, die starr und fest auf sie gerichtet waren. Parsnip schlief ungestört neben ihr. Der Tag war noch Stunden entfernt, und sie fröstelte in der nächtlichen Kühle. Ihr schlanker Leib zitterte unter der Erinnerung an die geflüsterte Botschaft ihres Traumes, und sie verstand den Zauber, der darin lag, auf ihre Elfenweise.

Dieser Traum entsprach der Wahrheit, begriff sie plötzlich. Dieser Traum war die Wirklichkeit.

Sie setzte sich auf und lehnte sich an die rauhe Rinde einer Kiefer. Sie schluckte, um ihre trockene Kehle zu befeuchten, und zwang sich, zu überlegen, was der Traum ihr gezeigt hatte. Irgend etwas zwang sie dazu. Vielleicht die Augen des Einhorns? Sie erwarteten etwas von ihr. Es ging nicht mehr nur darum, das goldene Zaumzeug zu finden und zu Ben zu bringen. Das war die Weisung aus dem ersten Traum gewesen, dem Traum, der sie dazu veranlaßt hatte, sich auf diese Suche zu machen – doch die Wahrheit dieses Traumes stand jetzt in Zweifel. Das Einhorn in jenem Traum war ganz anders gewesen als in diesem. Das eine war ein Dämon gewesen, das andere ein Opfer. Eines ein Verfolger, das andere... gejagt? Sie dachte, das sei es vielleicht. In den Augen des Einhorns hatte ein Hilfeschrei gestanden. Fast, als flehe es sie um diese Hilfe an.

Sie wußte, daß sie sie ihm gewähren mußte.

Sie erschauderte heftig. Was dachte sie da? Selbst wenn sie dem Einhorn nur nahe käme, konnte das ihr Ende bedeuten. Sie sollte sich diesen Wahnsinn aus dem Kopf schlagen! Sie sollte zu Ben gehen...

Sie ließ den Gedanken unvollendet, kauerte sich vor der Nacht und der Stille schützend zusammen und rang mit ihrer Unentschlossenheit. Sie wünschte, ihre Mutter sei da, um sie zu trösten. Sie wünschte, sie könnte die Erdmutter noch einmal um Rat fragen.

Und am meisten ersehnte sie, mit Ben zusammenzusein.

Doch keiner von all jenen war da. Abgesehen von Parsnip war sie allein.

Zeit verstrich. Plötzlich stand sie auf wie ein lautloser Schatten, ließ Parsnip im Kiefernwäldchen schlafen und schlich sich leise in den Tiefen Schlund. Sie folgte nicht ihrem Verstand, sondern ihrem Instinkt, ohne Zweifel und ohne Furcht, doch mit der Gewißheit, daß alles gut enden und kein Unglück sie treffen würde.

Bei Tagesanbruch war sie zurück. Sie hatte das goldene Zaumzeug nicht, aber sie wußte jetzt, wo es war. Ihre Elfensinne hatten ihr verraten, was nicht einmal die Erdmutter wußte. Das Zaumzeug war wieder einmal gestohlen worden.

Sie weckte Parsnip, sammelte ihre wenigen Habseligkeiten zusammen, warf einen kurzen Blick zurück in die dunklen Tiefen des Schlundes und machte sich auf den Weg nach Osten.

Diebe

Als Ben Holiday und Edgewood Dirk am nächsten Morgen erwachten, war der Jäger fort. Keiner von beiden hatte ihn fortgehen gehört. Er war ohne ein Wort davongegangen und spurlos verschwunden. Es war fast, als habe es ihn nie gegeben. Sogar sein Gesicht war Ben nur noch undeutlich in Erinnerung. Nur die Geschichte vom schwarzen Einhorn klang ihm noch in den Ohren, noch immer lebhaft, noch immer beunruhigend.

Beim Frühstück murmelte Ben vor sich hin: »Ich hoffe, er findet, was er sucht.«

»Kann er nicht«, erwiderte Dirk leise, »es existiert nicht.«

Ben begann ernsthaft, sich zu wundern. Das schwarze Einhorn schien so flüchtig wie Rauch und ungefähr ebenso greifbar. Das Einhorn wurde gesehen, doch nie länger als für ein paar kurze Augenblicke und immer nur als flüchtiger Schatten. Es war eine Legende, die ein winziges bißchen von den Eigentümlichkeiten der Realität angenommen hatte und trotzdem für alle Absichten und Zwecke kaum mehr als eine Vision blieb. Es schien durchaus denkbar, daß das Einhorn wirklich nicht mehr war als – ein wenig Magie, die Form, aber nie Gestalt annahm. In Landover konnte man nie wissen.

Er überlegte, ob er Dirk darüber befragen sollte, doch dann ließ er es lieber. Dirk würde ihm keine klare Antwort geben, selbst wenn er sie kannte, und Ben war es müde, Wortgefechte mit der Katze auszutragen.

Also wechselte er das Thema.

»Dirk, ich habe ein bißchen über das nachgedacht, was die Erdmutter uns von dem goldenen Zaumzeug erzählt hat«, begann er, nachdem er fertig gefrühstückt hatte. »Sie hat Weide gesagt, daß es zuletzt im Besitz von Nachtschatten war, doch sie hat nichts darüber verlauten lassen, was aus der Hexe geworden ist, seit ich sie in die Elfennebel verbannt habe.« Er wartete einen Moment. »Du bist darüber im Bilde, nicht wahr? Daß ich Nachtschatten in die

Nebel geschickt habe?«

Dirk, der auf einem alten Baumstrunk saß, probierte sorgfältig eine andere Position. »Das wußte ich.«

»Sie hatte meine Freunde veranlaßt, nach Abaddon zu ziehen, und ich beschloß, sie ein bißchen von ihrer eigenen Medizin probieren zu lassen«, setzte er seine Erklärungen fort. »Ich hatte den Io-Staub von den Elfen bekommen, einen Puder, der einen, wenn man ihn einatmete, unter die Befehlsgewalt desjenigen brachte, der einem den Staub verpaßt hatte. Danach verwandte ich ihn übrigens auch an dem Drachen Strabo. Aber erst ließ ich ihn von Nachtschatten einatmen und zwang sie, sich in eine Krähe zu verwandeln und in die Nebel zu fliegen.« Wieder machte er eine Pause. »Aber ich habe nie erfahren, was danach aus ihr geworden ist.«

»Ich hoffe, diese reichlich langweilige Rekapitulation führt zu irgendwas«, schnaubte Dirk.

Ben errötete. »Ich frage mich, ob Nachtschatten den Weg aus den Nebeln zurück in den Tiefen Schlund gefunden hat. Es wäre nützlich, das zu wissen, bevor wir blindlings dort hineintappen.«

Dirk nahm sich Zeit, seine Ohren zu putzen, was Ben noch mehr Röte ins Gesicht steigen ließ – er platzte fast vor Ungeduld. Endlich blickte die Katze wieder auf. »Ich selbst bin schon seit geraumer Zeit nicht mehr im Tiefen Schlund gewesen, Hoheit. Doch, soviel ich weiß ist es durchaus möglich, daß Nachtschatten zurückgekommen ist.«

Ben brauchte einen Moment, um diese Nachricht zu verdauen. Das letzte, was ihm jetzt noch fehlte, war eine Begegnung mit Nachtschatten! Er hatte das Medaillon nicht mehr, das ihn beschützte – falls es ihn vor einer so übelmeinenden Kreatur wie der Hexe überhaupt zu schützen in der Lage wäre. Wenn sie ihn wiedererkannte, war er ein toter Mann. Und selbst wenn sie ihn *nicht* erkannte, würde sie ihn wohl kaum mit offenen Armen willkommen heißen. Und es stand ebensowenig zu erwarten, daß sie Weide willkommen heißen würde – vor allem, wenn ihr klar wurde, was die Sylphe im Sinn hatte. Das goldene Zaumzeug würde sie jedenfalls nicht einfach aus der Hand geben, egal wie überzeugend Weides Argumente auch wären. Sie würde Weide wahrscheinlich in eine Kröte verwandeln. Sie würde auch *ihn* in eine Kröte verwandeln. Er dachte sehnsüchtig an den Io-Staub und wünschte, er hätte wenigstens eine kleine Handvoll davon zur Verfügung. Das würde seine Chancen wesentlich erhöhen.

Ben schaute Dirk scharf an. »Was hältst du von einem kleinen Ausflug in die Elfenreiche?« fragte er unvermittelt. »Ich war einmal dort und könnte wieder hingehen. Die Elfen würden mich wiedererkennen, Zauber hin oder her. Vielleicht könnten sie mir helfen, mich zurückzuverwandeln. Und zumindest könnten sie mir noch einmal eine Schote Io-Staub geben, den ich gegen Nachtschatten einsetzen könnte. Schließlich habe ich der Erdmutter versprochen, alles in meiner Macht Stehende zu tun, um Weide zu helfen, und das kann ich nicht, wenn ich mir selbst zu helfen nicht imstande bin.«

Dirk schaute ihn abschätzig an, blinzelte und gähnte. »Bei deinem Problem kann dir niemand helfen – am wenigsten die Elfen.«

»Warum nicht?« fuhr Ben gereizt auf. Die Selbstgefälligkeit dieser Katze war unausstehlich.

»Erstens, weil die Magie, die dich entstellt hat, deine eigene ist – wie man dir inzwischen mindestens ein halbes Dutzend Male bestätigt hat. Und zweitens, weil dir die Elfen nicht notwendigerweise zu Hilfe kommen würden, bloß weil du sie darum bittest. Die Elfen greifen in das Leben von Menschen ein, wann und wo sie wollen, und nicht andersherum.« Er rümpfte mißbilligend sein Schnäuzchen. »Du wußtest das, bevor du die Frage gestellt hast, Hoheit.«

Ben kochte innerlich. Die Katze hatte natürlich recht – es war ihm klargewesen. Die Elfen hatten sich in Landovers Probleme auch damals nicht eingemischt, als er angekommen war und der Belag und der Eiserne Markus das Land bedrohten, und es war unwahrscheinlich, daß sie es jetzt täten. Er war der König, und die gegenwärtigen Probleme waren die seinen.

Wie sollte er sie lösen?

»Komm«, befahl er plötzlich und sprang auf. »Ich habe eine Idee, die klappen könnte.« Er zog seine Stiefel an, strich seine Kleider glatt und wartete darauf, daß Dirk frage, was denn seine Idee sei. Die Katze tat es nicht. Schließlich meinte er: »Willst du die Einzelheiten nicht erfahren?«

Die Katze streckte sich und sprang von ihrem Ast. »Nein.«

Ben knirschte im stillen mit den Zähnen und schwor, sich eher die Zunge abzubeißen, als noch ein einziges Wort darüber verlauten zu lassen!

Sie zogen nordwärts am Rand der Wiesen des Grünlandes entlang und schwenkten dann ein wenig nach Osten zu dem Hügelland, das dem Melchor vorgelagert war. Ben ging voran, doch Dirk schien trotzdem zu wissen, wohin sie gingen, und wählte oft einen parallelen Kurs durch das hohe Gras, offenbar ohne Ben zu beachten. Dirk blieb ein Mysterium ohne Lösung, doch Ben zwang sich, seine Gedanken auf die bevorstehende Aufgabe zu konzentrieren, weil das Grübeln über die Katze ihn zum Wahnsinn treiben würde. Es war vernünftiger, die Katze hinzunehmen, wie man einen Wetterwechsel hinnahm.

Die Wiesengründe trugen noch immer die Spuren der Jagd. Stiefel hatten Gras und Büsche niedergetrampelt, Abfälle aus den Proviantwagen lagen überall verstreut, und die Asche riesiger Lagerfeuer hatte Wunden in den farbenfrohen Wiesen hinterlassen. Das Grünland sah aus wie ein riesiger Picknickplatz am Ende eines Nationalfeiertags. Ben rümpfte die Nase voller Abscheu. Meeks hatte schon wieder begonnen, das Land zu seinem eigenen Nutzen auszubeuten.

Auch anderes deutete auf einen Mißbrauch hin. An Pflanzen und Bäumen bemerkte er Spuren der Krankheit, die das ganze Tal heimgesucht hatte, als er nach Landover gekommen war – Zeichen, die nur durch ein Nachlassen der königlichen Zauberkraft erklärt werden konnten. Wenn es in Landover keinen König gab, verlor das Land seine Lebenskraft, das hatte er zu Beginn erfahren müssen. Und Meeks war nicht der wahre König, trotz des äußeren Anscheins, und Landover begann schon unter den Folgen zu leiden. Noch waren die Zeichen minimal, doch sie würden sich verschlimmern. Irgendwann würde der Belag auch Silber Sterling wieder befallen, und das ganze Tal würde zu kränkeln beginnen. Ben beschleunigte seine Schritte, als ob er es dadurch verhindern könnte.

Eine Karawane von Händlern auf dem Weg in den Melchor, wo sie von den Trollen Metallgeräte und Waffen zu kaufen planten, kreuzte ihren Pfad gegen Mittag, und sie teilten ihre Mahlzeit mit ihnen. Die Gespräche handelten alle irgendwie von der Jagd auf das schwarze Einhorn und von den seltsamen Ereignissen der letzten Tage. Der König hatte sich völlig zurückgezogen, hieß es, und weigere sich, irgendwen zu empfangen, nicht einmal die Herren von Grünland. Alle Projekte der öffentlichen Arbeiten waren gestoppt, die Gerichts- und Beschwerderäte entlassen und Abgesandte aus Silber Sterling fortgeschickt worden. Niemand wußte, was im Gange war. Gerüchte kursierten, daß Dämonen nachts das Tal überflogen, Monster, die Vieh und sogar Kinder forttrugen, wie es einst die Drachen getan hatten. Es hieß sogar, der König selbst sei dafür verantwortlich. Er habe eine Art Teufelspakt mit den Dämonen von Abaddon geschlossen, daß sie sich nach Lust und Laune in Landover aufhalten könnten, wenn sie ihm dafür das schwarze Einhorn beschafften.

Alles schien sich um das schwarze Einhorn zu drehen. Der König hatte verlauten lassen, daß er es zu besitzen entschlossen war und daß derjenige, der es ihm brachte, hoch belohnt werden würde.

»Wenn du Rauch einfangen kannst, bist du ein reicher Mann«, scherzte einer der Händler, und die anderen lachten.

Ben lachte nicht. Er verabschiedete sich eilig und strebte noch schnelleren Schrittes nordwärts. Die Situation verschlechterte sich, und zu einem großen Teil war eindeutig *er* dafür verantwortlich.

Am hellen Nachmittag erreichte er das Land der G'heim-Gnome.

Die G'heim-Gnome lebten in Erdhöhlen. Ben hatte während seiner ersten Tage als König von Landover ihre Bekanntschaft gemacht. Es waren kleinwüchsige, pelzige, schmuddelige Kreaturen, die ein bißchen wie überdimensionierte Maulwürfe aussahen. Sie waren Unratvertilger und Diebe, und man durfte ihnen etwa soviel Vertrauen schenken wie einem Haushund allein mit dem Sonntagsbraten. Übrigens konnte man ihnen allein *mit* dem Haushund überhaupt nicht trauen, denn sie betrachteten Hunde, Katzen und andere kleine Haustiere als eine außerordentlich köstliche Delikatesse. Abernathy hielt die G'heim-Gnome für Kannibalen. Für Questor Thews waren sie Unruhestifter. Jedermann betrachtete sie als Schädlinge. Der Name ›G'heim-Gnome‹ ging auf den fast universell zum Ausdruck gebrachten Wunsch all derer zurück, die das Pech hatten, mit ihnen in Berührung gekommen zu sein: *»Geh heim, Gnom!«*

Zwei dieser Gnome, Fillip und Sot, hatten damals eine Pilgerfahrt nach Silber Sterling unternommen, um Bens Hilfe bei der Befreiung ihrer Landsleute aus den Händen der Klippentrolle zu erbitten, nachdem die Trolle diese glücklosen Kreaturen zur Strafe für das Stehlen und Verzehren einer größeren Zahl ihrer als Haustiere gehaltenen Baumfaultiere gefangengenommen hatten. Ben wäre bei diesem Unterfangen fast ums Leben gekommen, doch die G'heim-Gnome hatte sich als außerordentlich loyale Untertanen erwiesen – wenn sie auch nicht besonders besserungswillig waren.

Und Fillip und Sot hatten ihm einst anvertraut, daß sie den Tiefen Schlund so gut wie ihre Westentasche kannten.

»Das ist genau die Hilfe, die wir brauchen«, erklärte Ben trotz seines Schwurs, Dirk nichts mehr zu erzählen. »Nachtschatten wird sich niemals dazu überreden lassen, das Zaumzeug freiwillig herauszurücken. Weide weiß das auch, doch das wird sie nicht daran hindern, es dennoch zu versuchen. Sie wird es eher mit Direktheit als mit irgendwelchen Tricks probieren. Sie ist ehrlicher, als gut für sie ist. Wie dem auch sei – falls sie in den Tiefen Schlund gegangen ist, steckt sie in bösen Schwierigkeiten. Sie wird Hilfe brauchen. Fillip und Sot wären dazu in der Lage, das für uns herausfinden. Sie können sich hinunterschleichen, ohne gesehen zu werden. Falls Nachtschatten oder Weide sich dort aufhalten, können sie uns das mitteilen. Falls das Zaumzeug dort ist, hätten sie vielleicht sogar die Möglichkeit, es für uns zu stehlen. Verstehst du? Sie können hingehen, wo wir nicht hinkönnen!«

»Sprich für dich selbst«, gab Dirk zurück.

»Hast du eine bessere Idee?« fauchte Ben.

Dirk reagierte nicht auf Bens Wut. »Ich habe keinen Plan«, antwortete er. »Das ist ganz allein dein Problem, nicht meines.«

»Herzlichen Dank! Ich nehme an, du ziehst nicht in Betracht, die Erkundungsreise und den Diebstahl selbst zu unternehmen.«

»Wohl kaum. Ich bin dein Gefährte, nicht dein Lakai.«

»Du bist eine Pest, Dirk!«

»Ich bin eine Katze, Hoheit.«

Ben machte nur ein finsteres Gesicht und stapfte davon in das Erdhöhlendorf. Die G'heim-Gnome lebten in Siedlungen wie die Präriehunde, und Wachen hatten sein Kommen, lange bevor er etwas sah, gemeldet. Als er das Dorf erreichte, war kein einziger G'heim-Gnom zu sehen – nichts als verlassen erscheinende Erdlöcher. Ben ging bis in die Mitte der Siedlung, setzte sich auf einen Baumstumpf und wartete. Er war ein paarmal hiergewesen und kannte das Spiel.

Wenige Minuten später tauchte Dirk auf, rollte sich in der Nachmittagssonne neben ihm zusammen und schloß die Augen.

Es dauerte nicht lange, und ein pelziges Gesicht tauchte aus einem der Löcher. Der G'heim-Gnom blinzelte gegen das Tageslicht und schnupperte prüfend die Luft.

»Guten Tag, mein Herr«, begrüßte er Ben und legte dabei einen Finger an seine abgewetzte Lederkappe, an der eine einzelne rote Feder steckte.

»Guten Tag«, erwiderte Ben.

»Auf einem kleinen Spaziergang, mein Herr?«

»Auf der Suche nach einer gesunden Dosis frischer Luft und Sonne. Gut gegen alle Arten von kleinen Wehwehchen.«

»O ja, allerdings. Gut gegen alle Arten von kleinen Wehwehchen. Man muß sich vor Erkältungen schützen, die sich im Herbst in Hals und Brust festzusetzen neigen.«

»Das muß man allerdings. Erkältungen können übel sein.« Sie bewegten sich wie auf rohen Eiern. Ben ließ es geschehen. So waren die G'heim-Gnome nun mal Fremden gegenüber – zu Tode verängstigt. Einer testete immer den Fremden. Wenn er keine Bedrohung feststellte, kamen die anderen hervor. Wenn irgendeine Gefahr zu drohen schien, sah man nicht mehr als einen. »Ich hoffe, Eurer Familie geht es gut«, fuhr Ben fort und versuchte, beiläufig zu klingen. »Und Eurer Dorfgemeinschaft?«

»Oh, recht gut, danke der Nachfrage. Allen geht es gut.«

»Das ist erfreulich zu hören.«

»Ja, das ist erfreulich zu hören.« Der Gnom schaute sich verstohlen um, ob Ben allein war oder ob er irgendwas versteckte. »Ihr müßt ein ganzes Stück gewandert sein, wenn Ihr aus dem

Grünland kommt, mein Herr. Seid Ihr ein Handwerker?«

»Nicht eigentlich.«

»Ein Händler also?«

Ben zögerte einen Moment und nickte dann. »Gelegentlich bin ich das.«

»Oh?« Der Gnom kniff die Augen noch ein wenig mehr zusammen. »Aber Ihr scheint ja gar keine Ware bei Euch zu haben, mein Herr.«

»Ach so! Nun, manchmal täuscht der Schein. Manche Handelsware kann ziemlich klein sein, versteht Ihr?« Er klopfte sich auf sein Hemd. »Taschenformat.«

Die Vorderzähne des Gnomen blitzten nervös in seinem schmuddeligen Gesicht auf. »Ja, natürlich, das gibt es. Kann es sein, daß Ihr daran interessiert wäret, hier Handel zu treiben, mein Herr?«

»Möglich.« Ben hatte den Köder ausgeworfen und wartete.

Der Gnom enttäuschte ihn nicht. »Mit jemand Bestimmtem?«

Ben hob die Schultern. »Ich habe in der Vergangenheit ein paar Geschäfte mit zwei Mitgliedern Eurer Dorfgemeinschaft abgeschlossen – Fillip und Sot. Kennt Ihr sie?«

Der Gnom blinzelte. »Ja, Fillip und Sot leben hier.«

Ben lächelte sein entwaffnendstes Lächeln. »Sind sie in der Nähe?«

Der Gnom lächelte zurück. »Mag sein, ja, mag sein. Würdet Ihr bitte einen Augenblick warten? Nur einen kleinen Moment?«

Er verschwand wieder in seiner Erdhöhle. Ben wartete. Die Minuten verstrichen, und niemand erschien. Ben saß auf seinem Baumstumpf und versuchte den Eindruck zu vermitteln, als genieße er das Leben. Er fühlte, daß ihn von überallher neugierige Augen musterten. Ihm kamen langsam Zweifel. Was sollte er machen, wenn Fillip und Sot einen Blick auf ihn warfen und entschieden, daß sie ihn noch nie gesehen hätten? Schließlich war er nicht mehr der Ben Holiday, den sie gekannt hatten. Er war ein Fremder – und zwar ein nicht gerade besonders vertrauenerweckender. Er schaute an seiner Kleidung hinunter, wobei er sich seines traurigen Zustandes bewußt wurde. Für einen Händler sah er reichlich schäbig aus, dachte er kläglich. Fillip und Sot mochten beschließen, daß er ihrer Aufmerksamkeit nicht wert sei. Sie mochten sich dafür entscheiden, zu bleiben, wo sie waren. Und wenn er nicht mit ihnen reden konnte, war es unmöglich, ihre Hilfe zu bekommen.

Die Schatten wurden länger. Bens Geduld siedete wie heißes Wasser über einem offenen Feuer. Gereizt schaute er zu Edgewood Dirk. Von ihm kam keine Unterstützung. Zusammengerollt, die Augen geschlossen, atmete er so ruhig, daß er aussah, als schliefe er tief und fest.

Die leeren Erdlöcher gähnten Ben teilnahmslos an. Die Sonne rutschte tiefer und tiefer auf die westlichen Hügel zu. Keiner ließ sich blicken.

Ben wollte sich gerade zum Aufgeben entschließen, als ein pelziges, schmuddeliges Gesicht aus einem Erdloch ein paar Meter vor ihm auftauchte und ein zweites direkt hinterherkam. Zwei Paar Augen blinzelten gegen das ungewohnte Licht und sahen sich wachsam um.

Ben stieß einen Seufzer der Erleichterung aus. Es waren Fillip und Sot.

Mit zusammengekniffenen Augen musterten sie ihn.

»Guten Tag, mein Herr«, sagte Fillip.

»Guten Tag, mein Herr«, echote Sot.

»Einen recht guten Tag«, strahlte Ben und richtete sich auf seinem Baumstumpf gerade.

»Ihr habt einen Handel anzubieten, Herr?« fragte Fillip.

»Ihr wollt mit uns handeln?« erkundigte sich Sot.

»Ja, ja. Das möchte ich allerdings.« Ben machte eine Pause. »Würde es euch Gentlemen etwas ausmachen herüberzukommen? So könnte ich sicher sein, daß ihr versteht, was ich für einen Handel anzubieten habe.«

Die G'heim-Gnome schauten sich an und krabbelten dann aus ihrem Loch. Ihre stämmigen, pelzigen Gestalten in verdreckte, verkrustete Kleider gehüllt und ihre bärtigen Frettchengesichter mit den kleinen, zusammengekniffenen Augen und den gekrausten Nasen, die aufmerksam umherschnupperten, näherten sich vorsichtig in der Abendsonne. Es waren wirklich Fillip und Sot.

Ben wartete, bis sie in gewisser Entfernung vor ihm stehenblieben, und winkte sie dann noch näher. »Ich möchte, daß ihr mir ganz genau zuhört, versteht ihr? Einfach zuhört. Ich bin Ben Holiday. Ich bin der König von Landover. Man hat Magie benutzt, um mein Aussehen zu verändern. Früher oder später werde ich meine alte Gestalt zurückbekommen. Wenn das geschieht, werde ich mich sehr genau daran erinnern, wer mir geholfen hat und wer nicht. Und im Moment brauche ich eure Hilfe.«

Er schaute von einem Pelzfrätzchen zum anderen. Die Gnome starrten ihn schweigend an, kniffen die Augen zusammen und schnupperten. Dann warfen sie einander einen kurzen Blick zu und schauten wieder zu Ben.

»Ihr seid nicht der König«, stellte Fillip fest.

»Nein, der seid Ihr nicht«, stimmte Sot zu.

»Doch, ich bin es«, widersprach Ben.

»Der König würde nicht allein herkommen«, argumentierte Fillip.

»Der König würde mit seinen Freunden herkommen, dem Zauberer, dem sprechenden Hund, den Kobolden und dem Mädchen Weide, der hübschen Sylphe«, erklärte Sot.

»Der König würde mit seinen Wachen und seinem Gefolge erscheinen«, fügte Fillip hinzu.

»Der König würde mit seiner Standarte erscheinen«, schloß Sot ab.

»Ihr seid nicht der König«, wiederholte Fillip.

»Nein, der seid Ihr nicht«, bestätigte Sot.

Ben holte tief Luft. »All diese Dinge verlor ich an einen bösen Zauberer – an den, der mich damals hergebracht hatte und den wir in dem Kristall gesehen haben, nachdem wir uns von den Klippentrollen befreit hatten. Erinnert ihr euch? Ihr wart nach Silber Sterling gekommen, um mich um Hilfe zu bitten. Ich ging mit euch, um euch bei der Befreiung eurer Landsleute aus den Händen der Trolle zu helfen – nachdem sie die langhaarigen Baumfaultiere verspeist hatten, welche die Lieblingshaustiere der Trolle waren. Wenn ich nicht der König bin, woher sollte ich das alles wissen?«

Fillip und Sot sahen sich an. Diesmal schienen sie ein wenig unsicher geworden zu sein.

»Wir wissen es nicht«, gab Fillip zu.

»Nein, wir haben keine Ahnung«, pflichtete Sot bei.

»Aber der König seid Ihr nicht«, wiederholte Fillip.

»Nein, der seid Ihr nicht«, bekräftigte Sot.

Wieder holte Ben tief Luft. »Ich zerschmetterte den Kristall auf einem Felsen, nachdem wir erkannt hatten, wozu er diente. Questor Thews gestand seinen Anteil an der Sache ein. Ihr wart da, Abernathy, Weide und die Kobolde Bunion und Parsnip auch. Danach zogen wir in den Tiefen Schlund. Ihr habt Weide und mich hingeführt. Erinnert ihr euch? Wir benutzten Io-Staub, um Nachtschatten in eine Krähe zu verwandeln und in die Nebel der Elfenreiche zu schicken. Danach suchten wir den Drachen Strabo auf. Erinnert ihr euch? Woher sollte ich das alles wissen, wenn ich nicht der König wäre?«

Die Gnome traten nervös von einem Fuß auf den anderen, als seien ihnen Ameisen in die durchlöcherten Stiefel gekrabbelt.

»Wir wissen es nicht«, sagte Fillip wieder.

»Nein, allerdings nicht«, stimmte Sot bei.

»Jedenfalls seid Ihr nicht der König«, wiederholte Fillip.

»Nein, der seid Ihr nicht.«

Bens Geduldsfaden war kurz vor dem Zerreißen. »Woher wißt ihr denn, daß ich *nicht* der König bin?« fragte er scharf.

Fillip und Sot wanden sich unbehaglich. Sie rangen ihre kleinen Hände, und ihr Blick huschte unstet hin und her.

»Ihr riecht anders«, behauptete Fillip schließlich.

»Ihr riecht wie wir«, fügte Sot hinzu.

Ben war überrascht, errötete und verlor den letzten Rest seiner Selbstkontrolle, den er bis hierher hatte bewahren können. »Jetzt hört mir mal zu! Ich *bin* der König! Ich *bin* Ben Holiday! Ich *bin*, was ich zu sein behaupte, und ihr akzeptiert das lieber *sofort*, oder ihr werdet die größten Probleme eures ganzen Lebens kriegen, größer noch als damals, als ihr bei dem Festgelage nach dem Sieg über den Eisernen Markus den kleinen Hund gestohlen und verzehrt habt! Ich werde dafür sorgen, daß ihr aufgehängt werdet, bis ihr vollständig verdorrt seid, verdammt noch mal! Schaut mich an!« Er zerrte das Medaillon unter seinem Hemd hervor, verdeckte das Bild von Meeks mit seiner Handfläche und hielt es ihnen wie eine Waffe unter die Nase. »Wollt ihr erfahren, was ich euch hiermit antun kann?«

Fillip und Sot fielen demütig auf die Knie und zitterten am ganzen Leib. Es ging so schnell, daß es aussah, als habe man ihnen den Boden unter den Füßen weggezogen.

»Große Hoheit!« rief Fillip.

»Mächtige Hoheit!« wimmerte Sot.

»Unser Leben gehört Euch!« schluchzte Fillip.

»Euch ganz und gar!« schnüffelte Sot.

»Vergebt uns, Hoheit!« flehte Fillip.

»Bitte, vergebt uns!« echote Sot.

So ist es schon besser, dachte Ben mehr als überrascht über die plötzliche Wende. Ein bißchen Einschüchterung schien bei den G'heim-Gnomen wesentlich besser zu funktionieren als vernünftige Erklärungen. Er schämte sich ein wenig, daß er solche Taktiken anwenden mußte, aber er war in einer verzweifelten Lage und hatte keine Wahl.

»Steht auf«, forderte er sie auf. Sie rappelten sich auf die Füße und sahen ihn ängstlich an. »Ist schon gut«, tröstete er sie freundlich. »Ich verstehe, wie verwirrend das ist, also laßt uns das vergessen. Einverstanden?« Die beiden Frettchengesichter nickten eifrig. »Fein. Hier ist das Problem. Weide – die hübsche Sylphe – hat einen Haufen Schwierigkeiten, und wir müssen ihr helfen, so wie sie uns geholfen hat, als die Klippentrolle uns in ihren Fängen hielten. Erinnert ihr euch?« Er sagte oft ›erinnert ihr euch?‹, aber mit den Gnomen mußte man umgehen wie mit kleinen Kindern. »Sie ist in den Tiefen Schlund hinuntergestiegen, um etwas zu suchen, und wir müssen sie finden, um sicher zu sein, daß ihr nichts zugestoßen ist.«

»Mir behagt der Tiefe Schlund nicht, Hoheit«, maulte Fillip widerspenstig.

»Mir auch nicht«, pflichtete Sot bei.

»Das weiß ich«, meinte Ben. »Ich mag ihn auch nicht. Aber ihr zwei habt mir mal erzählt, ihr könntet dort hinuntergehen, ohne gesehen zu werden. Ich kann das nicht. Alles, was ich euch bitten würde, ist, nachzuschauen, ob Weide da ist – und vielleicht nach etwas zu suchen, das dort irgendwo versteckt sein soll. Ist das zuviel verlangt? Ihr müßt euch nur ein bißchen umgucken, und keiner braucht zu erfahren, daß ihr je dort gewesen seid.«

»Nachtschatten ist in den Tiefen Schlund zurückgekehrt, Hoheit«, erklärte Fillip leise und bestätigte damit Bens schlimmste Befürchtungen.

»Wir haben sie gesehen, Hoheit«, fügte Sot hinzu.

»Sie hat einen Haß auf alles«, erklärte Fillip.

»Vor allem auf Euch«, ergänzte Sot.

Eine ganze Weile herrschte Schweigen. Ben versuchte sich vorzustellen, wie weit Nachtschattens Haß auf ihn reichte, doch es gelang ihm nicht. Es hätte ohnehin nichts daran geändert.

Er beugte sich zu den Gnomen. »Ihr wart also im Tiefen Schlund in der Zwischenzeit, oder?« Fillip und Sot nickten kläglich. »Und ihr seid unentdeckt geblieben, nicht wahr?« Wieder nickten sie. »Dann könnt ihr mir diesen Dienst erweisen, nicht wahr? Ihr könnt es Weide und mir zuliebe tun. Ich verspreche euch, daß ich es euch nie vergessen werde.«

Wieder herrschte geraume Zeit Schweigen. Fillip und Sot warfen einander fragende Blicke zu und schauten dann wieder zu ihm. Dann steckten sie die Köpfe zusammen und tuschelten miteinander. Sie waren nicht mehr nur nervös, sie waren aufgeregt.

Schließlich wandten sie sich mit glänzenden Augen wieder zu Ben.

»Wenn wir's tun, Hoheit, dürfen wir dann die Katze haben?« fragte Fillip.

»Ja, dürfen wir die Katze haben?« bat auch Sot.

Ben war verblüfft. Er hatte Dirk ganz vergessen gehabt. Er warf einen Blick auf die Katze und dann wieder auf die Gnome. »Völlig ausgeschlossen! Schlagt euch das aus dem Kopf«, warnte er. »Diese Katze ist nicht, was sie zu sein scheint.«

Fillip und Sot nickten widerstrebend, aber sie konnten ihre Augen nicht von Dirk wenden.

»Ich warne euch«, drohte Ben streng.

Wieder nickten die Trolle, doch Ben hatte das Gefühl, er rede gegen eine Ziegelwand.

Ben gab es auf. »Hört zu. Wir werden heute nacht hier schlafen und bei Tagesanbruch losziehen.« Er wartete, bis er ihrer Aufmerksamkeit sicher war. »Und vergeßt nicht, was ich gerade über die Katze gesagt habe, verstanden?«

Zum dritten Mal nickten die Gnome. Doch sie konnten ihre Augen nicht von der Katze lassen.

* * *

Ben verzehrte ein weiteres kärgliches Mahl aus Blaubonnieblättern, trank etwas Quellwasser und schaute zu, wie die Sonne hinter dem Horizont verschwand und die Nacht sich über das Tal breitete. Er dachte an sein früheres Leben in der alten Welt und fragte sich zum ersten Mal seit langer Zeit, ob er vielleicht besser dort geblieben wäre. Dann verscheuchte er seine trüben Gedanken, wickelte sich in seinen schäbigen Reiseumhang und lehnte sich gegen den Baumstumpf für eine unbequeme Nacht.

Dirk hatte sich nicht gerührt. Er sah aus, als sei er tot.

Irgendwann mitten in der Nacht schrillte ein entsetzlicher, langgezogener Schrei durch die Stille, so daß Ben aus tiefstem Schlaf aufsprang. Es klang ganz aus der Nähe, doch als er schließlich den Schreck überwunden hatte und schlaftrunken die Umgebung absuchte, fand er nur Dirk, der mit gesträubten Haaren auf dem Baumstumpf einen Buckel machte.

In der Ferne wimmerte etwas – oder jemand.

»Diese Gnome sind so hartnäckig, daß es an Dummheit grenzt«, kommentierte Dirk leise, als er sich wieder niederließ. Seine Augen leuchteten wie smaragdgrünes Feuer.

Das Gewimmer verstummte, und Ben legte sich auch wieder hin. So viel hatte also sein wohlmeinender Rat bei Fillip und Sot bewirkt. Manches konnte man offenbar nur durch Erfahrung lernen.

* * *

In der gleichen Nacht spielte sich ein paar Meilen südlich von Rhyndweir auf einer Anhöhe, von der aus man die östlichen Ausläufer des Grünlandes überblickte, eine andere Szene ab. Neben einem verfallenen Schuppen mit halb eingestürztem Dach und einem Rinderpferch, in dessen Zaun ein halbes Dutzend Latten fehlten, hockten eine weißbärtige Vogelscheuche und ein zottiger Hund, beide reichlich ungepflegt, an einem hell lodernden Lagerfeuer und bombardierten sich gegenseitig mit heftigen Vorwürfen. Sie taten das mit solcher Vehemenz, daß niemand auf die Idee hätte kommen können, diese beiden seien einst dicke Freunde gewesen. Eine drahtige, affengesichtige Kreatur mit Elefantenohren und eindrucksvollem Gebiß beobachtete den Streit in staunendem Schweigen.

»Erwartet nicht, daß ich für das, was Ihr getan habt, Verständnis aufbringe!« knurrte der zottige Hund zu der Vogelscheuche. »Ihr seid ganz allein verantwortlich für unsere mißliche Lage, und ich bin nicht bereit, Euch das je zu verzeihen!«

»Euer Mangel an Mitgefühl wird nur durch Euren Mangel an Charakter übertroffen!« erwiderte die Vogelscheuche. »Jeder andere Mensch – oder Hund – würde mehr Erbarmen zeigen!«

»Ha! Ein anderer Mensch – oder Hund – hätte Euch schon längst adieu gesagt! Ein anderer Mensch – oder Hund – hätte sich längst eine angemessenere Gesellschaft gesucht, mit der er sein Exil geteilt hätte!«

»Ich verstehe! Nun, es ist noch nicht zu spät für Euch, andere Gesellschaft zu suchen – angemessen oder nicht –, wenn das Euer Wunsch ist!«

»Seid versichert, daß ich das im Augenblick ernsthaft in Betracht ziehe!«

Die beiden warfen sich über das Lagerfeuer hinweg wütende Blicke zu, und ihre Gedanken waren so finster wie die Asche des verglimmenden Holzes. Die affengesichtige Kreatur hielt sich als stummer Zuschauer im Hintergrund. Die Nacht lag über den dreien wie ein Leichentuch, und die Anhöhe war gespenstisch still.

Abernathy schob seine Brille auf die Nasenwurzel zurück und nahm, mit etwas sanfterem Ton, den Streit wieder auf. »Was mir einfach nicht eingeht, Zauberer, ist, warum Ihr das Einhorn habt entkommen lassen. Ihr hattet das Tier vor Euch, Ihr kanntet die Worte, mit denen Ihr es hättet bannen können – und was habt Ihr getan? Ihr habt einen Wolkenbruch aus Blüten und Schmetterlingen herbeigezaubert. Was ist denn das für ein Unsinn?«

Questor Thews sah ihn herausfordernd an. »Die Art von Unsinn, die gerade Ihr verstehen solltet!«

»Ich neige dazu, zu glauben, daß Ihr einfach in Panik geraten seid. Ich bin geneigt, anzunehmen, daß Ihr ganz einfach versagt habt, die Magie zu meistern, als es darauf ankam. Abgesehen davon, was wolltet Ihr eigentlich damit sagen, ›die Art von Unsinn, die ausgerechnet *ich* verstehen sollte‹?«

»Ich meine die Art von Unsinn, die jedem Lebewesen die Chance gibt, zu sein, was es sein soll, unabhängig von dem, was andere für das beste halten!«

Der Schreiber runzelte die Stirn. »Einen Augenblick. Wollt Ihr damit zum Ausdruck bringen, daß Ihr das Einhorn *absichtlich* habt entkommen lassen? Daß die Blüten und Schmetterlinge kein Unfall waren?«

Der Zauberer zupfte nervös an seinem Schnurrbart. »Gratuliere zu Eurem scharfsinnigen, wenn auch etwas verspäteten Erkennen des Offensichtlichen! Das ist genau, was ich Euch zu erklären versuche!«

Geraume Zeit herrschte Schweigen zwischen ihnen, während sie sich gegenseitig musterten. Sie waren seit Tagesanbruch unterwegs gewesen, innerlich aufgewühlt von der Wende der Ereignisse, die sie in diese Lage gebracht hatte, äußerlich wütend aufeinander, Distanz haltend. Jetzt war das Entkommen des Einhorns zum ersten Mal zum Gesprächsthema geworden.

Schließlich wandte Questor als erster seinen Blick ab und seufzte. Er zog fröstelnd seine flickenbesetzten Gewänder um sich. Die Nacht war kühl und finster. Er sah erschöpft und sorgenvoll aus, seine Kleider waren staubig und zerfetzt. Abernathy ging es nicht besser. Man hatte ihnen alles genommen. Ihre Entlassung war ohne Verzug erfolgt, sobald der König erfahren hatte, daß das Einhorn entkommen war. Der König hatte ihnen keine Gelegenheit gegeben, ihr Tun zu erklären, und hatte auch keine Begründung für seine Entscheidung für nötig befunden. Auf dem Heimweg nach Silber Sterling war ihnen ein Bote entgegengekommen, der ihnen eine kurze handschriftliche Mitteilung ausgehändigt hatte. Sie waren ihrer Ämter enthoben. Sie konnten von nun an tun, was ihnen beliebte, doch sie durften nicht an den Hof zurückkehren.

Bunion, dem man die Wahl überließ, hatte beschlossen, mit ihnen zu gehen, aber keinen Grund für seine Entscheidung genannt.

»Zu Beginn der Jagd hatte ich nicht die Absicht, das Einhorn entkommen zu lassen«, fuhr Questor leise fort. »Ich war entschlossen, es zu fangen und Seiner Hoheit zu übergeben, wie er es befohlen hatte. Ich hielt es für ein gefährliches Unterfangen, denn das schwarze Einhorn gilt seit langer Zeit als ein Unglück bringendes Geschöpf. Aber auf der anderen Seite hat Seine Hoheit eine außerordentliche Geschicklichkeit an den Tag gelegt, Unglück zu seinem Vorteil zu wenden.« Er machte eine Pause. »Ich gebe zu, daß ich über seine störrische Beharrlichkeit, daß das Einhorn sofort zu fangen sei, und über sein Weigern, uns dafür eine Erklärung zu geben, irritiert war. Trotzdem hatte ich noch immer die Absicht, ihm zum Besitz des Einhorns zu verhelfen.« Er holte tief Luft. »Aber als ich das Tier in jenem Wald vor mir sah – wie es da so vor mir stand und ich erkannte, was es war –, da konnte ich nicht zulassen, daß es gefangen würde. Ich weiß nicht, warum, ich konnte einfach nicht. Nein, das ist nicht wahr – ich weiß, warum. Es war nicht richtig. Ich fühlte in meinem Innersten, daß es nicht recht war. Habt Ihr das nicht auch gefühlt, Abernathy? Das Einhorn ist nicht dazu bestimmt, dem König zu gehören. Es ist nicht dazu bestimmt, *irgendwem* zu gehören.« Er blickte unsicher auf. »Also benutzte ich meine Magie, damit das nicht geschah. Ich ließ es entkommen.«

Abernathy schnappte nach etwas, das ihm am Gesicht vorbeiflog, schob dann seine staubverschmierte Brille wieder an ihren Platz und nieste. »Ihr hättet mir das gleich sagen sollen, Zauberer, statt mich in dem Glauben zu lassen, Euch sei einfach wieder einmal ein Zauber danebengegangen. So kann ich das wenigstens verstehen.«

»Könnt Ihr?« Questor schüttelte zweifelnd den Kopf. »Ich wünschte, ich könnte es. Ich habe gegen den Willen Seiner Hoheit gehandelt, obwohl ich einen Eid geleistet habe, ihm zu dienen, und die einzige Entschuldigung, die ich vorbringen kann, ist, daß es nicht recht schien, seinen Befehl zu befolgen. Er hat richtig gehandelt, mich vom Hofe zu weisen.«

»Und mich auch, wollt Ihr damit behaupten?«

»Nein. Euch hätte er nicht fortschicken dürfen. Ihr habt nichts mit dem zu tun, was geschehen ist.«

»Tatsache ist, daß er keinen von uns hätte entlassen dürfen!«

Questor zuckte hilflos mit den Schultern. »Er ist der König. Wer sind wir, sein Urteil in Frage zu stellen?«

»Pfffhh!« schnaubte Abernathy höhnisch. »Die Jagd war so oder so eine grobe Fehleinschätzung der Realität. Wenn einer einen Fehler begangen hat, dann der König. Er kannte die Geschichte des schwarzen Einhorns. Wir wiesen ihn darauf hin, daß das Tier nicht gejagt werden kann, und er ignorierte uns völlig. Er hat das noch nie zuvor getan, Zauberer. Ich sage Euch, er ist wie besessen. Er denkt an nichts anderes mehr. Er hat Weide nur ein einziges Mal erwähnt – und das in einer Schimpfkanonade, weil sie ihm das goldene Zaumzeug noch nicht gebracht hatte. Er vernachlässigt seine Pflichten, verbarrikadiert sich in seinen Gemächern und spricht mit niemandem. Nicht ein einziges Mal hat er die Zauberbücher erwähnt, seit Ihr sie ihm gegeben habt. Ich hatte gehofft, daß Seine Hoheit wenigstens eine *winzige* Anstrengung machen würde, darin nach einem Mittel zu suchen, mich in meine ursprüngliche Gestalt zurückzuverwandeln. Früher hätte Seine Hoheit das getan, ohne überhaupt darüber nachzudenken...«

Der Schreiber verstummte verlegen und starrte in die Flammen des kleinen Feuers. »Nun, sei's drum. Das Problem ist, daß er in letzter Zeit nicht er selber ist, Questor Thews. Er ist nicht er selber.«

Das Eulengesicht des Zauberers verzog sich nachdenklich. »Nein.« Er warf einen kurzen Blick auf Bunion und war überrascht, daß der Kobold zustimmend nickte. »Nein, er hat sich wirklich verändert.«

»Und zwar seit...«

»Seit wir jenen Eindringling in seinem Schlafgemach überraschten?«

»Ja, seitdem. Seit jener Nacht.«

Wieder schwiegen sie eine Weile. Dann trafen sich ihre Blicke, und sie erschraken über das, was sich darin spiegelte. »Ist es möglich, daß...« setzte Abernathy unsicher an.

»Daß der Eindringling *wirklich* der König war, wie er behauptete?« beendete Questor den Satz. Er runzelte die Stirn. »Bislang habe ich das für ausgeschlossen gehalten, aber jetzt...«

»Wir haben natürlich keinerlei Gewißheit«, beeilte sich Abernathy zu bemerken.

»Nein, keine«, stimmte Questor zu.

Das Feuer knisterte und knackte, der Wind trug den Rauch über sie hinweg, und Funken sprühten in die Asche. Weit in der Ferne stieß ein Nachtvogel einen langen, sehnsüchtigen Schrei aus, der Questor einen Schauder über den Rücken jagte. Er tauschte einen schnellen Blick mit Abernathy und Bunion.

»Ich hasse es, draußen zu schlafen«, murmelte Abernathy. »Ich kann Flöhe und Zecken und andere Krabbeltiere nicht ausstehen, die sich in meinem Fell einnisten.«

»Ich habe einen Plan«, erklärte Questor plötzlich.

Abernathy warf ihm einen langen, strengen Blick zu, wie immer, wenn man ihm etwas ankündigte, was er lieber nicht hören wollte. »Ich habe beinahe Angst davor zu fragen, was Euer Plan ist, Zauberer«, erwiderte er schließlich.

»Wir werden den Drachen aufsuchen. Wir werden Strabo einen Besuch abstatten.«

Bunions Zähne glänzten in einem erschreckten Grinsen. »Das soll ein Plan sein?« fragte Abernathy entsetzt.

Questor beugte sich eifrig vor. »Es ist ganz und gar vernünftig, sich an Strabo zu wenden. Wer weiß besser über Einhörner Bescheid als Drachen? Sie waren einst die schlimmsten Feinde – die ältesten Gegner in den Elfenreichen. Nun ist das schwarze Einhorn das letzte seiner Art, wie Strabo der letzte seiner Art ist. Sie teilen ein gemeinsames Schicksal, eine natürliche Verbundenheit! Gewiß können wir von dem Drachen etwas über das Einhorn erfahren – vielleicht genug, um das Mysterium aufzuhellen und zu erfahren, warum das Einhorn nach Landover gekommen ist!«

Abernathy schaute ihn fassungslos an. »Aber der Drache kann uns nicht ausstehen, Questor Thews! Habt Ihr das vergessen? Er wird uns als kleine Köstlichkeit zum Mittagessen rösten!« Der Schreiber machte eine Pause. »Und außerdem, wozu soll es gut sein, mehr über das Einhorn zu erfahren? Das Vieh hat uns schon jetzt genug Ärger gebracht.«

»Aber wenn wir wissen, was es hier tut, könnten wir herausbekommen, warum der König so versessen darauf ist«, gab Questor schnell zurück. »Wir könnten sogar einen Weg finden, Amt und Ehre bei Hofe wiederzuerlangen. Das ist nicht ausgeschlossen. Und der Drache wird uns kein Leid zufügen. Er wird sich über unseren Besuch freuen, sobald er den Grund dafür erfahren hat. Vergeßt nicht, Abernathy, daß Drachen und Zauberer ebenfalls einen gemeinsamen Hintergrund haben. Die Natur und die Dauer unserer Berufsbeziehung haben zu allen Zeiten einen gewissen gegenseitigen Respekt verlangt.«

Abernathy verzog das Maul. »Was für ein Blödsinn!«

Questor schien ihn kaum zu hören. Sein Blick war in die Ferne gerichtet. »In alter Zeit wurden Spiele zwischen Zauberern und Drachen veranstaltet, die einem Ängstlichen das Herz zum Stillstand gebracht hätten, das kann ich Euch versichern. Ein Wettstreit im Zaubern und in der Geschicklichkeit.« Er legte den Kopf ein wenig zur Seite. »Das eine oder andere Spiel mag sich als nötig erweisen, falls Strabo sich schwierig gibt. Diebstahl von Kenntnissen ist ein Handwerk, das ich gut beherrsche, und es könnte ein Vergnügen sein, mich wieder einmal mit jemandem zu messen...«

»Ihr seid verrückt!« schnaubte Abernathy entsetzt.

Doch Questors Begeisterung war nicht zu dämpfen. Er sprang auf die Füße und schritt mit glänzenden Augen um das Feuer herum. »Nun, wie auch immer. Was getan werden muß, muß getan werden. Ich habe meinen Entschluß gefaßt. Ich werde den Drachen besuchen.« Er hielt inne. »Bunion wird mitgehen, nicht wahr, Bunion?« Der Kobold nickte mit einem Grinsen, das von einem Ohr bis zum anderen reichte. Der Zauberer bebte vor Aufregung. »Also, das ist beschlossen. Ich gehe. Bunion kommt mit. Und Ihr müßt uns ebenfalls begleiten, Abernathy.« Er blieb stehen und ließ die Arme sinken. Seine schlaksige Gestalt beugte sich etwas, als werde sie von einem schweren Gewicht niedergedrückt. »Wir müssen gehen, versteht ihr? Was sonst können wir tun?«

Er schaute den Schreiber fragend an. Abernathy hielt seinem Blick stand. Schweigend fochten die beiden Freunde einen stillen Krieg zwischen Zweifel, Ungewißheit und Selbsteinschätzung. Schatten der Vergangenheit, die sie für immer verbannt geglaubt hatten, drohten die Zukunft wieder zu verdunkeln. Sie fühlten, wie diese Schatten sich rundum verdichteten. Das konnten sie nicht zulassen. Alles andere war besser als das Erwarten dieser erdrückenden Finsternis.

Die Hügel lagen still wie ein dunkler Rücken vor einem kalten, fernen Sternenhimmel, der Schuppen und der Rinderpferch wie das Gerippe der alternden Erde.

»Also gut«, seufzte Abernathy aus tiefster Brust. »Wir werden alle zusammen eine solche Dummheit begehen.«

Keiner widersprach.

Masken

Bei Sonnenaufgang hielten Fillip und Sot sich verabredungsgemäß bereit. Sie warteten wie ein Paar regloser, stämmiger Schatten ungefähr zwanzig Meter entfernt, als Ben aufwachte, die Reisesäcke auf den Rücken geschnallt, die Mützen mit der roten Feder fest über den Kopf gezogen. Auf den ersten Blick hätte man sie für Büsche halten können, doch als Ben aufstand und seine verkrampften, von der Kälte und der Nacht auf dem harten Boden steifen Glieder streckte, kamen sie zögernd ein paar Schritte näher und grüßten ihn bange. Sie wirkten noch nervöser als sonst und hörten nicht auf, an ihm vorbei die Umgebung abzusuchen, als rechneten sie jeden Moment mit einem Überfall der Klippentrolle.

Ben brauchte eine Weile, bis er begriff, daß sie nicht vor Klippentrollen auf der Hut waren, sondern vor Egdewood Dirk.

Dirk seinerseits ignorierte sie. Er saß auf dem Baumstumpf und putzte sich. Sein Fell glänzte und schimmerte seidig, als sei es vom Morgentau feucht. Dirk blickte nicht auf und erwiderte auch Bens Morgengruß nicht. Er fuhr fort, sich sorgfältig seiner Toilette zu widmen, bis er mit seinem Werk zufrieden war, und beugte sich dann über ein Schälchen Quellwasser, das Ben bereitgestellt hatte. Ben hatte bislang noch nicht wirklich darüber nachgedacht, doch jetzt fiel ihm auf, daß die Katze nicht viel Nahrung zu sich zu nehmen schien. Wovon er eigentlich überlebte, war ein Rätsel, aber eines, das Ben lieber ungelöst ließ. Er hatte sich auch so schon mit genügend Ungereimtheiten zu befassen.

Wenig später machten sie sich auf den Weg, Ben und Dirk führten – je nach dem, wie man das Wort ›führen‹ verstehen will, denn wieder einmal schien Dirk zu wissen, wohin Ben steuerte, noch ehe er es selbst wirklich wußte. Die Gnome folgten. Fillip und Sot mieden Edgewood Dirk auffällig. Sie hielten sich sorgsam fern von der Katze und beobachteten sie, wie man eine Schlange beobachtet. Fillip humpelte merklich, und Sot schien sich das Fell auf den Handrücken und den Unterarmen angesengt zu haben. Keiner von beiden äußerte etwas über seine Verletzungen, und Ben ließ es auf sich beruhen.

Zügig wanderten sie durch den Morgen. Die Sonne schien hell aus dem wolkenlosen Himmel, der Duft wilder Blumen und Fruchtbäume füllte die Luft. Überall waren neue Zeichen des Befalls zu erkennen. Noch waren es nur winzige Spuren, doch Ben dachte wieder an Meeks, der als Ben umherlief, an die Dämonen, die auf seine Einladung hin aus Abaddon gekommen waren, an das Nachlassen der Magie im Lande und an den Raub seiner Lebenskraft. Ben beschleunigte seine Schritte. Er hatte das Gefühl, die Zeit zerrinne ihm unter den Fingern. Er war der Erkenntnis, was ihm eigentlich zugefügt worden war, keinen Schritt näher gekommen. Er hatte noch immer keine Ahnung, warum das schwarze Einhorn nach Landover zurückgekehrt war und welche Bedeutung es für Meeks verkörperte. Er wußte nur, daß eine Verbindung zwischen all den Ereignissen bestand, und die mußte er entwirren, wenn er je wieder Ordnung in dieses Durcheinander bringen wollte.

Das führte seine Gedanken wieder zu Edgewood Dirk. Es wurmte ihn nach wie vor, daß der Kater sich derart geheimnisvoll gab, obwohl er durchaus in der Lage wäre, eine Erklärung zu liefern. Ben war inzwischen ziemlich sicher, daß das Tier nicht einfach aus purem Zufall in jener Nacht im Seenland mit ihm zusammengetroffen war, sondern ihn absichtlich aufgesucht hatte. Er war ebenfalls überzeugt davon, daß Dirk aus irgendeinem bestimmten Grund mit ihm zusammenblieb und nicht aus bloßer Neugierde. Aber Dirk war nicht bereit, Ben irgendwelche Erklärungen zu geben, außer wenn er selbst Lust dazu hatte. Und das kam, wie Ben die sonderbare Natur dieses Tieres kannte, nur alle Jubeljahre einmal vor. Dennoch war es Ben zuwider, die Gegenwart des Katers einfach hinzunehmen, ohne einen weiteren Versuch zu starten, etwas über die Motive herauszufinden, die ihn hergeführt hatten.

Als der Mittag näher rückte und der Schatten des Tiefen Schlundes sichtbar zu werden begann, beschloß er, einen neuen Anlauf zu riskieren. Er hatte unterwegs nachgedacht, hatte versucht, die Verbindung zwischen den verschiedenen Einhörnern aufzudekken, die ihm seit seinem Traum begegnet waren. Das waren inzwischen eine ganze Reihe. Einmal das schwarze Einhorn. Dann die Einhornzeichnungen in den verlorenen Zauberbüchern – Berichtigung: in *einem* der verlorenen Zauberbücher, das andere war ja nur noch eine ausgebrannte Hülle. Und dann waren da die weißen Elfen-Einhörner, die vor Jahrhunderten auf ihrer Reise in die sterblichen Welten aus Landover verschwanden. Im Augenblick beschäftigte ihn die Legende dieser Elfen-Einhörner. Ben war längst überzeugt, daß es eine Verbindung zwischen dem schwarzen Einhorn und den Einhornzeichnungen im Zauberbuch gab. Warum hätte Meeks sonst Träume von beiden geschickt? Warum wollte er sie beide so dringend in seinen Besitz bringen? Die eigentliche Frage war, ob auch ein Zusammenhang mit den vermißten Elfen-Einhörnern bestand. Ben sagte sich, daß es ein ziemlicher Zufall wäre, wenn eine Verbindung zwischen allen dreien bestünde, doch er begann sich zu fragen, ob es ein nicht noch größerer Zufall wäre, wenn eine solche Verbindung *nicht* bestünde. Magie war der gemeinsame Nenner der drei Phänomene, und er war fast bereit, eine Wette darüber abzuschließen, daß Meeks vorhatte, irgendwie die Kontrolle über die Magie zu gewinnen.

So. Genug gegrübelt. Vielleicht würde die Lösung eines dieser kleinen Rätsel helfen, das große aufzuschlüsseln. Und – vielleicht – wäre Edgewood Dirk ausnahmsweise mal ein bißchen weniger unwillig, sich kooperativ zu zeigen...

»Dirk, du bist an vielen Orten gewesen und hast viele Dinge gesehen«, eröffnete er das Gespräch so beiläufig, wie er nur konnte. »Was meinst du zu dieser Legende von den vermißten Elfen-Einhörnern?«

Die Katze schaute ihn nicht an. »Ich denke überhaupt nicht darüber nach.«

»Nein? Nun, aber wenn du dir darüber Gedanken machen würdest? Du sagtest damals bei unserer ersten Begegnung, daß du etwas über die verschollenen weißen Einhörner wüßtest, erinnerst du dich?«

»So ist es.«

»Die Einhörner, welche die Elfen in die anderen Welten schickten? Jene, die irgendwie verschwanden?«

»Eben die.« Dirk klang gelangweilt.

»Was glaubst du, was mit ihnen geschehen ist? Wie sind sie verschwunden?«

»Wie?« schnaubte der Kater. »Sie wurden natürlich gestohlen.«

Ben war so überrascht, zur Abwechslung einmal eine direkte Antwort zu bekommen, daß er einen Augenblick brauchte, sie zu verdauen. »Aber... *wer* war der Dieb?« fragte er schließlich.

»Jemand, der sie haben wollte, Hoheit. Wer sonst? Jemand, der über die Fähigkeiten und die Mittel verfügte, sie zu fangen und festzuhalten.«

»Und wer kann das gewesen sein?«

»Also, was meinst du denn, wer das gewesen sein kann?« Dirk klang ungeduldig.

Ben zögerte nachdenklich. »Ein Zauberer?«

»Nicht *ein* Zauberer – *Zauberer*! Zu jener Zeit gab es viele, nicht nur einen oder zwei wie heute. Sie hatten ihre eigene Zunft, ihren eigenen Verband – lose organisiert, aber wirksam, wenn es nötig war. Damals war die Magie stärker in Landover, und die Zauberer liehen ihre Fähigkeiten jenen, die sie brauchten und die sie sich leisten konnten. Für geraume Zeit waren sie mächtige Männer – bis sie den König selbst herausforderten.«

»Und was geschah dann?«

»Der König rief den Paladin herbei, und der Paladin vernichtete sie. Danach war nur noch ein Zauberer zugelassen – und der stand in den Diensten des Königs.«

Ben runzelte die Stirn. »Aber wenn die Einhörner von den Zauberern gestohlen worden waren, was geschah mit ihnen, nachdem die Zauberer... aus dem Weg geräumt worden waren? Warum wurden sie nicht befreit?«

»Keiner wußte, wo sie waren.«

»Aber hat denn keiner nach ihnen gefahndet? Hat denn keiner versucht, sie zu finden?«

»Aber ja.«

»Und warum wurden sie nicht gefunden?«

Dirk blieb stehen und blinzelte schläfrig. »Die Frage, die damals niemand aufwarf, ist die gleiche, die du jetzt nicht stellst, Hoheit: Zu welchem Zweck wurden die Einhörner überhaupt gestohlen?«

Ben war ebenfalls stehengeblieben, überlegte einen Moment und zuckte dann mit den Achseln. »Es waren zauberhafte Geschöpfe. Die Zauberer wollten sie für sich alleine haben, nehme ich an.«

»Ja, ja, ja! Fällt dir nichts Besseres ein?«

»Tja, äh...« Ben verstummte und kam sich vor wie ein Esel. »Warum kannst du es mir nicht einfach sagen, verdammt noch mal?« fragte er aufgebracht.

Dirk schaute ihn fest an. »Weil ich nicht will«, entgegnete er leise. »Weil du wieder lernen mußt, die Dinge klar zu sehen.«

Ben starrte ihn an, warf dann einen Blick auf die G'heim-Gnome, die aus sicherer Entfernung die Szene beobachteten, und kreuzte die Arme vor der Brust. Er hatte keine Ahnung, was Dirk damit meinte, doch es hatte keinen Zweck, mit dem Kater zu streiten.

»Also gut«, begann er schließlich von neuem. »Ich versuch's noch mal. Die Zauberer fanden heraus, daß die Elfen eine ganze Herde Einhörner via Landover in die sterblichen Welten schickten. Sie stahlen die Einhörner für ihre eigenen Zwecke. Sie stahlen sie, weil...« Er hielt inne, als ihm plötzlich die Zauberbücher mit den Zeichnungen einfielen. »Sie stahlen die Einhörner, weil sie ihre Magie wollten! Das ist die Bedeutung der Zeichnungen in dem Buch! Sie haben etwas mit den verschollenen Einhörnern zu tun!«

Edgewood Dirk legte den Kopf schief. »Glaubst du wirklich, Hoheit?«

In der Frage lag so viel echte Neugier, daß Ben nicht mehr wußte, was er denken sollte. Er hatte erwartet, daß die Katze ihm zustimmen würde, doch sie schien so überrascht zu sein wie er selbst!

»Ja, ich glaube das wirklich«, erklärte er schließlich, wenn auch verwundert. »Ich glaube, zwischen den vermißten Einhörnern und den verlorenen Zauberbüchern besteht eine Verbindung, und das schwarze Einhorn hat mit beiden etwas zu tun.«

»Das klingt sinnvoll«, gab Dirk zu.

»Aber wie konnten die Einhörner gestohlen werden? Und wie konnten die Zauberer ihre Magie stehlen? Waren die Einhörner nicht ebenso stark wie die Zauberer?«

»So glaubt man«, stimmte Dirk ein weiteres Mal zu.

»Was ist dann mit ihnen geschehen? Wo wurden sie versteckt?«

»Vielleicht tragen sie Masken?«

»Masken?« Ben war verwirrt.

»Wie deine eigene. Vielleicht tragen sie Masken, und wir können sie nicht sehen.«

»Wie meine eigene?«

»Könntest du bitte aufhören, alles zu wiederholen, was ich sage?«

»Aber wovon redest du denn, um Himmels willen?«

Dirk warf ihm einen ›Warum-fragst-du-so-dummes-Zeug‹-Blick zu und schnupperte die laue Morgenluft, als seien darin die Antworten zu finden. Sein schwarzer Schwanz zuckte nervös. »Ich stelle fest, daß ich ziemlich durstig bin, Hoheit. Würdest du mich begleiten, einen Schluck Wasser zu trinken?«

Ohne auf eine Antwort zu warten, stand er auf und verschwand zwischen den Bäumen. Ben starrte ihm einen Moment nach, dann ging er hinterher. Nicht weit entfernt fanden sie einen kleinen Teich und beugten sich darüber. Ben trank gierig. Er hatte gar nicht gemerkt, wie durstig er war. Dirk ließ sich Zeit, läppelte geziert, fast wählerisch, hielt immer wieder inne und achtete sorgfältig darauf, seine Pfoten nicht zu benetzen. Ben wußte, daß Fillip und Sot sich beobachtend im Hintergrund hielten, doch er achtete nicht auf sie. Seine ganze Aufmerksamkeit war dem Kater gewidmet. Ungeduldig wartete er gespannt auf das, was Dirk als nächstes sagen würde – denn er würde mit Sicherheit etwas sagen, oder Ben irrte sich, wie er sich noch nie in seinem Leben geirrt hatte!

Ben hatte sich nicht getäuscht. Nachdem Dirk endlich seinen Durst gelöscht hatte, setzte er sich und blickte Ben an. »Schau dich im Wasserspiegel an, Hoheit«, befahl er. Ben tat, wie ihm geheißen, und sah sein Spiegelbild, verzerrt, aber doch seines. »Und jetzt guck dich selbst an«, fuhr Dirk fort. Ben tat es und nahm die zerlumpten Kleider, die ausgetretenen Stiefel, Dreck und Staub – eine ungewaschene, ungepflegte, heruntergekommene Gestalt wahr. Nur sein Gesicht konnte er natürlich nicht sehen. »So, und jetzt betrachte dein Spiegelbild im Wasser wieder. Schau ganz genau hin.«

Ben gehorchte, und diesmal sah er sein Gesicht schimmern und verblassen und zu jemandem werden, den er nicht kannte, einem Fremden, der die gleichen Kleider trug wie er.

Erschreckt blickte er auf. »Ich sehe nicht mehr wie ich selbst aus!« In seiner Stimme lag eine Spur Angst, die er nicht verhehlen konnte, obwohl er es versuchte.

»Und das, meine liebe Hoheit, kommt daher, daß du dabei bist, dich *selbst* zu *verlieren*«, sagte Edgewood Dirk leise. »Die Maske, die du trägst, nimmt überhand!« Der Kater kam ein Stück näher. »Finde dich selbst, Ben Holiday, ehe das geschehen kann. Nimm die Maske ab, dann gelingt es dir vielleicht, auch die Einhörner zu entlarven.«

Ben warf schnell einen Blick auf sein Spiegelbild und stellte erleichtert fest, daß es wieder sein eigenes war. Doch irgendwie schienen seine Züge undeutlich und schwach zu sein, so als verblaßten sie.

Er schaute sich hastig nach Dirk um, doch der Kater trottete schon davon und scheuchte die verschreckten Gnome vor sich her. »Beeil dich lieber, Hoheit«, rief er. »Der Tiefe Schlund ist kein Ort, wo man sich nach Einbruch der Nacht herumtreiben sollte.«

Ben richtete sich langsam auf. Er war nicht nur noch verwirrter als zuvor, er war auch noch voller Furcht. »Warum stelle ich der verfluchten Katze überhaupt irgendwelche Fragen?« murmelte er frustriert vor sich hin.

Aber die Antwort darauf kannte er natürlich. Kopfschüttelnd eilte er hinter den anderen her.

* * *

Im Laufe des Nachmittags erreichten sie den Tiefen Schlund. Er war unverändert und unveränderlich – ein finsteres Loch in einem sonst hell von der Sonne beschienenen Waldgebiet, drohend, unheilverheißend, wie ein Tier lauernd, das bereit ist, zu flüchten oder anzugreifen. Schatten und Nebel spielten Verstecken in seinen unergründlichen Tiefen, krochen mit langsamen, unvorhersehbaren Bewegungen über Bäume, Moore und Zwielicht. Nichts sonst war zu sehen. Was auch immer dort unten lebte und lauerte, es war entschlossen, den harten Kampf ums Überleben zu kämpfen, wo nur der Schnellste und der Stärkste eine Chance hat. Alle Geräusche waren verzerrt und die Farben vergraut. Nur der Tod war zu Hause im Tiefen Schlund, und nur der Tod war beständig. Ben und seine Gefährten konnten diese Wahrheit erfühlen. Sie standen am Rande des Abgrunds, starrten in seine bodenlose Finsternis und dachten jeder seine eigenen düsteren Gedanken.

»Also, wir sollten keine Zeit verlieren«, murmelte Ben schließlich. Er erinnerte sich, wie er das letzte Mal in den Tiefen Schlund gestiegen war, und wie Nachtschatten diese furchteinflößenden Illusionen geschickt hatte, um ihn abzuschrecken – endloses Moor, Eidechsen und Schlimmeres. Er dachte an seine Begegnung mit der Hexe, die ihn fast das Leben gekostet hatte. Er verspürte nicht das geringste Bedürfnis, diese Erfahrung ein zweites Mal zu machen.

»Also«, wiederholte er, und das Wort verlor sich in der Stille.

Niemand achtete auf ihn. Dirk saß mit halb geschlossenen Augen neben ihm und ließ sich schläfrig von ein paar Sonnenstrahlen wärmen, während er die Bewegungen der Nebelschwaden im Tiefen Schlund betrachtete. Fillip und Sot standen ein paar Schritte zu seiner Linken, in sicherer Entfernung von der Katze und dem Abgrund. Sie tuschelten leise und aufgeregt miteinander.

Ben schüttelte den Kopf. »Fillip. Sot.«

Die G'heim-Gnome zuckten zusammen, doch sie taten so, als hätten sie ihn nicht gehört.

»Komm sofort her!« rief er ärgerlich. Seine Geduld mit Katzen und Gnomen war am Ende.

Zaudernd und geduckt kamen sie näher, wobei sie ängstliche Seitenblicke auf Dirk warfen. Dirk schenkte ihnen wie üblich keinerlei Beachtung. Als sie so nah heran waren, wie sie, ohne gezogen und gezerrt zu werden, kämen, kniete Ben sich hin und schaute sie scharf an.

»Seid ihr sicher, daß Nachtschatten dort unten ist?« fragte er sanft.

»Ja, Hoheit.«

»Sie ist dort, Hoheit.«

Ben nickte. »Dann möchte ich, daß ihr ganz außerordentlich vorsichtig seid«, sagte er leise. Das war jetzt nicht der Moment für

Ungeduld oder Ärger, und er unterdrückte beides. »Ich möchte, daß ihr sehr, sehr vorsichtig seid, verstanden? Ich will nicht, daß ihr irgendwas tut, was euch in ernste Gefahr bringen könnte. Ihr sollt euch nur hinunterschleichen und euch umschauen. Ich muß unbedingt wissen, ob Weide dort unten ist – oder ob sie vor kurzem dort war. Das ist das Wichtigste. Versucht, es irgendwie herauszufinden.«

Ben machte eine Pause. Die weitaufgerissenen Kastanienaugen der Gnome blickten unruhig hin und her. Er wartete einen Moment, dann verlangte er wieder ihre Aufmerksamkeit. »Es gibt ein Zaumzeug aus gesponnenem Gold«, fuhr er fort. »Nachtschatten hat es irgendwo da unten versteckt. Ich brauche dieses Zaumzeug. Ich bitte euch, es zu suchen. Und wenn ihr es gefunden habt, möchte ich, daß ihr es mir bringt.«

Die erschreckten Kastanienaugen weiteten sich noch mehr. »Nein, es ist schon gut, habt keine Angst«, beruhigte Ben sie schnell. »Ihr braucht es nicht zu stehlen, wenn Nachtschatten in der Nähe ist – nur wenn sie nicht da ist, oder wenn ihr es irgendwie nehmen könnt, ohne daß sie es merkt. Tut einfach nur, was möglich ist. Ich werde euch beschützen.«

Das war wahrscheinlich die infamste Lüge seines Lebens. Er verfügte über keinerlei Mittel, die Gnome zu beschützen. Aber er mußte sie irgendwie trösten und beruhigen, sonst würden sie bei der erstbesten Gelegenheit einfach auf und davon rennen. Möglicherweise würden sie das ohnehin tun, aber er hoffte, daß der Respekt vor seinem Amt sie lange genug bei der Stange halten würde, bis sie ihre Aufgabe erledigt hätten.

»Hoheit, die Hexe wird uns weh tun!« behauptete Fillip.

»Sie wird uns schrecklich weh tun!« stimmte Sot zu.

»Nein, das wird sie nicht«, widersprach Ben. »Wenn ihr aufpaßt, wird sie nicht einmal merken, daß ihr dort unten seid. Ihr wart doch schon dort unten, oder?« Die beiden Köpfe nickten gleichzeitig. »Sie hat euch nicht gesehen, oder?« Wieder nickten sie. »Dann gibt es keinen Grund, warum sie euch diesmal entdekken sollte, oder? Tut, was ich euch gesagt habe, und seid ganz, ganz vorsichtig.«

Fillip und Sot schauten sich lange und bedeutungsvoll an. Die

Zweifel in ihrem Blick waren nicht zu übersehen. Schließlich wandten sie sich wieder zu Ben.

»Wir gehen nur einmal hinunter«, erklärte Fillip.

»Nur ein einziges Mal«, bekräftigte Sot.

»Ja, ja. Nur einmal«, stimmte Ben zu und warf einen besorgten Blick auf die länger werdenden Schatten in der Nachmittagssonne. »Aber beeilt euch bitte.«

Widerstrebend verschwanden die Gnome in der drohenden Dämmerung des Abgrundes. Ben sah ihnen nach, bis sie außer Sicht waren, dann lehnte er sich zurück und wartete.

Ihm fielen die wiederholten Bemerkungen von Edgewood Dirk über Masken wieder ein. Er trage eine Maske. Die verschollenen Einhörner trügen Masken. Das hatte der Kater gesagt. Aber was meinte er damit? Ben setzte sich an den Fuß eines Baumes, ein Stück entfernt von der Stelle, wo Dirk sich sonnte, und lehnte sich an den Stamm, um nachzudenken. Es war an der Zeit, sich *irgendeine* Klarheit zu verschaffen. Von Rechtsanwälten erwartete man, daß sie klar denken konnten – eine Grundvoraussetzung ihres Berufserfolgs. König von Landover hin oder her, er war noch immer ein Rechtsanwalt mit den Gewohnheiten und der Denkweise eines solchen. Denk nach, ermahnte er sich selbst. Denk gut nach!

Er dachte nach. Nichts fiel ihm ein. Masken wurden von Schauspielern und Banditen getragen. Man maskierte sich, wenn man nicht erkannt werden wollte, und danach nahm man die Maske wieder ab. Aber was hatte das mit ihm zu tun? Oder mit Einhörnern? Keiner von uns versucht, sich zu verkleiden. Meeks maskiert mich. Wer maskiert die Einhörner?

Die Zauberer, die sie gestohlen haben, die waren's.

Die Antwort war ihm spontan gekommen. Er richtete sich auf. Die Zauberer stahlen die Einhörner und verbargen sie, indem sie sie maskierten. Er nickte. Das schien sinnvoll. Und wie haben sie sie maskiert? Mit Masken? Verkleideten sie als Kühe oder Bäume oder so was? Nein. Er runzelte die Stirn. Noch mal von vorne. Die Zauberer klauten die Einhörner (wie konnten sie das tun?), damit sie ihre Magie stehlen konnten. Die Zauberer wollten die Zauberkraft für ihre eigenen Zwecke. Aber was hatten sie damit vor? Wozu wollten sie sie benutzen? Wo war die Magie jetzt?

Ben riß die Augen weit auf. Außer Meeks gab es keine echten Zauberer mehr. Die Quelle seiner Macht lag in den verlorenen – und wiedergefundenen – Zauberbüchern, den Büchern, die eigentlich eine Sammlung der Zaubertricks enthielten, die von Magiern im Laufe der Zeit zusammengetragen worden waren – den Büchern mit den Einhornzeichnungen! Natürlich, die Einhörner in den Büchern – oder wenigstens in dem einen Buch – waren Abbildungen der vermißten Einhörner!

Aber wozu denn Zeichnungen?

Oder sind es die Einhörner selbst?

»Ja!« flüsterte er überrascht.

Es war unmöglich, daß es ihm vorher nicht eingefallen war – aber unmöglich nur in seiner alten Welt, nicht in Landover, wo Magie die Norm war! Die verschollenen Einhörner, die Einhörner, die man seit Jahrhunderten nicht mehr gesehen hatte, waren mitsamt ihrer intakten Zauberkraft in den Büchern der Zauberer eingesperrt! Und der Grund dafür, daß außer den Einhornbildern nichts in den Büchern stand, lag darin, daß die Magie der Bücher ausschließlich Einhornzauberkraft war – Magie, die von den Zauberern gestohlen worden war!

Und für ihre eigenen Zwecke genutzt?

Ben wußte es nicht. Er setzte an, etwas zu Dirk zu sagen, doch dann besann er sich eines Besseren. Es war sinnlos, den Kater zu fragen, ob er recht vermutete. Der Kater würde nur ein Mittel finden, ihn erneut zu verwirren. Du mußt es selbst herausfinden, Ben Holiday, ermahnte er sich. Die Einhörner waren von den Zauberern zu Zeichnungen in den Büchern verwandelt worden – das würde das Verschwinden der Tiere für Jahrhunderte erklären, und es würde auch die Erklärung dafür sein, warum Meeks Questor jenen Traum geschickt hatte, und warum Meeks die Bücher so dringend haben wollte. Und es würde sogar Dirks Andeutungen über Masken erklären.

Kam er der Sache jetzt etwas näher?

Es gab noch immer eine Reihe von Dingen, die rätselhaft blieben, stellte er fest. Was war mit dem schwarzen Einhorn? War es einfach ein weißes Einhorn, das aus den Büchern entkommen war? Vielleicht aus dem ersten Buch mit den verkohlten Seiten? Aber warum wäre es jetzt schwarz, wenn es eigentlich weiß gewesen war? Asche oder Ruß? Dummes Zeug! Warum war es im Laufe der Jahre immer wieder mal aufgetaucht und wieder verschwunden, wenn es nicht auch ein Gefangener in den Büchern der Zauberer war? Und warum legte Meeks jetzt so höllischen Wert darauf, seiner wieder habhaft zu werden?

Ben spielte nervös mit seinen Händen. Wenn *ein* Einhorn entkommen konnte, warum dann nicht die anderen?

Die verschiedenen verwirrenden Fakten begannen sich zusammenzubrauen. Meeks hatte Andeutungen darüber gemacht, daß Ben irgend etwas getan hatte, wodurch seine Pläne durchkreuzt wurden, aber er hatte nicht gesagt, was es war. Wenn es zutraf, hatte es etwas mit den Einhörnern zu tun, schwarz wie weiß. Doch Ben hatte nicht die blasseste Ahnung, was dieses ›Etwas‹ sein könnte.

Erfolglos durchdachte er wieder und wieder die Einzelheiten, während der Nachmittag verfloß und die Sonne dem westlichen Horizont zustrebte. Schatten krochen fast unmerklich über den Wald, und die Dunkelheit und die Nebel des Tiefen Schlundes kamen aus ihrem Tagesgefängnis geschlichen und vereinten sich mit den Schatten, die Ben und Dirk einhüllten. Abendkühle verdrängte die wohlig laue Tagesluft.

Ben brach seine Grübeleien ab und konzentrierte sich auf die Steilhänge des Schlundes. Wo blieben Fillip und Sot? Sollten sie nicht längst zurück sein? Er rappelte sich auf und ging steifbeinig zum Klippenrand. Nichts zu sehen. Er wanderte mehrere hundert Meter in beiden Richtungen am Abgrund entlang durch das Gestrüpp und schaute angestrengt in die Dämmerung. Ohne Erfolg. Unbehagen packte ihn. Er hatte nicht angenommen, daß die kleinen Gnome sich ernstlich in Gefahr begäben, sonst hätte er sie nicht hinuntergeschickt. Vielleicht hatte er einen Fehler gemacht. Vielleicht hatte er nur gesehen, was er sehen wollte, und hatte die Realität verkannt.

Er kehrte zu seinem Ausgangspunkt zurück und starrte hilflos in die unheilverkündende Finsternis des Tiefen Schlundes. Die Gefahren des Abgrundes hatten den Gnomen bislang nie Sorgen bereitet. Gab es einen Grund, warum sich das geändert hatte? Verdammt! Er hätte mit ihnen gehen sollen!

Ben warf einen hilflosen Blick auf Dirk. Dirk schien zu schlafen.

Ben wartete. Es blieb ihm nichts anderes übrig. Die Minuten zogen sich endlos hin. Es wurde immer dunkler. Man konnte die Dinge im zunehmenden Dämmerlicht kaum noch unterscheiden.

Da, plötzlich! Etwas bewegte sich am Klippenrand. Ben sprang auf und ging ein paar Schritte darauf zu. Im Gebüsch raschelte es, und Fillip und Sot kamen daraus hervor.

»Dem Himmel sei Dank, daß ihr…« setzte Ben an und verstummte.

Die Gnome waren steif vor Angst. Wie gelähmt. Ihre pelzigen Gesichter waren unheilverheißend verzerrt, ihre Augen hell und starr. Sie schauten weder nach rechts noch nach links, sie schienen Ben nicht einmal wahrzunehmen. Sie starrten vor sich hin, ohne etwas zu sehen. Sie standen vor dem Gebüsch und hielten sich wie verängstigte kleine Kinder an den Händen.

Ben stürmte von Angst gepackt auf sie zu. Irgend etwas Schreckliches war geschehen. »Fillip! Sot!« Er kniete sich vor sie und versuchte den Zauber, der sie bannte, zu brechen, was immer das war. »Schaut mich an! Was ist geschehen?«

»*Ich* bin geschehen, Möchtegernkönig!« flüsterte eine unangenehm vertraute Stimme.

Ben blickte an den erstarrten Gnomen vorbei auf eine große, dunkle Gestalt, die wie von Zauberhand hinter ihnen aufgetaucht war, und fand sich von Angesicht zu Angesicht mit der Hexe Nachtschatten.

Hexe und Drache
Drache und Hexe

Sprachlos starrte Ben in die kalten grünen Augen der Hexe, und wenn es einen Ort gegeben hätte, an den er sich hätte flüchten können, wäre er schon halbwegs dort gewesen. Aber vor Nachtschatten gab es kein Entfliehen. Sie bannte ihn allein durch die Macht ihrer Gegenwart. Sie war eine Wand, die man weder übersteigen noch umgehen konnte. Sie war sein Gefängnis.

Ihre Stimme war nur ein Hauch. »Ich hätte es nie für möglich gehalten, daß Ihr so töricht sein könntet, hierher zurückzukommen.«

Töricht allerdings, stimmte er im stillen zu. Er zwang sich, nach den Gnomen zu greifen und sie neben sich zu zerren, außer Reichweite der Hexe. Sie plumpsten auf ihn wie Stoffpuppen, zitterten vor Erleichterung und verbargen ihre Gesichter in seinen Kleidern.

»Bitte helft uns, Hoheit!« war alles, was Fillip mit kaum hörbarer Stimme hervorbrachte.

»Bitte, bitte«, jammerte Sot.

»Ist schon alles wieder gut«, log Ben.

Nachtschatten lachte. Sie war genau, wie Ben sie in Erinnerung hatte – groß, mit scharfen Zügen, ihre Haut glatt und fahl wie Marmor, das Haar kohlrabenschwarz mit Ausnahme einer weißen Strähne, ihre schlanke, kantige Gestalt in schwarze Gewänder gehüllt. Sie war auf ihre eigene Art schön und alterslos – eine Kreatur, die sich irgendwie mit ihrer Sterblichkeit abgefunden hatte. Doch in ihrem Gesicht fehlte der Ausdruck von Gefühlen, der sie perfekt gemacht hätte. Ihre Augen waren leer und ohne Tiefe. Sie sahen aus, als seien sie bereit, ihn zu verschlingen.

Nun, ich hab's ja gewollt, dachte er.

Nachtschattens Lachen erstarb, und ein winziger Funken Ungewißheit blitzte in ihren Augen auf. Sie trat einen Schritt auf Ben zu und schaute ihn an. »Was ist das?« fragte sie leise. »Ihr seid nicht der gleiche...« Sie verstummte verwirrt. »Aber Ihr müßt es sein; die Gnome haben Euch als ›Hoheit‹ angesprochen... Laßt mich Euer Gesicht bei Lichte betrachten.«

Sie griff nach ihm. Ben konnte nichts dagegen tun. Finger, kalt wie Eiszapfen, packten sein Kinn und drehten sein Gesicht ins Mondlicht. Sie hielt ihn einen Augenblick lang so fest und murmelte: »Ihr seid verändert – und dennoch seid Ihr derselbe. Was ist mit Euch geschehen, Möchtegernkönig? Oder wollt Ihr ein neues Spiel mit mir spielen? Seid Ihr nicht Ben Holiday?« Ben fühlte, wie Fillip und Sot sich zitternd noch enger an ihn drängten und sich mit ihren Händen an ihm festklammerten. »Aha! Da ist ein *Zauber* am Werk«, flüsterte Nachtschatten rauh und stieß sein Kinn von sich. »Wessen Zauber ist das? Sagt es mir – auf der Stelle!«

Ben kämpfte gegen einen Schrei an, der ihm in der Kehle steckte, kämpfte darum, seine Stimme ruhig klingen zu lassen. »Meeks. Er ist zurückgekommen. Er hat sich selbst in den König verwandelt und mich... in das hier.«

»Meeks?« Die grünen Augen verengten sich zu Schlitzen. »Der kümmerliche Scharlatan? Wo hat er die Zauberkraft gefunden, um das hier zu bewerkstelligen?« Ihr Gesicht verzog sich voller Abscheu. »Er verfügt nicht einmal über die Mittel, seine eigenen Schuhe zuzubinden! Wie konnte er es fertigbringen, Euch zu so etwas zu verwandeln?«

Ben erwiderte nichts. Er hätte ohnehin keine Antwort gewußt.

Lange Zeit herrschte Schweigen, während die Hexe ihn musterte. Schließlich fragte sie: »Wo ist das Medaillon? Laßt sehen!«

Als er nicht gleich reagierte, schnippte sie mit den Fingern. Trotz seines festen Entschlusses konnte er nicht umhin, das geschwärzte Amulett unter dem Hemd hervorzuholen und ihr zu zeigen. Sie betrachtete es einen Moment, schaute Ben wieder prüfend von oben bis unten an und verzog ihr Gesicht zu einem siegesgewissen Lächeln, wie ein Raubtier über seiner sicheren Beute.

»So, so«, flüsterte sie.

Mehr sagte sie nicht. Es reichte. Ben begriff augenblicklich, daß sie herausgefunden hatte, was mit ihm geschehen war. Er wußte, daß sie die Natur des Zaubers, der ihn verwandelt hatte, erkannte. Daß *sie* das durchschaute, machte ihn rasend. Es war schlimmer, als in dieser Weise gebannt zu werden. Ihm war nach Schreien zumute. Er *mußte* erfahren, was sie entdeckt hatte, und es bestand in der ganzen Welt kein Mittel, sie dazu zu bringen, es ihm zu verraten.

»Ihr seid rührend, Möchtegernkönig«, fuhr sie mit leiser, schmeichlerischer Stimme fort. »Ihr habt immer Glück gehabt, aber klug wart Ihr nie. Ich bin beinahe versucht, Euch so zu lassen, wie Ihr seid. Beinahe. Aber ich kann Euch nicht vergessen, was Ihr mir angetan habt. *Ich* möchte diejenige sein, die Euch dafür leiden läßt! Überrascht, mich wiederzusehen? Ich glaube, ja. Ihr dachtet, ich sei für immer fort – verschwunden in den Elfenreichen, um dort vernichtet zu werden. Wie töricht von Euch!«

Sie hockte sich hin, so daß ihre Augen auf der gleichen Höhe waren wie seine. Es lag so viel wilder Haß darin, daß er zusammenzuckte. »Ich flog in die Nebel, Möchtegernkönig – genau wie Ihr mir befohlen hattet. Der Io-Staub zwang mich, Eurem Befehl zu gehorchen, und ich konnte nichts dagegen tun. Also flog ich in die Nebel – aber ich flog langsam, Möchtegernkönig, langsam! Und ich kämpfte im Fliegen gegen den Zauber des Io-Staubes; ich kämpfte mit all meiner Kraft!«

Sie lächelte wieder, kalt und hart. »Und es gelang mir, den Zauber zu brechen. Ich zerschmetterte ihn und kehrte zurück. Aber es war zu spät, Möchtegernkönig, viel zu spät – denn ich befand mich schon innerhalb der Elfennebel, und das schadete mir! Ich hatte Schmerzen wie noch nie zuvor! Es zerstörte mich! Ich rettete mein Leben, mehr nicht. Es kostete mich Monate, auch nur ein winziges bißchen meiner Zauberkraft zurückzuerlangen. Ich lag im Moor wie ein Tier, das sich versteckt, so hilflos wie ein winziges Reptil! Ich war gebrochen! Doch ich ließ mich von Schmerz und Angst nicht unterkriegen. Ich dachte nur an Euch. Nur an das, was ich Euch zufügen würde, wenn ich Euch wieder zwischen die Finger bekäme. Und ich wußte, daß ich eines Tages ein Mittel finden würde, Euch zu mir zurückzuholen...«

Sie machte eine Pause. »Aber ich hätte nie zu träumen gewagt, daß das so bald geschehen würde, mein lieber, törichter König!

Was für eine glückliche Fügung! Es war die Verwandlung, die Euch zu mir gebracht hat, nicht wahr? Irgendwas hat es mit Eurer Verwandlung zu tun – aber was? Sagt es mir, Möchtegernkönig. Ich werde es so oder so aus Euch herausholen.«

Ben wußte, daß sie recht hatte. Es war sinnlos, vor der Hexe etwas verbergen zu wollen. In ihren kalten grünen Augen las er, was ihn erwartete. Reden war das einzige, was ihn am Leben erhalten konnte, und solange er lebte, hatte er noch eine Chance. In dieser Situation durfte er seine letzte Chance nicht einfach verspielen.

»Ich kam her auf der Suche nach Weide«, antwortete er, wobei er die Gnome hinter sich schob. Er wollte, daß sie aus dem Weg seien – für alle Fälle. Er mußte die Augen offenhalten, falls sich eine Gelegenheit ergab. Aber die Gnome klammerten sich weiterhin verzweifelt an ihm fest.

»Die Tochter des Flußherrn? Die Sylphe?« Nachtschatten sah ihn fragend an. »Warum sollte sie herkommen?«

»Ihr habt sie nicht gesehen?« fragte Ben überrascht.

Nachtschatten lächelte unangenehm. »Nein, Möchtegernkönig. Ich habe niemanden gesehen außer Euch – Euch und Eure dummen Höhlengnome. Was könnte die Sylphe denn von mir wollen?«

Ben zögerte. Dann holte er tief Luft. »Das goldene Zaumzeug.«

So, das war heraus. Es war besser, es ihr zu bekennen und zu hoffen, ob er etwas in Erfahrung bringen konnte, als clever zu spielen. Das war zu gefährlich mit Nachtschatten.

Nachtschatten schien wirklich überrascht. »Das Zaumzeug? Aber wozu das denn?«

»Weil Meeks es will. Weil er Weide einen Traum über das Zaumzeug und ein schwarzes Einhorn geschickt hat.« In wenigen Worten berichtete er der Hexe die Geschichte von Weides Traum und dem Entschluß der Sylphe, etwas über das Zaumzeug herauszufinden. »Ihr wurde verkündet, das Zaumzeug befinde sich hier im Tiefen Schlund.« Er hielt inne. »Sie müßte vor mir hierhergekommen sein.«

»Wie schade, daß sie es nicht getan hat«, erwiderte Nachtschatten. »Ich kann sie genausowenig leiden wie Euch. Sie zu zerstören gäbe mir fast ebensoviel Befriedigung, wie Euch zu vernichten.«

Sie überlegte. »Das schwarze Einhorn, sagtet Ihr? Es ist zurück? Wie interessant. Und das Zaumzeug kann es zähmen, behauptete der Traum? Ja, das ist möglich. Es ist schließlich mit Zauberer-Magie hergestellt worden. Und es war ein Zauberer, dem ich es vor vielen Jahren stahl...«

Nachtschatten lachte. Sie musterte Ben, und ein arglistiger Ausdruck kroch über ihr Gesicht. »Diese kümmerlichen Höhlengnome, die zu Euch gehören – habt Ihr sie zu mir geschickt, um das Zaumzeug an Euch zu bringen?«

Fillip und Sot versuchten, unter Bens Kleider zu kriechen, doch Ben merkte es kaum. Er dachte an etwas ganz anderes. Wenn die Hexe das Zaumzeug von einem Zauberer gestohlen hatte, dann mußte das Meeks gewesen sein. Wenn Meeks das Zaumzeug einst besessen hatte, dann hieß das, daß der Zauberer es auch einst benutzt hatte – möglicherweise sogar, um das schwarze Einhorn gefangenzuhalten. War das Einhorn dann irgendwie entkommen? War der Traum, den Meeks Weide träumen ließ, dazu angetan, das Zaumzeug zurückzuerlangen, um damit das Einhorn wieder einzufangen? Wenn das der Fall war, was hatten die Einhörner in den Zauberbüchern damit zu tun...

»Macht Euch nicht die Mühe, mir zu antworten, Möchtegernkönig«, unterbrach Nachtschatten seine Gedanken. »Die Antwort steht in Euren Augen. Diese dummen Herumtreiber krochen deswegen in den Tiefen Schlund, nicht wahr? Schlichen sich in mein Heim wie die Diebe, die sie sind. Schlichen sich auf ihren kleinen Katzenpfoten in mein Reich?«

Die Erwähnung der ›Katzenpfoten‹ erinnerte ihn plötzlich an Edgewood Dirk. Wo war die Prismenkatze? Er schaute sich um, ohne darüber nachzudenken, doch Dirk war nirgendwo zu sehen.

»Sucht Ihr jemanden?« fragte die Hexe auch sofort. Ihr Blick schweifte über die Umgebung und den dunklen Wald hinter Ben mit der Schärfe von Messern. »Ich sehe niemanden«, murmelte sie. »Wer immer das ist, den Ihr sucht, er muß Euch im Stich gelassen haben.«

Trotzdem nahm sie sich Zeit, bis sie ihrer Sache sicher war, ehe sie sich Ben wieder zuwandte. »Eure Diebe sind so kümmerlich wie Ihr selbst, Möchtegernkönig«, nahm sie ihre Attacke wieder auf. »Sie glauben, sie seien unsichtbar, aber sie sind nur so lange unsichtbar, wie *ich* sie nicht wahrnehmen will. Sie verhielten sich so auffällig bei ihrer Unternehmung, daß ich nicht umhin konnte, sie zu entdecken. Kaum hatte ich sie, riefen sie nach Euch. ›Große Hoheit; mächtige Hoheit!‹ Wie töricht! Sie verrieten Euch, ohne daß ich sie überhaupt fragen mußte!«

Fillip und Sot zitterten so heftig, daß Ben umzufallen drohte. Er legte jedem eine Hand auf den Kopf, um sie ein wenig zu beruhigen. Die kleinen Kerle taten ihm wirklich leid. Schließlich waren sie seinetwegen in dieser scheußlichen Lage.

»Jetzt, wo Ihr mich habt, warum laßt Ihr die Gnome nicht in Ruhe?« fragte er die Hexe. »Es sind törichte Kreaturen, wie Ihr sagt. Ich habe sie dazu gezwungen, mir zu helfen. Ihnen blieb keine andere Wahl. Sie wissen nicht einmal, warum sie hier sind.«

»Pech für sie, Möchtegernkönig«, gab Nachtschatten zurück. »Keiner kommt ungeschoren davon, der auf Eurer Seite steht.« Sie hob den Kopf mit dem wehenden schwarzen Haar. Ihre Augen suchten noch einmal prüfend die Finsternis ab. »Mir gefällt es hier nicht mehr. Kommt.«

Sie stand auf, und ihr schwarzer Schatten wuchs unermeßlich, als sie die Arme ausbreitete. Ihre Gewänder blähten sich wie Segel. Plötzlich kam ein Wind auf, rauschte kalt und scharf zwischen den Bäumen hindurch, und Nebel aus dem Tiefen Schlund hüllte sie alle ein. Mond und Sterne wurden verschleiert, und Ben fühlte sich emporgehoben und schweben. Die G'heim-Gnome klammerten sich noch fester an ihn, und er hielt sie, da es nichts anderes gab, woran er sich sonst halten konnte. Ein Rauschen war zu hören, dann wurde es still.

Ben blinzelte in den kalten Nebel, und langsam wurde es wieder heller. Nachtschatten stand vor ihm und lächelte kalt. Der Geruch von Feuchtigkeit und Sumpf drückte schwer auf die Lungen. Fakkelschein erhellte den verlassenen Hof, in dem Tische und Bänke unordentlich herumstanden.

Sie befanden sich im Tiefen Schlund, tief unten in Nachtschattens Heimstatt.

»Wißt Ihr, was mit Euch geschehen wird, Möchtegernkönig?« fragte sie leise.

Er hatte eine ziemlich genaue Vorstellung davon. Sein Bewußtsein arbeitete fieberhaft an den Möglichkeiten, obwohl er sich dagegen sträubte. Seine Chancen schienen alle verspielt. Daneben wunderte er sich, wieso Weide nicht vor ihm eingetroffen war. Hatte die Erdmutter ihr nicht geraten herzukommen? Wenn sie nicht hier war, wo war sie dann?

Und er fragte sich, wo Edgewood Dirk abgeblieben war.

Nachtschattens Fauchen riß ihn aus seinen Gedanken. »Soll ich Euch aufhängen und trocknen lassen wie ein Stück Fleisch? Oder soll ich noch ein Weilchen mit Euch spielen? Wir sollten uns Zeit damit lassen, nicht wahr?«

Sie setzte an, etwas zu sagen, doch dann hielt sie inne, als ihr ein neuer Gedanke kam. »Aber nein! Ich habe eine viel bessere Idee! Ich weiß ein viel großartigeres, viel passenderes Ende für Euch!«

Sie beugte sich über ihn. »Wißt Ihr, daß ich das goldene Zaumzeug gar nicht mehr habe, Möchtegernkönig? Nein? Das dachte ich mir. Es wurde mir gestohlen. Es wurde gestohlen, als ich zu schwach war, es zu verhindern. Als ich mich noch von den Verwundungen erholte, die *Ihr* mir zugefügt habt! Wißt Ihr, wer das Zaumzeug hat? Strabo, Möchtegernkönig! Der Drache hat das Elfenzaumzeug, das rechtmäßig mir gehört. Welche Ironie! Ihr kommt in den Tiefen Schlund, um etwas zu suchen, das sich nicht einmal hier befindet! Ihr seid umsonst in Euer Verhängnis getappt!«

Ihr Gesicht war nur wenige Zentimeter von Bens Nase, die Haut straff über die Knochen gespannt, die weiße Strähne wie ein silberner Blitz. »Ja, aber Ihr gebt mir die Gelegenheit, etwas zu tun, das ich sonst nicht hätte tun können! Strabo ist gierig auf Gegenstände aus Gold, auch wenn er sie nur als Zierat betrachtet! Er weiß ihren wahren Wert nicht zu schätzen – besonders im Falle des Zaumzeugs mit seiner Zauberkraft! Er würde es mir niemals zurückgeben, und ich kann es ihm nicht wegnehmen, solange er es in den Feuerquellen versteckt hält. Aber er würde es eintauschen, Möchtegernkönig. Er würde es mit großer Wahrscheinlichkeit gegen etwas eintauschen, dem er mehr Wert beimißt.«

Ihr Lächeln wurde noch bösartiger. »Und was in aller Welt würde er höher schätzen als die Gelegenheit, Rache an Euch zu nehmen?«

Ben fiel nichts ein. Strabo war ebenfalls Opfer des Io-Staubs gewesen und hatte Ben mit dem Versprechen verlassen, daß er es ihm eines Tages heimzahlen würde. Ben überkam das Gefühl, sein Magen rutsche eine Etage tiefer. Es war, als würde man vom Regen in die Traufe *gestoßen*. Er versuchte seine Empfindungen vor der Hexe zu verbergen, doch es gelang ihm nicht.

Nachtschatten grinste befriedigt. »Ja, Möchtegernkönig – es ist mir ein Vergnügen, Eure Vernichtung dem Drachen zu überlassen!«

Mit einer heftigen Kreiselbewegung riß sie die Arme in die Höhe, Nebel stiegen auf, und kalter Wind erhob sich. »Mal sehen, wie Strabo sich mit Euch amüsieren wird!« rief sie, und ihre Stimme war nur noch ein Fauchen.

Die G'heim-Gnome wimmerten und klammerten sich an Bens Hosenbeine. Ben fühlte sich emporgehoben und sah, wie der Abgrund unter ihm versank...

* * *

Das östliche Ödland lag leer und verlassen in der Nachmittagssonne, als Questor Thews, Abernathy und Bunion sich ihren Weg durch Gestrüpp und Unterholz, über Hügel und Steilhänge, durch Wüstenzonen und Sumpfgelände bahnten. Sie waren schon den ganzen Tag unterwegs und überwanden Müdigkeit und Unbehagen, entschlossen, vor Einbruch der Nacht das Heim des Drachen zu erreichen.

Sie hatten es nicht mehr sehr weit.

Niemand bewohnte das Ödland von Landover – mit Ausnahme des Drachen. Er hatte diesen Landstrich als seine Heimat erkoren, als er vor Jahrhunderten aus den Nebeln der Elfenreiche vertrieben worden war. Das Ödland kam seinen Bedürfnissen entgegen. Es gefiel ihm dort. Die von Naturgewalten verwüstete Landschaft entsprach seiner eigenen Veranlagung, und er betrachtete das ganze große Gebiet als sein Eigentum. Die anderen Bewohner des Tales mieden ihn, und er war ein eigenbrötlerischer Einzelgänger. Er war das einzige Wesen im Tal – mit Ausnahme von Ben Holiday –, das zwischen Landover und den sterblichen Welten hin- und herreisen konnte. Er konnte sogar eine gewisse Strecke in die Nebel der Elfenreiche eindringen. Er war einmalig – der letzte seiner Art –, und darauf war er sehr stolz.

Gesellschaft war ihm gar nicht willkommen – eine Tatsache, die von Questor, Abernathy und Bunion außer acht gelassen wurde, während sie sich beeilten, das Untier zu finden, ehe es völlig dunkel wäre.

Dennoch dämmerte es schon, als sie endlich ihr Ziel erreichten. Sie erklommen den Steilhang, der sich hell und flackernd vor dem Hintergrund der aufkommenden Nacht abhob, und starrten hinunter in die Feuerquellen. Hier war der Drache zu Hause. Die Quellen lagen in einer unregelmäßigen Vertiefung – eine Gruppe von Kratern, die zwischen dichtem Dornengestrüpp, Erdhügeln und Felsbrocken ständig mit blauer und gelber Flamme brannten. In der Mitte der Krater sammelte sich eine bläuliche Flüssigkeit, welche die Feuer nährte und die Luft mit Asche, Rauch und Gestank erfüllte. Der Abgrund und die umgebenden Hügel lagen ständig im Dunst, und Geysire spieen in unregelmäßigen Abständen hustend gen Himmel.

Die drei entdeckten den Drachen sofort. Er ruhte lässig im Zentrum der Senke, den Kopf auf seinen Kraterrand gelegt, und seine lange Zunge läppelte spielerisch an den aufsteigenden Flammen. Strabo rührte sich nicht. Er lag ausgestreckt auf einem Erdhügel, und sein gewaltiger Leib aus Schuppen, Stacheln und Panzerplatten wirkte wie ein Teil der Landschaft. Wenn er ausatmete, stiegen kleine Dampfwölkchen aus seinen Nüstern. Er hatte den Schwanz um eine Felsformation geringelt und die Flügel angelegt. Seine Klauen und Zähne waren schwarz und krumm und wuchsen kreuz und quer aus ledriger Haut und zähem Zahnfleisch. Staub und Dreck bedeckten ihn wie eine zweite Haut.

Ein blutunterlaufenes Auge drehte sich zu den Eindringlingen. »Was wollt ihr?« fragte der Drache ärgerlich.

Es hatte Ben Holiday immer amüsiert, daß ein Drache sprechen konnte, doch Ben war Ausländer und verstand die Natur dieser Welt nicht. Questor und Bunion erschien es völlig normal, daß der Drache der Sprache mächtig war, und Abernathy um so mehr, als er ein weichhaariger Weizenterrier war, der selbst sprechen konnte.

»Wir wollen uns ein wenig mit dir unterhalten«, verkündete Questor. Abernathy gelang ein bekräftigendes Kopfnicken, obwohl er sich fragte, wie jemand, der alle Sinne beieinander hatte, mit einem so abscheulichen Wesen wie Strabo sprechen wollen könnte.

»Mir ist es völlig egal, was ihr wollt«, entgegnete der Drache, und dicke Dampfwolken quollen aus seinen Nüstern. »Ich interessiere mich nur für meine eigenen Wünsche. Verschwindet!«

»Es ist nur für einen kleinen Moment«, beharrte Questor.

»Ich habe keinen Moment. Verschwindet, ehe ich euch verzehre.«

Questor errötete. »Ich möchte Euch daran erinnern, wen Ihr vor Euch habt! Ihr seid mir in Anbetracht unserer langen Bekanntschaft eine gewisse Höflichkeit schuldig! Also bitte, gebt Euch zivilisiert!«

Um seiner Bitte Nachdruck zu verleihen, machte er einen Schritt vorwärts – eine Vogelscheuchengestalt in zerfetzten Gewändern, die aussah, als sei sie nicht mehr als ein Bündel locker zusammengehaltener Stöcke, das sich als Silhouette vor dem Nachthimmel abhob. Bunion zeigte alle seine Zähne in einem furchteinflößenden Grinsen. Abernathy schob seine Brille auf die Nasenwurzel zurück und berechnete, wie schnell er sich in jenem dunklen Dickicht am Fuße des Steilhanges in Sicherheit bringen konnte.

Strabo blinzelte und hob den Kopf aus dem Kraterfeuer. »Questor Thews, seid Ihr es?«

Questor atmete aus. »Der bin ich.«

Strabo seufzte. »Wie langweilig. Wenn Ihr wenigstens jemand von Bedeutung wäret, dann würdet Ihr mich zumindest für kurze Zeit ein wenig amüsieren. Aber Ihr seid nicht einmal die Anstrengung wert, die es mich kostet, aufzustehen und Euch zu verschlingen. Verschwindet.«

Questor versteifte sich. Er ignorierte Abernathys Pfote auf seiner Schulter und trat noch einen Schritt näher. »Meine Freunde und ich sind einen weiten Weg gereist, um mit Euch zu sprechen – und mit Euch sprechen werden wir! Wenn Ihr die lange und ehrenwerte Verbindung zwischen Zauberern und Drachen außer acht zu lassen geruht, so gereicht Euch das allerhöchstens zu Eurem eigenen Schaden! Aber Ihr würdet uns beiden einen schlechten Dienst damit erweisen!«

»Ihr macht heute abend einen reichlich übellaunigen Eindruck«, erwiderte der Drache. Seine Worte klangen in ein langgezogenes Fauchen aus. Er wälzte seinen schweren Leib lässig gegen die Felsen und Krater, und sein Schwanz peitschte flüssiges Feuer aus einem Kratertümpel in die Luft. »Ich möchte darauf hinweisen, daß Zauberer seit Jahrhunderten nichts mehr für Drachen getan haben und daß ich daher keinen Grund sehe, auf irgendeine Verbindung Rücksicht zu nehmen, die vielleicht einst bestanden hat. Was für ein Blödsinn! Und ich möchte außerdem zu bedenken geben, daß über meinen Status als Drache kein Zweifel möglich ist, während der Eure als Zauberer durchaus fragwürdig scheint.«

»Ich werde mich nicht auf einen Streit mit Euch einlassen!« schnaubte Questor ein wenig zu gereizt. »Und ich werde auch nicht eher fortgehen, als bis Ihr mich angehört habt.«

Strabo spuckte in die schwefelige Luft. »Ich sollte Euch einfach verschlucken, Questor Thews – und den Hund und das andere Dings da – was immer es ist – gleich mit. Ein Kobold, nicht wahr? Ich sollte einfach ein wenig Feuer auf Euch speien, Euch hübsch garen und dann verzehren. Aber ich bin heute in großzügiger Laune. Laßt mich allein, und ich vergebe Euch Euer unwillkommenes Eindringen in mein Heim.«

»Wir sollten vielleicht in Betracht...« setzte Abernathy an, doch Questor hieß ihn auf der Stelle schweigen.

»Hat der Hund etwas gesagt?« fragte der Drache sanft.

»Nein – und niemand geht fort!« verkündete Questor und stampfte mit dem Fuß auf.

Strabo blinzelte. »Nein?«

Sein verkrusteter Schädel schwang plötzlich herum, und Flammen schossen ihm aus dem Maul. Das Feuer explodierte direkt vor Questor Thews und schleuderte ihn mit einem Aufschrei himmelwärts. Bunion und Abernathy sprangen zur Seite und strampelten sich zwischen umherfliegenden Felsbrocken, Erdklumpen und Funken in Sicherheit. Questor landete als Bündel aus Gewändern und knirschenden Knochen wieder am Boden.

Strabo kicherte und züngelte vergnügt in die Luft. »Sehr unterhaltsam, Zauberer. Wirklich amüsant!«

Questor rappelte sich auf, klopfte sich den Staub aus den Kleidern und spuckte einen Mundvoll Dreck aus. Dann wandte er sich wieder an den Drachen. »Das war höchst unpassend!« erklärte er und kämpfte um seine verlorene Würde. »Solche Spiele kann ich auch spielen!«

Er klatschte scharf in die Hände und spreizte sie dann. Gleichzeitig versuchte er, mit den Füßen etwas zu tun, doch er verlor den Halt auf dem Geröll und landete mit einem Grunzer auf der Kehrseite. Licht explodierte über dem Krater, und eine Wolke trockener Blätter flatterte auf Strabo, die in der Hitze sofort in Flammen aufgingen.

Der Drache war ganz aus dem Häuschen. »Wollt Ihr mich unter Blättern begraben?« johlte er, und sein ganzer Leib bebte vor Lachen. »Bitte, Zauberer – verschont mich!«

Questor wurde stocksteif. Sein Eulengesicht lief vor Ärger rot an.

»Wir sollten vielleicht ein andermal wiederkommen«, knurrte Abernathy leise hinter einem Erdhügel hervor.

Aber Questor wollte nichts davon wissen. Wieder stand er auf und klopfte den Staub aus seinen Kleidern. »Lacht mich nur aus, Strabo!« schnaubte er. »Ihr verlacht einen Meister der magischen Künste? Nun, wenn es so ist – hier habt Ihr etwas zu lachen!«

Er hob beide Hände in die Höhe und gestikulierte wild und schnell. Strabo setzte gerade zu einem neuen Flammenstoß an, da entlud sich eine Wolke über ihm und überschüttete ihn mit Sturzbächen von Wasser. »Laßt das!« jaulte er auf, doch in wenigen Sekunden war er patschnaß vom Kopf bis zur Schwanzspitze. Seine Flammen zischelten zu Dampf, und er duckte seinen Schädel in einen der Feuertümpel, um dem Wolkenbruch zu entgehen. Als er zum Luftschnappen wieder auftauchte, machte Questor eine weitere Geste, und der Regen stoppte.

»Na, seht Ihr wohl?« bemerkte der Zauberer zu Abernathy und nickte befriedigt. »Das nächste Mal wird er nicht so leichtfertig lachen!« Dann wandte er sich wieder zu dem Drachen. »Selbst äußerst amüsant!« rief er ihm zu.

Strabo schlug mit seinen ledrigen Flügeln, schüttelte sich und funkelte den Zauberer an. »Es scheint, Ihr fahrt fort, Euch als besonders unausstehlich zu erweisen, bis ich Euch entweder verzehre oder mir anhöre, was immer Ihr vorbringen wollt, Questor Thews. Wie schon erwähnt, bin ich heute in großzügiger Stimmung. Also sagt mir, was Ihr so unbedingt sagen zu müssen meint, und laßt uns das hinter uns bringen.«

»Seid bedankt!« erwiderte Questor. »Dürfen wir nähertreten?«

Der Drache ließ seinen Kopf wieder auf den Kraterrand sacken und streckte sich aus. »Tut, wie Euch beliebt.«

Questor gab seinen Gefährten ein Zeichen. Langsam bahnten sie sich ihren Weg den Steilhang hinunter durch das Gewirr von Kratern und Felsbrocken, bis sie auf etwa zwanzig Meter an den Drachen herangekommen waren. Strabo beachtete sie nicht. Seine Augen waren halb geschlossen, und er atmete den Rauch und die Flammen des Kraters ein, auf dessen Rand er ruhte.

»Ihr wißt, daß ich Wasser nicht ausstehen kann, Questor Thews«, murmelte er voller Selbstmitleid.

»Wir sind gekommen, weil wir etwas über Einhörner erfahren wollen«, erklärte Questor, ohne auf den Vorwurf einzugehen.

Strabo rülpste. »Lest ein Buch.«

»Das habe ich schon getan. Mehrere sogar. Doch sie enthalten die Informationen über Einhörner nicht, die Ihr besitzt. Jedermann weiß, daß Drachen und Einhörner die ältesten Elfenkreaturen und die ältesten Feinde sind. Jeder von Euch weiß mehr über den anderen als irgendwer sonst, gleich ob Elfe oder Mensch. Ich muß etwas über Einhörner erfahren, das sonst niemand weiß.«

»Wozu denn das?« Strabo klang wieder gelangweilt. »Und außerdem, warum sollte ich Euch helfen? Ihr dient jenem unausstehlichen Menschen, der mich Io-Staub hat einatmen lassen, damit ich ihm dann versprach, niemals mehr im Tal zu jagen, solange er König sei! Er ist noch immer König, nicht wahr? Bah! Natürlich ist er das – sonst hätte ich es schon erfahren! Ben Holiday – Landovers Königliche Hoheit! Ich würde ein schnelles Mahl aus ihm machen, sollte er je wieder einen Fuß in die Feuerquellen setzen!«

»Nun, es ist höchst unwahrscheinlich, daß er das tun wird. Außerdem sind wir wegen Einhörnern hier, nicht wegen Seiner Hoheit.« Questor hielt es für klüger, nicht zu lange bei dem Thema Ben Holiday zu verweilen. Strabo hatte seinerzeit mit großem Vergnügen die Ernten und die Viehherden des Tales zerstört, bis Seine Hoheit dem ein Ende gesetzt hatte. Und dieses Vergnügen würde Strabo sich liebend gerne wieder gönnen – und täte es wohl auch eines Tages, wenn man in Betracht zog, wie Holiday sich in letzter Zeit benahm. Aber es gab keinen Grund, den Drachen dazu zu ermutigen.

Er räusperte sich vielsagend. »Ich nehme an, Ihr habt schon einmal vom schwarzen Einhorn gehört?«

Der Drache hob den Kopf und klappte die Augen wieder auf. »Das schwarze Einhorn? Natürlich. Ist es wieder zurückgekommen?«

Questor nickte weise. »Seit einiger Zeit. Es überrascht mich, daß Ihr es nicht wußtet. Es sind einige Anstrengungen gemacht worden, es zu fangen.«

»Es zu fangen? Ein Einhorn?« kicherte Strabo hustend und prustend. Sein gewaltiger Leib bebte vor Lachen. »Die Menschen wollen ein Einhorn fangen? Wie rührend! Niemand fängt ein Einhorn, Zauberer – selbst Ihr solltet das wissen. Einhörner sind unantastbar!«

»Manche denken da anders.«

Der Drache verzog sein Maul. »Manche sind Dummköpfe.«

»Dann ist das Einhorn nicht in Gefahr? Nichts kann es fesseln, nichts kann es halten?«

»Gar nichts!«

»Weder tugendhafte Jungfrauen noch silbernes Mondlicht, das in einem Zaubernetz gesammelt wurde?«

»Altweibergewäsch!«

»Keine Magie irgendeiner Art?«

»Magie? Nun…« Strabo schien zu zögern.

Questor wagte einen Vorstoß. »Auch kein Zaumzeug aus gesponnenem Gold?«

Der Drache schaute den Zauberer sprachlos an. Überrascht entdeckte Questor ungläubiges Staunen im Ausdruck des Monsters.

Er räusperte sich. »Ich fragte: ›Auch kein Zaumzeug aus gesponnenem Gold?‹«

Und genau in diesem Moment erschienen Nachtschatten, der Fremde, der sich als Ben Holiday ausgab, sowie zwei jämmerlich anzuschauende G'heim-Gnome aus einem Nebelwirbel knapp drei Meter vor ihnen.

Feuer und gesponnenes Gold

Eine Unendlichkeit lang starrte jeder jeden verblüfft an. Es war unmöglich zu sagen, wer am meisten überrascht war. Sie schauten von einem zum anderen, geduckt, wachsam und mit wehenden Gewändern. Das warnende Fauchen des Drachen vermischte sich mit dem der Hexe. Abernathy knurrte gegen seinen Willen. Nacht lag über der Szene wie ein schwarzer Umhang, der sie alle unter sich zu begraben drohte. In der Stille waren nur das Knistern und Zischeln der Flammen zu hören, die in den Kratertümpeln auf der bläulichen Brennflüssigkeit tanzten.

»Du bist hier nicht willkommen, Nachtschatten«, krächzte Strabo schließlich mit einer Stimme wie geraspeltes Eisen. Er erhob sich vom Kraterrand, auf dem er geruht hatte, duckte sich wachsam und grub seine Krallen in den Fels, der krachte und splitterte. »Du bist *niemals* willkommen.«

Nachtschatten lachte ohne Fröhlichkeit. Ihr Gesicht lag halb im Schatten. »Diesmal mag ich willkommen sein, Drache«, erwiderte sie. »Ich habe dir etwas mitgebracht.«

Questor Thews erkannte plötzlich, daß die beiden G'heim-Gnome, die neben der Hexe und dem Fremden, der sich als Ben Holiday ausgab, standen, niemand anderes als Fillip und Sot waren! »Abernathy...!« rief er leise, doch der Hund antwortete, noch ehe er es aussprechen konnte. »Ich weiß, Zauberer! Aber was tun sie hier?«

Questor hatte nicht die leiseste Ahnung. Er konnte sich auf keines der Ereignisse mehr einen Reim machen.

Strabo hob seinen massigen Schädel noch ein Stück höher, und seine lange Zunge läppelte durch die Luft. »Warum solltest ausgerechnet *du* mir etwas mitbringen, Hexe?«

Nachtschatten streckte sich graziös und kreuzte die Arme. »Frag mich erst, was ich dir mitgebracht habe«, schlug sie vor.

»Nichts, was du mir mitbringen kannst, wünsche ich mir. Es erübrigt sich also, danach zu fragen.«

»Ach, selbst wenn das, was ich dir zugedacht habe, dein größter Herzenswunsch wäre? Selbst wenn es dir mehr bedeutete als alles in der Welt?«

Ben Holiday überlegte krampfhaft, wie er aus dem Schlamassel entkommen könnte. Keiner der Anwesenden war wirklich sein Freund. Questor, Abernathy und Bunion hielten ihn für einen Hochstapler und einen armen Tropf. Fillip und Sot hatten, falls sie überhaupt noch irgend etwas glaubten, nichts anderes im Sinn, als mit heiler Haut davonzukommen. Nachtschatten hatte ihn bislang nur noch am Leben gelassen, weil sie einen Handel mit Strabo abschließen wollte, der seinerseits nur zu glücklich wäre, ihm an ihrer Statt ein grausiges Ende zu bereiten. Ben sah sich verzweifelt um und suchte nach einem Ausweg, der offenbar nicht existierte.

Strabos Schwanz peitschte durch einen Feuertümpel und schleuderte einen Flammenregen in die Luft. Ben zuckte zusammen. »Spielchen ermüden mich heute«, bemerkte der Drache gelangweilt. »Komm zur Sache!«

Nachtschattens Augen schimmerten glutrot. »Und wenn ich dir Landovers Königliche Hoheit anböte – jenen Menschen, den sie Ben Holiday nennen? Was hieltest du davon, wenn ich ihn dir brächte, Drache?«

Strabo krauste die Lippen, und sein verkrustetes Gesicht verhärtete sich. »*Das* Geschenk nähme ich liebend gern entgegen!« zischte er.

Ben versuchte einen Schritt rückwärts zu machen, doch es gelang ihm nicht. Die G'heim-Gnome klammerten sich an ihn wie Fesseleisen. Sie zitterten und stammelten unzusammenhängendes Zeug und hinderten ihn daran, irgendeine schnelle Bewegung zu machen. Jedesmal wenn er versuchte, sie abzuschütteln, krallten sie sich um so fester an ihn.

»Seine Königliche Hoheit befindet sich auf Silber Sterling!« verkündete Questor plötzlich mit ärgerlich verzerrtem Eulengesicht. »Dort habt Ihr keine Gewalt über ihn, Nachtschatten! Und zudem würde er das Tal von Euch säubern, sobald Ihr Euch dort blicken ließet!«

»Ach, wirklich?« Nachtschatten ließ die Worte genüßlich auf der Zunge zergehen. Dann trat sie mit ausgestrecktem Zeigefinger einen Schritt auf Questor zu. »Wenn ich mit dieser Angelegenheit hier fertig bin, Zauberer – wenn Eure teure Hoheit nicht mehr ist –, dann werde ich mich um Euch kümmern!«

Ben fixierte die Freunde mit seinem Blick. *Macht, daß ihr hier fortkommt!* versuchte er ihnen zu sagen.

Nachtschatten schwenkte wieder zu Strabo herum. Mit einer Hand packte sie Bens Arm und zerrte ihn vorwärts. »Hier ist der, den der törichte Zauberer vor mir in Sicherheit wähnt, Strabo! Ben Holiday, Königliche Hoheit von Landover! Schau genau hin! Man hat ihn verzaubert! Laß dich vom ersten Eindruck nicht täuschen!«

Strabo schnaubte spöttisch, rülpste ein paar Flammen und begann zu lachen. »Der da? Das soll Holiday sein? Nachtschatten, du spinnst!« Er beugte sich näher. Schlick tropfte aus seinem Maul. »Der sieht nicht im entferntesten aus wie... Nein, warte – du hast recht. Da ist Magie im Spiel. Was ist geschehen...?« Strabo schüttelte seinen gewaltigen Kopf. »Ist das denn die Möglichkeit?«

»Schau genau hin!« wiederholte Nachtschatten und schubste Ben so heftig, das ihm der Kopf in den Nacken kippte.

Aller Augen waren jetzt auf Ben gerichtet, doch nur Strabo erkannte die Wahrheit. »Ja!« zischte er, und sein Schwanz peitschte befriedigt. »Ja, es ist Holiday!« Seine Kinnladen klappten auf und entblößten die geschwärzten Zähne. »Aber woher kommt es, daß nur du und ich...?«

»Daher, daß nur wir beide älter sind als der Zauber, der da wirkt!« beantwortete Nachtschatten seine Frage, ehe er sie ganz ausgesprochen hatte. »Verstehst du, wie das bewerkstelligt worden ist?«

Ben, der sich vorkam wie ein Ausstellungsstück, hätte liebend gern die Antwort auf diese Frage gehört. Er hatte sich damit abgefunden, hier nicht mehr lebend herauszukommen, aber der Gedanke, sterben zu müssen, ohne herausgefunden zu haben, was mit ihm gemacht worden war, erschien ihm unerträglich.

»Aber... aber das ist *nicht* seine Königliche Hoheit!« erklärte Questor Thews wütend. Er klang, als wolle er nicht nur die anderen, sondern auch sich selbst davon überzeugen. »Das *kann* nicht Seine Hoheit Ben Holiday sein! Wenn dieser... dieser... dann wäre Seine Hoheit ja...«

Er verstummte. Ein sonderbarer Ausdruck ging über sein Gesicht, eine Mischung aus Unglauben, Verstehen und Entsetzen. Sein Blick schien tonlos einen einzigen Namen zu schreien: Meeks! Bunion fauchte und zerrte an seinem Arm. Abernathy murmelte erregt, daß dies das seltsame Verhalten des einen oder anderen erklären würde.

Alle drei wurden von der Hexe und dem Drachen nicht beachtet.

»Warum willst du ihn mir schenken?« fragte Strabo die Hexe mißtrauisch.

»Ich habe nichts von ›schenken‹ erwähnt, Drache«, erwiderte Nachtschatten zuckersüß. »Ich will ihn eintauschen.«

»Eintauschen? Du haßt ihn doch noch mehr als ich, Hexe. Er schickte dich in die Elfenreiche und vernichtete dich beinahe. Warum würdest du ihn eintauschen wollen? Was könnte ich besitzen, das dir mehr bedeutet als Holiday?«

Nachtschatten lächelte kalt. »O ja, ich hasse ihn! Und ich will seinen Tod. Doch das Vergnügen will ich dir überlassen, Strabo. Du brauchst mir nur etwas dafür zu geben. Überlaß mir das Zaumzeug aus gesponnenem Gold.«

»Zaumzeug?« rief Strabo ungläubig. Er hustete. »Was für ein Zaumzeug?«

»Das Zaumzeug!« fauchte Nachtschatten. »Das Zaumzeug, das du mir gestohlen hast, als ich zu schwach war, dich daran zu hindern. Das Zaumzeug, das mein rechtmäßiges Eigentum ist!«

»Pah! Nichts in deinem Besitz ist dein rechtmäßiges Eigentum, am allerwenigsten das Zaumzeug! Du hast es selbst jenem alten Zauberer weggenommen!«

»Sei es, wie es sei, Drache. Es ist das Zaumzeug, das ich wiederhaben will!«

»Aha. Nun... natürlich... Wenn es das ist, was du haben willst...« Der Drache schien nachzudenken. »Aber, Nachtschatten, es gibt gewiß andere Schätze in meinem Besitz, die dir besser anstünden als dieses simple Spielzeug! Schlag etwas anderes vor, etwas von größerem Wert!«

Die Augen der Hexe verengten sich zu Schlitzen. »Wer spielt hier Spielchen? Ich habe gesagt, es soll das Zaumzeug sein, und es ist nur das Zaumzeug, das ich will!«

Ben war für den Augenblick in Vergessenheit geraten. Nachtschatten hatte ihn losgelassen, und er war wieder hinter sie geschlüpft, aber die Gnome umklammerten noch immer seine Beine. Während er dem Gefeilsche zuhörte, bemerkte er, wie Questor Thews ihn mit neuem Interesse musterte. Abernathy schaute dem Magier durch rauchgeschwärzte Brillengläser über die Schulter, und Bunion schielte hinter einer Gewandfalte hervor. Alle drei waren offenbar dabei, zu überlegen, wie es möglich war, daß er jemand anderes sei, als er zu sein schien. Ben biß die Zähne zusammen und machte ihnen hektische Zeichen, zu verschwinden. Sie würden sonst allesamt gebraten werden!

»Ich kann einfach nicht begreifen«, setzte Strabo die Diskussion fort und hob den Kopf, so daß er sich hoch über der Hexe befand, »warum dir so an dem Zaumzeug gelegen ist.«

»Und ich begreife nicht, warum dir das nicht einerlei sein sollte!« schnaubte Nachtschatten und reckte sich. Der Feuerschein färbte ihr marmornes Gesicht. »Ich verstehe nicht, warum du soviel Aufhebens um etwas machst, das ohnehin mir gehört!«

Strabo schnaufte. »Ich bin dir keine Erklärung schuldig!«

»Allerdings nicht! Gib mir einfach das Zaumzeug!«

»Nein. Du begehrst es viel zu sehr.«

»Und du begehrst Holiday nicht genug!«

»O doch! Warum nimmst du nicht eine Kiste Gold oder ein Elfenzepter, das Mondlicht in Silbermünzen verwandelt? Warum ziehst du nicht eine runenverzierte Gemme vor, die einst den Trollen gehörte, als sie noch Zauberkraft besaßen – eine Gemme, die dem Besitzer die Wahrheit enthüllt?«

»Ich will keine Wahrheit! Ich will kein Gold und keine Zepter und auch sonst nichts aus deinem Besitz, fette alte Eidechse, die du bist!« Nachtschatten war jetzt in echten Zorn geraten. Ihre Stimme überschlug sich kreischend. »Ich will das Zaumzeug! Gib es her, oder du kriegst Holiday nicht!«

Sie ging drohend auf Strabo zu und ließ Ben und die Gnome ein halbes Dutzend Schritte hinter sich. So nah war Ben seit seiner Gefangennahme im Tiefen Schlund noch nicht an der Freiheit gewesen.

Während die Stimmen der Hexe und des Drachens immer lauter wurden, dachte er, daß es vielleicht – ganz vielleicht – doch noch ein Entkommen gab.

Er machte Fillip gewaltsam von seinem rechten Bein los und klemmte sich den zappelnden Gnom unter den Arm. Dann schickte er sich an, auch Sots Griff von seinem linken Bein zu lösen.

»Zum letzten Mal, Drache«, schrie Nachtschatten. »Willst du mir das Zaumzeug im Tausch gegen Holiday überlassen oder nicht?«

Strabo stieß einen langen, enttäuschten Seufzer aus. »Ich fürchte, liebe Hexe, daß ich das nicht kann.«

Nachtschatten starrte ihn einen Moment wortlos an, dann fletschte sie die Zähne. »Du hast das Zaumzeug nicht mehr, nicht wahr? Darum willst du es nicht mit mir tauschen! Du hast es nicht!«

Strabo schnüffelte. »Leider ist das so.«

»Du aufgeblasener Haufen nichtsnutziger Schuppen!« Die Hexe bebte vor Zorn. »Was hast du damit gemacht?«

»Was ich damit gemacht habe, geht nur mich etwas an«, erklärte Strabo schnippisch. Aber er sah ziemlich bekümmert drein. Er seufzte wieder. »Nun, wenn du es unbedingt wissen willst: Ich habe es verschenkt.«

»Du hast es verschenkt?« Die Hexe war fassungslos.

Strabo spie einen langen, dünnen Feuerschweif, gefolgt von aschfahlem Dampf, in den Nachthimmel. Mit halbgeschlossenen Lidern blickte er in die Ferne. »Ich verehrte es einem Elfenmädchen, das mir von Schönheit und Licht und anderen Dingen sang, die ein Drache so gerne hört. Keine Jungfrau hat mir seit Jahrhunderten mehr vorgesungen, verstehst du, und ich hätte weit mehr für die Freude gegeben, mich wieder einmal in süßen Klängen zu verlieren, als nur das dumme Zaumzeug.«

»Du hast das Zaumzeug für ein Lied hergegeben?« Nachtschatten sprach die Worte aus, als müsse sie sich ihre Bedeutung selbst klarmachen.

»Erinnerung ist mehr wert als irgendein materieller Tand.« Der Drache seufzte wieder. »Drachen hatten schon immer eine Schwäche für schöne Frauen, für tugendhafte Jungfern, für Mädchen mit einer gewissen Grazie und einem süßen Lächeln. Es gibt ein Band zwischen uns. Ein Band, das stärker ist als das zwischen Drachen und Zauberern, möchte ich hinzufügen«, sagte er mit einem schnellen Seitenblick auf Questor. »Es sang zu mir, dieses Mädchen, und bat mich dafür um das Zaumzeug aus gesponnenem Gold. Ich gab es ihr mit Freuden.« Er schien richtig zu lächeln. »Sie war ziemlich hübsch, diese Sylphe.«

Ben fuhr zusammen. Eine Sylphe? *Weide!*

Der Drache senkte seinen Kopf feierlich in Bens Richtung. »Ich half einmal, ihr Leben zu retten«, erzählte er. »Entsinnt Ihr Euch? Ihr befahlt es, Holiday. Ich flog sie aus Abaddon nach Hause in ihre Seenlandheimat, wo sie geheilt werden konnte. Das war mir nicht unangenehm – ich meine, ihr das Leben zu retten. Aber Euch haßte ich dafür natürlich. Ihr zwangt mich, Euch zu gehorchen. Aber es hat mir sogar Spaß gemacht, die Sylphe zu retten. Es erinnert mich an alte Zeiten, als die Rettung von Jungfrauen zu den Routineaufgaben eines Drachen gehörte.«

Er hielt nachdenklich inne. »Oder war es, sie zu verschlingen? Ich kann mich nie entsinnen, was von beidem es war.«

»Du bist ein ausgemachter Idiot!« keifte Nachtschatten.

Strabo legte den Kopf schief, als denke er darüber nach. Dann riß er das Maul auf und ließ alle seine beachtlichen Zähne sehen. »Meinst du wirklich? Ein Idiot? Ich? Ein größerer Idiot als du, Hexe? Ein so großer Idiot, sich ungeschützt in das Revier seines ärgsten Feindes zu begeben?«

Die Stille war wie zum Anfassen. Nachtschatten war zu einer Statue erstarrt. »Ich bin nie ungeschützt, Drache. Ich warne dich.«

»Du warnst mich? Wie anmaßend.« Strabo ringelte sich plötzlich wie eine Sprungfeder zusammen. »Ich habe mir deine giftigen Angriffe auf meinen Charakter geduldig gefallen lassen; ich habe dir gestattet, zu sagen, was du wolltest. Jetzt bin ich dran. Du bist nichts als eine magere, kümmerliche Attrappe des Hexentums, die sich selbst für weit mächtiger hält, als sie in Wirklichkeit ist. Du dringst in mein Heim ein, als wärest du hier zu Hause, kommandierst mich herum, beschimpfst mich und forderst Dinge, auf die du kein Recht hast, und glaubst nach alledem, du könntest so einfach wieder fortgehen. Da irrst du dich gewaltig, Nachtschatten. Wenn ich die Möglichkeit hätte, es noch einmal zu tun, würde ich das Zaumzeug vielleicht behalten, so daß ich es gegen Holiday eintauschen könnte. Vielleicht. Aber ich bereue niemals, was ich getan habe, und dies hier am allerwenigsten. Das Zaumzeug ist fort, und ich möchte es nicht zurückhaben.«

Er beugte sich langsam nach vorn. Seine rauhe Stimme wurde zu einem grollenden Fauchen. »Schau mal – Holiday ist noch immer hier, Hexe! Und da du ihn für mich hergebracht hast, denke ich, ich sollte ihn behalten! Meinst du nicht?«

Nachtschatten hob ihre zu Klauen gekrümmten Hände vors Gesicht. »Du wirst mir nichts fortnehmen, Drache – jetzt nicht und niemals je!«

»Ha! Du hast es nur dir selber zuzuschreiben. Du hast mir die Aussicht, mich an Holiday zu rächen, so verlockend dargestellt, daß ich deinem Angebot nicht mehr widerstehen kann! Ich muß ihn haben, Zaumzeug hin oder her! Er ist für mich! Ich denke, du solltest ihn mir sofort aushändigen!«

Flammen schossen aus seinem Maul und umfingen die Hexe. Im gleichen Moment befreite Ben sich endlich aus Sots Klammergriff und warf sich zur Seite, um den Flammen und der glühenden Hitze auszuweichen.

Auch Questor Thews hatte sich in Bewegung gesetzt. Mit wedelnden Armen rannte er auf Ben zu. Bunion folgte ihm mit angelegten Ohren, und Abernathy ließ sich auf alle viere nieder und galoppierte in den Schutz des Gebüschs.

Ben rappelte sich wieder auf die Füße, die wimmernden Gnome noch immer unter den Armen. Strabos Feuer schoß gen Himmel und explodierte zu einem Regen aus Funken und Felsbrocken. Nachtschatten stand unversehrt in der Mitte. Ihre schwarzen Gewänder flatterten und blähten sich wie Bettwäsche auf der Trokkenleine. Sie hielt ihr fahles Gesicht zum Himmel und gestikulierte mit den Armen. Plötzlich sprang Feuer aus ihren Fingerspitzen und prasselte auf den überraschten Strabo. Der Drache floh rückwärts und stolperte in einen Kratertümpel.

»Hoheit!« brüllte Questor warnend.

Nachtschatten wirbelte herum und wurde mit voller Wucht von einer Zaubergeste des Magiers getroffen und in einem Wirbel von Schneeflocken in die Luft gehoben. Die Hexe schlug ärgerlich um sich, schrie und schleuderte Funken dagegen. Flammensplitter zischten über Ben hinweg, der sich wieder zu Boden geworfen hatte, wobei er die Gnome mitriß. Das Fell an Abernathys Hinterbein fing Feuer, und der Schreiber hastete jaulend den Steilhang hinauf.

Da tauchte Strabo wutgrölend aus dem Krater auf, in den er gestürzt war. Sein Schlangenleib straffte sich in jähem Ruck und schleuderte Feuer und Flammen über die ganze Umgebung. Nachtschatten kreischte mit ebensolcher Wut und sprühte ihr eigenes Feuer gegen Strabo. Ben war wieder aufgesprungen und rannte um sein Leben. Das Feuer überrollte ihn wie eine Mauer aus Hitze und rotglühendem Schmerz.

Aber jetzt war Questor neben ihm, fuchtelte verzweifelt mit den Armen, und ein Schild einer undurchdringlichen plastischen Substanz tauchte aus dem Nichts und schirmte die Flammen ab. Ben hielt noch immer die wimmernden, strampelnden Gnome unter den Armen und stolperte verzweifelt den Steilhang hinauf, um den Flammen zu entkommen. Plötzlich packten Bunions kräftige Arme ihn um die Taille und schoben ihn mitsamt seiner Last auf den Felsenkamm zu. Questor folgte und trieb sie brüllend zur Eile an.

Kurz darauf erreichten sie den Kamm und torkelten aus der Hitze und dem Rauch in das dunkle, kühle Gestrüpp auf der anderen Seite. Hustend und keuchend sackten sie nebeneinander zu Boden. Abernathy tauchte aus der Dunkelheit auf und gesellte sich dazu.

Hinter ihnen setzten der Drache und die Hexe ihren privaten Kampf fort. Ihr Geschrei und Gebrüll schallten durch die Nacht. Sie hatten noch nicht einmal bemerkt, daß der Gegenstand ihres Streits auf und davon gelaufen war.

Ben warf einen hastigen Blick auf seine Gefährten. Ihre Augen glänzten weiß in der Finsternis. Alle schienen sich einig, daß sie so schnell wie möglich verschwinden sollten. Es würde nicht lange dauern, bis die Hexe und der Drache entdeckten, was geschehen war.

Hastig rappelten sie sich wieder auf und verschwanden, so schnell sie konnten, in der Nacht.

Suche

Mitternacht war schon vorüber, als Ben und seine Gefährten schließlich ihre Flucht abbrachen. Dicke Gewitterwolken zogen ostwärts aus den Wiesenzonen. Monde und Sterne verschwanden, als seien sie von den plötzlich aufkommenden Winden fortgeblasen worden. Donner grollte, und Blitze zuckten über den Himmel. Dann fielen die ersten Tropfen, und in kurzer Zeit goß es in Strömen. Der Regen fegte in kalten Böen über das Ödland. Sie hatten kaum Zeit, einen Unterschlupf in einem dichten Fichtengehölz zu finden, ehe die Umgebung in dem undurchdringlichen Dunst nicht mehr wahrzunehmen war.

Die Gruppe kauerte sich unter die weit ausladenden Äste der größten Fichte und schaute durch den Nebelvorhang auf das niederprasselnde Wasser. Der Wind peitschte Regenkaskaden zwischen den Ästen hindurch ins Unterholz, und alle Geräusche gingen im Tosen des Sturmes unter. Die Baumgruppe, unter der sie hockten, wurde zu einer Insel im Ungewissen.

Nach einer Weile lehnte Ben sich gegen den mächtigen Fichtenstamm und ließ seinen Blick von einem zum anderen wandern. »Ich bin Ben Holiday«, erklärte er schließlich. »Ich bin es wirklich.«

Sie sahen sich fragend gegenseitig an und schauten dann wieder zu Ben.

»Rettet uns, mächtige Hoheit«, flehte Fillip nach einer Weile mit fast tonlos wimmernder Stimme.

»Bitte, rettet uns!« bettelte Sot.

Sie glichen ertränkten Ratten. Ihr Fell war verklebt und völlig durchnäßt, ihre Kleider zerfetzt. Ihre kleinen Hände suchten wieder Bens Hosenbeine.

»Laßt das!« befahl er ihnen barsch. »Da ist nichts mehr, wovor ich euch retten müßte. Ihr seid jetzt in Sicherheit.«

»Der Drache…« setzte Fillip an.

»Die Hexe…« begann Sot.

»Sind weit hinter uns und werden uns bei diesem Wetter kaum verfolgen. Bis sie aufgehört haben, zu versuchen, sich gegenseitig in Brand zu stecken, und anfangen, sich zu fragen, was aus uns geworden ist, wird der Regen alle unsere Spuren verwischt haben.« Er versuchte zuversichtlicher zu klingen, als er sich fühlte. »Keine Sorge. Es wird alles gutgehen.«

Bunion zeigte die Zähne und fauchte. Er warf einen Blick auf Ben, als sei er ein streunender Schlammwumpel. Abernathy vermied es, Ben überhaupt anzuschauen.

Questor Thews räusperte sich. Ben sah ihn erwartungsvoll an, und der Zauberer schien plötzlich nicht mehr zu wissen, was er sagen wollte. »Es ist alles reichlich kompliziert«, meinte er schließlich. Er blinzelte zu Ben. »Ihr behauptet, Ihr seid tatsächlich Seine Königliche Hoheit? Die Hexe und der Drache hatten recht, Euch dafür zu halten?«

Ben nickte langsam.

»Und die Geschichte, die Ihr uns damals in Silber Sterling erzählt habt – sie entspricht tatsächlich der Wahrheit? Ihr seid irgendwie durch einen Zauber verändert worden? Ihr habt den Schutz des Medaillons verloren?«

Ben nickte wieder.

»Und Meeks ist wirklich zurückgekommen und hat Euren Platz eingenommen – und hat sich selbst Eure Erscheinung gegeben?«

Ben nickte zum dritten Mal.

Questors hagere Züge legten sich in noch tiefere Falten. »Aber *wie* denn?« wollte er schließlich wissen. »Wie konnte das alles passieren?«

Ben seufzte. »Ich fürchte, das ist die große Frage, die sich jeder stellt.«

Dann berichtete er in knappen Worten noch einmal seine Konfrontation mit Meeks in seinem Schlafgemach und die Veränderung, die ihn zu dem Fremden gemacht hatte, der er für sie zu sein schien. Dann berichtete er ihnen von seiner Entscheidung, nach Süden zu reisen und Weide zu suchen. »Seither bin ich hinter ihr her«, schloß er.

»Seht Ihr? Ich hab's Euch doch gesagt«, schnaubte Abernathy.

Questor zuckte zusammen und schaute den Schreiber von oben

herab an. »*Was* habt Ihr mir gesagt?« fragte er, und sein Eulengesicht runzelte sich noch mehr.

»Daß Seine Hoheit sich nicht benahm wie Seine Hoheit!« bellte Abernathy vorwurfsvoll. »Daß irgend etwas nicht stimmte! Daß nichts so war, wie es sein sollte! Ich habe Euch noch viel mehr gesagt, wenn Ihr Euch die Mühe machen wolltet, Euch zu erinnern!« Er schob seine regennasse Brille zur Nasenwurzel hinauf. »Ich habe Euch gesagt, daß diese Träume nichts als Ärger bringen würden. Ich habe Euch gesagt, Ihr solltet ihnen nicht nachjagen!« Plötzlich wirbelte er zu Ben herum wie ein Prophet, dessen Voraussagen sich bewahrheitet hatten. »Euch habe ich ebenfalls gewarnt, nicht wahr? Ich habe Euch gesagt, Ihr solltet in Landover bleiben, wo Ihr hingehört! Ich habe Euch gesagt, Meeks sei zu gefährlich! Aber Ihr wolltet nicht auf mich hören, oder? Keiner von Euch wollte auf mich hören! Jetzt schaut nur, wohin es uns gebracht hat!«

Er nieste und schüttelte sich heftig, so daß sie alle eine Dusche abbekamen. »Tut mir leid«, murmelte er, doch es klang nicht im geringsten ehrlich.

Questor schnaubte. »Ich hoffe, Ihr fühlt Euch jetzt ein wenig besser.«

Ben hielt es für angebracht, weiterem Gezänk vorzubeugen. »Abernathy hat recht. Wir hätten auf ihn hören sollen. Aber wir haben es nun einmal nicht, und was geschehen ist, ist geschehen. Damit müssen wir uns abfinden. Aber wenigstens sind wir wieder zusammen.«

»Das wird uns viel nützen!« knurrte Abernathy noch immer aufgebracht.

»Nun, ein bißchen nützen wird es uns schon.« Ben gab sich große Mühe, optimistisch zu klingen. »Wir sechs zusammen können wahrscheinlich mehr erreichen als ich allein.«

»Wir *sechs*?« Abernathy warf einen verächtlichen Blick auf die G'heim-Gnome. »Ihr zählt zwei mehr als ich, Hoheit. Wie auch immer, ich bin nach wie vor nicht überzeugt, daß Ihr wirklich Seine Königliche Hoheit seid. Questor Thews ist viel zu leichtgläubig. Wir sind einmal an der Nase herumgeführt worden, und es ist durchaus möglich, daß wir ein zweites Mal getäuscht werden.

Woher sollen wir wissen, ob das nicht ein weiteres Täuschungsmanöver ist? Woher sollen wir wissen, ob es nicht noch einer von Meeks' Tricks ist?«

Ben überlegte einen Moment. »*Wissen* könnt Ihr es nicht, das ist wahr. Ihr müßt mein Wort dafür hinnehmen. Ihr müßt mir glauben, und Ihr müßt Euren Instinkten trauen.« Er seufzte. »Meint Ihr wirklich, daß Meeks sowohl Nachtschatten als auch Strabo so hinters Licht führen könnte? Glaubt Ihr wirklich, ich würde so darauf bestehen, daß ich der König sei, wenn ich es nicht wirklich wäre?« Er machte eine Pause. »Und glaubt Ihr, ich würde das hier noch immer tragen?«

Er holte das oxydierte Medaillon unter seinem Hemd hervor. Das Bild von Meeks schimmerte feucht im Schein eines Blitzes.

»*Warum* tragt Ihr es noch?« fragte Questor leise.

Ben schüttelte den Kopf. »Ich habe Angst, es abzulegen. Wenn sich bewahrheitet, was Meeks behauptet hat – daß ich sterbe, wenn ich es ablege –, wer bleibt dann, um Weide zu warnen? Sie hat keine Ahnung von dem, was geschehen ist. Sie weiß nicht, daß Meeks die Träume geschickt hat, und sie ahnt nicht, in welcher Gefahr sie sich befindet. Sie liegt mir zu sehr am Herzen, Questor. Ich kann sie nicht im Stich lassen. Ich kann nicht riskieren, daß sie in die gleiche Falle tappt wie ich, ohne daß jemand da ist, der ihr zu Hilfe kommt.«

Schweigend musterten sie ihn eine Weile.

»Nein, Hoheit – das könnt Ihr nicht«, pflichtete Questor ihm schließlich bei. Der Zauberer warf einen Seitenblick auf Abernathy. »Der echte Ben Holiday würde das nicht im Traum zulassen, oder?« fragte er spitz. »Nicht der *echte* Ben Holiday!«

Abernathy dachte ein Weilchen schweigend darüber nach, dann seufzte er. »Nein, ich glaube nicht.« Er schaute zu Bunion, der zustimmend nickte. »Also gut. Die anderen akzeptieren Euch als Seine Hoheit; ich werde es ihnen gleichtun.«

»Das weiß ich sehr zu schätzen, Abernathy«, versicherte ihm Ben.

»Aber ich zweifle noch immer, daß Ihr mit uns vieren...« – er schielte wieder zu den G'heim-Gnomen hinüber – »...oder sechsen oder wie vielen auch immer, auf die Ihr zählen könnt, besser dran seid als allein! Was können wir sechs tun, wozu Ihr nicht allein in der Lage wäret?«

Sie schauten Ben alle erwartungsvoll an. Ben starrte an ihnen vorbei in die Finsternis, zog die Knie vor die Brust und legte die Arme darum, weil er fröstelte, und suchte nach einer Antwort. »Weide finden«, meinte er dann. »Sie beschützen.«

Keiner sagte etwas.

»Hört zu. Der dritte Traum ist der Schlüssel zu all den Ereignissen, und das Zaumzeug ist der Schlüssel zu dem Traum. Weide ist jetzt im Besitz des Zaumzeugs – soviel wissen wir. Strabo hat es ihr gegeben. Sie hat es, aber was wird sie damit tun?«

»Was, mächtige Hoheit?« fragte Fillip eifrig.

»Ja, was?« schloß Sot sich an.

»Sie wird es Euch bringen, Hoheit«, antwortete Questor schnell. Dann fügte er leiser hinzu: »Oder jedenfalls dem, den sie für Euch hält.«

»So ist es, Questor«, flüsterte Ben. »Das ist es, was der Traum ihr zu tun aufgetragen hat, und das wird sie auch tun. Sie wird mir das Zaumzeug bringen. Nur daß ich nicht ich bin. Ich werde Meeks sein. Sie wird zu Meeks laufen. Und was geschieht dann mit ihr?«

»Wir müssen sie vorher finden«, erklärte Questor.

»Sobald es aufhört zu regnen«, fügte Abernathy hinzu.

Ben nickte. »Wir sechs haben mehr Chancen als einer allein.«

»Und Bunion hat mehr Chancen als zehnmal sechs«, warf Abernathy dazwischen und nieste wieder. »Ich glaube, ich habe mich erkältet.«

»Ausnahmsweise hat Abernathy einmal recht!« rief Questor und übersah geflissentlich den vorwurfsvollen Blick, den der Hund ihm zuwarf. »Ein Kobold kann schneller und besser eine Spur finden und verfolgen als irgendein Mensch. Wenn es irgendwo ein Zeichen des Mädchens gibt, wird Bunion es entdekken.« Er schaute zum Kobold hinüber, der zur Antwort alle seine Zähne zeigte. »Wirklich, Bunion wird sie für uns suchen – darauf können wir uns verlassen.« Achselzuckend fügte er hinzu: »Sobald es aufhört zu regnen, natürlich.«

Ben schüttelte energisch den Kopf. »So lange können wir nicht warten. Wir haben keine...«

»Wir müssen«, unterbrach ihn der Zauberer freundlich.

»Aber wir können nicht...«

»Wir müssen.« Questor legte seine Hand auf Bens Arm. »In einem Sturm wie diesem hier kann man keine Spuren verfolgen, Hoheit. Man würde keinerlei Zeichen finden.« Er beugte sein Eulengesicht näher zu Ben, und in seinen Augen leuchtete warme Anteilnahme. »Hoheit, Ihr seid schon lange unterwegs, seit Ihr Silber Sterling verlassen habt. Ihr habt viel gelitten. Euer Aussehen, so verzerrt es auch sein mag, trügt darin nicht. Schaut Euch an. Ihr seid bis auf die Knochen runtergewirtschaftet. Ihr seid erschöpft. Ich habe Bettler gesehen, die gesünder aussahen als Ihr. Abernathy?«

»Ihr seht aus wie ein Wrack«, bestätigte der Hund.

»Na ja, schlimm genug jedenfalls«, milderte Questor das Urteil des Schreibers mit einem Lächeln. »Ihr müßt Euch ausruhen. Schlaft jetzt. Danach ist immer noch Zeit für die Suche.«

Ben schüttelte energisch den Kopf. »Questor, ich bin nicht müde. Ich kann nicht...«

»Ich glaube, Ihr müßt«, beharrte der Zauberer sanft. Eine knochige Hand fuhr vor Bens Gesicht vorbei, und seine Lider wurden plötzlich schwer. Er konnte die Augen kaum noch offenhalten. Müdigkeit kroch ihm durch die Glieder, und sein Körper wurde bleischwer. »Ruht jetzt, Hoheit«, flüsterte Questor.

Ben wehrte sich, versuchte aufzustehen, doch es gelang ihm nicht. Ausnahmsweise funktionierte die Magie des Zauberers auf Anhieb. Ben glitt rücklings den rauhen Baumstamm entlang auf ein Bett aus Fichtennadeln. Seine Gefährten rückten näher. Abernathys pelziges, bebrilltes Gesicht beugte sich über ihn. Bunions Zähne glänzten wie Dolche. Fillip und Sot waren undeutliche Bilder, die waberten und bebten, und die murmelnden Stimmen klangen aus immer weiterer Ferne. In ihrer Gegenwart fühlte Ben sich geborgen. Es gab ihm Kraft und Zuversicht – seine Freunde waren wieder bei ihm – alle, außer Parsnip und Weide.

»Weide«, flüsterte er.

Er sprach ihren Namen aus und schlief ein.

Er träumte von Weide, und der Traum brachte ihm eine Erkenntnis, die ihn selbst im Schlaf schockierte. Er suchte die Sylphe in den Wäldern, den Hügeln und den Ebenen von Landover. Es trieb ihn voran wie ein Magnet ein Stück Eisen. Das Land, das er durchwanderte, war vertraut und gleichzeitig fremd, eine Mischung aus Sonnenschein und Schatten, vage wie ein auf einer Wasseroberfläche reflektiertes Bild. Um ihn herum regte es sich, doch es waren Dinge ohne Gesicht und Gestalt. Er war allein, und seine einsame Suche schien endlos und brachte ihn von einem Ende des Tales zum anderen, schnell und zielstrebig, doch ohne Erfolg.

Es drängte ihn voran mit einer Dringlichkeit, die ihn überraschte. Das Bedürfnis, die Sylphe zu finden, war stärker, als er mit Vernunft hätte erklären können. Er hatte Angst um sie, ohne zu verstehen, weshalb. Er sehnte sich verzweifelt danach, mit ihr zusammenzusein, auch wenn er keinen Grund dafür hätte angeben können. Es war, als sei er ein Gefangener seiner Gefühle, die seinen Weg bestimmten, ohne daß sein Verstand etwas damit zu tun hatte. Und er spürte Weides Nähe, während er nach ihr Ausschau hielt, und ihre Gegenwart schien ihn zu foppen. Es war, als warte sie hinter jedem Baum, hinter jedem Hügel, und als brauche er nur noch ein kleines Stückchen weiterzulaufen, um sie zu finden. Er wurde der Suche nicht müde, seine Entschlossenheit trug ihn immer weiter.

Nach einer Weile begann er, Stimmen zu vernehmen. Sie flüsterten von allen Seiten auf ihn ein, manche warnend, manche mahnend. Er hörte den Flußherrn, der, noch immer mißtrauisch über Bens Identität, seltsam besorgt war, daß seine Tochter, die er nicht wirklich lieben und die ihn nicht wirklich lieben konnte, gefunden würde. Er hörte die Erdmutter, die verlangte, daß er sein Versprechen, Weide zu suchen und zu beschützen, noch einmal wiederhole und einlöse. Er hörte den einsamen, geschlagenen Jäger, der noch einmal mit hohler Stimme von dem schwarzen Einhorn sprach und von der Berührung, die ihn seine Seele gekostet hatte. Und er hörte Meeks, der mit rauher, fauchender Stimme drohte, er würde ihn vernichten, wenn ihm das Mädchen und das goldene Zaumzeug entgingen.

Dennoch suchte er weiter.

Und dann hörte er Edgewood Dirk.

Es war die Stimme der Prismenkatze, die ihn langsamer werden ließ und die ihm plötzlich bewußt machte, wie panisch seine Suche nach Weide geworden war. Er blieb atemlos und mit klopfendem Herzen stehen. Er befand sich in einer kühlen, stillen Waldlichtung, gebadet in Licht und Schatten, überdacht von gewaltigen Baumkronen und mit weichem, saftigem Moos unter seinen Füßen. Dirk saß auf einer Erhebung in dieser Lichtung, geziert, glatt und undurchschaubar.

»Warum rennst du so, Hoheit Ben Holiday?« fragte Dirk.

»Ich muß Weide finden«, gab er zurück.

»Warum mußt du das?« bohrte Dirk.

»Weil ihr Gefahr droht«, antwortete er.

»Ist das alles?«

Ben überlegte. »Weil sie mich braucht.«

»Ist das alles?«

»Weil sonst niemand da ist.«

»Ist das alles?«

»Weil...«

Aber die Worte, nach denen er suchte, fielen ihm nicht ein, entzogen sich ihm wie die Sylphe selbst. Er mußte diese Worte aussprechen, das fühlte er. Was besagten sie?

»Du gibst dir soviel Mühe, dein Leben zu organisieren«, erklärte Dirk beinahe traurig. »Du bemühst dich so, all die einzelnen Stücke zusammenzufügen wie ein riesiges Puzzle, das du meistern mußt. Aber du erkennst die Ursache für dein Bedürfnis, dies alles zu tun, nicht. Leben ist nicht nur Form, Hoheit; Leben ist auch Gefühl.«

»Ich fühle«, hielt er ihr entgegen.

»Du regierst«, korrigierte ihn Dirk. »Du regierst dein Königreich, deine Untertanen, deine Arbeit und dein Leben. Du organisierst hier genauso, wie du es einst dort getan hast. Du kommandierst. Du kommandierst als König, wie du einst als Anwalt kommandiert hast. Gerichtssaal-Bühnentechnik oder höfische Politik – du bist noch immer der gleiche. Du agierst und reagierst schnell und geschickt. Aber du fühlst nicht.«

»Ich versuche es.«

»Die Seele der Magie liegt im Gefühl, Hoheit. Gefühl gebiert Leben, und Leben gebiert Magie. Wie kannst du das Leben oder die Magie verstehen, wenn du nicht fühlst? Du suchst nach Weide, doch wie kannst du sie erkennen, wenn du nicht begreifst, was sie ist? Du suchst mit den Augen nach etwas, das sie nicht sehen können. Du suchst mit deinen Sinnen und deinem Körper nach etwas, das sie nicht finden können. Du mußt statt dessen mit dem Herzen suchen. Versuch es. Versuch es jetzt, und sag mir, was du siehst.«

Er versuchte es, doch um ihn herum herrschte nur Finsternis, die ihn nichts sehen ließ. Er zog sich tief in sich selbst zurück und fand nur Passagen, die er nicht durchqueren konnte. Hindernisse versperrten ihm den Weg, formlose Dinge, die keine klare Benennung erlaubten. Er bemühte sich wütend, sich an ihnen vorbeizudrängen, tastend, suchend...

Dann war Weide da wie eine plötzlich erinnerte, verschleierte Vision. Geschmeidig und schwerelos glitt sie an ihm vorbei, umwerfend schön, unendlich begehrenswert. Das waldgrüne Haar fiel ihr über die schmalen Schultern bis zur Taille. Weiße Seide umschloß sie wie eine zweite Haut. Ihre Blicke trafen sich, und Ben stockte der Atem, daß es ihn schmerzte. Sie lächelte warm und zärtlich, ihre Stimme klang wie ein tonloses Wispern in seinem Bewußtsein. Keine Gefahr bedrohte sie, keine Dringlichkeit ging von ihr aus. Sie war in Frieden mit sich selbst. Sie war ruhig und entspannt.

»Warum rennst du so, Hoheit Ben Holiday?« wiederholte Dirk von irgendwoher aus den Schatten.

»Ich muß Weide finden«, antwortete er wieder.

»Warum mußt du sie finden?«

»Weil...«

Wieder fand er die Worte nicht. Die Schatten verdichteten sich. Weide begann darin unterzugehen.

»Weil...«

Sie schwand weiter wie eine verblassende Erinnerung. Er suchte verzweifelt nach den Worten, doch sie entzogen sich ihm wie zuvor. Das Gefühl von Dringlichkeit überfiel ihn wieder mit aller Macht. Die Sylphe befand sich erneut in gräßlicher Gefahr, als sei sie durch seine Unentschlossenheit von etwas Entsetzlichem bedroht. Er versuchte, nach ihr zu greifen, doch sie war zu weit fort und er wie festgewurzelt.

»Weil...«

Die Schatten drängten näher, umfingen ihn mit ihrer Schwärze, erstickten ihn mit unendlicher Finsternis. Er tauchte wieder aus seinem Inneren hervor. Dirk war fort. Weide war nur noch ein farbig schimmernder Lichtfleck, der immer mehr verblaßte...

»Weil...«

Weide!

Ben schreckte aus dem Schlaf, sprang auf die Füße. Er war schweißgebadet. Nächtliche Stille lag über dem östlichen Ödland. Wolken verdeckten den Himmel, doch der Regen hatte aufgehört. Bens Gefährten schliefen ungestört um ihn herum – außer Bunion. Bunion war schon aufgebrochen und hatte seine Suche nach Weide begonnen.

Ben holte tief Luft. Sein Traum von Weide stand ihm noch immer klar und deutlich vor Augen. Er atmete aus.

»Weil... ich sie liebe«, murmelte er vor sich hin.

Das waren die Worte, nach denen er so verzweifelt gesucht hatte. Und er erkannte mit umwerfender Klarheit, daß diese Worte wahr waren.

* * *

Danach lag er eine ganze Weile wach, allein mit seinen Gedanken in der stillen Dunkelheit der Nacht. Irgendwann schlief er wieder ein. Als er erwachte, dämmerte es schon. Der östliche Horizont hinter den Berggipfeln färbte sich graugolden. Bunion war noch nicht zurück, und die anderen schliefen noch.

Ben rollte sich auf den Rücken und blinzelte in das regennasse Fichtengeäst. Und dort hockte direkt über ihm in einer Astgabel der Fichte – delikat zusammengerollt und mit halbgeschlossenen Augen – niemand anderes als Edgewood Dirk.

Er öffnete die Augen, als Ben ihn anschaute.

»Guten Morgen, Hoheit«, begrüßte ihn die Katze.

Ben stützte sich auf die Ellbogen. »Guten Morgen. Wo bist du gewesen?«

»Ach, hier und dort.«

»Mehr dort als hier, wie mir scheint!« rügte Ben, und eine ganze Menge aufgestauten Ärgers wallte in ihm auf. »Ich hätte gestern im Tiefen Schlund ein wenig Unterstützung brauchen können, als du so klammheimlich einfach verschwunden warst! Ich kann von Glück sagen, daß die Hexe mich nicht auf der Stelle beiseite geschafft hat! Dann hat sie mich in Strabos Nest geschleppt und ihm als Imbiß angeboten! Aber das alles ist dir ziemlich schnuppe, nicht wahr? Danke für gar nichts!«

»Oh, bitte sehr«, erwiderte Dirk gelassen. »Allerdings möchte ich dich noch mal darauf hinweisen, daß ich mich als dein Gefährte, nicht als dein Retter verdungen habe. Zudem scheint dir ja während meiner Abwesenheit kein Leid geschehen zu sein.«

»Aber es hätte können, verdammt noch mal!« Ben konnte es nicht ändern. Er war es leid, daß die Katze wie ein Geist auftauchte und wieder verschwand. »Ich wäre fast in Drachenöl gebraten worden!«

»Hätte, könnte, sollte – lauter sinnlose Möglichkeiten.« Dirk gähnte. »Hör lieber auf, tote Pferde wachzurütteln, und bemüh dich um die paar lebendigen.«

Ben kochte. »Das heißt?«

»Das heißt, daß du etwas wesentlich Wichtigeres im Sinn haben solltest, als mich für eingebildete Unterlassungen zu tadeln.«

Ben schwieg. Er dachte an seinen Traum, die Suche, das goldene Zaumzeug, das schwarze Einhorn, Meeks und all die anderen Einzelteile des Puzzles, das er noch nicht durchschaut hatte. Ja, und Weide! Der Gedanke an Weide verdrängte alle anderen. Ich liebe sie, sagte er zu sich selbst, um die Wirkung der Worte zu testen. Er fand sie unerwartet wohltuend.

»Es gibt Leute, die unsere Träume für nichts weiter als Manifestationen unserer Gedanken und Sehnsüchte halten«, dozierte Dirk, als hielte er eine gelehrige Vorlesung. »Träume geben selten die genauen Umstände wieder, auf denen unsere Gedanken und Sehnsüchte beruhen, doch sie zeigen sehr deutlich die dahinterliegenden Gefühle. Wir finden uns in seltsame Situationen und unzusammenhängende Ereignisse verwickelt, und wir neigen dazu, diese Träume als abwegig von der Hand zu weisen – eine Art von Selbstschutz-Reaktion. Doch wenn wir die Spreu vom Weizen trennen, finden wir immer ein Körnchen Wahrheit darin verborgen, das verstanden werden muß – Wahrheit, die wir wachend zu akzeptieren verweigern und die auf dem Weg über die Träume ihre Anerkennung fordert.«

Er wartete, damit seine Worte wirken könnten. »Liebe ist manchmal eine solche Wahrheit.«

Ben richtete sich auf und starrte den Kater an, der plötzlich zum Philosophen geworden war. Dann schüttelte er den Kopf. »Bezieht sich das alles auf Weide?«, fragte er.

Dirk blinzelte. »Natürlich. Träume lügen manchmal, und die Wahrheit kann nur wachend erkannt werden.«

»Wie mein Traum von Miles?« Ben fand die Unterhaltung unnötig verwickelt. »Warum sagst du zur Abwechslung nicht mal klar und direkt, was du meinst?«

Dirk blinzelte wieder. »Weil ich eine Katze bin.«

»Oh, natürlich.« Wieder diese Standardantwort!

»Weil du manche Dinge einfach allein herausfinden mußt.«

»Richtig.«

»Und darin hast du dich bislang als nicht besonders erfolgreich erwiesen, fürchte ich.«

»Gewiß nicht.«

»Trotz meiner nicht nachlassenden Bemühungen.«

»Hmmmm.« Ben verspürte einen fast unwiderstehlichen Drang, das Vieh zu erwürgen. Um das Gefühl zu unterdrücken, ließ er seinen Blick über die noch immer schlafenden Gefährten gleiten. »Warum ist außer mir noch niemand wach?« fragte er.

Dirk schaute sich um. »Vielleicht waren sie einfach furchtbar müde«, meinte er freundlich.

Ben sah ihn scharf an. »Was hast du gemacht – ein bißchen Magie angewandt? Elfenmagie? So wie Questor bei mir? Das ist es, nicht wahr?«

»Ein wenig.«

»Warum denn das? Ich meine, warum machst du dir die Mühe?«

Dirk stand auf, sprang neben Ben, ignorierte ihn jedoch demonstrativ. Er begann sich zu putzen und leckte und schleckte sein

Fell erst gegen den Strich, dann glättete er es wieder, bis er damit zufrieden war.

Schließlich wandte er sich wieder zu Ben. Seine grünen Augen schimmerten im dämmernden Tageslicht. »Das Problem besteht darin, daß du nicht zuhörst. Ich erzähle dir alles, was du wissen mußt, doch du scheinst es überhaupt nicht wahrzunehmen. Es ist wirklich zum Verzweifeln.« Er seufzte schwer. »Ich ließ deine Gefährten schlafen, um dich eine letzte Lektion über Träume zu lehren. Das Verständnis dessen, was geschehen ist, hängt zu einem großen Teil davon ab, daß du verstehst, wie Träume funktionieren. Beachte jetzt, was geschieht, wenn deine Freunde aufwachen. Und versuche diesmal wirklich aufmerksam zu sein, ja? Mein Geduldsfaden ist zum Zerreißen dünn geworden.«

Ben verzog das Gesicht zu einer Grimasse. Edgewood Dirk kauerte sich neben ihn. Gemeinsam erwarteten sie die nächsten Ereignisse. Nach einer Weile bewegte sich Questor Thews, dann regte sich Abernathy und schließlich auch die Gnome. Einer nach dem anderen blinzelte, rieb sich die Augen und setzte sich auf.

Dann entdeckten sie Ben und insbesondere Dirk.

»Ah, guten Morgen, Hoheit. Guten Morgen, Dirk«, grüßte Questor strahlend. »Ich hoffe, ihr habt alle beide gut geschlafen.«

Abernathy murmelte irgendwas, daß alle Katzen ohnehin Nachttiere seien, die keinen Schlaf brauchten, nicht einmal Prismenkatzen, und daß es überflüssig sei, sich ihretwegen Gedanken zu machen.

Fillip und Sot beäugten Dirk wie ein lange erwartetes Abendessen ohne die geringste Spur von Furcht.

Ben beobachtete die Szene verständnislos, und die Unterhaltung um ihn herum lief weiter, als sei die Gegenwart der Katze völlig selbstverständlich. Niemand schien überrascht, daß Dirk da war. Questor und Abernathy benahmen sich, als hätten sie mit seinem Auftauchen gerechnet. Die Gnome verhielten sich genauso wie bei ihrer ersten Begegnung mit Dirk – keiner der beiden schien sich zu erinnern, was sie der Versuch, ihn zu verspeisen, gekostet hatte.

Ben hörte eine Weile zu, wie die anderen erregt schwatzten, und schaute dann verwirrt den Kater an. »Was...?«

»Ihre Träume, Hoheit«, unterbrach Dirk ihn flüsternd. »Ich ließ sie mich in ihren Träumen entdecken. Dort erschien ich ihnen real, also erscheine ich ihnen hier auch real. Verstehst du das nicht? Die Wahrheit ist manchmal ganz einfach das, was wir dafür halten – im Traum wie im Wachen.«

Ben verstand es nicht. Er hatte genau aufgepaßt, er hatte zugehört, wie man ihn angewiesen hatte, und noch immer verstand er es nicht. Was sollte das alles, und was hatte es mit ihm zu tun?

Doch es blieb keine Zeit, die Angelegenheit weiter zu betrachten. Ein Ruf von Abernathy – oder eher eine Art Bellen – zog die Aufmerksamkeit aller an. Die Äste am Rande des Fichtengehölzes raschelten und bogen sich auseinander, und wer tauchte dazwischen hervor? Parsnip! Gefolgt von Bunion. Beide waren vom Regen durchgeweicht, beide grinsten ihr typisches, von einem Ohr bis zum anderen reichendes Lächeln und zeigten alle ihre scharfen Zähne. Ben erstarrte. Parsnip sollte doch Weide beschützen! Er schüttelte die Lähmung ab und eilte hinter Questor und Abernathy her, um die beiden drahtigen, zähen Geschöpfe zu begrüßen. Als er den harten, mißtrauischen Ausdruck von Parsnip sah, blieb er abrupt stehen – Parsnip hatte ja noch keine Ahnung, wer er war – und trat auf Questors Drängen sogar ein paar Schritte zurück. Questor und Bunion unterhielten sich in der rauhen, kehligen Sprache der Kobolde, Parsnip warf hier und da etwas dazwischen, und schließlich wandte Questor sich wieder an Ben.

»Parsnip hat ein wachsames Auge auf Weide gehalten, seit sie Silber Sterling verlassen hat – ganz, wie Ihr es befohlen hattet. Bis gestern. Dann schickte sie ihn, ohne einen Grund anzugeben, fort. Als er sie nicht allein gehen lassen wollte, bediente sie sich einer Elfenmagie und entschwand. Nicht einmal ein Kobold kann einer Sylphe folgen, wenn sie es nicht will. Sie hat das goldene Zaumzeug, und... und sie sucht nach dem schwarzen Einhorn.« Als er den Ausdruck in Bens Gesicht bemerkte, schüttelte er den Kopf und zupfte an seinem weißen Bart. »Ich weiß. Auch ich verstehe das nicht, Hoheit, und Parsnip genausowenig. Offenbar hat sie sich entschlossen, das Zaumzeug *nicht* zu Euch zu tragen, wie der Traum ihr aufgetragen hatte.«

Ben kämpfte gegen ein plötzliches Schwindelgefühl an. Was

hatte das zu bedeuten? »Wo ist sie jetzt?« fragte er statt dessen.

Questor schüttelte wieder den Kopf. »Ihre Spur führt nordwärts in den Melchor.« Er zögerte. »Bunion hält es für wahrscheinlich, daß sie in Richtung Mirwouk wandert!«

Mirwouk? Wo die verschollenen Zauberbücher versteckt gewesen waren? Warum ging sie dorthin? Bens Frustration wuchs.

»Das ist nicht alles, Hoheit«, fügte Abernathy hinzu, wobei er das warnende Zupfen von Questor an seinem Ärmel unbeachtet ließ. »Strabo und Nachtschatten sind auf Jagd – vermutlich nach Euch, Weide und dem Zaumzeug. Und ein Dämon – ein riesiges, fliegendes Monstrum, ein Biest, das auf nichts reagiert, wie es scheint – soll das ganze Tal durchstreifen. Bunion sah es während der letzten Nacht.«

»Meeks' Haustier«, flüsterte Ben. Ihm fiel das gräßliche Ungetüm wieder ein, das beim Tanz der Nymphen erschienen war und sie alle vernichtet hatte. Sein Gesicht verhärtete sich. Edgewood Dirk und die Angelegenheit mit den Träumen waren vergessen. Er dachte nur noch an Weide. »Wir müssen sie einholen, ehe sie von denen aufgespürt wird«, erklärte er mit hohler Stimme und kämpfte gegen die panische Angst an, die ihn gepackt hatte. »Wir *müssen* sie finden. Wir sind ihre einzige Chance!«

Alle reagierten. Abernathy bellte die G'heim-Gnome an, die Kobolde wandten sich sofort zum Gehen, und Questor Thews legte seine Hand beruhigend auf Bens Arm. »Wir werden sie finden, Hoheit. Verlaßt Euch darauf.«

Sie machten sich auf den Weg durch das Ödland. Der Fremde, der eigentlich Königliche Hoheit war, der Zauberer und der Schreiber, die Kobolde und die Gnome.

Edgewood Dirk blieb reglos sitzen und sah ihnen nach.

Mirwouk und Flynt

Weide spürte die Glut der Mittagssonne, deren Strahlen durch das Blätterdach drangen, und war plötzlich durstig. Vorsichtig bahnte sie sich den Weg an einem Felsvorsprung auf dem immer steiler werdenden Berghang vorbei, kletterte auf ein von hohem Gras und Gebüsch bewachsenes Plateau und schaute sich um. Unter ihr erstreckte sich Landover wie ein unregelmäßiges Schachbrett aus Feldern und Wiesen, Hügeln und Ebenen, Flüssen und Seen – blaue und grüne Tupfer mit ein paar pastellbunten Pinselstrichen dazwischen. Die Sonne überflutete alles aus einem wolkenlosen Himmel und verstärkte die Farben, bis es die Augen blendete.

Weide seufzte. Es schien ausgeschlossen, daß an einem solchen Tag etwas nicht in Ordnung sein könnte.

Sie befand sich jetzt tief im Melchor, hatte die Hartholzwälder und die kiefernbewachsenen Vorberge hinter sich gelassen und war ein gutes Stück zu den Hauptgipfeln vorgedrungen. Es war ein heißer Tag, und die Sonne stach zwischen den Bäumen hindurch. Der Aufstieg hatte Weide durstig gemacht. Sie hatte kein Wasser bei sich. Sie verließ sich auf ihre Instinkte, die ihr helfen würden, zu finden, was sie brauchte. Aber diese Hilfe war in den letzten Stunden, seit sie die Vorberge verlassen hatte, ausgeblieben. Jetzt endlich nahm sie Wasser in der Nähe wahr.

Trotzdem verweilte sie noch einen Augenblick und betrachtete das Tal. Weit, weit im Süden konnte sie im Dunst die Insel mit Silber Sterling erahnen, und sie dachte an Ben. Sie sehnte sich nach seiner Gegenwart. Sie wünschte, sie könnte wenigstens verstehen, warum sie nicht dort bei ihm war. Sie blickte über das Tal und fühlte sich, als sei sie ganz allein auf der Welt.

Was tat sie hier?

Das in ein Tuch gewickelte Bündel mit dem Geschirr, welches sie über der rechten Schulter trug, war schwer, und sie nahm es herunter. Ein Sonnenstrahl reflektierte sich gleißend auf einer Schnalle, die herausgerutscht war. Das Zaumzeug aus gesponnenem Gold klirrte leise. Sie sicherte die Verpackung und nahm das Bündel auf die andere Schulter. Das Zaumzeug hatte ein großes Gewicht, und die geflochtenen Riemen und Befestigungen waren unhandlicher als sie erwartet hatte. Sie balancierte es sorgfältig aus und richtete sich auf. Sie hatte Glück gehabt, daß der Drache bereit gewesen war, es ihr zu geben. Die Elfenlieder, Musik, Tränen und Lachen hatten sich als wirksame Zauber erwiesen. Strabo war hingerissen gewesen. Sie war noch immer überrascht, daß es überhaupt geklappt hatte. Und sie wunderte sich gleichzeitig, daß sie von vornherein nicht daran gezweifelt hatte, daß es klappen würde. Träume, Visionen und Eingebungen – das waren die Zufälle, von denen sie sich in den letzten Tagen hatte leiten lassen wie ein trockenes Blatt im Wind.

In der letzten Nacht war es wieder ein Traum gewesen. Sie runzelte die Stirn bei dem Gedanken daran, ihr liebliches, zartes Gesicht verzog sich sorgenvoll. Der Traum der letzten Nacht hatte von Ben gehandelt.

Ein Windhauch ließ ihr Haar wehen und kühlte ihre Haut. Sie fühlte wieder den Durst, doch sie verweilte noch einen Augenblick, um an ihren König zu denken. Es war wieder ein sonderbarer Traum gewesen, eine Mischung aus Realem und Surrealem, aus Ängsten und Hoffnungen. Sie war wieder dem schwarzen Einhorn begegnet, dem Wesen, das sich in den Wäldern, in den Schatten verbarg. Diesmal war es kein Dämon, sondern ein gejagtes, verängstigtes, einsames Geschöpf. Weide hatte Angst vor ihm gehabt, doch sie hatte seine schreckliche Furcht beweint. Was es fürchtete, war unklar, doch der Blick, den es ihr zuwarf, war unmißverständlich. Komm zu mir, hatte er gesagt. Vergiß deinen Plan, das goldene Zaumzeug nach Silber Sterling zu deinem König zu bringen. Hör auf, den Dämonen zu fürchten, für den du mich hältst. Suche statt dessen die Wahrheit über das, was ich wirklich bin. Weide, komm zu mir.

Mit einem einzigen Blick hatte es das alles ausgedrückt, so klar, so gewiß – ein Traum und doch so wirklich. So war sie hierhergekommen, ihren Elfeninstinkten vertrauend, überzeugt, daß sie als einzige ihrer Sinne nicht getäuscht werden konnten. So hatte sie den Auftrag aus ihrem ersten Traum, der sie zu Ben gebracht hätte, aufgegeben und sich statt dessen auf die Suche gemacht.

Wonach eigentlich? Nach der Wahrheit?

»Warum sind die Träume so widersprüchlich?« fragte sie sich leise. »Warum verwirren sie mich so?«

Die Sonne glänzte auf fernen Wassern, Baumblätter raschelten im sanften Wind, doch es kam keine Antwort. Sie atmete tief und wandte sich ab. Der schattige Wald zog sie an, und sie ließ sich von ihm verschlingen. Mirwouk war nah, stellte sie überrascht fest – nur noch wenige Meilen entfernt, gleich hinter dem Gipfel, den sie gerade bestieg. Sie stellte es fest und vergaß es gleich wieder. Der gewaltige Schwall mittäglicher Sonne wurde zu schmalen Strahlenstreifen gefiltert, und der Schatten kühlte ihre erhitzte Haut. Sie bahnte sich den Weg zwischen mächtigen Kiefern und Fichten hindurch zu der Wasserstelle, von der sie wußte, daß sie dort versteckt war. Sie fand sie schnell, ein spärliches Rinnsal, das aus den Felsen tropfte, sich in einem kleinen Weiher sammelte und von dort in Mäandern talwärts plätscherte. Sie legte das Bündel mit dem Zaumzeug vorsichtig neben sich und beugte sich nieder, um zu trinken. Das Wasser war süß und wohltuend in ihrer ausgedörrten Kehle. Lange kniete sie dort in der Stille.

Sekunden verrannen zu Minuten. Als sie den Kopf wieder hob, stand ihr das schwarze Einhorn gegenüber.

Der Atem blieb ihr in der Kehle stecken, und sie erstarrte. Das Einhorn war nur ein paar Schritte von ihr entfernt, halb im Schatten und halb von den Sonnenstrahlen beschienen, die durch das dichte Astwerk drangen. Es war ein wundervoller Anblick, sein graziler, schlanker Leib so ephemer wie die Erinnerung an eine Liebe, seine Gegenwart so erhaben wie ein Regenbogen. Es rührte sich nicht. Es schaute sie nur an. Ebenholzschwarzer Leib, Geißfüße und Löwenschwanz, Augen aus grünem Feuer, unsterbliches Leben – alle Lieder aller Barden aller Zeitalter der Welt konnten nicht zum Ausdruck bringen, was das Einhorn wirklich war.

Eine Welle von Gefühlen überrollte Weide und legte ihre Seele frei. Ihr Herz schien in Ekstase zerbrechen zu wollen. Noch nie hatte sie das Einhorn gesehen, und sie hatte nicht geahnt, was das bewirken würde. Sie hatte Tränen in den Augen und kämpfte und schluckte unkontrollierbar gegen ihre Empfindungen an.

»O du zauberhaftes Geschöpf«, flüsterte sie.

Ihre Stimme war so leise, daß sie glaubte, nur sie selbst könne die Worte hören. Doch das Einhorn nickte zur Antwort. Sein spiralgerilltes Horn schimmerte hell und magisch. Es fixierte seine grünen Augen mit noch größerer Intensität auf Weide, und sein Blick leuchtete noch strahlender aus einer inneren Quelle des Seins. Weide spürte, wie sie von etwas ergriffen wurde. Ihre Hand tastete blind über den Boden, bis sie endlich auf dem Bündel mit dem Zaumzeug ruhte.

Ach, ich muß dich besitzen, dachte sie. Du mußt mein werden!

Doch die Augen bannten sie, und sie konnte nicht handeln. Die Augen bannten sie, und sie flüsterten etwas, das den Traum in Erinnerung rief.

Komm zu mir, sagten sie. *Suche mich*.

Die Erinnerung machte ihr erst heiß und dann kalt. Sie sah, daß sich diese Erinnerung in ihren Augen, ihrem Bewußtsein, ihrem Herzen spiegelte. Sie blickte auf den kleinen Bach, der durch die Stille des Waldes plätscherte, und er war wie ein Strom, den sie nicht überqueren konnte. Sie lauschte auf den Gesang der Vögel in den Bäumen, ein Konzert von Liedern, das fröhlich machte und zu Herzen ging, und der Klang wurde zu einer Stimme, die alle ihre Geheimnisse preisgab.

Sie fühlte die Magie mit einer Heftigkeit in sich aufwallen, die sie nie für möglich gehalten hätte. Sie gehörte sich nicht mehr selbst, sie gehörte dem Einhorn. Sie hätte alles für dieses Geschöpf getan. Alles.

Dann im nächsten Moment war es fort, war so schnell und so spurlos verschwunden, als sei es nie dagewesen. War es denn dagewesen? fragte sie sich. Weide starrte auf die Stelle, wo es gestanden hatte, Leere aus Licht und Schatten, und sie kämpfte gegen den stechenden Schmerz.

Hatte sie das Einhorn gesehen? Wirklich gesehen? War es real gewesen?

Sie war wie betäubt und konnte sich nicht rühren. Schließlich richtete sie sich langsam auf, schulterte wieder das Bündel mit dem goldenen Zaumzeug und machte sich mit ruhiger Entschlossenheit auf die Suche nach einer Antwort.

Sie suchte den ganzen Tag. Es war eigentlich kein richtiges Suchen, sie folgte eher, denn sie hatte das Gefühl, geführt zu werden, ohne es erklären zu können. Sie kletterte zwischen Felsen, Bäumen und Gestrüpp des Melchor herum und suchte nach etwas, das es vielleicht gar nicht gab. Mehrmals glaubte sie, das schwarze Einhorn zu sehen, nur Bruchteile von Sekunden lang – mal eine ebenholzschwarze Flanke, ein smaragdgrünes Auge, ein magisch schimmerndes, gerilltes Horn. Es kam ihr nicht ein einziges Mal in den Sinn, sie würde vielleicht fehlgeleitet. Sie folgte in einer Art Delirium und ohne Mißtrauen. Sie wußte, daß das Einhorn dort war, nur ein kleines Stückchen außer Reichweite. Sie fühlte, wie es auf sie wartete; sie fühlte, wie es sie beobachtete. Sie wußte nicht, was es beabsichtigte, doch sie wußte, daß es sie brauchte.

Bei Einbruch der Nacht befand sie sich weniger als eine Meile westlich von Mirwouk, erschöpft und noch immer allein. Sie hatte den ganzen Wald rund um die alte, verfallene Festung abgesucht. Sie war mehrere Male die gleichen Wege gegangen, und sie war dem schwarzen Einhorn nicht näher gekommen, als sie ihm gewesen war, als sie es zum ersten Mal erblickt hatte. Doch sie war nach wie vor fest entschlossen, es einzuholen. Am Morgen würde sie weitersuchen.

Sie legte sich in einem Birkenhain zur Ruhe, drückte das Bündel mit dem goldenen Zaumzeug fest an die Brust und ließ sich von der kühlen Nachtluft streicheln. Langsam schwand die Tageshitze, und sie schlief erschöpft ein. Wieder hatte sie einen Traum.

Der Traum dieser Nacht handelte von Dutzenden von weißen Einhörnern, die eingesperrt und angekettet flehten, freigelassen zu werden. Der Traum war wie ein heftiges Fieber.

Aus den Schatten nahebei hielten Augen aus grünem Feuer Wache die ganze Nacht.

* * *

Ben Holiday und seine Gefährten verbrachten diese Nacht ebenfalls im Melchor, doch sie waren noch ein ganzes Stück von Mirwouk und Weide entfernt. Sie hatten ein Lager wenig oberhalb der Vorberge aufgeschlagen und konnten von Glück sagen, daß sie schon so weit gekommen waren. Sie hatten fast den ganzen Tag gebraucht, um das Ödland hinter sich zu lassen, und waren bis in die Nacht hinein weitergezogen, um den Fuß des Gebirges zu erreichen. Ben hatte darauf bestanden. Kurz vor Sonnenuntergang waren die Kobolde wieder auf Weides Spur gestoßen, und Ben hatte gehofft, sie könnten sie vielleicht noch an diesem Tag finden. Erst nachdem es vollständig dunkel war und Questor auf Ben eingeredet hatte, er solle doch vernünftig sein, hatten sie die Suche vorerst einmal eingestellt.

Bei Tagesanbruch nahmen sie sie wieder auf, und am frühen Vormittag war die kleine Reisegesellschaft bis auf eine knappe Meile an die Festung Mirwouk herangekommen. Und dann wurde die Angelegenheit verwirrend.

Die Verwirrung war vielfältig. Erstens führte Weides Spur in Richtung Mirwouk. Da sie das goldene Zaumzeug nicht zu Ben trug – oder zu dem als Ben verkleideten Meeks –, war ungewiß, was sie damit vorhatte. Möglicherweise suchte sie das schwarze Einhorn, auch wenn das wenig wahrscheinlich schien, da das schwarze Einhorn in ihrem Traum eine bedrohliche Dämonenkreatur gewesen war und sie nach wie vor nicht wußte, daß Meeks ihr diesen Traum geschickt hatte.

Doch was immer sie plante, sie war eindeutig auf dem Weg nach Mirwouk, und Mirwouk war der Ort, zu dem Questor Thews von seinem Traum auf der Suche nach den verlorenen Zauberbüchern geschickt worden war und wo er die Bücher tatsächlich gefunden hatte.

Zum zweiten hatten die Kobolde entdeckt, daß Weides Spur sich schon zweimal überschnitt. Sylphen waren Elfenwesen, die sich normalerweise nicht verliefen. Das hieß also, daß sie entweder etwas suchte oder etwas verfolgte. Doch es gab keinerlei Hinweise darauf, was das sein könnte.

Und zum dritten war Edgewood Dirk noch immer nicht wieder aufgetaucht. Niemand hatte die Katze gesehen, seit sie ihren Lagerplatz der vorletzten Nacht verlassen hatten, nachdem Bunion mit Parsnip und den Neuigkeiten über Weides Spuren zurückgekehrt war. Ben hatte Dirks Abwesenheit bislang nicht viel Aufmerksamkeit gewidmet. Er war viel zu sehr mit der Suche nach

Weide beschäftigt gewesen, um es überhaupt zu merken. Doch angesichts der neuen Rätsel hatte Ben, fast ohne zu denken, nach Dirk Ausschau gehalten, vielleicht in der vergeblichen Hoffnung, ausnahmsweise einmal eine klare Antwort von dem Tier zu erhalten. Doch Dirk war nirgends zu sehen.

Ben hielt sich nicht lange damit auf. Keiner von ihnen konnte im Augenblick Wesentliches dazu beitragen, die Situation zu klären, also befahl er weiterzugehen.

Sie kreuzten Weides Spur ein drittes Mal, nur einen Steinwurf von Mirwouk entfernt, und diesmal zögerten die Kobolde. Die neue Spur schien frischer als die andere. Sollten sie ihr folgen?

Ben nickte, und sie taten es.

Gegen Mittag waren sie fast ganz um Mirwouk herumgegangen und kreuzten Weides Spur ein viertes Mal. Diesmal führte sie von der alten Festung fort. Minutenlang studierte Bunion die Spuren. Sein Gesicht berührte fast den Boden, so intensiv versuchte er, die Fußabdrücke zu lesen. Schließlich erklärte er, er könne nicht unterscheiden, welche der beiden Spuren neuer sei, alle beide seien sehr frisch.

Eine Weile standen sie da und schauten sich unentschlossen an. Ben und Questor hatten Schweißperlen auf der Stirn, die G'heim-Gnome jammerten, sie seien durstig, Abernathy hechelte. Sie waren allesamt staubig und verdreckt.

Mit zugekniffenen Augen blinzelten sie gegen die blendende Sonne, und keiner fühlte sich wirklich wohl in seiner Haut. Sie waren erschöpft und mißgelaunt, sie waren müde und es leid, im Kreis herumzurennen.

Ben war zwar ungeduldig und wollte weiter, doch widerstrebend zog er eine kleine Mittagspause in Betracht. In diesem Augenblick ließ ihn ein lautes Krachen zusammenschrecken. Es klang wie brechendes, stürzendes Gestein. Es kam aus der Richtung der Festung.

Ben schaute fragend in die Runde, doch niemand schien eine Meinung dazu äußern zu wollen.

»Kann nichts schaden, wenigstens einmal nachzuschauen«, erklärte er und machte sich entschlossen auf den Weg. Die anderen folgten ihm mehr oder weniger begeistert.

Sie bahnten sich den Weg zwischen Bäumen und Büschen hindurch bergaufwärts, bis sie zwischen den Ästen die halbverfallenen Mauern der Festung vor sich aufragen sahen. Zinnen und Wehrgänge hoben sich vor dem blauen Himmel ab, leere Fensterhöhlen gähnten ihnen entgegen. Fledermäuse schossen pfeilschnell vorbei und stießen spitze Schreie aus. Weiter vorn dauerten die berstenden Geräusche fort. Es klang, als sei jemand eingesperrt und versuche auszubrechen. Minuten verstrichen. Die kleine Gruppe erreichte die schief in den Angeln hängenden Tore und blieb lauschend stehen.

Der Krach hatte aufgehört.

»Das gefällt mir gar nicht«, bemerkte Abernathy finster.

»Hoheit, vielleicht sollten wir...« setzte Questor an und verstummte schnell wieder, als er Bens mißbilligenden Blick sah.

»Vielleicht sollten wir mal nachschauen«, ergänzte Ben Questors Satz.

Sie taten es. Ben ging voraus, die Kobolde einen Schritt hinter ihm, die anderen folgten. Sie durchschritten die Tore, überquerten den weiten Vorhof und schlüpften in den Korridor, der von der inneren Mauer zum zentralen Hof und den Hauptgebäuden führte. Der Korridor war lang und dunkel und roch nach Verwesung. Ben rümpfte die Nase voller Abscheu und eilte voran. Noch immer herrschte Stille.

Ben erreichte das Tunnelende ein Dutzend Schritte vor den anderen und dachte, es wäre vielleicht klüger gewesen, Bunion vorauszuschicken, als sein Blick plötzlich auf den Steinriesen fiel. Es war ein überlebensgroßes, häßliches, unförmiges, grob gehauenes Monstrum, das aussah, als habe ein Bildhauerlehrling angefangen, ein Herkulesdenkmal zu gestalten. Auf den ersten Blick wirkte es nur wie eine groteske Statue, die dort mitten im Hof in einem Geröllhaufen stand.

Doch dann bewegte sich die Statue und drehte sich mit einer gewichtigen Anstrengung und unter Knirschen und Krachen herum, und es war eindeutig zu erkennen, daß sie ganz außerordentlich lebendig war.

Ben starrte sie verwundert an, ohne recht zu wissen, was er davon halten sollte. Hinter ihm im Tunnel erhob sich plötzlich Tumult, und die anderen tauchten so hastig daraus hervor, daß sie ihn fast über den Haufen gerannt hätten. Die G'heim-Gnome hatten aufgehört zu jammern. Sie schrien wie verletzte Katzen. Questor und Abernathy brüllten gleichzeitig, und die Kobolde fauchten und zeigten alle ihre Zähne in unmißverständlicher Feindseligkeit. Ben brauchte eine Weile, bis er begriff, daß sie nicht auf etwas an *diesem* Tunnelende reagierten, sondern am *anderen.*

Eilig reckte er den Hals und schaute an ihnen vorbei zurück. Ein zweiter Steinriese hatte den Tunnel betreten und bewegte sich auf sie zu.

Questor packte ihn am Ellbogen. »Hoheit, das ist ein Flynt! Er wird uns zu Staub zerschmettern, wenn er nah genug herankommt... Huuuuch!« Er hatte den zweiten entdeckt, der ebenfalls in ihre Richtung stampfte. »Zwei davon! Rennt, Hoheit! – Hier entlang!«

Die Kobolde hatten sich schon wieder in Bewegung gesetzt und führten die Gruppe über den Hof zu einem Eingang in die eigentliche Burg. Der erste Flynt hatte den zweiten erreicht, und gemeinsam setzten sie zur Verfolgung an, zwei schlenkernde Kolosse, die vorwärts donnerten wie Bulldozer.

Die Flüchtenden stürzten durch den Eingang und galoppierten eine Treppenflucht hinauf.

»Was ist ein Flynt?« wollte Ben keuchend von Questor wissen. »Ich glaube nicht, daß Ihr mir je irgendwas über Flynts erzählt habt!«

»Vermutlich nicht, Hoheit«, gab Questor schwer atmend zu. Seine Gewänder hatten sich um seine Füße verheddert, und er wäre beinahe gefallen. »Hoppla!« Er fing sich und rannte schnell weiter. »Flynts sind Mißgeburten – eine Schöpfung antiker Magie, zu Leben erweckte Steinmonster. Außerordentlich gefährlich! Sie waren einst Wächter der Festung, aber ich glaubte, sie seien vor vielen Jahrhunderten alle zerstört worden. Zauberer erschufen sie. Sie denken nicht, sie essen nicht, sie schlafen nicht, sie sehen oder riechen so gut wie gar nichts, doch sie können alles hören. Ihre Aufgabe war es einst, Eindringlinge aus Mirwouk fernzuhalten, doch das ist unendlich lange her. Wer weiß, was sie jetzt für ihre Aufgabe halten. Sie scheinen ziemlich entschlossen, alles zu zerschmettern. Uffh!« Er wurde etwas langsamer und sah fast nachdenklich aus. »Merkwürdig, daß ich ihnen nicht begegnet bin, als ich das letzte Mal hier war.«

Ben rollte mit den Augen und zerrte den Zauberer weiter.

Sie gelangten an das Ende der Treppe und gerieten auf ein zinnenumsäumtes Flachdach von der Größe eines Tennisplatzes. Die ganze Spielfläche war mit Geröll bedeckt und kein Schiedsrichter zu sehen. Außerdem gab es nur einen Ausgang – ein weiteres Treppenhaus am anderen Ende. Sie rannten darauf zu.

Dort angekommen, mußten sie feststellen, daß es mit Balken und Brettern und Geröll verbarrikadiert und völlig unzugänglich war.

»Großartig!« stöhnte Ben.

»Ich habe Euch doch gesagt, daß mir die Sache nicht gefiel!« verkündete Abernathy mit einem Bellen, das alle überraschte.

Die Flynts tauchten aus dem anderen Treppenhaus auf, drehten sich träge um und starteten dann in ihre Richtung. Bunion und Parsnip schoben sich schützend vor die anderen.

Diesmal packte Ben Questor am Arm. »Die Kobolde können diese Kolosse nicht aufhalten, verdammt noch mal! Quetscht Euch irgendeinen Zauber ab!«

Questor eilte mit fliegenden Gewändern vorwärts, und seine hagere Gestalt schwankte, als käme sie zu Fall. Er murmelte etwas Unverständliches, hob die Arme himmelwärts und riß sie in großem Bogen wieder herunter. Aus dem Nichts bildeten sich Luftwirbel, die das lose Geröll aufhoben und gegen die heranstürmenden Steinkolosse schleuderten. Unglücklicherweise schleuderten sie auch einen Teil des Gerölls auf Questor. Das Geröll prallte, ohne Schaden anzurichten, von den Flynts ab, doch der Zauberer wurde schwer getroffen. Er sackte blutend und bewußtlos zusammen.

Ben und die Kobolde sprangen herbei und zerrten den Zauberer zum Treppenhauseingang zurück. Die Flynts trampelten weiter. Steinblöcke und Geröll knirschten unter ihren gewaltigen Schritten.

Ben kniete sich aufgeregt hin. »Questor! Wacht auf! Wir brauchen Euch!« Er klatschte dem Zauberer ins Gesicht, rieb ihm die

Handgelenke und schüttelte ihn. Questor regte sich nicht. Sein Eulengesicht war totenblaß unter den blutigen Wunden.

Ben sprang wieder auf die Füße. Einzeln wäre es vielleicht jedem von ihnen gelungen, schnell genug vor diesen Steinkolossen zu entkommen. Vielleicht. Und das, bevor Questor verwundet wurde. Doch niemand konnte den bewußtlosen Zauberer schleppen und trotzdem entkommen, und zurücklassen würden sie ihn hier nicht. Ben griff hastig nach seinem Medaillon und ließ es auch gleich wieder los. Nutzlos. Er war jetzt Meeks' Schöpfung, sein Medaillon eine wertlose Imitation. Von der Magie konnte er keine Hilfe erhoffen, und den Paladin konnte er auch nicht herbeirufen.

Aber irgendwas mußte er tun!

»Abernathy!«

Die kalte Hundenase berührte sein Ohr, und er fuhr erschrocken zurück. »Hoheit?«

»Diese Dinger können weder sehen, schmecken oder riechen – aber sie können hören, stimmt's? Irgendwas hören? Irgendwas, selbst wenn es aus der weiteren Umgebung von Mirwouk kommt?«

»Man sagt, die Flynts können eine Nadel auf fünfzig Schritt fallen hören, auch wenn ich persönlich...«

»Spart Euch die Einzelheiten!« Ben riß den Hund herum und schaute ihm ins Gesicht. »Könnt Ihr das hohe C erreichen?«

Abernathy sah Ben blinzelnd an. »Hoheit?«

»Das hohe C, verdammt – könnt Ihr laut genug heulen und das hohe C hinkriegen?« Die Flynts waren nur noch wenige Schritte entfernt. »He, könnt Ihr das?«

»Ich verstehe nicht...«

»Ja oder nein?«

Er schüttelte den Schreiber. Abernathy hob die Schnauze und bellte ihm direkt ins Gesicht. »Ja!«

»Dann tut's!«

Das ganze Dach schien zu beben. Die G'heim-Gnome klammerten sich schon wieder an Bens Beine und schrien: »Große Hoheit, mächtige Hoheit!« im Chor und jammerten wie verlorene Seelen. Die Kobolde kauerten sprungbereit vor ihm. Die Flynts sahen aus wie Tanker, die auf sie zurollten.

Dann begann Abernathy zu heulen.

Er traf das hohe C beim ersten Versuch, einen entsetzlich schrillen Jaulton, der die G'heim-Gnome verstummen ließ und eine gänzlich neue Grimasse auf die Gesichter der Kobolde zauberte. Das Jaulen wurde lauter und schriller und durchdringender. Die Flynts blieben stehen und packten sich mit ihren massigen Pranken krachend an die Schläfen, um den Ton abzuschirmen. Aber vergeblich. Ben hätte Abernathy niemals für fähig gehalten, einen solchen Ton von sich zu geben. Die Flynts begannen sich gegen den Kopf und die Brust zu trommeln.

Und plötzlich wurden ihre Schläge zu hart, und sie zertrümmerten sich selbst. Ihre Köpfe, Arme, Leiber und Beine barsten zu einem Haufen von nutzlosem Gestein. Staub wirbelte auf und legte sich wieder. Nichts rührte sich mehr.

Abernathy hörte zu jaulen auf. Einen Augenblick lang herrschte angespanntes Schweigen. Der Schreiber richtete sich auf und warf Ben einen Blick unverhohlener Feindseligkeit zu. »Noch nie in meinem Leben bin ich derartig gedemütigt worden, Hoheit!« knurrte er. »Wie ein Hund heulen zu müssen! Ich habe mich selbst erniedrigt, wie ich es niemals für möglich gehalten hätte!«

Ben räusperte sich. »Ihr habt uns das Leben gerettet«, stellte er schlicht fest. »Das habt Ihr getan.«

Abernathy wollte etwas erwidern, hielt inne und starrte ihn nur weiter zornfunkelnd an. Schließlich holte er tief Luft, atmete wieder aus, richtete sich noch ein Stück gerader auf, schnüffelte angewidert und erklärte: »Wenn wir diese Zauberbücher bekommen, wird das erste sein, das Ihr mit ihnen tun werdet, ein Mittel zu suchen, mich wieder in einen Menschen zurückzuverwandeln!«

Ben verkniff sich das Grinsen, das ihm beinahe übers Gesicht gehuscht wäre: »Einverstanden! Als allererstes!«

Eilig packten sie den noch immer bewußtlosen Questor Thews und trugen ihn die Treppe hinunter und aus der Festung in den Wald zurück. Sie trafen keine weiteren Flynts. Vielleicht waren die beiden, denen sie haarscharf entkommen waren, die letzten gewesen, dachte Ben, während sie in den Wald eilten.

»Trotzdem ist es seltsam, daß ihnen Questor bei seinem ersten Besuch nicht begegnet ist«, murmelte er vor sich hin.

»Seltsam? Nicht wirklich, wenn Ihr die Möglichkeit in Betracht zieht, daß Meeks sie dort plaziert hat, *nachdem* er die Bücher in den Händen hatte, um ein weiteres Eindringen in die Festung zu verhindern!« murrte Abernathy, ohne Ben eines Blickes zu würdigen. »Wirklich, Hoheit – ich hätte erwartet, daß Ihr selbst darauf gekommen wäret!«

Ben ließ sich die Kritik schweigend gefallen. Er hätte es sich selbst denken können, doch er hatte nicht daran gedacht. Was sollte er also sagen? Was er sich nicht erklären konnte, war, warum Meeks sich die Mühe machen sollte, Wachen in Mirwouk aufzustellen, *nachdem* er schon im Besitz der Zauberbücher war!

Er ordnete die Frage zusammen mit all den anderen ungelösten Rätseln ein und konzentrierte sich darauf, seinen Freunden zu helfen, den bewußtlosen Questor auf einen schattigen Rasenfleck zu betten. Parsnip reinigte das Gesicht des Zauberers von Staub und Blut, und Questor kam bald wieder zu sich. Parsnip behandelte seine Wunden, und der Zauberer erholte sich schnell. Bald darauf waren sie wieder abmarschbereit.

»Diesmal werden wir Weides Spuren folgen – gleich, wie viele es sind –, bis wir sie gefunden haben!« verkündete Ben entschlossen.

»*Falls* wir sie finden«, murmelte Abernathy.

Niemand hörte ihn, und sie machten sich wieder auf den Weg.

Entdeckung

Die Mittagssonne erdrückte den Melchor unter ihrer Glut und ließ seine kühlen Schatten feuchtwarm und schwül werden. Die Morgenbrise legte sich, die Luft wurde still und schwer. Insekten summten ihre monotonen Lieder, Blätter hingen schlaff von den Stengeln, und alles warmblütige Leben des Waldlandes wartete mit verhaltener Geduld. Zeit und Ziele wurden langsamer.

Weide machte unter einer gewaltigen Eiche halt. Das Gewicht des Zaumzeugs aus gesponnenem Gold lastete schwer auf ihren Schultern und drohte sie zu erdrücken. Schweißtropfen perlten auf der blaßgrünen Haut ihres Gesichts und ihrer Hände. Sie atmete heftig mit halb geöffnetem Mund. Seit Sonnenaufgang war sie unterwegs, war dem schwarzen Einhorn gefolgt, das auftauchte und verschwand wie Fetzen von Traum und Schatten, war ihm gefolgt wie ein Staubwölkchen, das dem Sog seiner Bewegungen nachwirbelte. Sie hatte das ganze Gebiet um Mirwouk mehr als ein Dutzend Male durchquert, ihre eigene Spur wieder und wieder kreuzend – eine Wanderung nach Zufall, Glück und Laune. Jetzt befand sie sich westlich von Mirwouk, kaum eine Meile von der alten Festung entfernt, doch sie war sich dessen kaum bewußt, und wenn sie sich die Zeit genommen hätte, darüber nachzusinnen, wäre es ihr bedeutungslos erschienen. Sie hatte längst aufgehört, an irgend etwas anderes zu denken als an den Gegenstand ihrer Suche. Alles übrige war irrelevant geworden.

Sie mußte das Einhorn finden. Sie mußte die Wahrheit erfahren.

Ihr Blick glitt in die Ferne, als sie sich an den Traum der letzten Nacht erinnerte und sich fragte, was er wohl zu bedeuten hatte.

Dann riß sie sich zusammen und machte sich wieder auf den Weg, ein winziges Fünkchen Leben inmitten der riesigen Bäume des Gebirgswaldes, ein verirrtes Kind. Sie bahnte sich langsam einen Weg durch ein Nadelgehölz, dessen Geäst dicht und verflochten den Durchgang schwierig machte, nahm eine Gruppe von Blaubonnies kaum wahr und eilte einen sanften Hang hinauf zu einem Wiesenplateau. Vorsichtig schritt sie voran, erinnerte sich, daß sie hier schon entlanggegangen war – einmal, zweimal, öfter? Sie war nicht sicher, aber es spielte auch keine Rolle. Sie lauschte auf das Pochen ihres Herzens. Es war sehr laut. Es war fast das einzige Geräusch im Wald und wurde das Maß eines jeden ihrer Schritte.

Wie weit noch? Gnadenlos schien die Sonne, gnadenlos brannte die Hitze. Wann werde ich endlich mein Ziel erreichen?

Sie gelangte an den Wiesenrain und machte halt unter den weitausladenden Ästen eines Blutahorns. Sie schloß die Augen vor der Ungewißheit. Als sie sie wieder öffnete, stand das schwarze Einhorn vor ihr.

»Oh!« flüsterte sie.

Das schwarze Einhorn verharrte mitten auf der Wiese, von der gleißenden Sonne beschienen. Es war tiefschwarz und so dunkel wie eine Skulptur aus Mitternachtsschatten. Es schaute sie mit erhobenem Kopf an, seine Mähne und sein Schwanz von keiner Brise bewegt, wie eine Statue aus zeitlosem Ebenholz. Seine grünen Augen waren auf Weide gerichtet, und aus ihrer Tiefe riefen sie nach ihr. Die Sylphe atmete die heiße Luft und fühlte die sengende Sonne. Sie lauschte. Die Augen des Einhorns sprachen lautlos in erhaschten Bildern aus erinnerten Träumen und verlorenen Visionen. Sie lauschte, und sie verstand.

Die Suche war vorüber. Das schwarze Einhorn würde nicht länger vor ihr fliehen. An diesen Ort und zu diesem Zeitpunkt hatte es sie geführt. Jetzt war es an ihr, herauszufinden, warum.

Zaghaft bewegte Weide sich vorwärts, befürchtete noch immer mit jedem Schritt, daß das Einhorn sich aufbäumen und davonrennen würde. Doch nichts geschah. Es stand nur da – reglos und traumhaft. Sie ließ das Zaumzeug von ihrer Schulter gleiten und trug es locker in den Händen vor sich her, so daß das Einhorn es deutlich sehen konnte. Sonnenstrahlen brachen und reflektierten sich in den blanken Schnallen und Riemen. Das Einhorn verharrte bewegungslos. Weide trat aus dem Schatten des Blutahorns hinaus auf die sonnenbeschienene Wiese, und die vibrierende Hitze umfing sie. Ihre meergrünen Augen blinzelten unerwartete Tränen fort, und sie schüttelte ihr langes Haar hinter sich. Das Einhorn rührte sich nicht.

Wenige Schritte vor dem Tier wurde sie plötzlich langsamer und blieb dann stehen. Sie konnte nicht weitergehen. Eine Welle von Angst, Mißtrauen und Zweifeln überrollte sie, ein Durcheinander von flüsternden Stimmen, die sie mit Warnungen überschütteten. Was tat sie da? Was dachte sie sich eigentlich? Das schwarze Einhorn war eine Kreatur, die schlimmes Unglück brachte. Keiner, der ihm nahe gekommen war, wurde je wiedergesehen! Es war der Dämon ihrer Träume! Es war der Alptraum, der sie im Schlaf verfolgt und sie gehetzt hatte wie der Tod selbst!

Sie spürte, wie das Gewicht der Augen dieses Elfengeschöpfes auf ihr ruhte. Sie fühlte seine Gegenwart wie eine Krankheit. Sie kämpfte, um sich loszureißen und davonzurennen, doch sie konnte nicht. Verzweifelt focht sie gegen die Emotionen an, die sie aufzuzehren drohten, und unterdrückte sie gewaltsam. Sie atmete tief die sengende Mittagshitze und zwang sich, in die Smaragdaugen des Geschöpfs zu schauen. Sie hielt ihren Blick starr, und sie konnte kein Anzeichen von Krankheit oder Tod in jenen Augen erkennen – keinen Hinweis auf Dämonenübel. Nur Freundlichkeit und Wärme und Not.

Sie wagte sich ein paar Schritte näher.

Etwas Unerwartetes ließ sie zögern. Es war eine blitzartige Eingebung, die ihr durchs Bewußtsein schoß, schnell und gewiß. Ben war in der Nähe, auf der Suche nach... nach was?

»Ben?« flüsterte sie und wartete.

Doch da war niemand. Sie war mit dem Einhorn allein. Sie ließ es mit den Blicken nicht los, und sie fühlte, daß sie allein waren. Sie befeuchtete ihre Lippen und ging weiter.

Wieder blieb sie stehen. Ihre Brust bebte. »Ich kann dich nicht berühren«, murmelte sie zu dem wunderbaren, makellosen Elfengeschöpf. »Ich kann es nicht. Es wäre mein Ende, wenn ich es täte.«

Sie wußte, daß es so war. Sie wußte es instinktiv, so wie sie es immer gewußt hatte. Niemand durfte ein Einhorn berühren. Niemand hatte dazu das Recht. Es gehörte in ein Reich der Schönheit, das keine sterbliche Kreatur je zu betreten wagen durfte. Es war nach Landover gekommen wie der Splitter eines Regenbogens, vom sturmig-düsteren Ende des Bogens abgebrochen, und es durfte von Händen wie den ihren niemals gehalten werden. Erinnerungen an Legenden und Lieder raunten warnend. Tränen rannen ihr über die Wangen, sie hielt den Atem an.

Zauberhaftes Geschöpf, ich kann nicht…

Aber sie tat es. Noch ehe sie wirklich begriff, was geschah, legte sie die letzten Schritte schnell und mechanisch und ohne zu denken zurück, streckte die Hand nach dem Mitternachtsgeschöpf aus und legte ihm das Zaumzeug aus gesponnenem Gold sanft und vorsichtig über den Kopf. Sie strich ihm dabei mit den Fingern über das seidige Gesicht, und die Berührung elektrisierte sie. Sie fühlte das Kitzeln der Mähne auf ihrem Handrücken, und es war wie ein Wunder. Neue Bilder drängten sich ungebeten in ihre Gedanken, durcheinander und noch unverständlich, aber unwiderstehlich. Sie berührte das Einhorn jetzt frei und ohne zu zögern, und sie schwelgte in den Gefühlen, die es in ihr erweckte. Sie hatte keine Kontrolle darüber. Und sie konnte auch nicht aufhören. Sie weinte wieder, alle ihre Emotionen lagen bloß und an der Oberfläche ihres Seins. Tränen rannen ihr übers Gesicht, und sie begann heftig zu schluchzen.

»Ich liebe dich«, weinte sie verzweifelt. Ihre Hände fielen endlich von ihm ab, als sie das Zaumzeug befestigt hatte. »Oh, ich liebe dich so sehr, du zauberhaftes, wundervolles Geschöpf!«

Das spiralgerillte Horn schimmerte magisch, und das Einhorn schaute sie an. Auch in seinen Augen standen Tränen. Einen Augenblick lang waren sie vereint.

Und im nächsten Augenblick brach die äußere Welt über sie herein. Ein riesiger, dunkler Schatten flog über die Wiese. Im gleichen Moment schallte ein vertrautes Stimmengewirr vom anderen Ende der Lichtung an ihr Ohr, und sie hörte verzweifelt ihren Namen rufen. Ihre Träume erwachten zu Leben, die Bilder und Visionen waren plötzlich und angsteinflößend rund um sie herum. Das Raunen von Warnungen, das sie bis hierher begleitet hatte, wandelte sich in ihrem Bewußtsein zu Verzweiflungsgeschrei.

Sie fühlte, wie das schwarze Einhorn neben ihr heftig zitterte, und sah, wie die Magie seines Hornes weiß aufleuchtete. Doch es stürmte nicht in die Wälder davon. Was immer geschehen würde, es würde nicht weiterfliehen.

Sei es so. Auch sie würde bleiben.

Hölzern drehte sie sich um, bereit, ihrem Schicksal entgegenzutreten.

* * *

Ben stürmte aus dem Wald auf die Wiese und blieb so abrupt stehen, daß seine Gefährten, die sich beeilten, mit ihm Schritt zu halten, gegen ihn prallten und ihn noch ein paar Meter weiterstießen. Sie schrien alle durcheinander und versuchten, Weide zu warnen, die in der Mitte der Lichtung neben dem Einhorn stand. Der Schatten des geflügelten Dämons war einen Augenblick zuvor über sie hinweggeflogen, eine finstere Wolke, welche die Sonne verdunkelte. Es war ein böser Zufall, daß sie alle gleichzeitig an diesem Ort aufgetaucht waren, doch dieser böse Zufall war alles, was Ben an Glück erwarten konnte. Er war Weides Spur bis hierher gefolgt, nachdem sie den Flynts entkommen waren und er geglaubt hatte, damit sei das Schlimmste vorüber. Jetzt hatte der Dämon sie aufgespürt. Im Geiste sah er wieder, wie der Dämon des Flußherrn Nymphen zu Asche verwandelt hatte, und er dachte an das Versprechen, das er der Erdmutter gegeben hatte: Er würde alles tun, um Weide zu beschützen. Doch er war hilflos. Wie sollte er das ohne das Medaillon wirksam zuwege bringen?

Der Dämon überflog die Lichtung ein zweites Mal, doch er griff weder die Sylphe oder das Einhorn noch Ben und seine kleine Gruppe an. Statt dessen segelte er langsam bodenwärts, landete am anderen Ende der Wiese, faltete seine ledrigen Flügel ein und stieß eine Dampfwolke aus den Nüstern. Ben kniff die Augen gegen das Sonnenlicht zusammen. Ein Reiter saß auf dem Dämon. Der Reiter war Meeks.

Und Meeks sah natürlich für jeden aus wie Ben.

Ben hörte überraschtes und verwirrtes Gewisper hinter sich. Er schaute zu, wie er selbst von jenem Dämon absaß, und sogar er mußte zugeben, daß Meeks wirklich Ben Holiday aufs Haar glich. Seine Gefährten waren verstummt und offenbar unentschlossen. Er fühlte, wie ihre Blicke seinen Rücken durchbohrten und wie sich ihr wiedererwachtes Mißtrauen zu Wolken zusammenballte. Er hatte ihnen gesagt, wer er sei, und sie hatten ihm bislang mehr oder weniger geglaubt. Doch nun, wo sie Ben Holiday dort am anderen Ende der Lichtung stehen sahen, wurden sie erneut von Zweifeln gepackt...

Dann stieß das schwarze Einhorn einen schrillen, unheimlichen Schrei aus, und alle schnellten herum. Das Elfentier blähte die Nüstern, trippelte nervös auf der Stelle, und das Zaumzeug aus gesponnenem Gold glänzte mit jeder Bewegung seines eleganten Kopfes im Sonnenlicht. Magie ließ sein spiralgerilltes Horn aufleuchten. Das Einhorn war von unglaublicher Schönheit und zog alle Blicke auf sich wie ein Licht die Falter der Nacht. Es zitterte, doch es hielt ihren Blicken stand. Es schien nach etwas zu suchen.

Langsam wandte Weide sich von ihm ab und schaute sich ebenfalls um. Ihr Blick war seltsam leer.

Ben wußte nicht, was geschehen würde, doch er beschloß, es nicht erst abzuwarten. »Weide!« rief er die Sylphe, und sie schaute ihn an. »Weide, ich bin's, Ben!« Er machte ein paar Schritte auf sie zu, doch als er sah, daß sie ihn nicht erkannte, blieb er stehen. »Hör mich an. Hör gut zu. Ich weiß, daß ich nicht wie ich selbst aussehe. Aber ich *bin* es. Meeks ist für alles, was geschehen ist, verantwortlich. Er ist nach Landover zurückgekommen und hat den Thron gestohlen. Er hat mich zu dem hier verwandelt. Schlimmer noch, er hat sich selbst mein Aussehen gegeben. Das dort drüben, das bin nicht ich – das ist Meeks!«

Jetzt drehte sie sich um und schaute Meeks an, sah Bens Gesicht und Gestalt und schnappte kurz nach Luft. Sie sah auch den Dämon. Sie machte einen Schritt vorwärts, hielt inne und ging wieder zurück.

»Weide, alles ist in Ordnung«, rief Meeks mit Bens Stimme. »Bring das Einhorn zu mir. Reich mir die Zügel des Zaumzeugs.«

»Nein!« brüllte Ben in wilder Verzweiflung. »Nein, Weide!« Er machte noch ein paar Schritte auf sie zu, blieb jedoch stehen, als er Weide zurückweichen sah. »Weide, tu es nicht. Meeks hat die Träume geschickt. Er besitzt das Medaillon. Er hat die verlorenen Zauberbücher an sich gebracht. Jetzt will er auch noch das Einhorn! Ich weiß nicht, wofür, aber du darfst es ihm nicht überlassen! Bitte, Weide!«

»Weide, sei vorsichtig mit dem, was du siehst«, warnte Meeks mit ruhiger, freundlicher Stimme. »Der Fremde ist gefährlich, und die Magie, die er einsetzt, ist verwirrend. Komm zu mir herüber, bevor er dich erreicht.«

Ben war außer sich. »Schau, mit wem ich zusammen bin, um Himmels willen! Questor, Abernathy, Bunion, Parsnip, Fillip und Sot!« Er drehte sich um und machte eine Geste zu den anderen. Keiner trat vor. Sie waren sich ihrer Sache nicht sicher. Ben spürte, wie Verzweiflung in seiner Stimme mitklang, als er sich erneut an Weide wandte. »Wären sie bei mir, wenn ich nicht wäre, wer ich zu sein behaupte? Sie kennen die Wahrheit!« Er wirbelte noch einmal herum und schnauzte: »Verdammt, Questor, sagt etwas zu ihr!«

Der Zauberer zögerte, als müsse er die Ratsamkeit dessen, was Ben von ihm verlangte, abwägen, und richtete sich dann auf. »Ja, er spricht die Wahrheit. Er ist der König, Weide«, erklärte er endlich.

Die anderen murmelten und zischelten Zustimmung, und es wurden auch ein paar »Rettet uns, große Hoheit, mächtige Hoheit« von den G'heim-Gnomen laut, die sich unter Questors Gewändern verbargen.

Ben drehte sich wieder um. »Weide, komm schnell herüber! Bitte! Bring dich in Sicherheit!«

Doch nun war Meeks ein paar Schritte näher gekommen, und er lächelte Bens gewinnendstes Lächeln. »Weide, ich liebe dich!« sagte er. »Ich liebe dich, und ich möchte dich beschützen. Komm her zu mir. Was du von dem Fremden gezeigt bekommst, ist eine Illusion. Er hat keinerlei Unterstützung von unseren Freunden, es sind nur falsche Bilder. Du kannst die Wahrheit der Dinge erkennen, wenn du genau hinschaust. Siehst du mich? Bin ich jemand anders als der, welcher ich immer war? Was du hörst, sind nichts als Lügen! Erinnere dich an den Traum! Du mußt die Zügel nehmen und das Einhorn zu mir führen, damit du vor den Gefahren, die drohen, in Sicherheit bist! Diese Illusionen, die sich als Freunde ausgeben, sind die Gefahren aus deinem Traum! Komm her zu mir, und du bist in Sicherheit!«

Weide schaute von einem zum anderen. Die Verwirrung stand ihr ins Gesicht geschrieben. Hinter ihr scharrte und schnaubte das

Einhorn, ein Stück Schatten, im Sonnenschein gefangen, gehalten von Banden, die keiner sonst zu sehen vermochte. Ben war in Panik. Er mußte etwas unternehmen!

»Zeig mir den Runenstein!« rief Weide plötzlich und schaute zwischen Ben und Meeks hin und her. »Zeig mir den Stein, den ich dir geschenkt habe!«

Ben lief es kalt über den Rücken. Der Runenstein, der milchige Talisman, der vor drohender Gefahr warnte. »Ich habe ihn nicht mehr«, rief er hilflos. »Er ist mir abhanden gekommen, als...«

»Hier ist er!« verkündete Meeks triumphierend, griff in seine Tasche und holte den Runenstein hervor – oder jedenfalls etwas, das der Runenstein zu sein schien –, und er leuchtete glutrot. Er hielt ihn für alle sichtbar in die Höhe.

»Ben?« fragte Weide leise und mit einer Spur Hoffnung in der Stimme. »Bist du es?« Ben fühlte, wie sein Magen sich umdrehte, als das Mädchen sich anschickte, in die andere Richtung zu gehen.

»Einen Augenblick!« rief Questor plötzlich, und alle drehten sich nach ihm um. »Ihr müßt das hier verloren haben, Hoheit«, erklärte er dienstfertig und kam zwei oder drei Schritte näher, wobei die G'heim-Gnome zeitweilig aus seinen Gewändern tauchten. Er hielt den Runenstein in der Hand, den Weide Ben gegeben hatte – jedenfalls ließ sein Zauber ihn *wie* den Stein aussehen –, und hielt ihn gut sichtbar in die Höhe. Der Stein leuchtete scharlachrot.

Ben war dem Zauberer noch nie so dankbar gewesen. »Danke, Questor«, murmelte er leise.

Weide war wieder stehengeblieben. Langsam wich sie unentschlossen und verwirrt vor allen beiden zurück. Angst zeichnete ihr Gesicht. »Ich weiß nicht, wer von euch Ben ist«, klagte sie leise. »Vielleicht keiner von euch.«

Ihre Worte blieben in der folgenden Stille stehen, und eine beängstigende Spannung legte sich über die sonnenbeschienene Wiese mit den zu Schachfiguren erstarrten Gestalten, jede bereit, in eine andere Richtung zu rennen, jede bereit zuzuschlagen. Weide drängte sich an das Einhorn, und ihre Augen wanderten von einer Seite zur anderen. Das Einhorn stand ganz still.

Ich muß etwas unternehmen, ermahnte sich Ben erneut und suchte verzweifelt nach einer Möglichkeit.

Da kam Edgewood Dirk aus dem Wald geschlendert. Der Kater sah aus, als sei er auf einem Nachmittagsspaziergang. Mit hoch erhobenem Kopf und Schwanz, unberührt von den Ereignissen, suchte er sich seinen Weg zwischen den Bäumen hervor durch das hohe Gras und schaute weder rechts noch links. Er beachtete niemanden. Es wirkte fast, als käme er völlig zufällig hier vorbei. Dirk stolzierte schnurstracks in die Mitte der Lichtung, blieb stehen, ließ seinen Blick beiläufig über alle Anwesenden gleiten und setzte sich hin.

»Guten Tag«, grüßte er.

Meeks stieß einen schrillen Schrei aus, der sie alle zusammenfahren ließ, und warf seinen Umhang zurück. Die Ben-Holiday-Verkleidung schimmerte wie ein Reflex in einem Teich, in den ein Stein geworfen worden war, und begann sich aufzulösen. Weide schrie. Die Klauenhände des Zauberers fuhren in die Höhe und schleuderten grünes Feuer gegen Edgewood Dirk. Doch der Kater hatte schon begonnen, sich zu verwandeln. Seine zierliche, pelzige Gestalt wurde größer und begann zu leuchten, bis sie so kristallin wie ein Diamant geworden war. Das Feuer des Zauberers traf darauf und zerbarst zu Funkenregen, der sich über die Wiese und die Bäume ergoß und alles ansengte.

Ben stürmte inzwischen in wilder Hast auf Weide zu und brüllte wie ein Verrückter. Doch die Sylphe war schon außer Reichweite. Mit Panik in den Augen hatte sie sich gegen das schwarze Einhorn gepreßt und das goldene Zaumzeug ergriffen, das die Elfenkreatur bändigte. Das Einhorn stampfte und scheute und stieß einen schrillen, unheimlichen Ruf aus. Dann tanzte es in kleinen, nervösen Schritten hin und her. Weide klammerte sich an das Tier wie ein verängstigtes Kind an die Mutter und wurde von ihm mitgezogen, als es vor Ben zurückwich.

»Weide!« schrie er.

Meeks war noch immer hinter Edgewood Dirk her. Die Funken seiner ersten Attacke hatten sich gerade erst gelegt, als er zum zweitenmal angriff. Flammen schossen aus seinen Händen, formten sich zu einem riesigen Feuerball, der durch die Luft rollte und wirbelte und auf der Katze explodierte. Dirk bäumte sich und bebte, und der Feuerball schien von der Kristallgestalt absorbiert zu werden. Dann brach er erneut daraus hervor und ergoß sich wie ein Schauer aus Feuerpfeilen über den Zauberer. Meeks warf seinen Umhang vor sich wie ein Schild, und die Feuerpfeile prallten in allen Richtungen davon ab. Einige trafen den hinter dem Zauberer hockenden Dämon und versengten ihm die Haut, so daß er dröhnend brüllte und sich wütend in die Lüfte erhob.

Überall brannte und rauchte es. Ben stolperte blindlings durch den Qualm. Hinter ihm riefen und schrien seine Gefährten. Der Dämon flog über die Lichtung und verdunkelte die Sonne wie eine Sonnenfinsternis. Das schwarze Einhorn sprang mit einem Schrei davon, und Weide schwang sich auf seinen Rücken. Ob sie es instinktiv oder bewußt tat – das Resultat war das gleiche. Sie wurde fortgetragen. Das Einhorn schoß an Ben vorbei, so schnell, daß er es kaum wahrnehmen konnte. Er faßte danach, doch er war bei weitem zu langsam. Er sah nur noch Weides zarte Gestalt, die sich auf dem Rücken des Tieres festklammerte, und dann waren sie beide zwischen den Bäumen verschwunden.

Jetzt griff der Dämon an. Wie ein Stein fiel er aus dem Himmel auf die Lichtung. Flammen stoben aus seinem Maul. Ben warf sich flach auf den Boden und schützte seinen Kopf mit den Händen. Aus dem Augenwinkel sah er, wie Dirk zu schimmern begann, sich vor dem anprallenden Feuer zusammenkauerte, es absorbierte und zurückschleuderte. Flammen bombardierten den Dämon und katapultierten ihn zurück. Qualm und Rauch füllten die ganze Lichtung.

Meeks schlug wieder zu, und Edgewood Dirk wehrte seinen Angriff ab. Der Dämon griff an, und der Kater schleuderte ihm das Feuer ein zweites Mal zurück. Ben stand auf, stolperte, stand wieder auf und taumelte blindlings durch das Getümmel. Schreie und Rufe drangen an sein Ohr, und Visionen zogen durch den Qualm vor seinen tränenden Augen. Mit der Hand tastete er nach etwas, woran er sich halten könnte – irgend etwas. Und schließlich fand er das Medaillon.

Es glühte unter der Berührung. Für den Bruchteil einer Sekunde glaubte er, den Paladin erscheinen zu sehen, ein vages Bild weit in der Ferne, eine in die silberne Rüstung gekleidete Gestalt auf einem stämmigen weißen Roß.

Dann war die Vision wieder verschwunden, eine ohnehin unmögliche Vision. Ohne Medaillon kein Paladin – das wußte Ben. Er erstickte fast und mußte husten, während die Flammen des Zauberers und des Dämons weiter auf Edgewood Dirk prasselten. Gras und Blumen wurden zu schwarzer Asche verkohlt. Die Bäume bogen sich, ihre Blätter welkten. Die Welt schien in Flammen aufzugehen.

Und schließlich war es, als ob die ganze Wiese mit lautem Krachen in die Luft flog. Feuer und Qualm barsten über alles hinweg. Ben wurde wie ein Stück Holz in die Höhe geschleudert, zappelte hilflos mit Armen und Beinen und wirbelte herum.

Das ist das Ende, dachte er, bevor er wieder bodenwärts plumpste. *Jetzt ist alles zu Ende.*

Dann schlug er auf, und um ihn wurde es schwarz.

Samtpfötchen

Ben Holiday kam in einer tiefschattigen Waldlichtung wieder zu sich, und es roch nach Moos und Wildblumen. Vögel sangen fröhlich in den Bäumen, ein kleiner Bach schlängelte sich mitten durch die Lichtung und verschwand wieder in den Tiefen des Waldes. Es herrschte friedliche, einsame Stille.

Ben lag auf einem Rasenfleck und schaute durch ein Netzwerk aus Zweigen in den wolkenlosen Himmel. Ein paar Sonnenstrahlen fanden ihren Weg durchs Geäst. Vorsichtig richtete er sich auf. Seine Kleider waren versengt und seine Hände und Arme rußgeschwärzt. Er prüfte, ob er irgendwelche ernsthaften Verletzungen davongetragen hatte – doch alles war in Ordnung, bis auf ein paar Schrammen und blaue Flecke. Aber er sah aus, als habe er sich durch ein halbes Dutzend Lagerfeuer gewälzt.

»Fühlst du dich besser, Hoheit?«

Bei dem Klang der vertrauten Stimme schaute Ben sich um und entdeckte Edgewood Dirk, der gemütlich auf einem großen, bemoosten Stein kauerte. Der Kater blinzelte schläfrig und gähnte.

»Was ist passiert?« fragte Ben, dem plötzlich bewußt wurde, daß er sich nicht mehr auf der Lichtung befand, auf der er das Bewußtsein verloren hatte. »Wie bin ich hierhergekommen?«

Dirk erhob sich, streckte sich und setzte sich wieder. »Ich habe dich hergebracht. War ein ziemliches Kunststück, aber ich bin inzwischen ziemlich gut im Einsetzen von Energie zum Transportieren von unbeweglichen Gegenständen. Es schien nicht ratsam, dich dort auf der verbrannten Wiese herumliegen zu lassen.«

»Was ist mit den anderen? Was ist mit Weide und…«

»Die Sylphe ist bei dem schwarzen Einhorn, nehme ich an. Ich kann aber nicht sagen, wo. Deine Gefährten sind in alle Winde verstreut. Die letzte Explosion hat sie alle in die Luft gejagt. Diesen Zauber sollte man lieber nicht benutzen. Schlimm, daß Meeks das nicht begreifen kann.«

Ben rieb sich die Augen, um einen Schwindelanfall zu überwinden, und musterte den Kater. »Er wußte, wer du bist, nicht wahr?«

»Er wußte, *was* ich bin.«

»Ach so. Und wie kommt das, Dirk?«

Der Kater schien über die Frage nachzudenken. »Zauberer und Prismenkatzen sind sich hier und da schon mal über den Weg gelaufen, Hoheit.«

»Nicht gerade als Freunde, nehme ich an.«

»Im allgemeinen nicht.«

»Er schien Angst vor dir zu haben.«

»Er hat vor vielen Sachen Angst.«

»Darin ist er nicht der einzige. Was ist aus ihm geworden?«

»Als der Kampf uninteressant für ihn geworden war, machte er sich auf seinem zahmen Dämon davon. Ich vermute, er ist die Zauberbücher holen gegangen. Er glaubt, ihre Macht zu brauchen. Dann wird er wiederkommen. Diesmal wird er dich bis zum bitteren Ende verfolgen wollen. Du solltest dich bereithalten.«

Ben erstarrte. Mühsam richtete er sich auf. »Ich muß die anderen finden«, setzte er an, während er versuchte, sich von der verzweifelten Angst nicht übermannen zu lassen, die ihn plötzlich gepackt hatte. »Verdammt! Wie soll ich das bloß anstellen?« Er wollte aufstehen und hielt inne, als ein neuer Schwindelanfall ihn zwang, sich auf ein Knie zu stützen. »Wie soll ich ihnen überhaupt helfen? Mit mir wär's vorhin schon vorbei gewesen, wenn du nicht dagewesen wärest. Die ganze Geschichte ist völlig außer Kontrolle geraten. Ich bin keinen Schritt weiter als an dem Tag, an dem Meeks mich aus der Burg hat werfen lassen. Ich weiß noch immer nicht, warum mich keiner erkennt. Ich weiß noch immer nicht, wie Meeks in den Besitz des Medaillons gekommen ist. Ich weiß noch immer nicht, was er mit dem schwarzen Einhorn vorhat. Ich weiß kein bißchen mehr als zuvor, was eigentlich vorgeht!«

Dirk gähnte schon wieder. »Wirklich nicht?«

Ben hörte ihn nicht. »Ich will dir eins sagen. Ich kann das alles nicht allein meistern. Konnte ich nie. Es hat keinen Zweck, mir etwas vorzumachen: Ich brauche Hilfe. Ich werde tun, was ich von Anfang an hätte tun sollen. Ich werde in die Nebel gehen, Medaillon hin oder her, und die Elfen aufsuchen. Ich werde tun, was ich schon einmal getan habe. Ich werde sie finden und sie um einen

Zauber bitten, mit dem ich gegen Meeks etwas ausrichten kann. Sie haben mir mit Nachtschatten geholfen; sie werden mir auch mit Meeks helfen. Sie müssen.«

»Aber das stimmt doch nicht, nicht wahr?« widersprach Dirk leise. »Die Elfen helfen nur, wenn sie wollen. Du weißt das, meine liebe Hoheit. Du hast das schon immer gewußt. Du kannst ihre Hilfe nicht fordern, du kannst sie dir nur wünschen. Und es liegt völlig bei ihnen, zu entscheiden, ob sie sie dir gewähren oder nicht.«

»Spielt keine Rolle«, meinte Ben halsstarrig. »Ich gehe in die Nebel. Wenn ich sie finde, werde ich…«

»*Falls* du sie findest«, unterbrach Dirk.

Ben verstummte und wurde rot. »Wäre nett, wenn du mir zur Abwechslung einmal etwas Ermunterung zuteil werden ließest! Wie kommst du darauf, daß ich sie *nicht* finden könnte?«

Dirk musterte ihn ein Weilchen und schnupperte dann die Luft. Die Vögel sangen unbekümmert weiter. »Weil sie nicht wollen, daß du sie findest, Hoheit«, entgegnete der Kater schließlich. Er seufzte. »Verstehst du, *sie* haben *dich* schon längst gefunden.«

Lange starrten sich Ben und der Kater schweigend an. Schließlich räusperte sich Ben. »Was?«

Dirk verengte seine Augenlider zu einem Schlitz. »Hoheit, wer, meinst du, hat mich wohl geschickt?«

Ben setzte sich langsam hin, kreuzte die Beine vor sich und ließ die Hände in den Schoß fallen. »Die Elfen haben dich geschickt?« Der Kater erwiderte nichts. »Aber warum denn? Ich meine, warum *dich*, Dirk?«

»Du willst sagen, warum eine Katze? Warum nicht einen Hund? Oder einen Löwen oder einen Tiger? Oder gar einen anderen Paladin? Meinst du das?« Dirks Fell sträubte sich vom Nacken über den ganzen gekrümmten Rücken. »Nun, eine Katze ist alles, was du brauchst oder was du verdienst, Hoheit! Und überdies wurde ich geschickt, um dein Bewußtsein zu wecken – um dich nachdenken zu machen! Ich sollte nicht als Retter auftreten. Wenn du Rettung suchst, mußt du sie in dir selbst finden! So ist es immer gewesen, und so wird es immer sein!«

Er stand auf, sprang von dem Stein und schlenderte bedächtig auf den verblüfften Ben zu. »Ich bin es leid, dich mit Sammetpfötchen anzufassen. Ich habe dir alles gesagt, das du wissen mußt, um dem Zauber entgegenzuwirken, der dich verwandelt hast. Ich habe alles getan, außer dir die Wahrheit direkt unter die Nase zu reiben, und das kann ich nicht tun! Das ist nicht erlaubt! Elfenwesen enthüllen sterblichen Geschöpfen niemals die Wahrheit. Aber ich habe dich auf deiner Wanderung beschützt, wenn das nötig war, und es war weit weniger oft nötig, als du angenommen hast. Ich habe über dich gewacht, und ich habe dich geführt, wenn ich konnte. Und vor allem habe ich dich zum Denken angehalten, und das wiederum hat dir das Leben gerettet!« Er machte eine Pause. »Nun, das ist jetzt alles vorüber. Deine Zeit zum Nachdenken ist fast um!«

Ben schüttelte heftig den Kopf. »Dirk, ich kann nicht einfach...«

»Laß mich ausreden!« fauchte der Kater. »Wann werden es die Menschen endlich lernen, uns Katzen zuzuhören?« Seine grünen Augen verengten sich. »Die Elfen haben mich gesandt, um dir zu helfen, Hoheit, doch sie überließen die Wahl der Mittel mir. Sie schrieben mir nicht vor, was ich tun oder sagen sollte. Sie verrieten mir auch nicht, warum sie glaubten, daß ich hilfreich sein könnte. Das ist nicht Elfenart – und es ist schon gar nicht Katzenart! Wir tun so oder so, was wir für richtig halten, und wir leben unser Leben, wie wir müssen. Wir spielen Spielchen, denn das ist, was wir lieben. Katzenspiele oder Elfenspiele, dazwischen besteht kein großer Unterschied. Aber unsere Welt, Hoheit, unterscheidet sich dagegen wesentlich von der Euren!«

Er hob eine Pfote. »Hör mir also gut zu. Niemand hat das Recht, die Lösungen der Probleme, die ihn bedrängen, einfach so geliefert zu bekommen. Niemandem wird das Leben auf einem Silbertablett serviert – gleich, ob Katze oder König! Wenn du die Wahrheit der Dinge erfahren willst, mußt du sie selbst finden. Wenn du verstehen willst, was dich verwirrt, durchdenke es selbst. Du glaubst dich in unlösbarem Dilemma gefangen. Du hältst dich nicht für fähig, dich daraus zu befreien. Deine Identität ist futsch, dein Königreich gestohlen. Deine Feinde bedrängen dich, deine Freunde sind abhanden gekommen. Es ist eine Kette von Schwierigkeiten, deren Glieder miteinander verbunden sind, Ben Holiday. Brich ein einziges Glied, und die Kette fällt auseinander! Doch *du* bist derjenige, der das Werkzeug zum Brechen der Kette in der Hand hat – nicht ich und niemand sonst. Das ist alles, was ich dir vom ersten Tag an klarzumachen versucht habe! Verstehst du?«

Ben nickte eifrig. »Ich verstehe.«

Dirk setzte die Pfote wieder auf den Boden. »Ich will es hoffen. Noch ein einziges Mal sage ich es dir. Der Zauber, gegen den du kämpfst, ist eine Magie der Täuschung – ein Spiegel, der Wahrheiten als Halbwahrheiten und Lügen reflektiert. Wenn du durch diesen Spiegel hindurchschaust, kannst du dich befreien. Wenn du dich befreien kannst, bist du in der Lage, auch deinen Freunden zu helfen. Aber du solltest endlich aktiv werden!«

Er streckte sich, wandte sich um und entfernte sich ein paar Schritte weit. In der Lichtung war es jetzt ganz still. Sogar die Vögel in den Bäumen waren verstummt. Noch immer schien die Sonne, und Schatten von Blättern und Ästen sprenkelten über die Wiese.

»Der finstere Zauberer fürchtet dich, Ben Holiday«, erklärte Dirk leise. »Er weiß, daß du den Antworten nahe bist, die dich befreien werden, und er wird alles tun, um dich zu zerstören, bevor das geschieht. Ich habe dir die Mittel in die Hand gegeben, jene Antworten zu finden, mit denen du ihn besiegen kannst. Nutze diese Mittel. Du bist ein kluger Mann. Du bist ein Mann gewesen, der sein Leben damit verbracht hat, das Leben anderer Menschen in Ordnung zu bringen. Mann des Gesetzes, Mann der Macht – bring jetzt dein eigenes Leben in Ordnung!«

Geräuschlos bewegte er sich bis zum Rand der Lichtung, ohne sich umzuschauen. »Ich habe die Zeit mit dir genossen, Hoheit«, rief er. »Ich habe unsere gemeinsamen Wanderungen genossen. Doch sie sind jetzt zu Ende. Ich muß an andere Orte, muß andere Verabredungen einhalten. Ich werde an dich denken. Und eines Tages werde ich dich vielleicht wiedersehen.«

»Dirk, warte noch!« schrie Ben hinter ihm her. Er war aufgesprungen und kämpfte noch immer mit dem Schwindelgefühl.

»Ich warte niemals, Hoheit«, erwiderte der Kater, schon fast in der Schattendämmerung verschwunden. »Und außerdem kann ich nichts mehr für dich tun. Ich habe alles getan, was ich konnte. Viel Glück!«

»Dirk!«

»Denk an das, was ich dir gesagt habe. Und versuche ab und zu den Katzen zuzuhören, ja?«

»Dirk, verdammt noch mal!«

»Auf Wiedersehen!«

Und damit verschwand Edgewood Dirk im Wald.

* * *

Ben starrte lange Zeit vor sich hin, nachdem die Katze verschwunden war, und erwartete halbwegs, daß sie wiederkäme. Sie tat es natürlich nicht. Und er hatte es tief in seinem Inneren ja auch immer schon gewußt. Und als er die Tatsache schließlich akzeptierte und aufhörte, auf das Tier zu warten, da geriet er in Panik. Er war zum ersten Mal, seit er aus Silber Sterling hinausgeworfen war, völlig allein und in der übelsten Situation seines Lebens ganz und gar auf sich selbst gestellt. Er besaß weder seine Identität noch das Medaillon, und er hatte keine Ahnung, wie er beides zurückerlangen könnte. Edgewood Dirk, sein Beschützer, hatte ihn verlassen. Weide, die ihn noch immer für den Fremden hielt, der er zu sein schien, war mit dem schwarzen Einhorn auf und davon. Seine Freunde waren, der Himmel weiß wohin, verstreut. Meeks war die Zauberbücher holen gegangen und würde bald zurück sein, um ihn zu vernichten.

Und da saß er nun und wartete darauf, daß das geschah.

Er war wie vor den Kopf gestoßen. Er konnte keinen klaren Gedanken fassen. Er versuchte vernünftig zu reflektieren, zu entscheiden, was er als nächstes tun sollte, doch die Probleme und die Fragen überstürzten sich in seinem Bewußtsein zu unentwirrbarem Durcheinander. Mit mechanischen Bewegungen erhob er sich und stakste mit leerem Blick bis ans Ufer des kleinen Baches. Er schaute sich noch einmal nach Edgewood Dirk um, sah nur den Wald und fühlte, wie kalte Resignation Besitz von ihm ergriff. Er kniete sich hin, spritzte sich Wasser über sein rußgeschwärztes Gesicht und rieb sich die Augen. Das Wasser war eiskalt und sandte ein Schaudern durch seinen ganzen Körper. Mit beiden Händen spritzte er es sich über den Kopf und die Schultern und ließ sich von der Kälte stimulieren.

Dann lehnte er sich triefend zurück, den Blick auf das Wasser gerichtet.

Denk nach, ermahnte er sich. Du hast alle Antworten. Dirk sagte, du hast alle Antworten. Teufel noch mal, welches sind die Antworten?

Er widerstand einem fast unüberwindbaren Bedürfnis, aufzuspringen und davonzulaufen. Er zwang sich, still sitzen zu bleiben. Zu handeln hätte im Moment Erleichterung gebracht – etwas zu tun, *irgend etwas*, statt herumzuhocken. Aber kopflos herumzurennen war nicht, was die Situation erforderte. Er mußte nachdenken. Er mußte wissen, was er tat. Er mußte ein für allemal begreifen, was geschehen war.

Glieder in einer Kette, so hatte es Dirk bezeichnet. Alle seine Probleme waren Glieder einer Kette, alle miteinander verknüpft. Brich eines, und die Kette zerfällt. Okay. Das würde er tun. Er würde ein Glied zerbrechen. Aber welches?

Er blickte ins Wasser, starrte auf die bewegte Spiegelung seines Gesichts. Eine verzerrte Version von Ben Holiday schaute ihn an. Aber er war es, nicht jemand anderes, nicht der Fremde, den jeder vor sich glaubte. Woran lag es, daß die anderen ihn so sahen? Eine Maske, hatte es Dirk genannt – und eine, in die er sich mehr und mehr verwandelte. Lange Zeit starrte er sein Spiegelbild an, dann hob er den Kopf und ließ seinen Blick auf einer Gruppe von wilden Blumen ruhen. Er sah sie, ohne sie wirklich zu sehen.

Täuschungszauber, hatte Dirk gesagt.

Wessen Magie? Wessen Täuschung?

Seine eigene, hatte der Flußherr gesagt. Der Flußherr hatte zu helfen angeboten, hatte es sogar versucht, aber es war ihm nicht gelungen. Der Zauber stamme von Ben selbst, hatte der Flußherr behauptet – und nur er selbst könne ihn brechen.

Aber was für einen Zauber hatte *er* denn benutzt?

Er bemühte sich, darüber Klarheit zu erhalten, doch es gelang ihm nicht. Nichts kam ihm in den Sinn. Er wiegte sich auf den Fersen hin und her, dann kauerte er sich in den Schatten der Gebirgslichtung und ließ sein Bewußtsein ein Weilchen frei wandern. Alles hatte damals in jener Nacht in dem königlichen Schlafgemach in Silber Sterling angefangen, als Meeks aus dem Nichts vor ihm aufgetaucht war. Damals hatte alles begonnen, in die falschen Bahnen zu rollen, und ihm war das Medaillon abhanden gekommen. Irgend etwas hakte sich fest bei dieser Erinnerung, und er versuchte es zu fassen. Er hatte das Medaillon verloren. Er hatte seine Identität verloren. Er hatte seine Magie verloren. Er hatte sein Königreich verloren. Glieder einer Kette, die gebrochen werden mußten, dachte er. Er erinnerte sich an den Schock, als er feststellte, daß er des Medaillons verlustig gegangen war. Er erinnerte sich an seine Angst.

Plötzlich schoß ihm ein Gedanke durch den Kopf, und eine Erinnerung regte sich. Die Elfen hatten ihm seinerzeit etwas über Angst gesagt. Es war das einzige Mal, daß sie mit ihm gesprochen hatten, und es war nun schon lange her, damals, als er gerade in Landover angekommen war, als er um die Anerkennung seines Rechts auf den Thron hatte kämpfen müssen und in die Nebel der Elfenreiche gegangen war, um den Io-Staub zu holen – so wie er auch jetzt wieder kämpfen mußte. Was hatten sie damals noch gesagt? *Angst hat viele Masken, nimmt viele Gestalten an. Ihr müßt lernen, sie zu erkennen, wenn sie Euch das nächste Mal heimsuchen.*

Er runzelte die Stirn. Täuschungen? Masken? Es gab keinen großen Unterschied zwischen den beiden, überlegte er. Und er hatte sich damals gefragt, was die Worte zu bedeuten hätten. Jetzt stellte er sich die Frage erneut. Damals hatte er geglaubt, sie bezögen sich auf die bevorstehende Konfrontation mit dem Eisernen Markus. Aber vielleicht galten sie ja für das, was jetzt geschah – für die Angst, die ihn gepackt hatte, weil er das Medaillon verloren hatte?

Konnten die Elfen diesen Verlust so lange vorhergesehen haben? Oder war es einfach eine generelle Warnung gewesen, einfach…

Etwas, das mit der Magie dieses Landes zu tun hat?

Zaghaft faßte er unter sein Hemd und holte das Medaillon hervor, das er jetzt trug, das Medaillon, das Meeks ihm gegeben hatte und auf dem das harte Gesicht des finsteren Zauberers eingraviert war. Damit hatte alles angefangen – die Fragen, die Mysterien, der Wirrwarr der Ereignisse, die ihn fort von aller Vernunft in diesen Morast aus Angst und Zweifeln geschwemmt hatten. Wie war es möglich, daß er den Verlust des Medaillons zunächst gar nicht gemerkt hatte? Wie hatte Meeks das Medaillon von ihm bekommen können, wenn nur er selbst in der Lage war, es abzulegen? Das war völlig unlogisch! Und *wenn* er das selbst getan hätte, warum konnte er sich dann nicht daran erinnern?

Es sei denn, er hätte es gar nicht abgelegt!

Ein seltsam hohles Gefühl drückte ihm plötzlich auf den Magen. Ach, du meine Güte!

Es sei denn, er trüge es noch immer!

Irgend etwas hatte ihn dazu gebracht, einen Schritt weiter zu denken als bisher. Er sah fast die Zange, die das Kettenglied durchtrennte. Selbsttäuschung, hatte Dirk gesagt. Selbsterzeugte Magie, hatte der Flußherr gemeint. Verdammt! Sein Atem ging jetzt schnell, und er keuchte vor Anstrengung. Er hörte sein Herz klopfen. Das paßte zusammen! Das war die einzige sinnvolle Antwort. Meeks konnte ihm das Medaillon nicht nehmen, solange er es nicht selbst ablegte, doch er konnte sich nicht erinnern, es getan zu haben!

Meeks hatte es ihn einfach nur glauben gemacht.

Aber wie war ihm das gelungen?

Ben versuchte, Schritt für Schritt nachzudenken. Seine Hände zitterten vor Erregung, und das Medaillon drehte sich an seinem Kettchen. Er besaß nach wie vor das Medaillon der Könige von Landover! Er hatte es nur nicht gemerkt. War das möglich? Sein Bewußtsein arbeitete fieberhaft, wisperte mit drängender, hastiger Stimme. Er trug noch immer das Medaillon! Meeks hatte es nur irgendwie maskiert, hatte ihm eingeredet, es sei nicht das wahre Medaillon, sei nur ein gefährlicher Ersatz. Das erklärte, warum Meeks ihn damals im Schlafzimmer nicht einfach umgebracht hatte. Meeks mußte befürchtet haben, daß der Paladin plötzlich auftauchen könnte – daß die Maskierung zu neu oder vielleicht zu schwach wäre. Darum hatte der Zauberer ihn gehen lassen, nachdem er ihm die seltsame Warnung mit auf den Weg gegeben hatte, das Ersatzmedaillon nie abzulegen. Er hatte erwartet, daß Ben früher oder später Zweifel an dieser Warnung kämen. Er hatte gehofft, daß Ben dann das Medaillon abnehmen und, in dem Glauben, sich dadurch zu befreien, fortwerfen würde. Und dann hätte Meeks es *wirklich* in seinen Besitz gebracht!

Gedanken wirbelten Ben durch sein Bewußtsein. Die Sprache, dachte er plötzlich! Wie könnte er noch immer in Landovers Sprache kommunizieren, wenn er das Medaillon nicht mehr trüge? Vor langer Zeit hatte Questor ihm erläutert, daß er mit Hilfe des Medaillons die Landessprache verstehen, sprechen, lesen und schreiben konnte. Warum war ihm das nicht früher eingefallen? Und Questor – Questor hatte sich immer gefragt, wie Meeks es anstellte, das Medaillon von den Versagern unter den Thronanwärtern zurückzubekommen, wenn sie sich weigerten, es ihm freiwillig zu geben. Er mußte einen ähnlichen Trick angewandt haben! Er mußte sie dazu gebracht haben, es in dem Glauben abzulegen, daß sie es schon längst verloren hätten!

Verdammt! War das denn die Möglichkeit?

Ben holte tief Luft, um sich zu beruhigen. War denn eine andere Erklärung denkbar? Nein. Ausgeschlossen. Das war die einzige Antwort, die alles erklären konnte. Der geflügelte Dämon hatte den Angriff auf die Nymphen des Flußherrn nicht Dirks wegen abgebrochen; er war geflüchtet, weil er das Medaillon in Bens Hand gesehen hatte; er war vor seiner Macht geflohen. Der Dämon hatte die Wahrheit erkannt, die Ben nicht sehen konnte. Magie hatte die Wahrheit vor Ben verborgen – Magie, die Meeks in jener Nacht im Schlafgemach angewandt hatte –, antike Magie, dachte Ben plötzlich. Das hatte Nachtschatten zu Strabo gesagt. Deshalb waren nur die Hexe und der Drachen in der Lage gewesen, sie zu durchschauen!

Aber wie wirkte dieser Zauber? Was brauchte es, um ihn zu brechen? War es die gleiche Magie, die seine Identität verändert hatte?

Die Fragen überschlugen sich und verlangten alle nach einer Antwort. Täuschung – das war das Schlüsselwort, das Dirk mehrfach gebraucht hatte. Meeks mußte seine magischen Kräfte dazu benutzt haben, Ben irrezuführen und ihn glauben zu machen, daß das Medaillon um seinen Hals ein anderes als das echte sei. Und

Ben hatte diese Täuschung für die Wahrheit gehalten. Er hatte sich der Täuschung ergeben. Verdammt! Er hatte sich sein eigenes Gefängnis gebaut! Meeks mußte ihm einen Traum geschickt haben, in dem er sein Medaillon aufgegeben hatte, und er selbst hatte sich eingeredet, daß es die Wahrheit sei!

In diesem Fall, wäre er da nicht einfach in der Lage...

Er konnte den Gedanken nicht zu Ende denken. Er hatte Angst davor, hatte Angst, er könnte sich irren. Wieder holte er tief Luft. Er brauchte ihn auch nicht weiterzuverfolgen. Er mußte ihn nur testen. Um sicher zu sein, blieb ihm gar nichts anderes übrig, als dies zu versuchen.

Er starrte wieder ins Wasser, beobachtete, wie sein Gesicht mit den Bewegungen der Wellen schwankte und verzerrt wurde. Eine Maske, dachte er – nicht für ihn selbst, aber für alle anderen. Er beruhigte sich etwas. Dann nahm er das Kettchen des Medaillons und ließ das Gesicht von Meeks langsam schaukeln und drehen. Sonnenstrahlen brachen sich in dem angelaufenen Silber. Ben zwang sich, gleichmäßig zu atmen, verlangsamte seinen Puls und die Zeit selbst. Er fixierte seinen Blick auf das oxydierte Bild, nahm wahr, wie die Drehbewegung langsamer wurde, bis das Medaillon ganz still hing. Er verdrängte das Bild, das er sah, aus seinem Bewußtsein und ersetzte es durch das Bild seiner Erinnerung von dem Paladin, der bei Sonnenaufgang durch die Tore von Silber Sterling reitet. Er schaute durch den Belag hindurch und stellte sich das blanke Silber vor. Er gab sich seiner Vision vollständig hin.

Alles, was deine Augen sehen, sind Lügen, sagte er sich. Nichts als Lügen.

Doch nichts geschah. Das Medaillon zeigte nach wie vor das Bild von Meeks. Ben unterdrückte einen neuen Anfall von Panik und zwang sich, ruhig zu bleiben. Es brauchte noch etwas anderes. Irgend etwas.

Er begann Möglichkeiten zu prüfen, zu sortieren und zu verwerfen. Dabei hielt er seine Augen auf das Medaillon fixiert. Der Gebirgswald um ihn herum war still; nur hier und da zwitscherte ein Vogel, raschelte der Wind in den Blättern. Er hatte recht, er wußte, daß er recht hatte. Brich das erste Glied, und die anderen folgen. Die Kette würde auseinanderfallen. Er würde wieder er selbst werden, die Macht des Paladins würde wiederkehren, und seine Magie käme zurück. Er brauchte nur den Schlüssel zu finden…

Er dachte den Gedanken nicht weiter. Langsam ließ er seine Finger das Kettchen entlang und dann über die oxydierte Oberfläche gleiten. Schließlich umschloß er das Medaillon mit den Handflächen. Das Gefühl war ihm zuwider – aber andererseits war es genau das, was Meeks beabsichtigte. Seine Hände umfaßten das Medaillon noch fester. Er drückte es, spürte sein Oberflächenrelief, das eingravierte Bild, und stellte sich dabei nicht Meeks vor, sondern den Paladin, der auf seinem Pferd bei Sonnenaufgang durch die Tore von Silber Sterling reitet, zu ihm reitet…

Etwas geschah. Das Medaillon wurde warm, und es schien sich unter seiner Berührung zu verändern. Er packte es fester, und er dachte konzentriert an das Bild, von dem er wußte, daß es in seinen Händen verborgen war. Er schloß die Augen. Die Vision wurde strahlend und hell und sein einziges Licht. Das Medaillon brannte ihn, doch er hielt es fest umfangen. Er fühlte, wie seine Oberfläche sich bewegte, so als riesele etwas davon herunter, als stieße es eine alte Haut ab. *Ja!* Die Hitze dauerte fort, glühte heftig auf, schoß ihm durch den ganzen Körper und klang dann ab, löste sich auf.

Kühle kehrte zurück. Langsam öffnete er die Augen, dann löste er den Griff seiner Finger. Sein Blick war auf das Medaillon in seiner Hand gerichtet. Es war glänzend und zeigte keinen Belag. Er sah sich selbst in der Oberfläche gespiegelt. Und das Bild des Paladins schimmerte ihm entgegen.

Er konnte sich ein breites, fast törichtes Grinsen nicht verkneifen. Am Ende hatte er recht gehabt. Es war immer sein Medaillon gewesen.

Die Ketten, die ihn gefesselt hatten, waren zerbrochen!

Erleuchtung

Weide regte sich. Langsam tauchte sie aus dem Schlummer und kam langsam wieder zu Bewußtsein. Die Sonne wärmte ihre Haut, und lange Grashalme kitzelten ihr Gesicht. Sie blinzelte, kniff die Augen gegen die plötzliche Helligkeit zusammen und schloß sie wieder. Sie hatte geträumt – oder nicht? Sie war auf einer Wolke geflogen, hatte auf Windströmen geritten, die sie schaukelten und an ihr zausten und die sie über die ganze Welt getragen hatten, als sei sie ein Vogel mit Flügeln. Sie blinzelte wieder und spürte den Druck der Erde an ihrem Rücken. Sie war so frei gewesen.

Das Gefühl des Getragenwerdens entglitt ihr, jäh brach die Erinnerung in ihr Bewußtsein, und sie war mit einem Ruck hellwach und saß aufrecht. Es war kein Traum gewesen. Sie war vor Meeks geflohen, vor dem geflügelten Dämon, vor den anderen...

Ein Schauder überlief sie. Mühsam hielt sie die Augen geöffnet und blinzelte gegen das Sonnenlicht. Sie befand sich in einer großen Lichtung inmitten von Hartholzbäumen und Kiefern, fast im Schatten von Mirwouk. Die Mauern der alten Festung ragten im Hintergrund hoch in den Nachmittagshimmel. Der Abhang unterhalb war mit bunten Blumen getüpfelt, welche die stille, feuchte Luft mit ihrem Duft füllten. Die ganze Umgebung war seltsam still.

Sie ließ ihren Blick weitergleiten. Wenige Schritte entfernt stand das schwarze Einhorn und schaute sie an. Das Zaumzeug aus gesponnenem Gold war noch immer an seinem schlanken Kopf befestigt.

»Ich habe dich geritten«, hauchte sie fast unhörbar.

Die Erinnerungen waren ein Wirrwarr von Bildern und Gefühlen, die sie eisig überschwemmten und sie mit ihrer Intensität erschreckten. Sie hatte kaum gewußt, was sie tat, als sie sich auf den Rücken des Einhorns geschwungen hatte, entsetzt über das, was um sie herum geschah, panisch auf der Flucht vor diesem Grauen. Nichts war, was es zu sein schien – Ben nicht und nicht der

Fremde, der behauptete, Ben zu sein, auch die Katze nicht, niemand. Feuer und Zerstörung griffen um sich – und so fürchterlicher Haß! Ihr einziger Gedanke war Flucht gewesen, und irgend etwas in der Berührung des Einhorns, als es an ihr vorbeistrich, hatte sie mitgezogen. Die Hände am goldenen Zaumzeug, die Finger in der Mähne, auf dem eleganten Leib und um den schlanken Hals, ihr eigenes Gesicht dagegengepreßt... Die Bilder kamen und gingen, eher Empfindungen als Bilder, ein Raunen von Sehnen und Wünschen.

Sie atmete kurz und schnell. Ohne zu denken, war sie auf das Einhorn gestiegen, und ihre Flucht – nein, ihr Flug – war magisch gewesen. Das Gefühl für Zeit und Raum ging verloren; nur ein starkes Fühlen des Da-Seins war übriggeblieben. Das Einhorn hatte mehr getan, als sie nur von dieser Wiese fortzutragen. Das Einhorn hatte sie von sich selbst fortgetragen, tief hinein in ihr innerstes Sein, damit sie staunend sehe, wer und was sie war und sein könnte. Das Einhorn hatte ihr Sinn und Struktur des Lebens gezeigt, wie sie es sich nie hätte ausmalen können. Allein die Berührung hatte gereicht, mehr hatte es nicht gebraucht. Ihr stiegen Tränen in die Augen, als sie sich daran erinnerte. Die Bilder waren jetzt seltsam umwölkt, doch die Emotionen, die sie erfahren hatte, blieben klar und unvergessen. Es war herrlich gewesen!

Sie wischte sich die Tränen ab, und ihr Blick traf den des Einhorns. Es war noch immer da. Es lief nicht fort, obwohl es gekonnt hätte und vielleicht sogar hätte sollen. Es stand einfach da.

Aber was erwartete es? Was wollte es von ihr?

Neue Verwirrung überkam sie. Sie wußte es wirklich nicht. Sie schaute in die Smaragdaugen des schwarzen Einhorns und wünschte, dieses Elfenwesen könnte es ihr sagen. Sie mußte es wissen. Da stand dieses zauberhafte Geschöpf und wartete fast resigniert, während sie überlegte, wartete wieder auf sie – und sie hatte keine Ahnung, was sie tun sollte. Sie war hilflos und voller Angst. Sie fühlte sich inkompetent und überfordert.

Aber sie wußte auch, daß sie sich solche Gefühle nicht erlauben durfte, und unterdrückte sie gewaltsam. Meeks konnte noch immer nach ihnen suchen – und tat es wahrscheinlich. Die Katze, oder was immer es war, würde den Zauberer nicht lange aufhalten können. Er würde bald hinter ihnen auftauchen, hinter ihr, hinter dem Einhorn, hinter ihnen beiden. Meeks wollte das schwarze Einhorn; darin hatte der Fremde recht gehabt. Das bedeutete, daß der Fremde vielleicht auch in bezug auf die Träume recht hatte.

Und daraus war wiederum zu folgern, daß der Fremde vielleicht wirklich Ben war.

Eine verzweifelte Sehnsucht durchglühte sie, doch sie schob sie rasch beiseite. Sie hatte keine Zeit, darüber nachzudenken. Das schwarze Einhorn schwebte in akuter Gefahr, und sie mußte etwas tun, um ihm zu helfen. Es war deutlich, daß es auf sie wartete, daß es von ihr abhängig war und etwas von ihr erhoffte. Sie mußte herausfinden, was es war.

Es gab nur ein Mittel. Sie wußte es instinktiv. Sie mußte das Einhorn berühren, sich seinem Zauber hingeben. Sie mußte sich seiner Vision öffnen.

Sie atmete tief und gleichmäßig, um sich zu beruhigen. Die Furcht, die sie plötzlich gepackt hatte, machte sie zittrig. Sie war dabei, das Unmögliche zu tun. Niemand berührte ein Einhorn und war nachher noch er selbst. Niemand! O doch, sie hatte das Elfengeschöpf schon berührt – sein Fell gestreift, als sie ihm das goldene Zaumzeug anlegte, sich festgeklammert, als sie auf ihm in Sicherheit floh. Doch beide Male war sie sich dessen kaum bewußt gewesen; es war alles wie in einem kurzen, wunderlichen Traum, der vielleicht nie wahr gewesen war. Bei dem, was sie jetzt zu tun im Begriff war, handelte es sich um etwas ganz anderes, willentlich und vorsätzlich, und sie war dabei, ihr ganzes Sein aufs Spiel zu setzen. Die Legenden waren sich in diesem Punkt alle einig: Einhörner gehören niemandem außer sich selbst. Wenn du eines berührst, bist du verloren.

Und dennoch würde sie es tun. Ihr Entschluß stand schon fest. Das schwarze Einhorn war mehr als eine Legende aus tausend Jahre alten Märchen, mehr als der Traum, der sie angezogen hatte, mehr sogar als seine körperliche Gegenwart. Es war ein unausweichliches Sehnen, ein essentieller, unleugbarer Teil ihrer selbst, ein Mysterium, das sie aufzuhellen hatte. Die Smaragdaugen des Geschöpfes reflektierten ihr eigenes, geheimstes, drängendstes Sehnen. Ihr eigener Körper gehorchte ihr nicht, das Verlangen nach dem Einhorn war von unwiderstehlicher Kraft, ein Begehren, wie sie es nie vorher gekannt hatte. Die Gefahr, die das Einhorn bedeuten konnte, wirklich oder eingebildet, verblaßte neben solchem Verlangen. Sie mußte das Rätsel lösen, koste es, was es wolle. Sie mußte die Wahrheit herausfinden.

Ihr wurde heiß und kalt. Sie fühlte sich federleicht, als sie aufstand. Sie zitterte. Angst und Vorfreude schienen sie zerreißen zu wollen, raubten ihr den Verstand, ließen nur ihr Begehren zu, ihr heißes Verlangen.

O Ben! dachte sie verzweifelt. *Warum bist du nicht bei mir?*

Das schwarze Einhorn wartete geduldig wie eine ebenhölzerne Statue, und seine Augen tauchten tief in Weides Blick. Ein seltsam widersprüchliches Gefühl überkam sie, so als sei es eine Spiegelung ihres geheimsten, sorgsam gehüteten Wünschens, eine lebendig gewordene Projektion ihres Bewußtseins.

»Ich muß es wissen«, flüsterte sie dem Einhorn zu, als sie schließlich vor ihm stand.

Langsam hob sie die Hände.

* * *

Die Wiese, vor kurzem noch ein idyllischer Ort mit weichem Gras und bunten Wildblumen, war ein verbranntes, rauchendes, ödes Stück kahler Erde inmitten des Waldes geworden. Questor stand am Rande und lugte vorsichtig durch den Dunst. Er war über und über mit Asche und Staub bedeckt, seine große, gebeugte Gestalt wirkte noch zerlumpter denn je, seine grauen Gewänder mit den bunten Seidenflicken waren angesengt und zerrissen, seine Harlekinstiefel zerschunden und verdreckt. Der letzte Austausch von Zauberwerk zwischen Meeks, dem Dämonen und Egdewood Dirk hatte ihn in die Luft geschleudert. Es hatte ihm den Atem geraubt, und er hatte sich in einer ziemlich prekären Position im Geäst eines alten Blutahorns wiedergefunden, einem Paradies für Eichhörnchen und Vögel, die darin nisteten. Abernathy, die Kobolde und die Gnome waren nirgendwo zu sehen. Ben Holiday, Weide und das schwarze Einhorn waren verschwunden. Questor war vorsichtig von dem Ahorn geklettert und hatte sich auf die Suche nach ihnen allen gemacht, doch keinen von ihnen gefunden.

Sein Streifzug hatte ihn jetzt wieder hierher zurückgebracht, wo er sie alle zum letztenmal gesehen hatte. Aber keiner war da.

Er seufzte, in seinem Eulengesicht stand tiefe Besorgnis. Er wünschte, er wüßte, was eigentlich vorging. Er war jetzt zur Überzeugung gelangt, daß der Fremde, der behauptete, Ben Holiday zu sein, wirklich derjenige war, der er zu sein vorgab; und der Mann, der Ben Holiday zu sein schien, war in Wirklichkeit Meeks. Die Träume von Weide, Ben und ihm selbst waren tatsächlich Kreationen seines Halbbruders gewesen und allesamt Teil eines größeren Planes, die Kontrolle über Landover und die Magie zurückzuerlangen. Doch das alles zu akzeptieren brachte ihm nichts ein. Er wußte noch immer nicht, was das schwarze Einhorn mit alldem zu tun hatte, noch durchschaute er, was Meeks im Schilde führte. Und – das war das Schlimmste – er hatte nicht einmal eine Idee, wie er das alles herausfinden könnte.

Er kratzte sich sein bärtiges Kinn und seufzte wieder. Es mußte natürlich irgendeine Möglichkeit geben. Er mußte sie nur finden.

»Hmmmm«, sagte er nachdenklich vor sich hin. Doch sein Grübeln trug keine Früchte.

Achselzuckend kam er zum Schluß, daß er nichts erreichte, wenn er nur hier herumstand.

Er drehte sich um – und fand sich von Angesicht zu Angesicht mit Meeks. Sein Halbbruder hatte wieder seine normale Gestalt angenommen, groß, hager, mit grausträhnigem Haar und harten, todkalten Augen. Nachtblaue Gewänder umhüllten ihn wie ein Leichentuch. Er stand keine vier Meter entfernt zwischen den ersten Bäumen am Rand der Lichtung. Mit seiner Hand drückte er die verlorenen Zauberbücher vor seine Brust.

Questor rutschte das Herz in die Hose.

»Ich habe lange auf diesen Augenblick gewartet«, zischelte Meeks. »Ich habe viel Geduld gehabt.«

Dutzende von ungeordneten Gedanken jagten Questor durch den Kopf, verblaßten und ließen nur einen übrig. »Ich habe keine Angst vor dir«, sagte er ruhig.

In Meeks' Antlitz war nichts abzulesen. »Solltest du aber, Questor. Du hältst dich jetzt für einen Zauberer, aber du bist nichts als ein Lehrling. Du wirst nie mehr sein als das. Ich verfüge über Macht, die du dir nicht einmal erträumen könntest! Ich verfüge über die Mittel, *alles* zu tun!«

»Außer, das schwarze Einhorn zu fangen, wie mir scheint«, entgegnete Questor mutig.

Die kalten Augen blitzten zornig. »Du verstehst gar nichts – du nicht, Holiday nicht, niemand. Du spielst ein Spiel, in dem du nicht gewinnen kannst, und du spielst es auch noch schlecht. Du bist nichts als ein kleiner Störfaktor, der weggeräumt werden muß.« Das fahle, verkniffene Gesicht war wie eine Totenmaske. »Ich habe das Exil ertragen, habe mit ansehen müssen, wie alle meine Pläne durchkreuzt wurden – alles durch dich und deinen Möchtegernkönig –, keiner von euch ahnt auch nur, was ihr angerichtet habt. Ihr seid armselige Stümper!«

Die schwarzen Gewänder zuckten, wo der leere Ärmel hing. »Deine Zeit in dieser Welt und in diesem Leben ist so gut wie abgelaufen, Halbbruder. Du stehst allein. Diese Prismenkatze stellt keine Bedrohung mehr für mich dar. Holiday ist hilflos und verlassen. Die Sylphe und das schwarze Einhorn können nirgendwo mehr hinflüchten. Deine anderen Freunde sind schon in meiner Hand – alle, bis auf den Hund, und der Hund bedeutet kein Risiko.« Questor sah alle seine Felle davonschwimmen. Die anderen waren Meeks' Gefangene – alle außer Abernathy?

Meeks grinste jetzt, ein kaltes, leeres Grinsen. »Du stellst die letzte mögliche Bedrohung für mich dar, Questor. Und dich habe ich jetzt auch.«

Questor versteifte sich. Wut verdrängte seine Angst. »Noch hast du mich nicht! Und du wirst mich nicht kriegen!«

Der andere lachte tonlos. »Wirklich nicht?«

Er neigte seinen Kopf ein wenig, und Dutzende von Schatten schlüpften hinter den Bäumen hervor. Die Schatten materialisierten sich im Licht zu kleinen, bösartigen Kindern mit spitzen Ohren, Greisengesichtern und schuppengepanzerten Leibern. Mit Schweineschnauzen schnupperten sie die Waldluft und züngelten mit Schlangenzungen zwischen ihren scharfen Zahnreihen hervor.

»Dämonenteufelchen!« stieß Questor leise hervor.

»Ein paar zu viele, als daß du etwas gegen sie unternehmen

könntest, meinst du nicht?« zischte ihm sein Halbbruder mit unverhohlener Genugtuung zu. »Ich habe keine Lust, meine Zeit mit dir zu vergeuden, Questor. Ich überlasse dich ihnen.«

Die Dämonenteufelchen hatten Questor umzingelt, starrten ihn mit leuchtenden Augen an und leckten sich die Schnauzen. Meeks hatte recht. Es waren zu viele. Dennoch blieb er standhaft. Es hatte keinen Sinn, davonrennen zu wollen. Seine einzige Chance lag darin, sie zu überraschen...

Sie waren bis auf drei Meter herangekommen – ein enger Kreis häßlicher kleiner Gesichter mit scharfen Zähnen –, als Questor plötzlich herumwirbelte, mit den Armen fuchtelte und sie allesamt mit einem Zauber in die Luft schleuderte. Rauch und Qualm zischten aus dem Nichts und schmetterten sie fort. Questor hastete verzweifelt zurück in den Schatten der Bäume, wobei er über die kurzfristig geblendeten, strampelnden Dämonenteufel sprang wie über ein Schlammloch. Wutgeschrei schallte hinter ihm her. Fast augenblicklich hatten sich die Teufelchen wieder aufgerappelt und zur Verfolgung angesetzt. Questor schnellte herum und stellte sich ihnen entgegen. Wieder ließ er einen Zauber explodieren, der sie erneut durcheinanderwirbelte. Aber es waren so viele von ihnen! Von allen Seiten drängten sie auf ihn zu, schnatternd und quietschend grapschten sie nach seinen Kleidern. Er versuchte sie abzuwehren, doch zu spät. Sie stürzten sich auf ihn, klammerten sich fest, daß er sich nicht mehr rühren konnte. Er schwankte unter ihrem Angriff und verlor das Gleichgewicht.

Krallenpfoten zerrten an seinen Kleidern. Dann packten sie ihn an der Kehle. Er bekam keine Luft mehr. Er strampelte und schlug wild um sich, doch zu viele Klauen hielten ihn fest. Funken tanzten ihm vor den Augen.

Durch das Gewirr von Dämonenteufelchen erhaschte er noch einen letzten Blick auf den grinsend über ihm stehenden Meeks, dann wurde alles schwarz.

* * *

Weides Hände waren nur noch wenige Zentimeter von dem edlen Kopf des schwarzen Einhorns entfernt, als sie ein leises Rascheln hörte, als nähere sich jemand durch das Gebüsch. Schnell ließ sie die Hände sinken und trat erschreckt einen Schritt zurück.

Ein zottiger Kopf tauchte zwischen den Blättern hervor und lugte aufmerksam durch eine leicht verrutschte Brille.

Es war Abernathy.

»Weide, bist du es?« rief der Schreiber ungläubig aus.

Er schob sich durch das Gestrüpp und trat auf die Lichtung. Seine Kleider hingen in Fetzen herunter, der größte Teil seines Hemdes war fortgerissen. Seine Stiefel hatte er verloren. Sein Fell war angesengt, und sein Gesicht sah aus, als habe er es in einen Ascheneimer gesteckt. Er keuchte und hechelte und leckte sich mit der Zunge den Staub von der schwarzen Nase.

»Ich habe bessere Zeiten gesehen, kann ich dir versichern«, erklärte er. »Vielleicht auch schlimmere, aber ich weiß nicht mehr, wann. Erst durchkämme ich die ganze Welt auf der Suche nach dir und diesem... diesem Tier aus der Himmel weiß welchen Gründen – ich jedenfalls kenne sie nicht –, und dann finden wir nicht nur dich und das Tier, sondern auch Meeks und seinen Dämon. Dann erscheint diese Katze, und es gibt einen sinnlosen Austausch von Zauberei, der einen ganzen Teil des Waldes in die Luft jagt, und schließlich werden wir in alle vier Winde verweht, und keiner kann keinen wiederfinden!«

Er holte tief Luft und stieß einen langen Seufzer aus. Dann schaute er sich um. »Hast du irgendeinen der anderen gesehen?«

Weide schüttelte geistesabwesend den Kopf. »Nein, keinen...« Ihre Gedanken waren bei dem Einhorn, bei dem Verlangen, das in ihr brannte, bei ihrer Sehnsucht nach der Berührung...

»Was machst du hier?« fragte Abernathy plötzlich. Sie schrak zusammen. Der Schreiber bemerkte ihre Verlegenheit. »Ist etwas nicht in Ordnung, Weide? Was machst du mit dem Einhorn? Du weißt doch, wie gefährlich die Kreatur ist. Komm weg von da. Komm her und laß dich anschauen. Seine Hoheit würde...«

»Habt Ihr ihn gesehen?« fragte sie schnell. Die Erwähnung seines Namens war wie ein rettender Strohhalm, nach dem sie griff. »Ist er in der Nähe?«

Abernathy schob sich die Brille auf die Nasenwurzel zurück. »Nein, Weide – ich habe ihn nicht zu Gesicht bekommen. Er verschwand mit allen anderen.« Er blickte sie an. »Ist alles in Ordnung mit dir?«

Der Strohhalm verschwand. Sie nickte wortlos. Sie fühlte die Hitze der Mittagssonne, die schwüle, drückende Luft. Sie fand sich in einem Gefängnis, das sie zu ersticken drohte. Das Zwitschern der Vögel, das Summen der Insekten verklang. Abernathys Gegenwart verlor an Bedeutung, und ihr Verlangen nach dem schwarzen Einhorn loderte erneut in ihr auf. Sie wandte sich von dem Schreiber ab und wollte nach dem Tier greifen.

»Halt!« Abernathy brüllte es beinahe. »Was tust du da, Mädchen? Faß das Tier nicht an! Ist dir nicht klar, was dann mit dir geschieht?«

»Bleibt mir fern, Abernathy«, gab sie leise zurück, aber sie zögerte trotzdem.

»Bist du denn auch schon übergeschnappt wie alle anderen?« schnaubte der Hund ärgerlich. »Haben denn alle den Verstand verloren? Versteht denn außer mir niemand mehr, was hier vorgeht? Die Träume sind Lügen, Weide! Meeks hat uns dahin gebracht, hat uns für seine Zwecke mißbraucht, hat uns alle zum besten gehalten! Das Einhorn ist vermutlich auch eine seiner Höllenkreationen! Du kannst nicht wissen, was seine Absicht ist! Faß es nicht an!«

Sie warf einen schnellen Blick auf den Hund. »Ich muß! Ich kann nicht anders!«

Abernathy machte ein paar Schritte auf sie zu, doch als er den warnenden Blick der Sylphe sah, blieb er gleich wieder stehen. »Weide, tu das nicht! Du kennst die Geschichten und die Legenden!« Seine Stimme wurde zu einem Flüstern. »Sonst bist du verloren, Mädchen!«

Lange schaute sie ihn schweigend an, dann lächelte sie. »Das ist genau das Problem, Abernathy. Ich bin schon verloren.«

Schnell hob sie die Hände und legte sie dem schwarzen Einhorn um den Hals.

Eiskaltes Feuer brannte von ihren Händen über ihre Arme und erfaßte ihren ganzen Körper. Sie erstarrte unter dem Gefühl und erschauderte. Sie warf den Kopf in den Nacken und schnappte nach Luft. Abernathy rief verzweifelt nach ihr. Sie hörte ihn noch, dann vergaß sie ihn. Er war noch da, doch für sie unsichtbar. Sie sah nichts anderes mehr als den Kopf des Einhorns, eine körperlose Form vor dem unendlichen Raum. Das Feuer verzehrte sie, mischte sich mit ihrem Verlangen und wandelte sich zu ungezügelter Leidenschaft. Sie verlor die Selbstkontrolle, sie begann zu zerbrechen. Einen Augenblick länger, und sie würde gänzlich aufhören, sie selbst zu sein.

Sie wollte ihre Hände von seinem Nacken lösen, doch sie konnte nicht. Sie war mit dem Einhorn verbunden. Sie war eins mit ihm.

Jetzt begann das spiralgerillte Horn magisch zu leuchten, und ein Wirrwarr von Bildern kräuselte sich durch ihr Bewußtsein. Ein Ort kalter Leere. Ketten, Feuer, weiße Wandteppiche, auf denen Einhörner sprangen und hüpften, finstergewandete Zauberer, endlose Zaubersprüche. Da war Meeks, da waren auch Ben und der Paladin.

Und schließlich ein Schrei von solchem Entsetzen und solchem Begehren, daß er die Bilder zerspringen ließ, als seien sie aus Glas gewesen.

Befreie mich!

Der Schmerz in diesem Schrei war mehr, als sie ertragen konnte. Sie schrie auf, und ihr Schrei warf sie heftig zurück und riß sie von dem Einhorn los. Sie stolperte und stürzte fast – doch Abernathy sprang schnell hinzu und fing sie auf.

»Ich habe es gesehen!« keuchte sie. Mehr brachte sie nicht hervor.

Doch ihr Schrei hallte noch immer durch den Wald.

Kampf

Der Schrei drang zu Ben Holiday, der allein am Ufer des kleinen Baches kniete. Er war endlich wieder er selbst, das silberglänzende Medaillon von Landovers Königen hielt er ungläubig staunend in der Hand. Der Schrei stieg zwischen den Bäumen hervor, ein schriller, hoher Jammerton voller Angst und Entsetzen. Er klang wie das Pfeifen des Windes in einer Schlucht durch die stille Bergluft.

Ben riß den Kopf hoch. Kein Zweifel, der Schrei stammte von Weide!

Er sprang auf die Füße, hielt das Medaillon fest in der Hand und suchte die Schatten des Waldes rundum mit den Augen ab, als ob das, was Weide bedrohte, auch ihm irgendwo auflauern könnte. Eine Mischung aus Furcht und Horror hatte ihn gepackt. Was war Weide angetan worden? Er rannte los, hielt inne und drehte sich verzweifelt um sich selbst, da er die Richtung, aus welcher der Schrei gekommen war, nicht hatte feststellen können. Er schien von überallher geklungen zu haben. Verdammt! Meeks mußte ihn auch gehört haben – Meeks mit dem geflügelten Dämon. Vielleicht *hatte* Meeks schon...

Er drückte das Medaillon so fest, daß es ihm in die Handfläche schnitt. *Weide!* Eine Vision der Sylphe füllte sein Bewußtsein, ein zerbrechliches und zauberhaft schönes Geschöpf, dessen Leben seinem persönlichen Schutz unterstand. Die Worte der Erdmutter fielen ihm ein, die ihn mit der Verantwortung betraut hatte und der er versprochen hatte, sie zu beschützen. Seine Gefühle rissen ihn hin und her und versetzten ihn in Panik. Wahrheiten, denen er sich noch nicht gestellt hatte, bedrängten seine Seele.

Alle diese Wahrheiten schmolzen zu einer einzigen zusammen.

Er liebte Weide.

Eine heiße Welle von erleichtertem Staunen durchströmte ihn. Die ganze Zeit hatte er seine Gefühle unterdrückt, hatte sich nicht mit ihnen auseinandersetzen wollen. Er hatte niemanden mehr nah an sich herankommen lassen wollen, nicht nach Annie, nicht nach dem Tod seiner geliebten Frau. Liebe bedeutete Verantwortung und das Risiko von Schmerz und Verlust. Das hatte er nicht mehr gewollt. Doch die Gefühle waren noch da – natürlich –, denn sie lassen sich nicht einfach auslöschen, indem man sie ignoriert. Die Wahrheit ihrer Existenz hatte sich ihm damals in jener ersten Nacht draußen im östlichen Ödland aufgedrängt, als er Strabo und Nachtschatten gerade entkommen war – hatten sich ihm in einem geträumten Dialog mit Edgewood Dirk über den Grund seiner drängenden Suche nach Weide enthüllt.

Warum rennst du so? Warum mußt du dich so beeilen? Warum mußt du Weide finden? hatte Dirk gefragt.

Weil ich sie liebe, hatte er geantwortet.

Und so war es – doch bis zu diesem Moment hatte er sich nicht gestattet, darüber nachzudenken, was das bedeutete.

Es dauerte nur Sekunden, als er es jetzt tat. Die Gedanken, die Überlegungen und die Betrachtungen schossen ihm in unmeßbar kurzer Zeit durch den Kopf. So, als sei alles, was so lange gebraucht hatte, um zu einer Lösung zu kommen, in einen einzigen Augenblick zusammengepreßt worden.

Doch dieser Augenblick war lang genug.

Ben zögerte nicht. Es hatte Zeiten gegeben, wo er gezögert hätte, Zeiten, die jetzt Tausende von Jahren zurückzuliegen schienen. Er ließ das Medaillon mit dem eingravierten Silberbild gegen seine Brust fallen, so daß das Sonnenlicht sich in glitzernden Strahlen darin brach.

Er rief den Paladin herbei.

Ein Schein am Rande der kleinen Lichtung blitzte auf und wurde heller und verdrängte Dämmerung und Schatten. Ben hob den Kopf. In seinen Augen spiegelten sich ein Wiedererkennen und heftige Erregung. Er hatte geglaubt, daß er dies nie wieder tun würde, hatte gehofft, es würde nie mehr nötig sein. Doch jetzt konnte er es kaum erwarten. Ein Teil von ihm spaltete sich schon ab.

Der Paladin erschien in dem Lichtschein. Sein weißes Roß stampfte und schnaubte. Die silberne Rüstung glänzte und knarrte in den Scharnieren. Die Waffen hingen bereit. Der Geist aus einem anderen Zeitalter war zurückgekehrt.

Ben spürte, wie das Medaillon auf seiner Brust zu glühen begann, wie Eis und Feuer zuerst, dann wie etwas ganz anderes. Er fühlte, wie er sich teilte, wie er aus seinem Körper schlüpfte.

Weide! Er rief ihren Namen tief in der Stille seines Bewußtseins.

Das war sein letzter Gedanke. Ein Silberstrahl schoß von dem Medaillon über die Lichtung zu dem wartenden Kämpen des Königs. Ben fühlte, wie er selbst darauf getragen wurde und mit Paladins Körper verschmolz. Die Rüstung schloß sich um ihn, fest und stramm. Eine eiserne Schale umgab ihn, und die Erinnerung, wer und was er war, war fort. Jetzt waren die Erinnerungen des Paladins die seinen, ein Strom von Bildern und Gedanken, die sich über Tausende anderer Zeiten und Orte erstreckten. Tausende anderer Leben – lauter Erinnerungen eines Kriegers, dessen Kampfgeschick niemals übertroffen wurde, ein Kämpe, der niemals besiegt worden war.

Ben Holiday verschwand. Er war der Paladin geworden.

Er sah einen Augenblick lang die zerlumpte Gestalt, die wie eine Statue am Ufer des kleinen Flußlaufes stand, bärtig und ungepflegt, eine abgetragene, angeschlagene Hülse. Er wußte, daß dies Landovers König war, und er scherte sich nicht darum.

Er riß sein weißes Roß herum, jagte durch das Gestrüpp in den Wald und war verschwunden.

* * *

Weides Schrei lockte Meeks fast augenblicklich herbei. Er ritt auf seinem geflügelten Dämonen aus den Schatten der verfallenen Mauern von Mirwouk hervor, und seine dunklen Gewänder wehten vor dem sonnigen Nachmittagshimmel. Der Dämon schoß fauchend auf den Hügel zu und landete schwer in einer Kieferngruppe am Rande der Lichtung. Er faltete seine ledrigen Flügel auf dem Schlangenleib zusammen, und kleine Flammen stoben aus seinen Nüstern. Sein Rücken dampfte.

Meeks ließ sich vorsichtig von dem geschuppten Hals zu Boden gleiten, den Blick starr auf das schwarze Einhorn gerichtet, das etwa zwanzig Meter vor ihm nervös stampfte und schnaubte. Unter seinem gesunden Arm trug Meeks die Zauberbücher.

Abernathy stellte sich schützend vor die Sylphe. »Bleibt uns fern, Zauberer!« befahl er mutig.

Meeks beachtete ihn nicht. Seine Augen waren fest auf das Einhorn gerichtet. Er ging ein paar Schritte darauf zu, warf einen kurzen Blick auf Weide und Abernathy, schaute wieder das Einhorn an und blieb stehen. Er schien auf etwas zu warten. Das Einhorn tänzelte und erschauderte, als sei es schon gefangen worden, doch es floh noch immer nicht.

»Weide, was geht hier vor?« knurrte Abernathy drängend.

Die Sylphe konnte sich kaum aufrecht halten. Sie schüttelte benommen den Kopf. Ihre Worte waren fast nicht zu hören. »Ich sah es«, wiederholte sie. »Die Bilder... alles. Aber es sind so... viele, ich kann nicht...«

Ihre Worte ergaben keinen Sinn, offenbar stand sie noch immer unter Schock. Abernathy half ihr zu einem Flecken mit Blumen und Gras und setzte sie sanft nieder. Dann wandte er sich wieder an Meeks.

»Sie kann Euch nichts anhaben, Zauberer!« rief er, und die harten Augen richteten sich auf ihn. »Warum laßt Ihr sie nicht gehen? Das Einhorn ist Euer, wenn Ihr es wünscht, auch wenn ich nicht begreifen kann, warum Ihr es wünschen könntet. Der Himmel weiß, welches Unglück es über alle gebracht hat, die ihm begegnet sind!«

Meeks sah ihn unverwandt an, doch er sagte nichts.

»Die anderen müssen jeden Moment hier sein, Zauberer!« knurrte Abernathy. »Ihr solltet lieber verschwinden!«

Meeks lächelte kalt. »Kommt einen Moment herüber zu mir, Schreiber«, lud er ihn mit leiser Stimme ein. »Vielleicht können wir darüber reden.«

Abernathy zögerte, warf einen kurzen Blick auf Weide, holte tief Luft und machte sich auf den Weg über die Lichtung. Er war so verängstigt, daß er sich kaum rühren konnte. Das allerletzte, was er jetzt tun wollte, war, sich dem Zauberer und seinem zahmen Dämon zu nähern, aber genau das tat er. Tapfer richtete er sich auf, entschlossen, es durchzustehen. Er hatte auch keine andere Wahl. Er mußte irgend etwas tun, um dem Mädchen zu helfen, eine andere Möglichkeit schien es nicht zu geben. Der Tag war warm und still; es war ein wunderschöner Tag, wenn man von der gegenwärtigen Situation absah. Abernathy bewegte sich, so langsam er konnte, und betete, daß die anderen kämen, bevor er in des Zauberers jüngstes Brandopfer verwandelt würde.

Als er ein Dutzend Schritte an Meeks herangekommen war, blieb er stehen. Das hagere Gesicht des Zauberers war eine Maske scheinheiliger Freundlichkeit. »Ein Stück näher, bitte«, flüsterte Meeks.

Abernathy wußte, daß er dem Untergang geweiht war. Es gab keinen Ausweg für ihn. Er mochte vielleicht das Ende um ein paar wenige Augenblicke hinausschieben, aber sein Schicksal war besiegelt. Immerhin, ein paar Augenblicke mehr konnten Weide vielleicht retten.

Er tat ein paar kleine Schritte und blieb wieder stehen. »Worüber sollen wir reden?« fragte er.

Das Lächeln war verschwunden. »Warum nicht über die Möglichkeit, daß Eure Freunde jeden Moment hiersein könnten, um Euch zu helfen?«

Meeks machte eine kleine Bewegung mit den Büchern, und ein Kreis knorriger, kleiner Wesen erschien zwischen den Bäumen am Rande der Lichtung. Von allen Seiten kamen die kleinen Gestalten und umzingelten sie. Häßliche Schweinegesichter mit scharfen Zähnen und Schlangenzungen schnatterten und quiekten aufgeregt durch die Stille. Abernathy fühlte, wie sich sein Fell an Nakken und Rücken sträubte. Ein Dutzend der kleinen Untiere schubste Questor Thews, Bunion, Parsnip und die G'heim-Gnome unter den Bäumen hervor. Alle fünf waren geknebelt und in Ketten gelegt.

Meeks drehte sich um. Er lächelte wieder. »Es sieht ganz so aus, als könnten Eure Freunde Euch nicht viel helfen. Aber es war nett von Euch, zu warten, bis sie sich zu uns gesellt haben.«

Abernathy sah seine allerletzte, schwache Hoffnung auf Rettung davonschwimmen.

»Lauf, Weide! Lauf!« brüllte er.

Und dann stürzte er sich mit bösartigem Knurren auf Meeks. Er tat es mit der vagen Überzeugung, den Zauberer überrumpeln und ihm die Zauberbücher aus der Hand schlagen zu können. Fast wäre es ihm gelungen. Meeks war so damit beschäftigt, die Ankunft der Armee seiner Zwerge zu dirigieren, daß er nicht angenommen hatte, der Hund könnte sich zu einem Angriff entschließen. Abernathy war über ihm, noch ehe er ganz begriffen hatte, was geschah. Doch die Magie, die Meeks zur Verfügung stand, war so schnell wie ein Gedanke, und er setzte sie auch sogleich ein. Grünes Feuer sprühte aus den Zauberbüchern, und ein Flammenhagel prasselte auf Abernathy. Der weichhaarige Weizenterrier kullerte kopfüber rückwärts und blieb reglos liegen. Rauchwölkchen stiegen aus seinem angesengten Fell. Der Flammenhagel, der Meeks und die Bücher abschirmte, flackerte und erstarb.

Der Zauberer starrte wieder über die Lichtung, wo Weide zusammengekauert saß und wo das schwarze Einhorn wartete.

»Endlich«, flüsterte er mit rauher, krächzender Stimme.

Er gab den warteten Dämonenteufelchen ein Zeichen, und der Ring begann sich zu schließen.

* * *

Stille breitete sich über die kleine Lichtung – fast als habe die Natur einen Finger an die Lippen gelegt und der Welt ›Pssst‹ gesagt. Alles verlangsamte sich. Meeks wartete ungeduldig, während der Ring von Dämonenteufelchen vorwärts rückte. Sein geflügelter Dämon schnaubte, Dampfwölkchen schossen aus seinen Nüstern. Weide saß mit gesenktem Kopf da. Sie war noch immer benommen. Ihr langes Haar fiel wie ein Schleier über ihre Schultern. Das schwarze Einhorn rückte Schrittchen für Schrittchen näher zu ihr wie ein Schatten aus der Dunkelheit, elend verloren im Tageslicht. Es senkte den Kopf und streifte den Arm der Sylphe zärtlich mit dem Maul. Die weißleuchtende Magie seines Hornes war erloschen.

Ein plötzlicher Windstoß wehte über den Hügel und rauschte durch die Bäume. Das Einhorn riß den Kopf in die Höhe und stellte die Ohren steil auf. Sein Horn leuchtete heller als die Sonne. Es hörte Geräusche, die kein anderer zu vernehmen vermochte, Laute, die es seit Jahrhunderten kannte.

Bäume, Büsche und Gestrüpp bogen sich plötzlich wie von einer Riesenfaust beiseite geschoben am Nordrand der Lichtung auseinander. Wind heulte durch die neu entstandene Öffnung, und ein heller Lichtschein erstrahlte. Meeks und sein geflügelter Dämon schreckten instinktiv zurück, und die Dämonenteufelchen warfen sich kreischend zu Boden.

Donnergrollen wurde zu Hufgetrampel, und der Paladin ritt aus seinem Zwielichtdasein heraus in den Kampf.

Meeks stieß einen Schrei des Unglaubens und der Wut hervor. Seine Dämonenteufelchen rannten schon in alle Richtungen davon, die Angst trieb sie vor sich her wie ein Besen trockene Blätter. Die Dämonenteufel wollten mit dem Paladin nichts zu schaffen haben. Meeks drehte sich um, die Zauberbücher mit dem gesunden Arm fest gegen seine dunklen Gewänder gedrückt. Er kreischte dem Untier hinter sich etwas Unverständliches zu, und die Kreatur sprang fauchend auf.

Der Paladin machte eine leichte Seitenbewegung, sein weißes Roß verlangsamte das Tempo kaum, während es wendete und dem Dämonen entgegenpreschte.

Feuer schoß aus dem Dämonenrachen und umfing das herannahende Pferd und seinen Reiter. Doch der Paladin durchbrach die Flammenmauer und ritt mit kampfbereiter Lanze vorwärts. Noch einmal blies der Dämon ihm sein Feuer entgegen, und wieder brauste es über den Kämpen hinweg. Weide hob den Kopf und sah den silbernen Reiter und sein Pferd in den Flammen verschwinden. Plötzliche Erkenntnis durchfuhr sie. Wenn der Paladin hier war, war Ben nicht weit!

Feuer loderte über das Gras der Lichtung und versengte die umstehenden Bäume. Die weißglühende Hitze brachte alles zum Welken. Doch auch diesmal entging der Paladin den Flammen unversehrt, nur sein Roß und seine Rüstung waren mit rauchender Asche bedeckt. Er hatte den Dämon fast erreicht, die Lanze fest unter dem Arm. Zu spät erkannte das Tier die Gefahr, breitete seine Schwingen aus, um sich in die Lüfte zu erheben. Die Lanze bohrte sich durch Schuppen und Panzerplatten tief in seine gewaltige Brust. Der Schlangenwolf brüllte und wich zurück, die Lanze brach und blieb in seinem Fleisch stecken. Er versuchte mit einem schwachen Flattern in die Höhe zu steigen, doch es gelang ihm nicht. Dann versagte sein Herz, und er brach zusammen. Er stürzte in das angesengte Gras, zuckte ein paarmal und lag still.

Der Paladin brach seinen Angriff ab, als er den Dämon im Todeskampf erblickte. Er wich dem strampelnden, zuckenden Schlangenwolf aus und wendete. Dabei zog er sein großes Breitschwert und gab dem Pferd die Sporen. Er steuerte geradewegs auf Meeks zu, um den Kampf zu beenden.

Diesmal war Meeks vorbereitet.

Sein hageres, hartes, altes Gesicht verzerrte sich vor konzentrierter Anstrengung, seine dünnen Lippen entblößten die Zähne. Was immer er für Zauber befehligte, jetzt setzte er sie ein.

An einem Punkt auf halbem Weg zwischen dem Zauberer und dem heranstürmenden Kämpen leuchtete ein grausig-grünes Feuer auf. Meeks schrie etwas und reckte sich. Er riß den Kopf zurück, und das Feuer zerbarst zu Splittern.

Und aus den Feuersplittern erstanden mehrere Rüstungen tragende Skelette auf fleischlosen Reittieren, halb Ziege, halb Schlange. Weide zählte sie. Drei, vier, fünf – sechs waren es insgesamt. Die Skelette hielten Breitschwerter in ihren nackten Knochenfingern. Totenköpfe ohne Helme grinsten in erstarrter Grimasse. Und alle waren sie so schwarz wie die Nacht.

Sie wendeten gleichzeitig und stürmten auf den Paladin zu. Der Paladin ritt ihnen entgegen.

* * *

Weide saß neben dem Einhorn und beobachtete den Kampf. Sie hatte ihre Besinnung wiedererlangt, und ihre Gedanken waren wieder klar. Sie nahm wahr, wie der Paladin und die schwarzen Reiter unter lautem Krachen aufeinanderprallten und wie bei dem Aufprall der Staub aufwirbelte, und sah einen der schwarzen Reiter zu Boden gehen und sich in einen Haufen zerborstener Knochen verwandeln. Die Kämpfer wendeten und gingen erneut aufeinander los, die Geräusche waren schauerlich. Sie wich vor dem Getümmel zurück, und ihre Gedanken konzentrierten sich nicht auf den Paladin, sondern auf Ben. Wo war er? Warum war er nicht hier? Warum war Landovers König nicht in der Nähe seines Kämpen?

Ein zweiter schwarzer Reiter sank zu Boden, die Knochen seines Skelettes barsten auseinander und krachten wie trockenes Holz unter den Hufen des weißen Rosses. Der Paladin brach aus dem Gemenge, riß sein Pferd herum und erschlug einen dritten Reiter. Das Breitschwert blitzte silbern auf, als es in tödlichem Bogen durch die Luft sauste. Die restlichen Reiter rotteten sich zusammen, ihre Waffen prasselten klirrend auf den Paladin, prallten funkensprühend von seiner Rüstung ab und drängten ihn zurück.

Weide richtete sich auf. Der Paladin lief Gefahr, bezwungen zu werden.

Dann flackerten grüne Flammen über den Knochenhaufen der drei gefallenen Reiter auf, und sechs neue Skelette erstanden aus dem Rauch und gesellten sich zu ihren Kameraden. Weide spürte, wie sich ihr Magen eisig zusammenzog. Sie hatten ihre Kraft verdoppelt. Sie waren jetzt zu viele für den Paladin.

Sie sprang auf die Füße. Ihre Entschlossenheit gab ihr die Kraft dazu. Questor, die Kobolde und die Gnome waren noch immer gefesselt und hilflos, Abernathy noch immer bewußtlos. Meeks hatte sie alle unschädlich gemacht. Keiner war da, der dem Paladin zu Hilfe eilen konnte. Nur sie.

Keiner, der *Ben* helfen konnte.

Sie wußte, was nun zu tun war. Das schwarze Einhorn stand still neben ihr und schaute ihr tief in die Augen. In seinem Blick lag unverkennbare Klugheit. Sie konnte in diesen Smaragdaugen lesen, was sie zu tun hatte, sie spiegelten wider, was sie in ihrem Herzen schon wußte.

Weide holte tief Luft, streckte die Arme aus und umarmte das Einhorn ein zweites Mal.

Der Zauber durchströmte sie augenblicklich. Das Einhorn schauderte erleichtert, und die Visionen begannen hektisch und wirr ihr Bewußtsein zu überschwemmen. Weide zuckte unter ihrer Intensität zusammen, wollte schreien, doch sie riß sich zusammen. Ihr Verlangen war diesmal schwächer, ihr Begehren kontrollierbarer. Sie kämpfte darum, die Visionen zu meistern. Tatsächlich verlangsamten sich die Bilder, ordneten sich in einer klaren Reihenfolge und begannen von vorn. Angst und Schmerz, die sie begleitet hatten, ließen nach, und ihre gleißende Helligkeit wurde erträglich.

Die Sylphe begann zu erkennen, was sie sah. Ihre Finger streichelten den seidigen, edlen Hals des Einhorns, und die Magie vereinte sie mit ihm.

Eine Stimme rief.

Elfenwesen! Befreie mich!

Die Stimme gehörte dem Einhorn und doch wieder nicht. Etwas an dem Einhorn war wirklich; etwas anderes war es wiederum nicht. Die Bilder entstanden und verblaßten in Weides Bewußtsein, und sie sah sie vorbeiziehen. Das schwarze Einhorn suchte die Freiheit. Die Suche nach der Freiheit hatte es hierhergebracht. Es glaubte… warum?… sie durch Ben zu finden! Der König konnte es befreien, denn der König befehligte die Magie des Paladins, und nur der Paladin war stark genug, den Zauber aufzuheben, der es band – Meeks' Zauber. Doch dann war kein König zu finden gewesen, und das Einhorn war allein in diesem Land und suchte. Dann war Weide statt dessen gekommen, ebenfalls suchend, und hatte das goldene Zaumzeug bei sich, welches die Zauberer einst gefertigt hatten, um es zu bändigen, nachdem es zum ersten Mal vor langer Zeit ausgebrochen war. Das Einhorn fürchtete Weide und das Zaumzeug, war sich über ihre Absichten im unklaren und floh vor ihr, bis es feststellte, daß sie gut war, daß sie helfen wollte und daß sie es zu dem König bringen und befreien konnte. Weide würde den König in seiner Verkleidung erkennen, sogar wenn der König selbst dazu nicht in der Lage war…

Die Bilder folgten wieder schneller und verhaspelten sich, und Weide kämpfte darum, sie zu verlangsamen, damit ihr die Bedeutung nicht verlorenginge. Sie atmete schnell, so als sei sie eine weite Strecke gerannt, und Schweiß stand ihr auf der Stirn.

Die Stimme in ihrem Bewußtsein rief wieder.

Der König verlor seine Macht, damit war sie auch für mich verloren! Ich konnte nicht befreit werden!

Die Stimme war fast panisch. Die Bilder drängten weiter. Die Träume hatten Weide auf die Suche geschickt. Sie waren eine Mischung aus Lügen und Wahrheiten gewesen. Träume sowohl von dem Zauberer als auch von den Elfen… *Elfen? Die Träume waren ihr von den Elfen geschickt worden?*... und alle mußten zusammenkommen, so daß die Wahrheit erkannt und die benötigte Kraft aufgebracht werden konnte – damit der Paladin und der Zauberer sich messen und der Stärkere siegen konnte, der Stärkere, der auch das Gute war. Erst dann konnten und mußten endlich die Zauberbücher ein für allemal...

Etwas schob sich dazwischen, andere Bilder, andere Gedanken, die im schwarzen Einhorn seit unzähligen Jahrhunderten eingekerkert waren. Weides Körper verkrampfte sich. Ihre Arme umklammerten den schlanken Hals. Sie fühlte den Schrei wieder in sich aufsteigen, unkontrollierbar diesmal, Wahnsinn! Sie sah etwas Neues in den Bildern. Das schwarze Einhorn war nicht ein einzelnes Leben, sondern viele! *O Ben!* schrie sie tonlos. Lebewesen in den Bildern kämpften verzweifelt, doch sie konnten sich nicht befreien. Sie verzehrten sich nach etwas, das die Sylphe nicht verstand, in Welten, welche die Sylphe sich nicht vorstellen konnte. Sie bebte unter den Emotionen, die sie erschütterten. Gefangene Seelen, gefesseltes Leben, entrissene Zauber – zu falschen Zwekken mißbraucht. *Ben!*

Plötzlich ein Bild der verlorenen Zauberbücher, verschlossen an einem geheimen, finsteren Ort voller Übel und Grauen. Aus einem Buch loderten Flammen, brannten mit der Kraft neugeborenen Lebens, und aus den Flammen, aus dem Buch, sprang das schwarze Einhorn, endlich wieder frei, und stürmte aus der Finsternis ins Licht, suchte...

Ein letztes Mal erschütterte ein Schrei der Stimme Weides Bewußtsein.

Zerstöre die Bücher!

Es war ein Schrei der Verzweiflung. Der Schrei war fast ein Kreischen. Er verdrängte die Bilder, er verschlang alles mit seiner verzweifelten Not. Der Schmerz, den er auslöste, war unerträglich.

Weides Schrei brach endlich hervor, stieg über die Kampfgeräusche empor. Die Sylphe riß sich von dem schwarzen Einhorn los und taumelte rückwärts. Die Gewalt der Empfindungen brachte sie nahe an eine Ohnmacht. Sie sank auf die Knie und ließ den Kopf hängen, rang mit einem eisigen Schwindelanfall. Sie glaubte, sie müsse sterben, und wußte doch, daß sie nicht sterben würde. Sie konnte spüren, wie das schwarze Einhorn neben ihr heftig zitterte.

Sie wiederholte flüsternd die Worte des Schreis.

Zerstöre die Bücher!

Sie richtete sich auf und rief sie aus vollem Halse über die kleine Lichtung, auf der der Kampf tobte.

* * *

Die Worte wehten fort wie winzige Papierschnipsel im Sturm. Der Paladin hörte sie nicht, er war von dem wütenden Kampf besessen. Meeks hörte sie nicht, seine ganze Konzentration galt der Kontrolle des Zaubers, den er angerufen hatte, um sich zu retten. Questor Thews, Bunion, Parsnip, Fillip und Sot waren von den Dämonenteufelchen geknebelt und in Fesseln am fernen Rande der Lichtung zurückgelassen worden.

Nur Abernathy hörte sie.

Der Hund hatte sein Bewußtsein halbwegs wiedererlangt, und die Worte schienen von irgendwo aus dem Dunkel seiner eigenen Gedanken zu ihm zu dringen. Er blinzelte benommen, hörte das Echo der Worte, vernahm die Geräusche des entsetzlichen Kampfes, der neben ihm tobte, und zwang sich, die Augen zu öffnen.

Der Paladin und die schwarzen Reiter lieferten sich einen höllischen Kampf in der Mitte der Lichtung. Sie wirbelten umeinander und hieben aufeinander ein. Weide und das schwarze Einhorn befanden sich am entfernten Ende der Lichtung. Seine anderen Freunde konnte er nicht entdecken.

Er keuchte. Seine Zunge leckte über die trockene Nase, und er spürte einen dumpfen Schmerz, der durch seinen ganzen geschundenen Leib zog. Ihm fiel wieder ein, was mit ihm geschehen war und wo er sich befand.

Mühsam drehte er sich um, um besser sehen zu können, was geschah. Meeks stand beinahe neben ihm. Gebannt von dem Kampf zwischen dem Paladin und den schwarzen Reitern hatte er sich der Stelle, wo der Hund lag, genähert.

Die Worte wiederholten sich noch einmal in Abernathys Bewußtsein. *Zerstöre die Bücher!*

Der Hund versuchte aufzustehen, doch seine Muskeln gehorchten ihm nicht. Er sank zurück. Andere Gedanken drängten herbei. Die Bücher zerstören? Die einzige Chance zerstören, die er hatte, um je wieder ein Mensch zu werden? Wie konnte er das überhaupt in Betracht ziehen?

Ein weiterer schwarzer Reiter stürzte mit knirschenden Knochen zu Boden. Der Paladin war von allen Seiten umringt, seine Rüstung von Asche geschwärzt und von Schwertern und Äxten verbeult. Er würde den Kampf verlieren.

Abernathy wußte, was das für sie alle bedeutete, und vergaß seine eigenen Probleme. Abermals versuchte er sich aufzurichten, diesmal ging es besser, wenn auch nicht ganz. Er verzerrte das Gesicht zu einer frustrierten Grimasse.

Meeks machte wieder ein paar Schritte, und plötzlich befand sich sein Bein wenige Zentimeter vor Abernathys Kopf. Er trug weiche Schuhe, sein Bein war ungeschützt. Abernathys Grimasse verwandelte sich in ein hämisches Grinsen. Er hatte eine letzte Chance bekommen.

Er warf sich auf Meeks, seine Kiefer schlossen sich um das Fußgelenk, und er biß kräftig zu. Meeks stieß einen überraschten Schmerzensschrei aus, warf die Arme in die Höhe und ließ die Zauberbücher los, die hoch in die Luft segelten.

Dann geschah alles gleichzeitig. Ein schwarzer Lichtstrahl schoß über die Lichtung, vorbei an dem Paladin und den berittenen Skeletten, vorbei an den schwarzen Wolken und den grünen Flammen. Das schwarze Einhorn war schneller als ein Gedanke. Meeks versuchte verzweifelt, Abernathy abzuschütteln und gleichzeitig nach den fliegenden Büchern zu greifen. Abernathy ließ nicht los. Weide stieß einen Schrei aus, und Abernathy biß noch fester zu. Dann war das schwarze Einhorn neben ihnen, sprang in die Höhe, sein Horn leuchtete magisch weiß, spießte die fallenden Bücher auf, zersplitterte ihren Einband wie Glas und verstreute ihre Seiten rundum.

Die losen Blätter flatterten umher, und jene mit den Einhornzeichnungen vermischten sich mit denen, deren Mitte ausgebrannt war. Meeks brüllte und riß sich schließlich aus Abernathys Fängen frei. Grüne Flammen schossen aus seinen ausgestreckten Fingern in Richtung auf das Einhorn, das sich in die Luft erhob. Es drehte sich im Fluge, und weißes Feuer strahlte aus dem spiralgerillten Horn auf den Zauberer. Meeks wich zurück. Grüne Flammen prasselten auf das Einhorn, weißes Feuer hämmerte auf Meeks. Hin und her zischten die Feuer zwischen Zauberer und Einhorn, und mit jedem Angriff wuchs ihre Gewalt.

Der Paladin kreiste behende in der Mitte der Lichtung, und sein Breitschwert erledigte in großem Bogen die verbleibenden schwarzen Reiter und verstreute ihre Knochen. Es war jetzt nur noch eine Kleinigkeit; die schwarzen Reiter fielen schon auseinander, da die Magie, die sie zusammengehalten hatte, ihre hohlen Gestalten verlassen hatte. Sie zerbarsten und verschwanden.

Dann jagte der Paladin auf das Einhorn und den Zauberer zu, doch er erreichte sie nicht schnell genug. Das Feuer hatte Meeks erfaßt, die Magie war sogar für ihn zu stark. Er schrie einmal auf und explodierte zu Rauch. Im gleichen Augenblick war auch das Einhorn von Feuer umfangen. Getroffen warf es sich in die Luft und war verschwunden.

Auch der Paladin verschwand. Er ritt in ein plötzliches weißes Licht, das Asche und Staub fortwusch, die Beulen und Kratzer der Rüstung heilte, bis sie glänzte wie neu – alles in einem einzigen Augenblick –, und der Kämpe und das Licht verloschen.

Abernathy und Weide starrten sich wortlos über die leere Lichtung hinweg an.

* * *

Dann geschah es.

Sie sahen es alle – Weide und Abernathy, die noch immer benommen von der Gewalt des Kampfgeschehens auf dem verbrannten Gras des Berghanges hockten; Questor, die Kobolde und die G'heim-Gnome, die vergeblich versuchten, sich aufzusetzen, noch immer gefesselt und geknebelt; und sogar Ben Holiday, der atemlos zwischen den Bäumen auftauchte, nachdem er den ganzen Weg von dem Ort seiner Verwandlung hierhergerannt war, ohne zu wissen, was ihn herbrachte, überzeugt nur, daß er kommen mußte. Sie sahen es, und alle hielten staunend den Atem an.

Es begann wie ein Wind, der die Stille des Waldes brach, zuerst nur ein Raunen, das wuchs und schließlich toste wie ein Ozean. Der Wind erhob sich von der Stelle, wo die Seiten der zerfledderten Zauberbücher verstreut lagen, wirbelte Staub und Asche auf und zauste die letzten grünen Flammen, die noch immer im Gras flackerten. Er stieg wirbelnd auf wie ein Trichter und ergriff die verstreuten Papiere zu einem weißen Schneesturm. Die verbrannten Seiten heilten plötzlich wieder, die angesengten Ränder schlossen sich, und die vergilbten Flächen wandelten sich zu strahlendem Weiß. Die Blätter mit den Einhornzeichnungen mischten sich darunter, und alles wirbelte durcheinander, bis man sie nicht mehr unterscheiden konnte. Eine Wand aus Papieren hob sich in den Himmel, raschelnd und knisternd im Wind, der sie trug.

Jetzt begannen die Papiere, sich zu verwandeln. Die Zeichnungen fingen an zu schimmern und sich zu biegen, und mit einem Mal wurden die Einhörner lebendig. Sie waren nicht mehr zu Unbeweglichkeit erstarrt, sie jagten um den Luftwirbel herum. Hunderte von ihnen, alle weiß, alle in Bewegung, alle Kraft und Schnelligkeit. Sämtliche Spuren der Bücher, die Seiten und die Einbände waren verschwunden. Es gab nur noch Einhörner. Sie flogen durch die Luft und riefen ekstatisch im Tosen des Windes.

Frei! schienen sie zu rufen, *endlich frei!*

Dann barst der Trichter auseinander, und die Einhörner verstreuten sich, überfluteten den Himmel über der Waldlichtung mit ihren eleganten, edlen Gestalten wie ein Feuerwerk, das zu einem unglaublich schönen Regen zerbirst. Die Einhörner breiteten sich über das Firmament aus – überschwenglich beglückt über das Wunder ihrer Befreiung –, dann verschwanden sie in der Ferne. Ihre Rufe schallten noch eine Weile durch die Lüfte, dann verklangen sie.

Stille breitete sich wieder über die Berge.

Legende

»Ein schwarzes Einhorn hat es nie gegeben«, sagte Weide.

»Doch, aber es war nur eine Täuschung«, fügte Ben hinzu.

Questor Thews und Abernathy, Bunion und Parsnip, Fillip und Sot sahen einander verwirrt an.

Sie saßen im Schatten einer großen alten Eiche am Rande der Lichtung. Der Geruch verbrannter Erde lag noch in der Luft und erinnerte an die dramatischen Ereignisse. Die letzten grünen Flammen waren erloschen, doch Rauchfahnen und Asche tanzten noch immer schwerelos in den Strahlen der Nachmittagssonne. Abernathys Fell war vom Staub gereinigt und die anderen von ihren Fesseln befreit worden, und alle sechs hockten um Ben und Weide herum, die versuchten, zu erklären, was geschehen war. Das war gar nicht so einfach, denn keiner von beiden kannte die ganze Geschichte, und erst während sie berichteten, setzten sie die Stücke zusammen.

»Vielleicht ist es leichter, wenn wir ganz von vorne anfangen«, schlug Ben vor.

Er saß mit gekreuzten Beinen da und beugte sich ein wenig vor. Er sah zerlumpt und verdreckt aus, doch wenigstens erkannten sie ihn jetzt alle wieder. Nachdem er selbst nicht mehr getäuscht wurde, erlagen auch die anderen der Täuschung nicht mehr.

»Vor langer Zeit sandten die Elfen die weißen Einhörner über Landover in bestimmte andere sterbliche Welten. Soviel wissen wir aus der Geschichte. Die Einhörner waren die auffälligsten Zeichen der Elfenmagie, und sie schickten sie in jene Welten, in denen der Zauberglaube verlorenzugehen drohte. Eine *gewisse* Menge Zauberglauben braucht es – wenn auch noch so klein –, damit jegliche Welt überleben kann. Doch die Einhörner verschwanden. Sie verschwanden, weil die Zauberer von Landover ihnen auflauerten und sie einsperrten. Sie wollten die Zauberkraft für ihre eigenen Zwecke nutzen. Erinnert Ihr Euch, Questor, wie Ihr mir berichtet habt, daß die Zauberer einst eine einflußreiche Zunft bildeten und ihre Fähigkeiten vermieteten – ehe der König den Paladin aussandte, sie unschädlich zu machen? Nun, ich wette, daß ein großer Teil dieser Zauberkraft von den Einhörnern stammte – Zauberkraft, von der sie zehrten. Ich weiß nicht, mit Hilfe von welcher Magie es ihnen gelungen ist, die Einhörner überhaupt zu fangen – ich nehme an, irgendein Täuschungsmanöver. Das scheint ihr Lieblingstrick zu sein. Jedenfalls fingen sie sie ein, verwandelten sie in Zeichnungen und bannten sie in jene Bücher.«

»Aber nicht ganz«, ergänzte Weide.

»Nein, nicht ganz«, stimmte Ben ihr zu. »Und da fängt es an, interessant zu werden. Die Zauberer spalteten den Körper vom Geist eines jeden Einhorns im Zuge jener Verwandlung. Sie sperrten die Körper in ein Buch und den Geist in das andere. Das schwächte die Einhörner, und sie waren einfacher in Schach zu halten. Ohne den Geist ist der Körper niemals stark. Die Magie der Zauberer war mächtig genug, beides getrennt voneinander einzusperren. Aber man mußte sie daran hindern, sich wieder zu vereinen.«

»Das war die Gefahr, die Meeks beunruhigte, als das schwarze Einhorn entkam«, fügte Weide hinzu.

»Richtig. Denn das schwarze Einhorn ist der kollektive *Geist* der gefangenen weißen Einhörner!« Ben runzelte die Stirn. »Solange die Zauberer die Kraft der Magie aufrechterhalten konnten, welche die Bücher zusammenhielt, konnten die Einhörner sich nicht befreien, und die Zauberer konnten gleichzeitig von ihrer Magie zehren und sie für ihre eigenen Zwecke nutzen. Selbst nachdem Landovers König den Paladin ausgesandt hatte, die Zunft der Zauberer zu vernichten, überlebten die Bücher. Sie waren vermutlich lange Zeit verborgen. Und auch später haben die Zauberer, die nun im Dienste des Königs standen, alles getan, um niemandem die wahre Quelle ihrer Macht zu verraten. Die Bücher wurden von Zauberer zu Zauberer weitergegeben, bis Meeks sie schließlich in die Hände bekam.«

Nachdenklich berührte er seine Lippen mit dem Zeigefinger. »Aber in der Zwischenzeit gab es ein Problem mit den Einhörnern. Ab und zu gelang es ihnen zu entkommen. Irgend etwas geschah, die Wachsamkeit der Zauberer ließ nach, und das schwarze

Einhorn konnte fliehen. Es geschah nicht oft, denn im allgemeinen bewachten die Zauberer die Bücher gut. Aber jedesmal war es der Geist-Anteil der eingesperrten Einhörner, dem die Flucht gelang – die Magie des Geistes ist immer stärker als die des Körpers. Der Geist brannte sich seinen Ausweg aus den Buchseiten des Folianten, in den es gebunden war, und entkam. Doch es besaß keine wirkliche Körperlichkeit. Es war nur ein Schatten aus Wünschen und Wollen, ein Schemen, der kurzzeitig Substanz und Leben erlangte – mehr nicht.« Er schaute schnell zu Weide hinüber, und sie nickte zustimmend. »Und da es von schwarzer Farbe war, nichts als ein Schatten, nahm man allgemein an, es sei eher etwas Böses als etwas Gutes. Wer hatte je von einem schwarzen Einhorn gehört? Und ich bin überzeugt, daß die Zauberer das ihre dazu beitrugen, Geschichten zu verbreiten, das Einhorn sei eine Verirrung, ein gefährliches Ding, vielleicht sogar ein Dämon. Vermutlich produzierten sie auch ein paar Beispiele, um diesen Glauben zu bekräftigen. Damit hielten sie jedermann von ihm fern, während sie selbst sich darum bemühten, es wieder einzufangen.«

»Und das Zaumzeug aus gesponnenem Gold diente diesem Zweck«, ergänzte jetzt Weide seinen Bericht. »Die Zauberer benutzten ihre Zauberkraft, um das Zaumzeug zu erschaffen, nachdem das schwarze Einhorn zum ersten Mal entkommen war. Das Zaumzeug war ein Zauber, der es anlocken und festhalten konnte, bis die Zauberer es erneut einsperrten. Es wurde immer wieder sehr bald eingefangen. Es war nie lange frei. Es wurde zurück in das Zauberbuch gesteckt, die verbrannten Seiten wurden erneuert, und alles war wieder wie vorher. Die Zauberer gingen kein Risiko ein. Die Bücher stellten ihre mächtigste Magiequelle dar, und sie konnten einen Schaden oder gar den Verlust der Bücher nicht riskieren.«

Sie wandte sich an Ben. »Deshalb fürchtete mich das schwarze Einhorn am Anfang so. Trotz seiner Not hatte es entsetzliche Angst vor mir. Ich spürte seine Angst jedesmal, wenn ich in seine Nähe kam, und später auch, als ich es berührte. Es hielt mich für einen Handlanger der Zauberer, die es einsperren wollten. Es konnte die Wahrheit nicht wissen. Erst ganz zum Schluß schien es zu begreifen, daß ich nicht in Meeks' Diensten stand.«

»Und das bringt uns in die Gegenwart zurück«, ergriff Ben wieder das Wort und streckte sich. »Meeks war seinerseits in den Besitz der Bücher gelangt und hatte sie benutzt wie all die Magier vor ihm. Dann starb der alte König, und alles begann zu verfallen. Das schwarze Einhorn war seit sehr langer Zeit nicht mehr ausgebrochen – und während all der Jahre hatte man das goldene Zaumzeug nicht gebraucht. Ich glaube, daß nicht einmal die Zauberer vor Meeks sich besonders darum gekümmert hatten, denn es war offenbar vor Meeks' Zeit von Nachtschatten gestohlen worden. Dann brachte es Strabo an sich, und danach wechselte es zwischen den beiden hin und her. Ich nehme an, Meeks wußte, wo es sich befand, doch er hatte die Zauberbücher fest unter seiner Kontrolle, und weder die Hexe noch der Drachen kannten den wahren Zweck des Zaumzeugs. Die Schwierigkeiten begannen, als Meeks hinüber in meine Welt ging, um einen neuen König für Landover zu rekrutieren. Er versteckte die Bücher für die Zeit seiner Abwesenheit. Ich vermute, er glaubte, daß er nicht lange fortbleiben würde, so daß kein wirkliches Risiko bestand, mit den Büchern könne etwas geschehen. Doch die Dinge liefen anders, als er geplant hatte. Als ich nicht zurückgekrochen kam, um das Medaillon zurückzugeben, und als der Eiserne Markus mich nicht erledigt hatte, saß Meeks plötzlich in der anderen Welt fest, und die Zauberbücher waren hier versteckt. Die Magie, die die Einhörner bannte, schwächte sich während seiner Abwesenheit ab, und ihr Geist-Anteil – das schwarze Einhorn – brannte sich aus den Buchseiten frei und entkam.«

»Darum schickte also mein Halbbruder die Träume!« rief Questor aus, und sein Eulengesicht spiegelte neues Verstehen. »Er mußte nach Landover zurückkommen, die Zauberbücher holen und das goldene Zaumzeug finden – und zwar ganz schnell! Wenn ihm das nicht gelang, würde das schwarze Einhorn einen Weg finden, die weißen Einhörner – seinen Körperanteil – zu befreien, und die Magie wäre verloren!«

»Und genau das versuchte das schwarze Einhorn«, bestätigte Weide. »Nicht nur diesmal, sondern jedesmal, wenn es ihm gelang auszubrechen. Es versuchte, die eine Zauberkraft zu finden, die es für stärker als die der Zauberer hielt – den Paladin! Jedesmal zuvor wurde es so schnell wieder eingefangen, daß es keine Gelegenheit dazu bekam. Es wußte, daß der Paladin des Königs Kämpe war, doch es gelang ihm nie, auch nur den König zu erreichen. Diesmal war es überzeugt, daß es Erfolg haben würde, doch es gab keinen König mehr. Meeks reagierte schnell, nachdem er von der Flucht des schwarzen Einhorns erfahren hatte. Er sandte einen Traum, der Ben aus Landover lockte, bevor das Einhorn ihn erreichen konnte. Dann kam Meeks mit Ben hierher zurück und verwandelte Bens Aussehen, so daß niemand – nicht einmal das Einhorn – ihn erkennen konnte.«

»Ich nehme an, es hätte mich erkannt, wenn es nicht so lange eingesperrt gewesen wäre«, warf Ben dazwischen, »denn die älteren Elfenwesen wie Nachtschatten und Strabo hatten sich nicht täuschen lassen. Doch dem Einhorn war vieles von seiner Magie in Vergessenheit geraten, während es gefesselt war.«

»Es mag auch dadurch, daß die Zauberer von seiner Magie zehrten, viel eingebüßt haben«, fügte Weide hinzu.

»Damals in meinem Schlafgemach sagte mir Meeks, als er seine Magie benutzte, um mich zu verwandeln, daß ich irgendwie seine Pläne durchkreuzt hätte«, fuhr Ben fort und kam zum Thema seiner verlorenen Identität zurück. »Ich hatte natürlich keine Ahnung, was ich getan haben sollte. Ich wußte nicht, wovon er redete. Die Wahrheit ist, daß alles, was ich tat, aus Unwissenheit geschah. Ich wußte nicht, daß die Bücher gestohlene Magie enthielten, noch, daß diese Magie verlorengehen konnte, wenn er nicht in Landover war und das verhinderte. Ich hatte nichts anderes im Sinn, als am Leben zu bleiben.«

»Einen Augenblick, Hoheit.« Abernathy schüttelte verwirrt den Kopf. »Meeks hat drei Träume geschickt – Euren, um mit Euch nach Landover zurückzukommen; Questor Thews', um in den Besitz der Bücher zu gelangen; und Weides, damit sie ihm das gestohlene Zaumzeug beschaffe. Die Träume funktionierten plangemäß, außer Weides. Sie fand das Zaumzeug, aber sie brachte es nicht zurück, wie der Traum ihr aufgetragen hatte. Wie kommt das?«

»Die Elfen«, behauptete Weide.

»Die Elfen«, wiederholte Ben.

»Ich sagte doch an jenem ersten Morgen, daß mir der Traum unvollständig vorgekommen war, daß ich das Gefühl hatte, ich sollte noch mehr erfahren«, erklärte Weide. »Danach hatte ich weitere Träume; in jedem erschien das Einhorn weniger als bedrohlicher Dämon, eher als Opfer. Die Elfen sandten mir diese Träume, um mich in meiner Suche zu leiten und mich zur Erkenntnis zu bringen, daß meine Ängste überflüssig und falsch waren. Langsam begann ich zu begreifen, daß der erste Traum irgendwie eine Lüge gewesen war, daß das schwarze Einhorn nicht mein Feind war, daß es Hilfe brauchte und daß ich ihm helfen mußte. Nachdem mir der Drache das Zaumzeug gegeben hatte, war ich überzeugt – auch wegen der Träume und Visionen, die ich hatte –, daß ich das Einhorn selbst finden mußte, wenn ich die Wahrheit erfahren wollte.«

»Mir schickten die Elfen Edgewood Dirk«, seufzte Ben. »Sie wollten natürlich nicht selbst eingreifen, um mir zu helfen, das tun sie bekanntlich nie! Lösungen unserer Probleme müssen immer aus uns selbst heraus gefunden werden; sie erwarten, daß wir unsere Schwierigkeiten selber meistern. Aber Dirk war der Katalysator, der mich dabei unterstützte. Dirk half mir, die Wahrheit über das Medaillon herauszufinden. Meeks hatte mich mit einem Täuschungstrick davon überzeugt, ich hätte es verloren. Mit Dirks Hilfe begriff ich, daß *ich* diese Täuschung nährte und, sobald *ich* die Wahrheit erkannte, sie auch den anderen erkennbar würde – und genau das ist geschehen.«

»Und deshalb konnte der Paladin offensichtlich rechtzeitig eingreifen«, meinte Questor.

»Und deshalb wurden die Zauberbücher schließlich zerstört und die Einhörner befreit«, fügte Weide hinzu.

»Und deshalb wurde Meeks besiegt«, schloß Abernathy.

»Das ist so ziemlich die ganze Geschichte«, stimmte Ben zu.

»Große Hoheit!« rief Fillip inbrünstig.

»Mächtige Hoheit!« schloß Sot sich an.

Ben stöhnte. »Bitte! Das reicht!«

Er schaute hilfeflehend zu den anderen, doch die grinsten nur.

Es wurde Zeit, aufzubrechen. Keiner hatte Lust, noch eine Nacht im Melchor zu verbringen. Sie einigten sich darauf, daß es besser wäre, ein Lager unten in den vorgelagerten Hügeln aufzuschlagen.

Also trotteten sie müde den Berg hinunter durch das langsam schwindende Tageslicht. Die Sonne versank hinter dem Westrand des Tales in graurotem Dunst. Weide ging neben Ben und hakte sich bei ihm unter.

»Was meinst du, wird aus den Einhörner werden?« fragte sie nach einer Weile.

Ben zuckte mit den Schultern. »Wahrscheinlich werden sie in die Nebel zurückkehren, und niemand wird sie je wieder zu Gesicht bekommen.«

»Glaubst du nicht, daß sie sich in jene Welten begeben, in die man sie seinerzeit geschickt hat?«

»Von Landover aus?« Ben schüttelte den Kopf. »Nein, nicht nach alldem, was sie durchgemacht haben. Nicht jetzt. Sie werden erst einmal nach Hause gehen, wo sie in Sicherheit sind.«

»In deiner Welt sind sie nicht sicher, oder?«

»Nicht sehr.«

»In Landover auch nicht.«

»Nein.«

»Meinst du, in den Nebeln ist es sicherer?«

Ben überlegte. »Ich weiß es nicht. Vielleicht nicht.«

Weide nickte. »Deine Welt braucht Einhörner, oder? Die Magie ist in Vergessenheit geraten, nicht wahr?«

»Weitgehend.«

»Dann spielt es vielleicht keine Rolle, wenn es dort gefährlich ist. Vielleicht ist der Bedarf größer als die Gefahr. Vielleicht wird wenigstens *ein* Einhorn beschließen, trotzdem dorthin zu gehen.«

»Vielleicht, aber ich bezweifle es.«

Weide hob den Kopf. »Das sagst du so. Aber du meinst es nicht wirklich.«

Ben lächelte, doch er antwortete nicht.

Sie erreichten die Hügel, durchquerten eine weite Wiese voller Wildblumen und gelangten in ein Fichtenwäldchen. Die Kobolde machten sich auf die Suche nach einem geeigneten Lagerplatz. Es war kühl geworden, und die nahende Dämmerung tauchte das Land in einen seltsam silbrigen Schein. Die Zikaden hatten zu zirpen begonnen, und Wildgänse flogen tief über einen entfernten See. Ben dachte an zu Hause, an Silber Sterling und die lebendige Wärme, die ihn dort erwartete.

»Ich liebe dich«, sagte Weide unvermittelt. Sie schaute ihn dabei nicht an, sondern hielt ihren Blick starr nach vorne gerichtet.

Ben nickte. Er schwieg einen Moment. »Ich hatte vor, mit dir darüber zu reden. Du beteuerst mir immer, daß du mich liebst, und ich bringe es nicht fertig, es dir zu erwidern. Ich habe in letzter Zeit darüber nachgedacht, warum das so ist, und ich glaube, es liegt daran, daß ich Angst habe. Es ist, als ob man ein unnötiges Risiko eingeht. Es ist leichter, es zu übergehen.«

Er machte eine Pause. »Aber im Augenblick, hier und jetzt, fühle ich mich nicht so. Ich fühle mich ganz und gar anders. Wenn du sagst, daß du mich liebst, möchte ich es dir auch sagen. Also sollte ich es tun. Ich liebe dich ebenfalls, Weide. Ich glaube, ich habe dich von Anfang an geliebt.«

Schweigend gingen sie weiter. Er spürte, wie sie seinen Arm fester drückte. Der Abend war wohltuend still. Alles lag in Frieden.

»Die Erdmutter hat mir das Versprechen abgenommen, auf dich aufzupassen, weißt du?« begann Ben schließlich von neuem. »Das ist einer der Gründe, warum ich angefangen habe, über uns beide nachzudenken. Sie ließ mich geloben, daß ich für deine Sicherheit sorge. Sie hat heftig darauf bestanden.«

Er konnte Weides Lächeln eher fühlen als sehen. »Das kommt daher, daß sie es weiß«, meinte Weide.

Ben wartete, daß sie noch etwas hinzufüge, und schaute sie an. »Was weiß sie?«

»Daß ich eines Tages dein Kind tragen werde, Hoheit.«

Ben holte tief Luft und atmete langsam wieder aus.

»Oh!«

Epilog

Es war zwei Tage vor Weihnachten.

In Chicago war es kalt und trüb. Der Schnee der letzten Nacht hatte sich auf den Straßen und Bürgersteigen in grauen Matsch verwandelt, und die Hochhäuser und Mietskasernen ragten als vage Schatten hinter den Schleiern aus Rauch und Nebel in den bleiernen Himmel. Dampf stieg in Wolken aus den Abwassergullis, als ein plötzlicher Hagelschauer niederprasselte. Es regte sich nicht viel. Die Autos krochen vorbei wie prähistorische Käfer mit gelben Scheinwerferaugen. Fußgänger zogen die Köpfe ein, bis übers Kinn in Kragen und Schals vermummt, die Hände tief in den Taschen vergraben. Es war ein stiller, düsterer Nachmittag, beinahe schon Abend.

Die Kreuzung zwischen Division und Elm Street war fast ausgestorben. Zwei Jugendliche in Lederjacken, ein unauffälliger Geschäftsmann und eine gutgekleidete Dame auf dem Heimweg vom Einkaufen stiegen aus dem Bus und gingen in unterschiedliche Richtungen davon. Ein Ladeninhaber verriegelte die Eingangstür seiner Klempnerei zum Feierabend. Ein Fabrikarbeiter von der Schicht kam aus *Barney's Pub*, wo er eine Stunde lang gehockt und zwei Glas Bier getrunken hatte, und machte sich auf den Weg nach Hause zu seiner kranken Mutter. Ein alter Mann mit ein paar Einkaufstüten unter dem Arm stapfte den schmalen Durchgang entlang, den man durch den Schnee geschaufelt hatte, und hinterließ eine Spur regelmäßiger Fußabdrücke. Ein kleines Kind, fest in einen Schneeanzug vermummt, spielte vor der Treppe seines Hauses mit einem Schlitten.

Sie alle ignorierten sich gegenseitig mit beiläufigem Desinteresse, jeder war mit seinen eigenen Gedanken beschäftigt.

Das weiße Einhorn flog an ihnen vorbei wie ein Streifen verirrten Lichts. Es zischte vorbei, als sei es seine einzige Aufgabe im Leben, die ganze Welt an einem Tag zu umfliegen. Es schien niemals den Boden zu berühren. Sein eleganter Leib krümmte und streckte sich in einer einzigen fließenden Bewegung, als es vorbeikam. Alle Schönheit dieser Welt – die, welche war, und die, welche sein würde – war in seiner Bewegung gefangen. Es war da, und im gleichen Moment war es auch schon wieder fort. Die Zuschauer hielten den Atem an, blinzelten einmal, und das Einhorn war verschwunden.

Es folgte ein Augenblick der Ungewißheit. Dem alten Mann blieb der Mund offenstehen. Das Kind ließ seinen Schlitten los und starrte mit aufgerissenen Augen in die Luft. Die beiden Jugendlichen zogen die Köpfe ein und murmelten etwas. Der Geschäftsmann sah den Ladeninhaber an und der Ladeninhaber ihn. Die sorgfältig gekleidete Dame erinnerte sich an all die Fantasygeschichten, die sie so gerne las. Der Fabrikarbeiter dachte plötzlich an Weihnachten in seiner Kindheit.

Dann war der Augenblick vorüber, und sie gingen alle weiter, die einen schneller, die anderen langsamer. Sie schauten über die stille, dunstige Straße. Was hatten sie da gesehen? War es wirklich ein Einhorn gewesen? Nein, das konnte nicht sein. So etwas wie Einhörner gab es nicht – nicht in Wirklichkeit. Und nicht in der Stadt. Einhörner lebten im Wald. Aber sie hatten etwas gesehen. Hatten sie nicht etwas gesehen? Oder doch nicht? Still gingen sie weiter, und jeder fühlte in sich eine wohltuende Wärme bei der Erinnerung an sein Erlebnis. Es war, als hätten sie an einem Zauber teilgehabt.

Dieses Gefühl nahmen sie mit nach Hause. Manche bewahrten es sich für eine Weile. Manche erzählten anderen davon.

Abenteuerspiele

Joe Dever/Jan Page
Der Hexenkönig
23960

Joe Dever/Jan Page
Flucht aus dem Dunkel
23950

Steve Jackson/Ian Livingstone
Der Hexenmeister vom
flammenden Berg 24200

Joe Dever/Gary Chalk
Das Schloß des Todes
23956

GOLDMANN